BASTEI LÜBBE

Taschenbücher von ORSON SCOTT CARD
im BASTEI-LÜBBE-Programm:

13 246 Abyss

20 115 Der siebte Sohn
20 123 Der rote Prophet
20 141 Der magische Pflug

24 089 Das große Spiel
24 103 Sprecher für die Toten
24 115 Meistersänger
24 122 Die Stadt am Ende der Welt

ORSON SCOTT CARD

TREASON

Der Spender-Planet

Science Fiction Roman

Ins Deutsche übertragen
von Helmut Bittner

BASTEI
LÜBBE

BASTEI-LÜBBE-TASCHENBUCH
Science Fiction Special

Band 24 140

Erste Auflage: Februar 1991

Eine korrigierte und vom Autor erweiterte Fassung des Romans DER SPENDER-PLANET (Bastei-Lübbe Band 22 026)

Deutsche Lizenzausgabe 1991
Bastei-Verlag Gustav H. Lübbe GmbH & Co., Bergisch Gladbach
Originaltitel: Treason
Ins Deutsche übertragen von Helmut Bittner und Uwe Anton
Lektorat: Reinhard Rohn
Titelillustration: Randy Lagana
Umschlaggestaltung: Quadro Grafik, Bensberg
Satz: Fotosatz Schell, Bad Iburg
Druck und Verarbeitung:
Brodard & Taupin, La Flèche, Frankreich
Printed in France
ISBN 3-404-24 140-1

Der Preis dieses Bandes versteht sich einschließlich
der gesetzlichen Mehrwertsteuer.

Für

Meinen Bruder Bill, der mir
Katzenauge borgte;

MaryJo, die mich zu Bradburys
Gesängen des Computers führte;

Laura Dene, die mir Asimovs
Foundation-Zyklus in die Hand drückte;

Dale und Maria, die mir die
Chroniken von Narnia empfahlen;

Und die Bibliothekare in
Santa Clara, Kalifornien, und Mesa, Arizona,
die es mir ermöglichten,
Poul Andersons ›*Nennt mich Joe*‹
und Lloyd Biggles ›*Der Notenschmied*‹,
Andre Nortons ›*Wrack im Eis*‹
und Robert Heinleins ›*Tunnel zu den Sternen*‹
zu lesen.

Ihr habt mich ans Träumen gebracht.
Hoffentlich wache ich nicht auf.

Vorbemerkung des Verfassers

Treason – Der Spenderplanet war der zweite Roman, den ich veröffentlichte, und in den darauffolgenden Jahren habe ich etwas mehr darüber gelernt, wie man eine Geschichte erzählen kann und sollte. An die Geschichte Lanik Muellers glaube ich noch immer, und als ich diese Neuausgabe vorbereitete, ließ ich die Geschichte an sich unverändert. Verändert habe ich die Art, wie sie präsentiert wird: den Tonfall, den Aufbau, die klare Linie. Das führte dazu, daß es sich bei etwa zehn Prozent dieses Buches um neues Material handelt; zusätzlich habe ich auf zahlreichen Seiten kleine Veränderungen vorgenommen. Die Überarbeitung stellt nicht den Versuch dar, die Geschichte Lanik Muellers zu erzählen, als schriebe ich sie 1988 zum ersten Mal – *dieser* Roman, der wegen mangelnder Zeit niemals geschrieben werden wird, wäre etwa anderthalbmal so lang wie der vorliegende, wobei ich viel mehr Zeit darauf verwenden würde, andere Charaktere und ihre Beziehungen zueinander zu entwickeln. Statt dessen behält diese Ausgabe die einfache Struktur des Originals bei. Es bleibt die Geschichte eines jungen Mannes, der seine Welt und sich sellbst entdeckt und verändert.

1

mueller

Ich war der letzte, der erfahren sollte, was mit mir geschah. Oder zumindest der letzte, der wissen sollte, daß ich es wußte.

Saranna merkte es, als ihre Hand über meine Brust glitt und ihre Finger keine Brustmuskeln liebkosten, die durch Stunden der Übungen mit Schwert, Spieß, Pfeil und Bogen schlank und hart geworden waren, sondern ein weicheres Fleisch. Ihre Hände erinnerten sich an dieselbe Entdekkung an ihrem eigenen Körper vor nicht allzu vielen Jahren, und da sie eine echte Tochter Muellers war, mit scharfen Augen und unerbittlichem Verstand, wußte sie alles auf einmal, wußte von dem, was mich erwartete, wußte, was nun zwischen uns unmöglich geworden war. Doch da sie eine echte Tochter Muellers war, sagte sie nichts und trauerte auch nicht; von diesem Augenblick an, bis ich Mueller schließlich verließ, berührte sie mich einfach nicht mehr, zumindest nicht, wie sie es zuvor getan hatte, nicht mit dem Versprechen auf Jahrzehnte der Leidenschaft in unserer Zukunft. Sie wußte es, doch ich wußte es noch nicht.

Auch Dinte sah es, als er mich im Auge behielt, wie er es immer tat: der zweite Sohn, der hofft, daß mich ein Unfall ereilt, damit er verzögern kann, daß man mir Hilfe leistet; der nach einer Spur echten Schwachsinns sucht, damit man ihn nach Vaters Tod zum Regenten ausrufen kann; dem jede Schwäche in meiner Wehrhaftigkeit oder meinem Denken auffällt, damit er einen Vorteil erlangt, wenn er mich verrät. Wer mich mit jenem Eifer beobachtete, mußte einfach bemerken, wie mein Hemd über der Brust anders fiel. Von allen Möglichkeiten, die bewirkten, daß man mich für ungeeignet hielt, Vaters Thron einzunehmen, gefiele diese Veränderung an meinem Körper ihm am besten. Als der verschlagene Sohn Muellers, der er war, wurde er augenblicklich hochmütig; er nannte mein Elend nicht beim

Namen, sondern behandelte mich mit der Arroganz, die selbst die schlimmsten Feiglinge nur zur Schau stellen, wenn die Leiche ihres Feindes vor ihnen liegt. Er wußte es, ich jedoch noch nicht.

Vater wäre es niemals aufgefallen. Der Mueller hatte immer viel zuviel zu tun; er hatte nicht die Zeit, selbst auf mich zu achten. Doch er ließ mich von all meinen Lehrern und meinen Freunden im Auge behalten; besonders während meiner Pubertät, der kritischen Phase, in der die größte Gefahr droht.

Wir, in deren Adern das wahre Muellerblut fließt, haben eine große Begabung: so schnell zu heilen, daß sich Narben bilden, bevor das Blut getrocknet ist, und jeden Teil unseres Körpers nachwachsen zu lassen, der verlorengeht. Dadurch kann man uns nur sehr schwer töten.

Unsere Feinde behaupten, die Muellers empfänden keinen Schmerz, doch das stimmt nicht. Sie haben diesen Eindruck, weil wir in der Schlacht bereitwillig gefährliche Schwertstreiche hinnehmen, die jeder andere parieren müßte, um sein Leben zu retten, und wir dann, während die Waffe unseres Feindes tief in unser Fleisch eingedrungen ist, ihm einen Streich zufügen können, der ihn tötet, während unsere Verletzung bereits abheilt.

Doch genau wie alle anderen empfinden auch wir Schmerz. Unsere Frauen werden beim Geburtsakt, wenn das Fleisch zerreißt, ohnmächtig. Wenn man unsere Hand ins Feuer hält, brennt der Schmerz für uns so heiß wie für jeden anderen Menschen. Wir empfinden Schmerz, doch wir haben keine Furcht. Wir haben gelernt, Schmerz und Furcht voneinander zu trennen.

Für andere Menschen bedeuten Schmerzen, daß ihr Leben in Gefahr ist; um es zu erhalten, sind sie auf den Reflex angewiesen, diese Schmerzen unter allen Umständen zu vermeiden. Doch für einen Mueller bedeuten Schmerzen, daß die Gefahr klein ist. Der Tod ereilt uns nur auf eine Art, bei der wir keine Schmerzen empfinden – das Zerfallen in der Senilität, der kalte, harte Atemhauch des Ertrinkens, der Verlust allen Fühlens, wenn der Kopf vom

Körper getrennt wird. Ein bloßer Schnitt oder eine Verbrennung, eine Stichwunde oder ein gebrochener Knochen bedeuten nur, daß wir etwas Lebenskraft verlieren, während unser Körper schnell heilt. Eine solche Verletzung bedeutet, daß wir nach Ende der Schlacht noch blutige Steaks statt Radieschen zu uns nehmen sollten.

Und die schlimmste Angst, die andere haben – die Angst vor einer Verstümmelung, davor, Hände oder Füße, Augen oder Genitalien zu verlieren –, wir lachen darüber.

Warum ist dies ihre schlimmste Angst? Weil sie ihre derzeitige Gestalt für ihr wahres Ich halten, und wenn sie diese Gestalt verlieren, verlieren sie ihr Ich, werden sogar in ihren eigenen Augen zu einem Monstrum.

Doch wir Muellers haben schon vor langer Zeit gelernt, daß unser Körper keineswegs unser wahres Ich ist. Wir können viele verschiedene Gestalten haben und immer noch derjenige sein, der wir schon immer waren. Diese Lektion lernen wir während des Wahnsinns der Pubertät. Mit zwölf oder vierzehn erleben auch wir die bizarre Wirkung von Chemikalien, die bei anderen bewirken, daß ihnen an seltsamen Stellen Haare wachsen und sie zu Organismen werden, die sich reproduzieren können. Da unsere Körper so stark sind, verläuft bei uns jedoch auch die Pubertät viel stärker. Wir sind eine Züchtung, die abgeschlagene oder gebrochene Körperteile regenerieren kann; während des Wahnsinns des Heranreifens vergessen unsere Körper ihre eigentliche Gestalt und versuchen, Teile wachsen zu lassen, die bereits vorhanden sind. Jeder junge Mann, jede junge Frau hat mit einem dritten Arm spöttisch Freunden gewunken, hat einen komplizierten Schritt getanzt, für den man ein oder zwei zusätzliche Beine benötigt, oder hat mit einem überflüssigen Auge geblinzelt. Ich selbst habe es ertragen, vier Arme gleichzeitig, eine zusätzliche Nase und zwei pumpende Herzen zu haben, bevor der Chirurg mich unter sein Messer nahm, um mir die überzähligen Gliedmaßen zu entfernen. Unser Ich ist nicht unser Körper. Wir können jeden beliebigen Körper haben und dennoch die sein, die wir sind. Wir empfinden kein

Entsetzen davor, Gliedmaßen zu verlieren. Wir können unser Ich nicht durch Subtraktion entstellen oder zerstören.

Wir empfinden vor etwas anderem Entsetzen.

Meine gesamte Pubertät über ließ Vater mich beobachten. Selbst mit fünfzehn Jahren, als mein Körper nur noch einen oder zwei Dezimeter von der vollen Größe eines Mannes entfernt war und meine sexuellen Veränderungen eigentlich abgeschlossen gewesen sein müßten – zumindest soweit abgeschlossen, daß Saranna schon mein Kind in sich trug –, selbst da fühlte ich noch immer von der Morgen- bis zur Abenddämmerung ihre Blicke auf mir, die mich an Körper und Seele abmaßen, damit sie Vater in jenem Augenblick Bericht erstatten konnten, wenn er die Zeit fand, an mich zu denken. Sie können unmöglich übersehen haben, was mit mir geschah; Vater muß es vor Dinte gewußt haben, ja sogar noch vor Saranna. Sie alle wußten es.

Nur ich nicht.

Oh, natürlich *wußte* ich es irgendwie. Ich wußte genug, um keine enge Kleidung mehr zu tragen, nur noch weit geschnittene Hemden. Ich wußte genug, um nach Entschuldigungen zu suchen, anstatt mit meinen Freunden schwimmen zu gehen, genug, um Dinte nicht zusammenzustauchen, auch wenn er noch hochnäsiger war als sonst, vielleicht, als wagte ich es nicht, ihn dazu zu provozieren, mir an den Kopf zu werfen, was ich geworden war. Ich wußte immerhin soviel, um mich nicht zu wundern, daß Saranna mich nicht mehr berührte, wußte im letzten Monat, daß es besser war, sie nicht in mein Bett zu holen. Und doch gestand ich mir nie ein, was aus mir geworden war.

Ich dachte mit keinem einzigen Gedanken an meine neue, schreckliche Zukunft. Nur einmal, als das kostbare stählerne Schwert der Königswürde in meiner Hand aufblitzte, schwor ich mir so inbrünstig, daß ich mich selbst jetzt noch an diesen Augenblick erinnere, als sei es erst heute morgen gewesen – schwor ich mir, niemals ohne solch ein Schwert in meiner Hand oder an meiner Seite zu leben. Selbst in diesem Augenblick redete ich mir ein, es sei meine Angst, ein gewöhnlicher Mensch zu werden, einer der bequemen Halbseelen, die niemals Eisen berühren und beim geringsten Schnitt erschaudern, bei dem Blut fließt.

»Heute«, sagte Homarnoch.

»Ich habe keine Zeit«, sagte ich mit dem autoritären Hochmut, mit dem die Söhne von Prinzen andere an eine Befehlsgewalt erinnern, die sie noch nicht haben.

»Der Mueller will es.«

Und damit war die Sache erledigt. Alle Täuschungen waren hinfällig; alle Lügen, an die ich glaubte, würden mit einemmal aufgeklärt werden. Dennoch wimmelte ich ihn ab, sagte ihm, ich sei schmutzig und müsse mich waschen, was auch stimmte; doch es gelang mir zu baden, ohne mich auch nur einmal in dem versilberten Glas zu betrachten. Über allen Spiegeln hing Kleidung, oder sie waren zur Seite gestellt worden, so daß ich mich in meinem Zimmer nie ansehen mußte. Das war nur ein weiteres Zeichen dafür, daß ich es wußte, ohne es zu wissen – bis zu diesem Moment war ich so eitel wie jeder andere Junge auch gewesen und hatte mich mit Glas umgeben.

Doch es gab kein Verstecken vor dem Spiegel in Homarnochs steriler Chirurgenpraxis, dem Zimmer mit scharfen Stahlmessern und blutbefleckten Betten, in dem Pfeile mit Widerhaken aus dem Fleisch von Soldaten geschnitten und überzählige, nutzlose Teile von heranwachsenden Körpern entfernt wurden.

Er ließ mich vor den Spiegel treten, stellte sich hinter mich und legte beide Hände unter Brüste, die mittlerweile schon üppig geworden waren. Zum ersten Mal war ich gezwungen, Fleisch anzustarren, bei dem es sich unmöglich um das meine handeln konnte. Zum ersten Mal wurde ich mir der Berührung eines anderen bewußt. Dennoch glaube ich nicht, daß es Homarnochs harter chirurgischer Griff war, der mich erregte. Diese Berührung empfand ich eher fremdartig denn als sexuell. Ich bin sicher, es war der Anblick, wie jemand die Brüste einer anderen Person in die

Hände nahm. Ich glaube, es war Voyeurismus. Ich wollte noch immer nicht glauben, was mit mir geschehen war.

»Warum bist du nicht sofort zu mir gekommen?« fragte Homarnoch. Es klang fast beleidigt.

»Wieso? Mir sind schon alle möglichen Körperteile gewachsen.«

Er schüttelte den Kopf. »Du bist kein Narr, Lanik Mueller.«

Ich hörte meinen Namen und empfand einen übelkeitserregenden Schrecken. Später begriff ich, daß es der Name *Mueller* war, der diese Furcht hervorrief. Nicht, weil es mein Name war, sondern weil er es bald nicht mehr sein würde.

»Das passiert den Muellers immer wieder, Lanik. Alle paar Generationen. Niemand ist immun.«

»Es ist nur die Pubertät«, sagte ich, nur allzu gern bereit, ihm zu glauben.

Er musterte mich traurig und nicht ohne Zuneigung. »Hoffentlich hast du recht«, sagte er, doch natürlich hatte er schon längst keine Hoffnung mehr. »Hoffentlich finden wir bei der Untersuchung heraus, daß du recht hast.«

»Es besteht kein Grund ...«

»Jetzt sofort, Lanik«, sagte er. »Der Mueller verlangt, daß ich ihm innerhalb einer Stunde meine Antwort gebe.«

Ich tat, was mein Vater befahl. Ich legte mich auf den Tisch und zwang mich, mich zu entspannen, als sich das Messer in meinen Unterleib grub. Ich hatte schon schlimmere Schmerzen ertragen, doch daran lag es nicht. Oder zumindest nicht an den Schmerzen allein. Denn zum ersten Mal seit meiner frühesten Kindheit brannten Schmerz und Furcht gemeinsam in mir.

Als er fertig war, verband er die Wunde. Ich spürte bereits das Schwindelgefühl und das Kitzeln, das mir verriet, daß die Heilung schon eingesetzt hatte – es waren saubere Schnitte, die innerhalb von ein paar Stunden verheilt sein würden. Ich mußte ihn nicht fragen, was er gefunden hatte. Ich erkannte es an seinen hängenden Schultern, dem harten Gleichmut auf seinem Gesicht. Ich wußte, daß seine reglose Maske Trauer und keine Freude verbarg.

»Schneide sie einfach ab«, sagte ich leichthin.

Er faßte die Bemerkung nicht als Scherz auf. »Eierstöcke sind auch da, Lanik, und wenn ich sie herausschneide, wenn ich den Uterus herausschneide, wachsen sie einfach nach.« Dann sah er mich an, mit dem gleichen Mut, mit dem ein Mann in der Schlacht seinen Feind ansieht. »Du bist ein Fall von Radikalregeneration, Lanik. Es wird niemals enden.«

Nun war das Wort gefallen. Der Name für das, was ich geworden war. Wie meine wunderschöne Cousine Velinisk, die verrückt wurde und alle mit dem Penis anpinkelte, dessen Wuchs sie zum Monstrum gemacht hatte. *Radikalregeneration.* Wie alle anderen auch hatte ich mich von ihr abgewandt, ihren Namen von diesem Tag bis heute kein einziges Mal mehr ausgesprochen. Zuerst hatte sie aufgehört, ein Mensch zu sein. Dann war sie nie ein Mensch gewesen. Dann hatte sie nie existiert.

Am Ende der Pubertät nehmen die meisten Muellers ihre Erwachsenengestalt an, und es wachsen ihnen nur noch jene Körperteile nach, die verlorengingen. Doch eine kleine Anzahl von uns gerät völlig außer Kontrolle. Die Pubertät hält ewig an, und neue Körperteile wachsen völlig zufällig nach. In solchen Fällen vergißt der Körper, wie seine natürliche Gestalt sein sollte, er hält sich für eine endlose Wunde, die niemals abheilt, für einen besonders schlimm verstümmelten Körper, dessen Teile auf ewig erneuert werden müssen.

Das war die schlimmste Todesart, denn es gab kein Begräbnis; man hörte auf, ein Mensch zu sein, doch man durfte auch nicht zu einer Leiche werden.

»Wenn du das behauptest, Homarnoch«, entgegnete ich, »sprichst du mein Todesurteil aus.«

»Tut mir leid«, sagte er schlicht. »Aber ich muß sofort deinen Vater benachrichtigen.«

Damit ging er fort.

Ich schaute erneut in den großen Spiegel an der Wand,

neben dem meine Kleidungsstücke hingen. Meine Schultern waren immer noch breit von den Stunden, Tagen und Wochen der Übungen mit Schwert, Lanze, Speer und Bogen und neuerdings auch mit dem Blasebalg in der Schmiede. Meine Hüften waren immer noch schmal vom Rennen und Reiten. Über meinem Magen wölbten sich harte, feste, männliche Muskeln. Und darüber, wie lächerlich, auf einmal diese weichen, einladenden Brüste …

Ich riß das Messer aus dem Gürtel, der an der Wand hing, und drückte die scharfe Silberschneide in meine Brust. Es tat furchtbar weh. Der Schnitt war keine drei Zentimeter tief, da mußte ich aufhören. An der Tür rührte sich etwas. Ich drehte mich um.

Eine kleine, schwarze Cramer senkte den Kopf, um mich nicht ansehen zu müssen. Ich erinnerte mich, daß sie im letzten Krieg, den Vater gewann, als Beute eingebracht worden war. Demnach gehört sie für den Rest ihres Lebens uns. Ich redete nett mit ihr, weil sie eine Sklavin war.

»Schon gut, mach dir keine Sorgen.« Aber die angstvolle Spannung wich nicht von ihr.

»Mein Hoher Herr Ensel wünscht seinen Sohn Lanik zu sehen. Er sagt – sofort.«

»Verdammt!« entfuhr es mir. Die Sklavin kniete nieder, gewärtig meines Zorns. Ich schlug sie nicht, sondern legte nur die Hand auf ihren Kopf, als ich zum Kleiderhaken schritt, um mich anzuziehen. Im Hinausgehen mußte ich unwillkürlich mein Spiegelbild betrachten. Mein Busen wogte bei jedem Schritt, als ich das Zimmer verließ. Die kleine Cramer flüsterte Dankesworte hinter mir her.

Ich wollte im Laufschritt die Treppe zu Vaters Räumen hinabspringen. Doch ich hatte noch nicht gelernt, wie eine Frau zu gehen, mit geschmeidigen Schritten und rollenden Hüften, um überflüssige Stöße zu vermeiden. Nach drei Sprüngen mußte ich innehalten und mich ans Geländer lehnen, bis der Schmerz nachließ. Als ich mich umdrehte, um langsamer hinunterzusteigen, erblickte ich meinen Bruder Dinte am Fuß der Treppe. Er grinste unverschämt. Er war auf jeden Fall das größte Arschloch, das unsere Familie jemals hervorgebracht hatte.

»Wie ich sehe, hast du die Neuigkeit schon vernommen«, sagte ich, vorsichtig Stufe für Stufe nehmend.

»Solltest du nicht lieber einen Büstenhalter umbinden?« schlug er unverschämt vor. »Ich könnte dir einen von Manoahs leihen, aber der wäre dir viel zu klein.«

Ich griff zum Dolch. Er wich einige Schritte zurück. Ich hatte ihm in unserer Kindheit schon so oft die Finger abgeschnitten und die Augen ausgestochen, daß ich wußte, wie vergeblich es sein würde – doch wenn ich wütend war, fühlte sich das Messer in meinen Händen unumgänglich an.

»Solche Späße darfst du dir nicht mehr leisten, Lanik«, sagte Dinte, immer noch frech grinsend. »Jetzt bin ich der Erbe und in absehbarer Zeit auch das Familienoberhaupt. Dann werde ich mich deines Verhaltens erinnern.«

Ich versuchte, mir eine Antwort einfallen zu lassen. Irgendeine verächtliche Erwiderung, damit er wußte, daß nichts, was er mir jemals antun könnte, der Qual dessen gleichkäme, was gerade geschehen war und was noch geschehen würde.

Doch soviel Schmerz und Furcht gesteht man nur einem vertrauenswürdigen Freund ein. So sagte ich nichts und ging auf Vaters Zimmer zu. Als ich an meinem Bruder vorüberschritt, summte er tief hinten in der Kehle, wie es Männer machen, die in der Hivvelstraße Prostituierte herbeilocken wollen. Ich brachte ihn jedoch nicht um.

»Hallo, mein Sohn«, rief Vater, als ich sein Zimmer betrat.

»Du solltest deinem zweiten Sohn mal beibringen, daß ich immer noch weiß, wie man jemanden umbringt«, antwortete ich.

»Sicherlich wolltest du zunächst mal guten Tag sagen und deine Mutter begrüßen.«

Ich folgte seinem Blick und sah die Mistbiene, wie wir Kinder Vaters zweite Frau mit wenig Zuneigung nannten. Sie hatte Mutters Position eingenommen, als diese plötzlich einer unerklärlichen Herzattacke erlag. Vater meinte nicht, daß der Anfall seltsam und plötzlich gewesen sei. Aber ich war überzeugt davon. Die Mistbiene hieß offiziell Ruva. Sie stammte aus Schmidt und war Teil eines Abkommens gewesen, das auch noch einen Nichtangriffspakt, zwei Forts und etwa drei Millionen Morgen Landes umfaßte. Nach Gesetz und Sitte, und nicht zuletzt aus Angst vor Vaters Zorn, waren wir gezwungen, sie Mutter zu nennen.

»Hallo, Mutter«, begrüßte ich sie kühl. Sie erwiderte meinen Gruß nur mit ihrem süßen, sanften, mörderischen Lächeln.

Vater verschwendete keine Zeit mit Weichherzigkeit oder Mitgefühl. »Wie ich von Homarnoch erfuhr, hat bei dir eine Radikalregeneration stattgefunden.«

»Ich werde jeden umbringen, der es versuchen sollte, mich in die Verwertungsanstalt zu bringen«, regte ich mich auf. »Auch dich.«

»Eines Tages werde ich deine verräterischen Äußerungen ernst nehmen, mein Junge, und dich deswegen erwürgen. Indessen ist deine Befürchtung unbegründet. Ich würde nie einen meiner eigenen Söhne der Verwertungsanstalt überantworten, nicht einmal, wenn er ein ›Rad‹ wäre.«

»Das hat es aber schon gegeben«, wandte ich ein. »Ich habe ein wenig Familiengeschichte studiert.«

»Dann dürftest du wissen, was jetzt geschehen muß. Komm herein, Dinte«, sagte mein Vater. Ich drehte mich um und sah meinen kleinen Bruder hereinmarschieren. In diesem Augenblick verlor ich zum ersten Male meine Selbstbeherrschung.

»Du wirst es diesem schwachsinnigen Armleuchter ermöglichen, ganz Mueller zu ruinieren, du Blödmann«, schrie ich meinen Vater an. »Dabei weißt du ganz genau, daß nur ich dieses wackelige Imperium zusammenhalten kann, wenn du uns eines Tages endlich mal die Freude machst zu verrecken! Nun kann ich nur hoffen, daß du lange genug lebst, um den allgemeinen Zusammenbruch noch zu sehen!« Später würde ich mich voller Verbitterung an diese Worte erinnern, doch wie hätte ich damals wissen können, daß dieser zornige Fluch eines Tages eintreffen sollte?

Vater sprang auf, kam um den Tisch herum und baute sich vor mir auf. Ich erwartete seine Schläge und richtete mich auf Abwehr ein. Statt dessen packte er mich mit beiden Händen an der Kehle. Für einen Augenblick wurde mir fast schlecht bei der Vorstellung, er werde seine Drohung wahrmachen und mich erwürgen. Dann aber riß er meinen Überwurf auf, packte meine Brüste und preßte sie so brutal zusammen, daß ich vor Schmerzen nach Luft schnappte und zurückwich.

»Du bist jetzt schwach, Lanik!« schrie er mich an. »Du bist weich und weibisch. Kein Mann von Mueller würde dir Gefolgschaft leisten!«

»Allenfalls ins Bett«, warf Dinte heimtückisch ein. Vater fuhr herum und versetzte ihm eine Ohrfeige.

Als er sich umdrehte, bedeckte ich meine Brüste mit den Armen wie ein jungfräuliches Mädchen und drehte mich um. Jetzt stand ich Angesicht zu Angesicht mit der Mistbiene. Sie lächelte immer noch. Ihre Blicke wanderten von meinem Gesicht abwärts zu meinem Busen …

Nicht zu meinen Brüsten! schrie es in meinem Inneren. Es sind nicht meine, sie gehören nicht zu mir. Ich verspürte das überwältigende Verlangen zu fliehen, mich vollkommen aus meinem Körper zu entfernen, ihn hierzulassen, während ich mich sonstwohin begab – als Mann, immer noch als Erbe mit der Hoffnung auf uneingeschränkte Gewalt, jedenfalls als Mann und immer noch als mein eigenes Ich.

»Zieh dir einen Mantel über«, befahl mein Vater.

»Jawohl, mein Hoher Herr Ensel«, murmelte ich. Anstatt aus meinem Körper zu entschwinden, bedeckte ich ihn. Das rauhe Gewebe des Umhanges scheuerte an meinen empfindlichen Brustwarzen. Stumm stand ich da und ließ das Ritual über mich ergehen, mit dem mein Vater mich zum Bastard und Dinte zum Kronprinzen erklärte. Mein Bruder war groß und blond. Er machte äußerlich einen starken und klugen Eindruck. Doch keiner wußte so gut wie ich, daß seine Klugheit mehr einer hinterhältigen Schläue entsprang. Seiner Körperkraft fehlten Schnelligkeit und Gewandtheit. Nach der Zeremonie setzte sich Dinte wie selbstverständlich in den Sessel, der so lange Jahre hindurch meiner gewesen war.

Ich stand vor den beiden, und mein Vater forderte mich auf, meinem jüngeren Bruder treue Ergebenheit zu schwören.

»Lieber will ich sterben«, fuhr ich auf.

»Du hast die Wahl«, meinte mein Vater gleichmütig, während Dinte grinste.

Also schwor ich Dinte Mueller treue Ergebenheit auf ewig, dem neuen Erben des Familienbesitzes, der den ursprünglichen Grund und Boden der Muellers umschloß und dazu die Ländereien, die unser Vater erobert hatte: Cramer, Helper, Wizer und dazu die Insel Huntington. Ich entschloß mich zu dem erniedrigenden Schwur, weil Dinte offenbar nur auf meine Ablehnung wartete, die meinen Tod bedeutet hätte. Jetzt, da ich am Leben blieb, mußte er ständig um das seine besorgt sein. Im stillen fragte ich mich, wie viele Wachtposten er wohl von jetzt an nachts um sein Bett aufstellen würde.

Dabei wollte ich ihn keineswegs töten. Wenn Dinte beseitigt war, würde ich seinen Platz nicht wieder einnehmen. Das würde nur bedeuten, daß der lockenköpfige Abschaum der Mistbiene auf den Platz des Alleinerben vorrücken würde. Ein Radikalregenerierter wie ich – wir nannten so etwas Rad – konnte niemals hoffen, in Mueller an die Macht zu kommen. Außerdem wurden Rads kaum älter als fünfundzwanzig Jahre. Auch durften wir mit Übermännern keine Inzucht betreiben. Plötzlicher Schmerz durchzuckte mich bei der Erkenntnis, was das alles für die arme Saranna bedeuten mußte. Nun würde man ihr das werdende Kind aus dem Leibe reißen und die Frucht vernichten. Von nun an war sie die Konkubine eines Paria und nicht mehr die künftige Erste Gattin eines Oberhauptes der herrschenden Familie.

»Sehe ich Dolche in deinen Blicken, Lanik?« fragte mein Vater.

»Niemals, Vater.«

»Dann vielleicht Gift oder tiefes Wasser. Ich glaube, mein Erbe wird nicht in Sicherheit leben, so lange du hier in Mueller bleibst.«

Ich starrte ihn an. »Dinte ist sich selbst der größte Feind. Ich brauche nicht nachzuhelfen, um seinen Untergang herbeizuführen.«

»Auch ich habe die Familiengeschichte studiert«, sagte mein Vater. »Jeder Mueller, der zu sentimental war, seine radikalregenerativen Nachkommen in die Verwertungsanstalten zu schicken, hat es kurz darauf bereut.«

»Dann laß mich mit Würde sterben, Vater.« Das war die äußerste Bitte, die mir über die Lippen kommen würde. Doch insgeheim flehte ich ihn an: Laß sie mich nicht füttern und abernten, mir Glieder und Organe abtrennen, wie man Wolle von einem Schaf schneidet oder Milch von einer Kuh bekommt oder Seide von einer Spinne.

»Ich bin dir zu sehr zugetan«, sagte Vater. »Ich will dich nicht töten. Deshalb werde ich dich mit einem Sonderauftrag fortschicken. Nur so kann ich hoffen, daß Dinte am Leben bleibt.«

»Ich habe keine Angst vor ihm«, rief Dinte verächtlich.

»Dann bist du ein Narr«, erklärte Vater scharf. »Ob er nun Titten hat oder nicht, Lanik wird dir immer mehr als nur überlegen sein, mein Junge. Ich werde dir die Regentschaft über mein Imperium nicht überlassen, bevor du mir nicht bewiesen hast, daß du wenigstens halb so klug wie dein Bruder bist.«

Daraufhin schwieg Dinte. Aber mir war klar, daß mein Vater damit in den Augen meines Bruders mein Todesurteil unterschrieben hatte. Etwa mit Absicht? Das konnte ich nicht glauben.

»Was für einen Sonderauftrag meinst du?« erkundigte ich mich.

»Nkumai«, lautete die kurze Antwort.

»Das Reich der wilden Schwarzen, die auf Bäumen hausen!« entfuhr es mir. »Was soll ein Sonderbeauftragter bei den Tieren so weit im Osten ausrichten?«

»Sie sind keine Tiere«, korrigierte mich mein Vater. »Sie benutzen im Kampf metallene Schwerter. Vor zwei Jahren haben sie Drew erobert. Allison wird ihnen leicht zufallen, wenn wir noch lange reden.«

Mich ärgerte die Vorstellung, daß die schwarzen Baumbewohner die stolzen Steinschneider von Drew besiegt haben sollten und den wilden Reitern von Allison das gleiche Schicksal drohte. »Warum Sonderbeauftragte hinschikken? Wäre es nicht besser, die Armee in Marsch zu setzen?« fragte ich wütend.

»Bin ich ein Dummkopf?« kam die Gegenfrage. »Wollte ich blinde, übereifrige Ratschläge hören, könnte ich eine Volksversammlung einberufen und dem Adel lauschen.«

Ich empfand es als gleichzeitig ermutigend und schmerzlich, daß er von mir erwartete, wie der Mueller und nicht wie irgendein gewöhnlicher Soldat zu denken, der keine Verantwortung trug. Also antwortete ich ihm nun wahrheitsgemäß:

»Wenn sie Hartmetall besitzen, müssen sie etwas entdeckt haben, das sie der Außenwelt anbieten können. Wir wissen nicht, wieviel Metall sie besitzen. Wir wissen auch nicht, was die Nkumai dafür zu bieten haben. Mein Sonderauftrag läuft also nicht darauf hinaus, einen Vertrag auszuhandeln, sondern herauszufinden, was die Nkumai verkaufen und was der Gesandte dafür bezahlt.«

»Sehr gut«, nickte mein Vater. »Dinte, du kannst jetzt gehen.«

»Sollte ich nicht besser anwesend sein, wenn so wichtige, das Reich betreffende Dinge verhandelt werden?« fragte Dinte.

Vater gab keine Antwort. Also stand der Kronprinz auf und ging hinaus. Dann entließ mein Vater mit einer Handbewegung auch die Mistbiene und ihr Balg.

»Lanik«, begann mein Vater, sobald wir allein waren, »Lanik, ich wünsche bei Gott, ich könnte etwas unternehmen.« Dabei traten ihm die Tränen in die Augen. Überrascht erkannte ich, wie nahe ich meinem Vater stand. Mein Schicksal bereitete ihm Kummer. Wobei es ihm wohl weniger um mich als um sein geliebtes Imperium ging. Er wußte nur zu gut, daß Dinte den Besitz nicht zusammenhalten würde.

»Lanik, in den dreitausend Jahren, seit Mueller besteht, hat es einen Geist wie den deinen in einem solchen Körper nicht gegeben – alles in allem ein Mann, zum Regieren wie geschaffen. Nun ist dieser Körper ruiniert. Wird der Geist mir weiterhin dienen? Wird der Mann immer noch den Vater lieben?«

»Mann? Wenn du mir auf der Straße begegnest, würdest du mit mir ins Bett gehen wollen.«

»Lanik!« rief er laut. »Kannst du nicht glauben, wie groß mein Schmerz ist?« Er riß den goldenen Dolch aus dem Gürtel, hob ihn hoch und jagte ihn sich durch die linke Hand, die damit am Tisch festgenagelt wurde. Als er die Waffe zurückzog, spritzte das Blut pulsierend aus der Wunde. Der alte Mann rieb sich mit der verletzten Hand über die Stirn, so daß sein Gesicht blutig war. Er weinte, während die Blutung aufhörte und Narbengewebe die Wunde verschloß.

Ich saß da und wartete das Ende der Trauerzeremonie ab. Wir schwiegen. Man hörte nur sein keuchendes Atmen, bis die Hand verheilt war. Dann schaute er mich aus tränenschweren Augen an. »Selbst wenn dies nicht geschehen wäre«, sagte mein Vater schließlich, »hätte ich dich nach Nkumai entsandt. Seit vierzig Jahren sind nur wir auf diesem Planeten im Besitz des harten Metalls gewesen. Nun ist Nkumai unser erster Rivale. Wir wissen nichts über diese Familie. Schleiche dich heimlich ein. Du wirst getötet, wenn man erfährt, daß du aus Mueller kommst. Auch wenn du am Leben bleibst, würden die Nkumai dafür sorgen, daß du nichts Wichtiges zu sehen bekämst.«

Ich lachte verbittert. »Und nun habe ich die perfekte Verkleidung. Niemand würde glauben, daß Mueller eine Frau ausschickt, um eine Männerarbeit zu tun.«

Da hatte ich es gesagt, hatte ich mir den Namen gegeben,

der mich vielleicht davon abhalten würde, einfach zu existieren aufzuhören. Aber ich wußte, daß dies genauso unmöglich war; Mueller würde einen Radikalregenerativen genausowenig als Frau wie als Mann akzeptieren. Nur außerhalb des Muellerlandes konnte ich als Mensch gelten. Vater mochte es einen Sonderauftrag nennen, oder auch eine Spionagemission, doch wir beide wußten, daß der wahre Begriff dafür ›Exil‹ lautete.

Vater lächelte mich an. Seine Augen füllten sich abermals mit Tränen, und ich fragte mich, ob seine Liebe vielleicht doch mir gehörte.

Das Gespräch war beendet, und ich ging.

Vieles war zu erledigen. Ich beauftragte die Knechte, meine Pferde zu versorgen und für die Reise zu beschlagen. Beim Küchenpersonal bestellte ich Mundvorrat und bei den Gelehrten eine Landkarte. Als alles wie am Schnürchen lief, verließ ich die Burg und begab mich durch überdachte Gänge zum genetischen Laboratorium.

Die Neuigkeit hatte sich rasch herumgesprochen. Die hohen Beamten wichen mir aus. Nur ein paar Studenten waren da, um mir die Türen zu öffnen und mich zu dem Ort zu führen, den ich besichtigen wollte.

Die Verwertungsanstalten blieben täglich siebenundzwanzig Stunden lang hell erleuchtet. Durch das hohe Beobachtungsfenster betrachtete ich die Gestalten, die weithin die zartgrünen Wiesen bevölkerten. Hier und dort erhoben sich Staubwolken über Suhlen. Alle diese Geschöpfe waren nackt. Ich sah zu, wie die Nachmittagsmahlzeit in die Tröge verteilt wurde. Einige der Insassen sahen aus wie gewöhnliche Menschen. Andere hatten hier und da am Körper kleine Auswüchse oder sonstige Veränderungen, die man kaum sehen konnte, so zum Beispiel drei Brüste, zwei Nasen und Finger oder Zehen in Überzahl.

Daneben gab es viele, die reif zum ›Abernten‹ waren. Ich sah einer dieser Kreaturen nach, wie sie zum Futtertrog watschelte. Die fünf Beine waren nicht zu koordinieren. Das Wesen schwenkte ungelenk seine vier Arme, um das

Gleichgewicht zu halten. Ein zweiter Kopf baumelte nutzlos auf dem Rücken, und ein zweites Rückgrat trat im Bogen aus dem Körper hervor, wie eine Schlange, die ihr Opfer fest umklammert hält.

»Warum hat man den da so lange nachwachsen lassen?« fragte ich einen Studenten in der Nähe.

»Wegen des Kopfes«, klärte er mich auf. »Vollständige Köpfe sind sehr selten. Wir wollten nicht in die Regeneration eingreifen, bis dieser da vollständig fertig ist.«

»Bekommen wir für Köpfe einen guten Preis?«

»Ich habe mit dem Verkauf nichts zu tun«, wich er aus, woraus sich schließen ließ, daß Köpfe sehr kostbar waren.

Ich sah dem unbeholfenen Monstrum zu, wie es mit Armen, die ihm nicht gehorchen wollten, versuchte, Futter ins Maul zu schaufeln. Konnte das Velinisik sein? Ich erschauerte.

»Frieren Sie?« fragte der Student übereifrig.

»Sehr«, gab ich zurück. »Ich will jetzt gehen. Meine Wißbegierde ist befriedigt.«

Dabei fragte ich mich, warum ich nicht die geringste Dankbarkeit für den Entschluß empfand, mich nicht in die Verwertungsanstalt einzuweisen. Vielleicht deshalb, weil ich mir in diesem Falle das Leben genommen hätte. Mir lag wenig daran, die Außenwelt mit Körperersatzteilen zu versorgen. Vorerst war bei mir von Selbstmord noch keine Rede. Ich mußte mich wohl oder übel mit meiner schrecklichen Veränderung abfinden.

Saranna erwartete mich im Besuchszimmer der genetischen Laboratorien. Ich konnte ihr nicht ausweichen.

»Ich habe mir schon gedacht, daß ich dich hier in verzweifelter Stimmung antreffen würde«, sagte sie.

Ich wußte, daß sie nur versuchte, mich aufzuheitern, daß sie vorgeben wollte, zwischen uns sei alles noch in Ordnung. Unter diesen Umständen war solch ein Vorwand grotesk. Lieber wollte ich, daß sie um mich trauerte, zu mir sprach, als sei ich nur noch die Erinnerung an einen Toten, denn so kam ich mir in diesem Augenblick vor.

Ich wollte rasch weitergehen. Sie aber hielt mich am Arm fest und wollte mich nicht fortlassen.

»Meinst du etwa, für mich hätte sich dadurch etwas geändert?« weinte sie laut heraus.

»Du benimmst dich schamlos«, zischte ich sie an. Mehrere Leute blickten peinlich berührt zu Boden. Die Sklaven knieten bereits nieder. »Wir müssen uns deinetwegen schämen.«

»Dann komm mit mir«, verlangte sie. Um nicht weitere Peinlichkeiten heraufzubeschwören, verließ ich mit ihr das Besucherzimmer. Im Hinausgehen hörte ich die Ruten auf die Rücken der Sklaven herabsausen, weil sie mit angesehen hatten, wie Hochgeborene sich schamlos verhielten. Mir war, als fühlte ich die Schläge auf dem eigenen Rücken.

»Wie konntest du dich so danebenbenehmen?« fuhr ich Saranna an.

»Und wie konntest du mir acht Tage lang fernbleiben?«

»So lange ist es noch nicht her.«

»Länger! Lanik, glaubst du, ich wüßte es nicht? Glaubst du, ich liebe dich nur, weil du des Muellers Erbe bist?«

»Was hast du vor?« fragte ich. »Willst du mit mir dort hineingehen? Dich auch abernten lassen?«

Mit Entsetzen in den Augen wich sie vor mir zurück.

»Viel Glück beim nächsten Mal«, sagte ich. »Liebe beim nächsten Mal ein menschliches Wesen.«

»Lanik!« rief sie. Ihre Arme schlangen sich um meinen Nacken. Sie schmiegte den Kopf an meine Brust. Aber ihre Stirn lehnte nicht mehr an harten Männermuskeln, sondern an einem weichen Busen. Für einen Augenblick fuhr sie zurück, nur um sich sofort noch fester an mich zu drükken.

Mit ihrem Kopf an meinem Busen wallten mütterliche Gefühle in mir auf. Fast hätte ich mich übergeben. Saranna von mir stoßend rannte ich fort. Am nächsten Quergang blieb ich stehen und schaute zurück. Sie schlitzte sich bereits die Handgelenke auf, wobei sie laut weinte. Das Blut spritzte auf den steinernen Fußboden. Die Schnitte waren tief. Der Blutverlust würde sie tagelang krank machen, vom Herzeleid ganz abgesehen. Rasch ging ich in mein Zimmer.

Auf dem Bett liegend betrachtete ich die hübschen Goldverzierungen an der Decke. Inmitten der goldenen Einlegearbeiten saß eine einzelne Perle aus Eisen, schwarz, drohend und wunderschön. Für Eisen, sagte ich zu mir, für Eisen haben wir uns zu Monstren herangezüchtet. Die ›normalen‹ Muellers sind dadurch in der Lage, jede Verletzung sofort verheilen zu lassen. Die Rads dagegen werden wie Haustiere gehalten. Ihre zusätzlichen Glieder und Organe werden gegen immer mehr Eisen bei der Außenwelt eingetauscht. Eisen bedeutet Macht in einer Welt, die keine Hartmetalle kennt. Mit unseren Armen, Beinen, Herzen und Eingeweiden erkaufen wir uns diese Macht.

Wenn man einen Arm in den Austauscher legt, erscheint eine halbe Stunde später ein Pfund Eisen im tanzenden Licht des Grills. Für lebend eingefrorene Sexorgane erscheinen fünf Pfund Eisen auf dem Austausch-Grill. Ein vollständiger Kopf? Sein Wert mußte riesengroß sein.

Wie viele Arme, Beine, Augen und Lebern mußten wir bei dieser Preisrelation liefern, bis wir genügend Eisen zusammen hatten, um ein Sternenschiff zu bauen?

Die Wände bedrückten mich, und ich fühlte mich auf Treason gefangen, auf unserem Planeten, dessen Armut uns hinter hohen Mauern gefangenhielt, von der Außenwelt abschloß. Wir waren hier genausogut Gefangene wie die Kreaturen in der Verwertungsanstalt. Und genau wie jene wurden wir ständig wachsam beobachtet. Jede Familie versuchte, der anderen den Rang abzulaufen in dem Bemühen, etwas hervorzubringen (irgend etwas!), das die Außenwelt als Tauschmittel annehmen würde, um dafür kostbare Metalle wie Eisen, Aluminium oder Bronze zu liefern.

Wir Muellers waren die ersten gewesen. Vielleicht kamen jetzt die Nkumai als die zweiten. Das mußte früher oder später zum Kampf um die Vorherrschaft führen. Wer immer siegen mochte, es mußte ein Pyrrhussieg werden mit ein paar Tonnen Eisen als Beute. Ließ sich darauf eine Technologie aufbauen?

Ich schlief wie ein Gefangener, aufs Bett gepreßt von den Fesseln einer immensen Schwerkraft, wie sie auf unserem armseligen Planeten der Gefangenschaft herrscht. Obwohl ich von Verzweiflung erfüllt war über ein Paar fülliger, wunderschöner Brüste, die sich regelmäßig hoben und senkten, schlief ich tief und fest.

Als ich aufwachte, war es finster im Zimmer. Ich hörte das Rasseln keuchender Atemstöße. Es war mein eigenes Atmen. Von plötzlicher Panik erfüllt, spürte ich die Feuchtigkeit in meinen Lungen. Ich mußte schwer husten. Zugleich warf ich mich seitlich auf die Bettkante, um mir die dunkle Flüssigkeit aus den Lungen herauszuwürgen. Beim Husten spürte ich wahnwitzigen Schmerz in meinem Hals. Dann erst fiel mir auf, daß die Luft kühl in meine Kehle drang, nicht vorgewärmt durch den Mund.

Ich betastete meinen Hals und fand eine riesige offene Wunde vor. Der Kehlkopf war mir herausgeschnitten worden. Ich ertastete Venen und Arterien, die sich bereits mit Wundgewebe überzogen in dem Bemühen, rasch abzuheilen und mir, koste es was es wolle, Blut ins Gehirn zu leiten. Die Schnittwunde reichte von einem Ohr zum anderen. Endlich waren meine Lungen trocken. Die schwarze Flüssigkeit war mein eigenes Blut gewesen. Ich lag auf dem Bett und versuchte, die Schmerzen zu unterdrücken, während die aufgeschlitzte Kehle rasch wieder zuheilte.

Nicht schnell genug, wie ich plötzlich fürchtete. Wer auch immer (so plump) versucht hatte, mich umzubringen, dürfte bald zurückkehren, um seine Absicht zu vollenden (oder ihre – Ruva?). Beim nächsten Mal würde man nicht so achtlos vorgehen. Ich stand auf. Der Atem pfiff immer noch durch die offene Wunde an meiner Kehle. Aber die Blutung war bereits gestillt. Wenn ich mich nicht allzu heftig bewegte, mußte wohl der Heilungsprozeß von innen nach außen fortschreiten und die Wunde schließlich abdichten.

Schwach vor Blutverlust trat ich auf den Korridor hinaus.

Niemand. Die von mir bestellten Packsäcke waren vor meiner Zimmertür aufgestapelt, auf daß ich sie überprüfen sollte. Ich zerrte das Gepäck herein. Die Anstrengung rief eine erneute Blutung hervor. Ich legte eine kurze Pause ein, während die Blutbahnen zuheilten. Dann ging ich die Packsäcke durch, sortierte den Inhalt und machte aus den lebensnotwendigen Dingen ein einziges Bündel. Aus meinem Zimmer nahm ich nur den Bogen und die Pfeile mit gläsernen Spitzen mit. Mein einziges Gepäckstück tragend, schlich ich vorsichtig durch die Gänge und über Treppen in den Stall.

Als ich am Schilderhaus vorüberkam, stellte ich mit Erleichterung fest, daß niemand dort Wache hielt, der mich hätte aufhalten können. Ein paar Schritte weiter begriff ich, was das zu bedeuten hatte. Ich fuhr herum und zog dabei den Dolch.

Aber ich hatte keinen Feind hinter mir, sondern Saranna. Sie unterdrückte einen Schreckenslaut, als sie die vernarbende Wunde erblickte.

»Was ist dir zugestoßen?« rief sie laut.

Ich versuchte zu antworten. Aber mein Körper hatte den Kehlkopf noch nicht wieder aufgebaut. Also konnte ich nur den Kopf schütteln und Ruhe gebietend die Finger an die Lippen führen.

»Ich wußte, daß du verschwinden würdest, Lanik. Nimm mich mit.«

Ihr den Rücken kehrend ging ich zu meinen Pferden. Sie standen frisch beschlagen am Schmiedeschlengel. Wenn sie sich bewegten, pochten die hölzernen Hufbeschläge auf dem Erdboden. Ich warf Himmler den Packsack auf den Rücken und sattelte den Hengst Hitler, auf dem ich reiten wollte.

»Nimm mich mit«, bettelte Saranna. Ich drehte mich zu ihr um. Selbst wenn ich hätte reden können, was wäre zu sagen gewesen? Also küßte ich sie nur. Mir war klar, daß sie sich nicht würde zurückweisen lassen. Um ohne Lärm zu entkommen, mußte ich ihr den Dolchgriff heftig gegen den Hinterkopf schlagen. Lautlos sank sie auf dem mit Heu und

Stroh bedeckten Stallgang zusammen. Wäre sie keine Mueller gewesen, hätte der Schlag sie mit größter Wahrscheinlichkeit getötet. So aber konnte ich von Glück sprechen, wenn sie fünf Minuten lang bewußtlos blieb.

Die Pferde verhielten sich ruhig, als ich sie hinausführte. Unangefochten kam ich bis zum Tor. Der hochgeschlagene Mantelkragen verbarg die frische Wunde an meinem Hals vor den Wachtposten. Ich rechnete damit, hier angehalten zu werden. Nichts geschah. Ich fragte mich, ob es für Dinte wirklich einen Unterschied machte, ob ich tot war oder Mueller verließ. In jedem Falle war ich nicht dazu in der Lage, eine Verschwörung gegen ihn anzuzetteln. Mir war klar, daß hundert gedungene Mörder hinter allen Ecken lauern würden, falls ich jemals zurückkehrte. Warum hatte er sich überhaupt die Mühe gemacht, mich umzubringen?

Ich mußte beinahe lachen, als ich Hitler bestieg und Himmler im fahlen Lichte des Dissent, unseres schnellen Mondes, hinter mir herzog. Nur Dinte konnte einen so albernen Mordversuch an mir unternommen haben. Im stillen Mondlicht vergaß ich Dinte bald und dachte nur noch an Saranna. Sie war so blaß gewesen von dem Blutverlust aus Trauer um mich, als sie vor mir in der Stallgasse gelegen hatte. Ich ließ die Zügel sinken und griff unter dem Mantel an meine Brüste, um dabei an die ihren zu denken. Fast konnte ich glauben, daß dieser Busen nicht mir gehörte.

Dann stieg im Osten der Langsame Mond, Freedom, auf. Sein helles Licht fiel über die Ebene. Die Zügel aufnehmend drängte ich die Pferde zu größerer Eile. Bei Tageslicht wollte ich weit von der Burg sein.

Nkumai? Was würde ich dort vorfinden?

Und wen kümmerte es?

Aber ich war Ensel Muellers gehorsamer Sohn. Ich wollte weiterziehen, mich umsehen und dazu beitragen, daß Mueller, mit einigem Glück, obsiegen würde.

Hinter mir flammten Lichter in der Burg auf. Fackelträger liefen auf den Wällen entlang. Mein Verschwinden war entdeckt worden. Ich durfte mich nicht darauf verlassen, daß Dinte clever genug sein werde zu erkennen, wie sinnlos der

Versuch war, mich zu töten. Ich stieß Hitler die Fersen in die Flanken. Er galoppierte an. Mit einer Hand führte ich die Zügel, während ich mit der anderen versuchte, den Schmerz erträglicher zu machen, der durch die harte Gangart des Pferdes in meiner Brust verursacht wurde. Bis ich erkannte, daß meine Brüste gar nicht mehr schmerzten, ebenso wie die Wunde an meinem Hals. Der Schmerz saß tiefer in meiner Brust und hinten in der Kehle. Ich weinte, während ich mein Pferd ostwärts trieb – nicht zur Überlandstraße, wie man angesichts meiner Mission, wenn man sie kannte, vermuten würde. Ich wollte nicht zu den Feinden ringsum, die mir als einem möglichen Werkzeug bei ihrem Kampf gegen den Mueller-Imperialismus wahrscheinlich gern Unterschlupf gewährt hätten. Ich wollte ostwärts zum Wald von Ku Kuei, wohin niemals jemand kam und wo man mich bestimmt nicht suchen würde.

2

allison

Die landwirtschaftlich genutzte Ebene ging in ein schluchtenreiches Gelände über. Dazwischen lagen grasige Hochflächen. Hier gab es weitaus mehr Schafe als Menschen. Freedom stand immer noch tief im Westen, während die Sonne schon am Morgenhimmel strahlte. Mir wurde warm.

Ich saß wie in einer Falle. Zwar war auf dem Pfad hinter mir niemand zu sehen. Doch wußte ich, wo die Verfolger sein mußten, wenn es welche gab (und ich mußte davon ausgehen, daß es so war): südlich und westlich von mir, wo sie die Grenze nach Wong bewachten, und im Norden, wo die Grenze zum freindlichen Epson durch Patrouillen gesichert wurde. Nur im Osten gab es keine Wachtposten, weil dort keine benötigt wurden.

Die Hochebenen wichen Berggipfeln und Steilhängen. Vorsichtig folgte ich dem Pfad nach Osten. Der Weg war von Hunderttausenden von Schafen ausgetreten worden, so daß ich mühelos vorankam. Manchmal verengte sich der Pfad allerdings, mit einer Steilwand links und einem Absturz rechts. An solchen Stellen stieg ich ab, um Hitler zu führen. Himmler folgte uns brav.

Gegen Mittag erreichte ich ein Haus.

Unter der Tür stand eine Frau. Sie hielt einen Speer mit Steinspitze in der Hand. Die Frau war im mittleren Alter. Ihre Brüste waren voll, hingen aber schlaff herab. Ihre Hüften waren breit. Der Bauch quoll hervor. In ihren Augen loderte Feuer.

»Runter vom Pferd und weg von meinem Haus, du verdammter Landstreicher!« schrie sie mich an.

Ich stieg ab, da der Kinderspeer natürlich für mich keine Bedrohung bildete. Meine Beine und der Rücken schmerzten vom Reiten.

»Liebe Dame«, sagte ich so freundlich und sanft wie möglich. »Sie haben von mir nichts zu befürchten.«

Ihre Speerspitze blieb auf meine Brust gerichtet. »Die Hälfte der Bewohner dieser Berge sind jüngst beraubt worden. Plötzlich sind alle Soldaten nach Norden und Süden abgezogen, um den Sohn des Königs zu jagen. Woher weiß ich, daß Sie unbewaffnet sind und uns nicht berauben wollen?«

Ich schlug den Mantelumhang zurück und breitete die Arme aus. Inzwischen mußte die Wunde am Hals bis auf einen schmalen weißen Strich verheilt sein. Als ich die Arme ausbreitete, hoben sich meine Brüste unter dem Hemd. Ihre Lider weiteten sich.

»Ich besitze alles, was ich brauche«, sagte ich. »Bis auf ein Bett, um mich auszuruhen, und anständige Bekleidung. Können Sie mir helfen?«

Die Frau ließ den Speer sinken und schlurfte näher heran. Plötzlich griff sie zu und kniff mich in den Busen. Ich schrie vor Überraschung und Schmerz auf.

Sie lachte. »Warum kommen Sie in dieser Verkleidung zum Haus ehrbarer Leute? Gut, Lady, ich habe einen Strohsack für Sie, wenn Sie wollen.«

Ich wollte. Die Frau hatte ich getäuscht und mir dadurch ein Bett beschafft. Dennoch schämte ich mich zutiefst meiner Transformation. Ich verfluchte die Tatsache, daß man mich für eine Frau hielt, so hilfreich es auch sein mochte.

Das Haus war größer, als man von außen vermuten konnte. Es war in eine Höhle hineingebaut. Ich betastete die Felswand.

»Ja, Lady, Höhlen sind im Sommer kühl, und im Winter halten sie den kalten Wind ab.«

»Kann ich mir denken.« Mit Absicht sprach ich höher und weicher. »Warum wird des Königs Sohn gejagt?«

»Ach, Kindchen, der Sohn des Königs muß wohl etwas Schreckliches angestellt haben, denke ich mir. Heute früh hat es sich schnell wie der Wind herumgesprochen. Alle Soldaten wurden aus diesem Landstrich abgezogen.«

Es erstaunte mich, daß Vater meinem Bruder Dinte erlaubt hatte, mich so lange zu verfolgen und offen zu verkünden, daß man den Sohn des Königs jagte. »Befürchtet man nicht, der Prinz könnte gerade hier entlangkommen?«

Die Bäuerin warf mir einen raschen Blick zu. Für einen Moment fürchtete ich, sie habe mich durchschaut. Aber dann meinte sie: »Sie woll'n mich wohl auf den Arm nehmen? Wissen Sie nicht, daß keine zwei Meilen von hier der Wald von Ku Kuei beginnt?«

So nahe. Ich stellte mich unwissend. »Und was bedeutet das?«

Sie schüttelte den Kopf. »Man sagt, niemand hat jemals den Wald betreten und ist lebendig wieder herausgekommen.«

»Wie könnte auch jemand tot herauskommen?«

»Niemand ist jemals wieder aufgetaucht, Lady. Essen Sie einen Löffel Suppe, Lady, sie stinkt zwar wie Schafdünger, aber sie ist von bestem Fleisch gekocht. Habe vorige Woche ein Lamm geschlachtet. Seither hat die Suppe auf dem Feuer gestanden.«

Obwohl sie wirklich wie Schafmist roch, war die Suppe gut und kräftig. Nach ein paar Löffeln davon wurde ich müde. Ich stand vom Tisch auf und ging zu der Schlafstatt, die mir die Alte in der Ecke zuwies.

In völliger Dunkelheit wachte ich auf. Auf dem Herd knisterte ein fast herabgebranntes Feuer. Ich sah die dunkle Gestalt der Frau hin- und hergehen. Sie summte leise eine Melodie, so monoton und schön wie die See.

»Gibt es dazu einen Text?« fragte ich. Sie hörte mich nicht, und ich fiel wieder in Schlaf. Als ich abermals aufwachte, schimmerte ein Kerzenlicht vor meinem Gesicht. Die alte Frau betrachtete mich eingehend. Sie wich peinlich berührt zurück, als ich die Augen aufschlug. Die kalte Nachtluft ließ mich erkennen, daß mein Hemd geöffnet worden war. Meine Brüste waren entblößt. Ich zog den Stoff darüber zusammen.

»Entschuldigung, meine Dame«, sagte die Frau. »Ein Soldat war hier. Er suchte einen jungen Mann von sechzehn Jahren namens Lanik. Ich sagte ihm, daß hier kein junger Mann sei. Nur ich und meine Tochter. Aber Ihr Haar ist so kurz geschnitten, Lady. Deshalb mußte ich dem Soldaten beweisen, daß Sie eine Frau sind. Dazu mußte ich Ihr Hemd öffnen.«

Ich nickte langsam.

»Ich dachte mir, daß Sie von dem Soldaten nicht erkannt werden möchten. Und dann wäre da noch etwas – ich mußte Ihre Pferde losmachen.«

Rasch setzte ich mich auf. »Meine Pferde? Wo sind sie?«

»Der Soldat hat sie weit von hier entfernt unten am Weg gefunden, ohne Sattel und Gepäck. Ihre Sachen habe ich unter meinem Bett versteckt.«

»Warum, Weib? Wie soll ich jetzt weiterreisen?« Ich fühlte mich verraten, obwohl ich mir sagen mußte, daß mir die Frau wahrscheinlich das Leben gerettet hatte.

»Haben Sie keine Füße? Und außerdem glaube ich, daß Sie dort, wo Sie hingehen, kaum Pferde gebrauchen können.«

»Und – wohin gehe ich wohl?«

Sie lächelte. »Ach, was haben Sie für ein hübsches Gesicht, Lady. Hübsch genug für einen Jungen oder ein Mädchen. Und so jung und blond, wie ein richtiges Königskind. Glücklich die Frau, die eine solche Tochter hat – oder der Mann mit so einem Sohn.«

Darauf erwiderte ich nichts.

»Ich meine«, fuhr sie fort, »für Sie gibt es jetzt keinen anderen Platz als den Wald von Ku Kuei.«

Ich lachte. »Damit ich darin verschwinde und niemals wieder zum Vorschein komme?«

»Diesen Unsinn erzählen wir Ausländern und den Leuten aus dem Tal.« Die Bäuerin lächelte. »Wir aber wissen, daß man sehr wohl eine kurze Strecke in den Wald hineingehen kann, um Wurzeln, Beeren und andere Früchte zu sammeln. Man kommt heil wieder heraus. Allerdings geschehen dort seltsame Dinge. Man tut gut daran, sich dicht am Waldrand zu halten.«

Plötzlich war ich hellwach. »Wieso haben Sie mich erkannt?«

»Jede Ihrer Bewegungen ist königlich, jedes Wort, das Sie

sagen, mein Mädchen – oder mein Junge. Was soll's denn sein? Mir auch egal. Ich weiß nur, daß ich für die göttergleichen Leute da unten in der Ebene nichts übrig habe, die sich einbilden, das ganze Muellervolk zu beherrschen. Wenn du auf der Flucht vor dem König bist, dann hast du meinen Segen und meine Hilfe.«

Niemals wäre ich auf die Idee gekommen, daß Bürger von Mueller so sehr gegen meinen Vater eingenommen sein könnten. Jetzt kam mir diese Haltung zugute. Ob ich als Thronerbe auch so gedacht hätte, erschien mir fraglich.

»Ich habe ein Bündel gepackt, das man leicht tragen kann«, sagte meine Gastgeberin. »Wasser ist auch dabei und etwas zu essen, vorausgesetzt, du magst kaltes Hammelfleisch.«

Immerhin besser, als zu verhungern.

»Iß im Wald keine von den weißen Beeren, sonst bist du innerhalb einer Minute tot. Und die Früchte mit den runzeligen Auswüchsen darfst du nicht einmal anrühren. Paß auf, daß du nicht auf einen Pilz trittst. Das gibt Entzündungen, die jahrelang nicht abheilen.«

»Bisher weiß ich nicht einmal, ob ich wirklich in den Wald gehe.«

»Wohin denn sonst?«

Ich erhob mich und trat unter die Tür. Dissent schien schwach vom hohen Himmel. Freedom war noch nicht aufgegangen. »Wann muß ich aufbrechen?«

»Sobald Freedom sich sehen läßt. Dann führe ich dich zu Fuß bis an den Waldrand. Dort bleibst du bis kurz vor Sonnenaufgang. Dann los und hinein. Wende dich nach Ostsüdost, bis du an einen See kommst. Von dort aus, so sagt man, führt der Weg in die Freiheit nach Jones genau südwärts. Folge keinem ausgetretenen Pfad. Folge keiner Gestalt, ganz gleich ob männlich oder weiblich, der du etwa begegnest. Und kümmere dich nicht darum, ob es Tag ist oder Nacht.«

Dann holte sie Frauenkleider aus einer Kiste und hielt sie mir hin. Die Sachen waren schäbig und alt, aber züchtig und fraulich.

»Meine eigenen Kleider«, erklärte die Frau. »Ich bezweifle, daß ich meinen alten Körper da noch hineinzwängen könnte, dick und fett wie ich während der letzten elf Jahre geworden bin.« Lachend stopfte sie die Sachen in meinen Packsack.

Freedom ging auf. Die Alte führte mich einen Weg entlang, der von ihrem Hause aus nach Osten führte. Er schien wenig begangen. Unterwegs plauderte sie.

»Was sollen die Soldaten überhaupt, frage ich? Sie schwingen ein wenig hartes Metall, tauchen es ins Blut anderer Leute und dann – was? Hat sich dadurch die Welt verändert? Können wir nach all dem Blutvergießen jetzt im Weltraum herumfliegen, werden wir von Freedom befreit? Ich glaube, wir sind wie Hunde, die sich um einen Knochen raufen und gegenseitig umbringen. Was hat der Sieger davon? Nur einen Knochen.«

Da zischte aus der Dunkelheit ein Pfeil heran und der Frau in die Kehle. Tot sank sie zu meinen Füßen nieder.

Zwei Soldaten traten mit schußbereitem Bogen ins Mondlicht. Ich duckte mich, als der erste schoß. Der Pfeil ging daneben. Der zweite traf mich in die Schulter.

Inzwischen hatte ich mein Bündel abgeworfen. Dem ersten Soldaten stieß ich den Dolch ins Herz. Den anderen warf ich mit einem Fußtritt zu Boden. Meines Vaters Söhne kannten ein paar Kniffe, die den Truppen niemals beigebracht wurden. Zum Beispiel, wie man ohne Waffen töten kann.

Als beide leblos dalagen, schnitt ich ihnen die Köpfe ab. Damit war jede Hoffnung auf Regeneration zunichte gemacht. Von diesen beiden konnte keiner mehr sagen, was er wußte. Ich nahm den besseren der Bogen und sämtliche Pfeile mit Glasspitzen an mich. Dann kehrte ich zu der alten Frau zurück. Ich zog ihr den Pfeil aus dem Hals, sah aber sofort, daß sie sich nicht regenerierte. Also gehörte sie zu einem der ältesten Familienzweige, der zu arm war, um sich in der Kette des genetischen Fortschrittes zu behaupten, der schließlich zu einem Meisterstück der Selbsterhaltung geführt hatte. Die Mitglieder der königlichen Familie und die Soldaten des Königs hatten die Fähigkeit zur Regeneration erworben.

Dabei waren aber auch genetische Monstren wie die in der Verwertungsanstalt – und wie ich – entstanden.

Ich trauerte um sie, imdem ich das Blut von meiner Hand auf ihr Gesicht tropfen ließ. Dann steckte ich ihr den aus meiner Schulter gezogenen Pfeil in die Hand. Sie sollte in der anderen Welt nicht waffenlos dastehen, obwohl ich insgeheim bezweifelte, daß es so etwas überhaupt gab.

Die Tragegurte scheuerten an meiner verletzten Schulter, die stark schmerzte. Aber ich hatte gelernt, Schmerzen zu ertragen. Außerdem wußte ich, daß die Wunde bald zuheilen werde, genau wie der Schnitt in meiner Hand. Ich folgte dem Weg nach Osten und erreichte bald den schwarzen Baumschatten von Ku Kuei.

Aus Freedoms hellem Licht trat ich urplötzlich in die tiefste Finsternis. Schon hier am Waldesrand sahen die Bäume uralt aus. Sie mochten fünfhundert Jahre zählen (oder fünftausend, ihrer Größe nach zu schätzen), und sie standen so sauber ausgerichtet da, als habe ein Gärtner sich damals einen riesigen Garten angelegt.

So war es in der Tat gewesen, als vor etwa dreitausend Jahren die Schiffe der Republik (dieser verdammten Diktatur der arbeitenden Klassen, wie es im Geschichtsbuch stand) die Verschwörer mit ihren Familien auf dem nutzlosen Planeten Treason ausgesetzt hatten. Hier sollten sie im Exil leben, bis sie genügend Schiffe hätten, um zu entkommen. Schiffe – wie lächerlich. Wo doch Silber das härteste bearbeitbare Metall auf diesem Planeten war.

Hartmetall konnten wir nur gegen etwas eintauschen, das die anderen brauchten. Jahrhundertelang hatten die Familien dieses oder jenes auf den Grill in ihrem Austauscher gelegt. Jahrhunderte hindurch hatte der Gesandte die Dinge angenommen – und wieder zurückgelegt. Bis wir zufällig auf die Verwertbarkeit der Radikalregenerierten stießen.

Einige Familien beteiligten sich nicht an dem Bemühen, mit denen ins Geschäft zu kommen, die sie hier gefangen hielten. Die Schwartzes blieben in ihrer Wüste verborgen, wo niemals jemand hinging. Die Ku Kuei hausten in den Tiefen ihres dunklen Waldes, den sie nie verließen. Sie wurden von den anderen in Ruhe gelassen, weil man sich vor den Geheimnissen des undurchdringlichen Dschungels fürchtete. Der Waldrand war von jeher die Ostgrenze von Muellerland gewesen. Meine Vorväter hatten niemals Eroberungszüge in jene Richtung unternommen.

Es war kalt und still. Keine Vogelstimme, kein Insekt. Endlich ging die Sonne auf. Ich drang in die Waldestiefe vor, wobei ich mich ostsüdostwärts hielt.

Anfangs regte sich ein schwacher Lufthauch, der bald wieder erstarb. Die Blätter hingen reglos an den Zweigen. Vögel gab es kaum. Die wenigen, die ich erblickte, hockten regungslos und wie schlafend auf hohen Ästen. Im Unterholz bewegte sich keinerlei Kleingetier. Ich fragte mich, ob darin das Geheimnis von Ku Kuei bestand – daß es hier nur Pflanzen und Bäume gab.

Die Sonne war nicht zu sehen. Also markierte ich meine Marschrichtung (ostsüdost, sagte ich immer wieder vor mich hin, wobei ich mir Mühe gab, innerlich nicht die Stimme der alten Frau zu hören. Warum trauerte ich um sie, die ich doch gar nicht gekannt hatte?), indem ich mich an eine entsprechend ausgerichtete Baumreihe hielt. Hin und wieder nahm ich eine Korrektur vor.

Stunde um Stunde wanderte ich dahin. Dabei schien es noch immer Morgen zu sein. Das schloß ich aus der Richtung, in der ich eine Helligkeit gewahrte, die von der Sonne stammen mußte. Rechts und links sah ich Fußpfade. Ich folgte keinem, sondern hörte in der Erinnerung immer noch die Stimme der alten Frau, die mir auftrug: ›Folge keinem Pfad.‹ Ich wurde hungrig. Ich kaute auf einem Stück Hammelfleisch und aß ein paar Beeren (aber keine weißen).

Schließlich waren meine Beine so überanstrengt, daß ich kaum noch einen Fuß vor den anderen setzen konnte. Dennoch war es immer noch taghell. Für meine Müdigkeit hatte ich keine Erklärung. Während meiner Ausbildungszeit hatte man oft von mir Märsche von Sonnenaufgang bis

Sonnenuntergang verlangt. Bald machte mir das keine Mühe mehr. Lag etwas in dieser Urwaldluft, gab es eine Droge, die mich so schlapp machte? Oder hatte mich das Abheilen meiner zahlreichen, in letzter Zeit erhaltenen Verletzungen mehr Kraft gekostet, als ich angenommen hatte?

Keine Ahnung. Ich setzte mich neben meinen Packen unter einen Baum, um sofort in tiefen und festen Schlaf zu fallen.

Als ich aufwachte, war schon wieder helles Tageslicht. Ich stand auf und schleppte mich weiter.

Abermals marschierte ich einen Tag, bis Erschöpfung mich übermannte, während die Sonne noch hoch am Himmel stand. Diesmal zwang ich mich weiterzugehen, marschierte immer weiter, bis ich zu einer Maschine wurde. Ich blieb so aufmerksam, um verschlungenen Wurzeln auszuweichen, mir den Weg durch Dickichte zu suchen, über Felsen zu klettern, vorsichtig die Hänge von Tälern und Schluchten hinab- und dann auf der anderen Seite wieder hinaufzuklettern, doch allein die Anstrengung, nur wach zu bleiben, betäubte mich dermaßen, daß ich all das eigentlich nicht bewußt miterlebte. Ein Hindernis war in dem Augenblick schon vergessen, da ich es nicht mehr sah. Ich hatte den Eindruck, schon seit Tagen unterwegs zu sein, und doch stand die Sonne noch am Himmel.

Zuerst erfüllte es mich mit tiefem Schrecken, daß ich nach so kurzer Zeit schon so mühe war. Zählten zu den Symptomen, die die Radikalregeneration begleiteten, auch eine allgemeine Erschöpfung? Doch das konnte nicht sein, denn ich hatte ja die Kraft weiterzumarschieren gefunden. Ich wurde nicht schwächer, denn ich hatte bestimmt schon einige Entfernung zurückgelegt, oder nicht? Doch vielleicht wurden die Radikalregenerativen von plötzlichen Anfällen unkontrollierbarer Müdigkeit geplagt. Aber ich hatte sie doch in der Gewalt, wie ich mir einredete. Und die Rads in der Verwertungsanstalt bewegten sich zwar mit der Trägheit der Verzweiflung, schienen jedoch auch nicht öfter zu *schlafen* als andere Menschen auch. Zumindest hatte dies noch niemand beobachtet.

Dann kam mir ein Gedanke, der mich etwas tröstete. Vielleicht war das Seltsame, das mir widerfuhr, keine Folge meines Körperzustandes, sondern ergab sich aus den Mysterien des Waldes von Ku Kuei. War es nicht möglich, daß die Bäume eine Chemikalie absonderten, die Müdigkeit verursachte? Oder vielleicht nur die Illusion von Müdigkeit. Oder vielleicht war die Luft mit einer Kombination schwächender Drogen versetzt, die Halluzinationen verursachte und meinen Zeitsinn verwirrte, so daß ich mich mit der gleichen Verzweiflung nach Schlaf sehnte, mit der ein Mensch, der drei Tage keinen Tropfen getrunken hat, nach Wasser dürstet.

Das würde erklären, wieso Ku Kuei zu solch einer gefürchteten und verhaßten Gegend geworden war. Was würde geschehen, wenn man in den Wald eindrang und der Zeitsinn so verwirrt wurde, daß man glaubte, man lege in mehreren Minuten ganze Meilen zurück? Von Müdigkeit überwältigt, mochte man dann vierundzwanzig Stunden lang schlafen, aufstehen, ein paar Meter weitergehen und wieder mit dem Eindruck zu Boden sinken, man habe einen Tagesmarsch hinter sich gebracht. Nach kurzer Zeit hatten sich diese Chemikalien vielleicht so stark im Körper angereichert, daß sie tödlich wirkten: entweder direkt, indem sie den Betroffenen vergifteten, oder indirekt, indem sie ihn schlafen ließen, bis sein Körper völlig ausgetrocknet war.

Kein Wunder, daß es hier so wenig wilde Tiere gab. Vielleicht hatten sich ein paar Vögel der vergifteten Luft angepaßt oder auch ein paar Insekten, deren Gehirne einfach zu klein waren, um überhaupt davon beeinträchtigt zu werden. Dies würde erklären, warum man von der Familie Ku Kuei fast von der Stunde an, da sie vor dreitausend Jahren diesen Wald betreten hatte, nichts mehr gehört hatte.

Und nun war ich hier, gefangen in denselben natürlichen Abwehrmechanismen dieses Waldes, und wahrscheinlich würde es mir genausowenig gelingen, den Weg in die Freiheit zu finden. Also hatte mein Schuldspruch doch auf Tod und nicht nur auf Exil gelautet. Mein Fleisch würde von den Bakterien und Insekten des Waldbodens verzehrt werden; meine Knochen würden in der Sonne bleichen und nach Jahrzehnten zerfallen. Ich würde dann ein Teil des Planeten werden, den wir Treason nennen, und ihm das einzige Metall geben, das seine Krume jemals beinhalten würde: das Metall der Menschenseelen. War das meine ein weiches und nachgiebiges Element? Oder würde ich zu einer harten Stelle im Waldboden werden? Würden Wurzeln mir ein Metall entreißen, das ihren gewaltigen Stämmen Lebenskraft verlieh?

Das waren meine Gedanken, während ich darum kämpfte, wach zu bleiben. Ich glaube, eine Zeitlang träumte ich sogar, während ich marschierte, bildete mir ein, einer von tausend Bäumen zu sein, die in die Schlucht gegen die gefährlichen schwarzen Soldaten von Nkumai zogen. Und mein Wahn wurde schließlich sogar so groß, daß ich mich sah, wie ich mit gewaltigen Ästen durch die Luft fegte, um die Schwertkämpfer von Mueller von den Füßen zu reißen und sie dann mit meinen unwiderstehlichen Wurzeln zu Staub zu zermalmen.

Ich kam wieder zu mir und dachte nüchterner – obwohl vielleicht genauso verrückt – darüber nach, welch eine Bedeutung dieser giftige Wald haben mochte. Er brachte mich zu der Einsicht, daß alle Mueller in den dreitausend Jahren ihres Daseins auf dieser Welt nur darüber nachgedacht hatten, wie sie entkommen, wie sie eine so große Menge Eisen verdienen konnten, daß es uns eines Tages möglich sein würde, ein Raumschiff zu bauen und zu fliehen. Andere Familien hatten versucht, ihren Gesandten zu überzeugen, daß sie die Aufsässigkeit ihrer Vorfahren bereuten und aus dem Exil zurückkehren wollten – schließlich, so führten sie in tausend verschiedenen Sendschreiben an, sind *wir* nur die achtzigsten Urenkel derer, die einst eure schöne Republik bedroht haben. Doch alle solche Bittschreiben wurden zerrissen zurückgeschickt. Wer auch immer sich auf der anderen Seite der Austauscher befand und sie kontrollierte, er hatte in drei Jahrtausenden nicht gelernt zu verzeihen. Dies führte mich zu der Frage, ob die

Verbrechen unserer Vorfahren in Wirklichkeit nicht viel schrecklicher gewesen waren, als sie es behaupteten. Schließlich erzählten die einzigen Geschichtsschreibungen, die wir besaßen, nur *ihre* Version der Ereignisse, und *ihren* Schilderungen zufolge waren sie völlig unschuldig. Doch sind nicht auch die ungeheuerlichsten Verbrecher nach eigener Auffassung immer unschuldig? Haben nicht all ihre Opfer den Tod nicht irgendwie verdient, zumindest in ihrer Vorstellung?

Warum hatten wir in all diesen Jahren den Blick auf die Sterne gerichtet, gehofft, dieser Welt zu entkommen, und so fast nichts von den Geheimnissen gelernt, die sie barg? Bevor wir kamen, hatte man sie zwar studiert, dabei aber im Prinzip nur zwei Dinge herausgefunden: erstens, daß diese Welt bewohnbar war, daß, wie klein Treason auch sein mochte, der Planet doch massiv genug war, um uns mit etwa einem Drittel der Schwerkraft zu halten, die die Welt besaß, auf der sich die Menschen entwickelt hatten. Wir würden stark sein, konnten über die weiten Ebenen zwischen den riesigen Bäumen dahineilen. Und die grundlegenden Chemikalien des Lebens hier ähnelten den unseren immerhin so sehr, daß wir zwar nicht unbegrenzt die einheimischen Tiere, aber doch immerhin genug einheimische Pflanzen essen konnten, um hier zu bestehen. Also hatte man uns fürwahr in ein Exil und nicht in den Tod geschickt.

Und zweitens wußte man, daß hier so wenig Metall unter der Oberfläche lag, daß sich nicht einmal der Versuch lohnte, es zu schürfen. Es war eine wertlose Welt. Eine Welt, die nicht das Material enthielt, das wir brauchten, um uns eine Leiter zu den Sternen zu bauen.

Doch war sie wirklich wertlos, nur weil sie es uns nicht ermöglichte, Raumschiffe zu bauen? Diese Welt war eine der wenigen, auf der Leben entstanden war. Wußten wir eigentlich, warum es hier überhaupt Leben gab? Waren wir nicht neugierig auf die Unterschiede zwischen dem einheimischen Leben und unserer Körperchemie? Wir hatten genug gelernt, um uns zu Monstren zu machen, wie ich eins war, doch wir hatten nicht genug über diese Welt gelernt, um wahrhaftig behaupten zu können, daß wir hier lebten. Und doch gab es an der östlichen Grenze von Mueller einen Landstrich, wo die Bäume genug über *uns* gelernt hatten, um dafür zu sorgen, daß ein einsamer Wanderer unter ihren Schatten an Träumen starb.

All diese Gedanken führten nur zu einer Schlußfolgerung: der Gewißheit meines Todes. Und doch erfüllten sie mich mit einer seltsamen Erregung, der Sehnsucht, lange genug zu leben, um mehr über diese Welt zu lernen. Ich war zu einer großen Einsicht gelangt. Außer dem Eisen, das wir über die Austauscher erhielten, gab es einen weiteren Weg zur Freiheit. Man hatte uns doch eine ganze Welt geschenkt, oder etwa nicht? Konnten wir nicht frei sein, indem wir nicht länger gegen die Gitterstäbe der Schwerkraft nach oben strebten, sondern uns statt dessen nach unten wandten und entdeckten, was unter unseren Füßen lag? Oder nach außen, indem wir das einheimische Leben um uns herum kennenlernten und daraus Weisheit gewannen?

Es war diese Erregung, die mich weitertrieb. Ich fragte mich sogar eine Zeitlang, ob die Pflanzen in dem Augenblick vor meinem Tod mit mir sprechen würden. Damit meinte ich natürlich nicht, daß sie plötzlich sprechen könnten, sondern, daß ihre Gifte eine erhellende Vision hervorrufen würden, die mir verriet, was diese Welt für uns Eindringlinge, für uns Fremde vorgesehen hatte. Als ich mich nun an Baumstämmen festhielt, mich an sie lehnte und durch den Wald taumelte, bat ich die Bäume im stillen, mit mir zu sprechen. Tötet mich, wenn es sein muß, doch laßt mich nicht sterben, ohne daß ich meinen Bezwinger kennengelernt habe.

Bis ich schließlich die Beine nicht mehr in meiner Gewalt hatte, sie unter mir zusammenbrachen; und dabei war es erst früher Nachmittag, falls ich den Sonnenstand richtig einschätzte. Und als ich vorwärtstaumelte und auf die Knie zusammenbrach, sah ich etwas Hellblaues vor mir schimmern. Ich hatte endlich den See erreicht.

Er war nicht sehr breit. Man konnte das andere Ufer

erkennen. Aber die Wasserfläche war so lang, daß ich weder im Norden noch im Süden ihr Ende ausmachen konnte. Die Sonne glitzerte hell auf dem Wasser. Es konnte höchstens zwei Uhr nachmittags sein.

Ich ließ mich am Ufer nieder und schlief. Am nächsten Tag erwachte ich, wie mir schien, um die gleiche Zeit, da ich tags zuvor eingeschlafen war.

Ich verzweifelte, doch ich hoffte auch. Denn ich *hatte* geschlafen, das stand zweifelsfrei fest. Meine Muskeln schmerzten, meine Beine waren wie Gummi, doch ich konnte mich wieder bewegen. Ich hatte neue Kraft geschöpft. Das bedeutete, daß ich vielleicht nicht soviel Ruhe bekommen hatte, wie ich benötigte, aber doch genug, um weiterzugehen. Vor allem war ich *wach*. Es war den Giften in der Luft nicht gelungen, mich hier in meinem Schlaf sterben zu lassen.

Vielleicht lag es nur daran, daß ich den Wald hinter mir gelassen hatte und hier zusammengebrochen war, wo das offene Gewässer womöglich die Luft reinigte. Ich spürte, daß ich eine Art Sieg errungen hatte, indem es mir gelungen war, diesen Ort zu erreichen. Ich dachte an die Karte von Treason, die ich im Kopf hatte – eins der wenigen Dinge, die ich aus der Schulzeit in Erinnerung behalten hatte, die Karte der Welt, die von den ersten Orbitaluntersuchungen herrührte, als unsere Vorfahren hier eingetroffen waren. Im Osten lagen weitere Seen. Falls dies wirklich derjenige war, der am südwestlichsten lag, dann würde ich, wenn ich mich in östliche Richtung hielt, den größten der Seen erreichen, und wenn ich dessen Südufer folgte und dann einem großen Fluß zum östlichsten See, befand ich mich in unmittelbarer Nähe der Grenzen von Allison.

Ich wußte, daß die Frau mir gesagt hatte, an der Südspitze des Sees solle ich mich nach Süden wenden. Doch Jones stand zu sehr im Schatten von Mueller; vielleicht hatte Dinte Spione dort, Vater aber ganz bestimmt – und es bestand immer die Möglichkeit, daß Vater es sich anders überlegt hatte und zum Schluß gekommen war, das Wohl von Mueller erfordere meinen Tod.

Meine größte Hoffnung bestand nun, da ich bewiesen hatte, daß ich der Drohung Ku Kueis trotzen konnte, darin, mich nach Osten zu wenden und mir den Weg durch Allison zu erkämpfen, der Familie unmittelbar westlich von Nkumai. Dort konnte ich den Auftrag ausführen, mit dem Vater mich betraut hatte, und mir vielleicht, indem ich meine Loyalität bewies, das Recht verdienen, nach Hause zurückzukehren, oder zumindest ohne Furcht leben, es könnte ein Agent Muellers kommen, um eine Bedrohung der Regierung zu beseitigen.

Ich wandte mich nach Osten, Nkumai und der aufgehenden Sonne entgegen. Zumindest war sie dort aufgegangen, als sie noch über den Himmel zu wandern pflegte. Die Reise ging eintönig weiter. Dieselbe Verwirrung, dieselbe Erschöpfung – denn bei jedem Marsch schien ich der Karte in meinem Kopf zufolge eine Strecke zurückzulegen, für die zwei Tage erforderlich waren und nicht ein paar Stunden, die dem Lauf der Sonne zufolge vergingen. Ich erfand Dutzende neue Erklärungen oder Abwandlungen der alten; ich zerbrach mir den Kopf, um zu verstehen, was vor sich ging, und ließ mich von lockenden Visionen Sarannas vorwärtsschleppen, erinnerte mich an ihre verrückte Treue zu mir, als keine Hoffnung mehr bestand, daß wir noch einmal zusammenkommen konnten. Und zum Schluß waren es nur Gedanken an Mord, die mich ohne Wasser, das die giftige Luft reinigte, durch den letzten Waldstreifen trugen – ich träumte davon, Dinte zu töten; und beschämt, daß ich meinem eigenen Bruder solche Gedanken entgegenbrachte, träumte ich schließlich davon, die Mistbiene zu töten. Ich stellte mir vor, daß, sobald sie ihre tödliche Verletzung erhalten hatte, ihr Zauberbann nachlassen und man sie schließlich als große, zuckende Schnecke sehen würde, die über den Steinboden des Schlosses kroch und eine breite Spur aus Eiter, Blutwasser und glitzerndem Schleim hinter sich herzog.

Da mein Bündel seit langem leer war, aß ich die Beeren, die ich fand. Mein Körper war schon immer muskulös gewesen, und meine fraulichen Brüste, die bei der üppigen

Mahlzeit in Mueller weich und groß geworden waren, waren nun klein und fest und hart. Das Wissen, daß sie denselben Bedürfnissen wie der Rest meines Körpers unterworfen waren, ließ mich sie irgendwie einfacher ertragen. Karge Rationen und harte Arbeit machten ihnen genauso zu schaffen wie dem Rest von mir. Sie waren ein Teil von mir. Sie mochten nicht willkommen gewesen sein, als sie erstmals erschienen, doch es fühlte sich nun nicht mehr seltsam an, sie zu haben.

Schließlich erreichte ich die mit grauen Moosbärten behangenen Ragwitbäume. Da wußte ich mich in der Nähe von dem

weißbäumigen Allison,
wo Dämmerung und Licht
zwischen den Stämmen hängen.

Fast augenblicklich, mit dem Auftauchen der anderen Bäume, hatten die Gifte keine Wirkung mehr auf mich. Ich war noch immer müde – so müde, wie ein Mann es auch sein sollte, der tausend Kilometer in nur einem Dutzend langer, schrecklicher Märsche zurückgelegt hatte. Da wußte ich: Was auch immer anscheinend mit dem Lauf der Sonne durch den Himmel passiert war, ich hatte mit Sicherheit die Strecke zurückgelegt, die zurückzulegen ich auch angenommen hatte. Meine Gewaltmärsche waren in der Tat so quälend gewesen, wie ich es vermutet hatte. Falls ich jemals nach Mueller zurückkehren und jemals irgendwie in Muellers Augen wieder zu einem Menschen werden sollte, würde das Lied, das man über mich singen würde, mit Sicherheit diese wundersame Reise durch den giftigen Wald von Ku Kuei einschließen. Der Sonne zufolge hatte ich in ein paar Tagen eine Strecke zurückgelegt, für die ein gut ausgerüsteter Mann auf flachem Land zwanzig Tage und ein Heer die doppelte Zeit davon benötigt hätte. Wenn man jemals ein Heldenlied über mich singen würde, bildete diese Reise die Schlußstrophe. Das dachte ich damals, als ich noch so wenig wußte.

Der Wahnsinn der Reise war nun immerhin vorbei; die Sonne zog mit normaler Geschwindigkeit ihre normale Bahn über den Himmel, und ich war endlich imstande, den Marsch bis zum Einbruch der Dunkelheit fortzusetzen.

Am Morgen stieß ich auf eine Straße. Ich trat unter die Bäume zurück und legte die Gewänder an, die mir die Frau in den Bergen gegeben hatte. Dann überprüfte ich meine Schätze: zweiundzwanzig Goldringe, acht Ringe aus Platin und für den äußersten Notfall zwei Ringe aus Eisen. Der Dolch steckte im Packsack.

Was jetzt? Zuletzt hatten wir in Mueller die Nachricht erhalten, daß Allison von Nkumai angegriffen wurde. Hatte der Angreifer gesiegt? Waren die Kämpfe noch im Gange?

Ich trat auf die Straße hinaus und marschierte nach Osten.

»He, kleine Dame«, sagte plötzlich eine leise, aber durchdringende Stimme hinter mir. Mich umdrehend gewahrte ich zwei männliche Wesen. Wesentlich kräftiger als ich. Obwohl ich mit dem fünfzehnten Lebensjahr die volle Körpergröße erreicht hatte, fehlte mir noch einiges am vollen Männergewicht. Die Kerle wirkten roh und grob. Ihre Bekleidung bestand aus Uniformfetzen.

»Soldaten von Allison, wie ich sehe«, sagte ich, als sei ich froh über diese Begegnung.

Der mit dem verbundenen Kopf lächelte schief. »Ja, wenn es noch ein Allison gäbe, jetzt, wo überall die Schwarzen unterwegs sind.«

Also hatten die Nkumai gesiegt oder waren dem Sieg nahe.

Der Kleinere, der den Blick nicht von meinem Busen wenden konnte, fiel mit einer Stimme ein, die so rostig klang, als habe er sie lange nicht benutzt. »Willst du mit zwei alten Soldaten weiterreisen?«

Ich lächelte. Ein Fehler. Die beiden hatten mich halb entkleidet, ehe sie begriffen, wie gut ich mit dem Dolch umgehen konnte und daß ich Ernst machte. Der Kleinere entkam. Die Wunde an seinem Bein blutete so stark, daß er damit wohl nicht weit kommen würde. Der Große lag ausgestreckt auf der Straße. Seine Augäpfel waren nach oben gedreht, als wollte er sagen: »Da habe ich so vieles mitgemacht und muß nun auf diese Weise sterben.« Ich drückte ihm die Lider zu.

So verschaffte ich mir Zugang zur ersten Stadt.

»Beim Strumpfband von Andy Apwits Mutter, kleines Fräulein, Sie sehen halbtot aus.«

»O nein«, ließ ich den Gastwirt wissen, »eher schon halb vergewaltigt.«

Er schlang mir eine Decke um die Schultern und führte mich eine Stiege hinauf. Unterwegs kicherte er. »Halb tot kann man schon mal sein, Lady, aber halb vergewaltigt gibt es nicht.«

»Dann sehen Sie sich mal meine Kratzer und Beulen an«, gab ich zurück. Das Zimmer war klein und ärmlich eingerichtet. Vermutlich gab es in der ganzen Stadt kein besseres. Bevor er hinausging, wusch er mir die Füße so sanft, daß es fast unerträglich kitzelte. Danach fühlte ich mich schon wohler. Diese Sitte müßten wir bei den dienenden Klassen in Mueller auch einführen, dachte ich. Ich stellte mir vor, wie Ruva jemanden die Füße wusch, und mußte lachen.

»Was ist so komisch?« fragte der Wirt leicht gereizt.

»Nichts. Ich komme von weither. Bei uns gibt es diese hübsche Sitte nicht, Reisenden die Füße zu waschen.«

»Verdammt will ich sein, wenn ich das bei jedermann mache. Woher kommen Sie, junges Fräulein?«

Ich lächelte. »Nun weiß ich nicht, wie man sich am besten diplomatisch verhält. Sagen wir mal so – ich stamme aus einem Land, wo Frauen nicht daran gewöhnt sind, auf der Straße angefallen zu werden – wo sie allerdings auch nicht so nette Fürsorge durch einen Fremden erfahren.«

Er senkte demütig den Blick. »Wie es im Buch steht: ›Tröste die Armen, wasche und kümmere dich mehr um sie als um die Reichen‹. Ich erfülle nur meine Pflicht, kleine Dame.«

»Aber ich bin nicht arm«, sagte ich. Da stand er abrupt auf. Hastig fügte ich hinzu: »Daheim besitzen wir ein Haus mit zwei Zimmern.«

Er lächelte väterlich. »Ah, wenn man aus einem Land wie dem Ihren kommt, nennt man das freilich Komfort.« Als er hinausging, stellte ich zu meiner Erleichterung fest, daß sich die Tür verriegeln ließ.

Am Morgen bekam ich beim Frühstück die Armenportion – größer als die der Familienmitglieder. Der Wirt, seine Frau und die beiden Söhne – sie waren jünger als ich – redeten mir zu, nicht allein weiterzureisen. »Sie nehmen am besten einen der beiden Burschen mit, damit Sie sich nicht verlaufen.«

»Es kann doch nicht so schwer sein, von hier aus zur Hauptstadt zu finden.«

Der Wirt runzelte die Stirn. »Wollen Sie uns verhöhnen?«

Ich zuckte mit den Schultern und tat unschuldig. »Wie könnte in so einer Frage ein Hohn liegen?«

Die Frau beruhigte ihren Mann. »Sie ist doch fremd hier und nicht zum rechten Pfad erzogen.«

»Wir hier gehen nicht in die Hauptstadt«, griff einer der Jungen helfend ein. »Sie ist an Gott verloren, und wir halten uns fern von solchen strahlenden Dingen.«

»Dann werde ich das auch tun«, versprach ich.

»Außerdem«, fügte der Vater düster hinzu, »wimmelt es in der Hauptstadt bestimmt von Niggern.«

Ich kannte dieses Wort nicht und fragte nach seiner Bedeutung.

»Die schwarzen Söhne von Andy Apwit aus Nigumai«, erklärte er.

Damit meinte er offenbar Nkumai. Sieg für die Schwarzen also.

Nach dem Frühstück zog ich weiter. Die Gastwirtin hatte meine Kleider sehr ordentlich ausgebessert. Der ältere Junge, mit Namen hieß er No-fear, begleitete mich. Unterwegs fragte ich ihn über seine Religion. Ich hatte schon einiges darüber gelesen, aber noch niemals jemanden getroffen, der tatsächlich daran glaubte. Abgesehen von den Beerdigungsritualen für das künftige Leben. Mich überraschte, was ihm seine Eltern alles beigebracht hatten – jedoch schien er zum Gehorsam zu neigen. Ich dachte, daß so etwas für die untersten Klassen ganz gut sein mochte.

Endlich erreichten wir eine Straßengabelung mit einem Wegweiser. »Ich schicke dich jetzt zu deinem Vater zurück«, sagte ich.

»Du wirst doch nicht in die Hauptstadt gehen, wie?« fragte er ängstlich.

»Natürlich nicht«, log ich ihn an. Ich fischte einen goldenen Ring aus dem Gepäck. »Du nimmst doch nicht an, daß deines Vaters Freundlichkeit ungelohnt bleiben soll?« Damit streifte ich ihm den Ring auf den Finger. Er riß die Lider weit auf. Demnach reichte der Ring als Bezahlung.

»Aber – bist du nicht arm?« fragte der Knabe.

»Das war ich, als ich ankam«, versetzte ich und tat möglichst geheimnisvoll. »Nachdem ich von deiner Familie so viele Gaben empfangen habe, bin ich nun sehr reich. Sprich mit niemandem darüber und sage auch deiner Familie, mit niemandem über mich zu reden.«

Der Junge sah mich aus großen Augen an, wirbelte herum und rannte die Straße entlang. Ich hatte mir seinen schlichten Glauben zunutze gemacht. Er glaubte an die Legende von Engeln, die in ärmlicher Verkleidung Männern und Frauen erschienen, um dann zu segnen oder zu verfluchen, je nach dem, wie man sie behandelt hatte. Vom Mann zur Frau und nun zum Engel. Was würde die nächste Transformation bringen?

»Zuerst Geld«, sagte der Mann hinter dem Ladentisch.

Ich ließ einen Platinring vor seinen Augen blitzen. Seine Lider weiteten sich.

»Der ist bestimmt gestohlen!«

»Damit beleidigen Sie mich«, sagte ich von oben herab. »Ich, die ich in diplomatischer Mission als Botschafterin unterwegs bin, wurde von Ihren Leuten auf der Straße angefallen. Meine Reisigen haben die Täter erschlagen, sind aber auch selbst im Kampf gefallen. Ich muß meine Mission zu Ende bringen. Dazu muß ich gekleidet sein, wie es einer Nobeldame zukommt.«

Mit einem tiefen Bückling trat er zurück. »Pardon, Lady – ganz zu Ihren Diensten.« Ich verkniff mir ein Lachen. Als ich das Geschäft verließ, war ich in ein enges, farbenfrohes und mehr ent- als verhüllendes Kleid gekleidet, wie ich es mit Verwunderung beim Betreten der Stadt an den hiesigen Frauen gesehen hatte.

»Botschafterin woher?« fragte der Mann an der Tür. »Und wohin?«

»Aus Bird«, log ich. »Ich muß jemanden von der hiesigen Obrigkeit sprechen.«

»Dann wenden Sie sich an den nächstbesten Nigger. Kein Weißer bekleidet in diesen Tagen irgendwelchen Rang, Lady. Jeder Nigger aus Nigumai hält sich für das Gesetz persönlich.«

Mein weißblondes Haar erregte natürlich Aufsehen auf der Straße. Ich schritt zu den Ställen und ignorierte die mich angaffenden Männer auf die gleiche hochnäsige Weise, mit der hochklassige Huren in Mueller jene Männer abtaten, die zu arm waren, sich ihrer Dienste zu versichern.

Das war die nächste Transformation. Mann, Frau, Engel, und jetzt Prostituierte. Ich lachte. Bald würde ich mich über gar nichts mehr wundern.

Ich trennte mich von einem weiteren Platinring und bekam kein Wechselgeld heraus. Immerhin gehörte mir jetzt der Kutschwagen, den der Stallknecht hinter mir anschirrte. Die Hauptstadt von Allison lag noch einige Kilometer von diesem Ort entfernt. Ich wollte dort standesgemäß ankommen.

Auf dem steinernen Pflaster donnerten holzbeschlagene Pferdehufe. Ich öffnete die Stalltür und trat ins Freie. Ein Dutzend Pferde näherten sich im Schritt mit ohrenbetäubendem Gepolter. Aber ich hatte keinen Blick für die Pferde. Mich interessierten nur die Reiter.

Sie waren so hochgewachsen wie ich – die meisten sogar noch größer, zwei Meter und darüber. Und viel dunkelhäutiger, als ich es von den Cramers kannte. Sie hatten schmale Nasen, nicht die flachen, breiten, wie ich sie bisher bei Schwarzen gesehen hatte. Jeder von ihnen trug ein eisernes Schwert und einen mit Eisen beschlagenen Schild.

Nicht einmal daheim in Mueller wurden die Soldaten mit Eisen ausgerüstet, bis kurz vor der Schlacht. Wieviel Metall mochten die Nkumai besitzen?

Der Stallknecht spuckte aus.

»Nigger«, sagte er hinter mir.

Ich achtete nicht auf ihn, sondern trat auf die Straße und hob den Arm zum Gruß. Die Soldaten aus Nkumai erblickten mich.

Fünfzehn Minuten später war ich bis zur Hüfte entblößt mitten in der Stadt an einen Pfahl gebunden. Mir ging auf, daß es keineswegs so vorteilhaft war, eine Frau zu sein, wie man immer behauptete. In der Nähe flackerte ein Feuer, und der Brandstempel darin glühte bereits hellrot.

»Die ist aber mager«, sagte einer der Soldaten. Er rieb seinen Ellbogen. Ich hätte den Knochen zerschmettern können, auf daß er nie wieder seinen Arm benutzen konnte. Ich hätte mit einer Hand an seine Kehle fahren können, auf daß er tot zusammenbrach, ohne noch die Zeit zu haben, sein Leben an ihm vorüberziehen zu sehen. Aber das hätte meine Tarnung auffliegen lassen. Nun, da ich mit entblößten Brüsten dort stand und die Folter erwartete, kam mir in den Sinn, daß meine Tarnung auch nicht lange überdauern würde, wenn meine Verletzungen vor ihren Augen zu heilen anfingen.

»Halt still«, sagte der Captain der Truppe in einer wohllautenden, geschulten Stimme. »Du weißt, daß ihr euch schon vor drei Wochen habt registrieren lassen müssen. Es tut nicht sehr weh.«

Ich starrte ihn wütend an. »Macht mich von dem Pfahl los – oder du wirst es mit dem Leben büßen.« Es fiel mir schwer, mit hoher weiblicher Stimme zu sprechen und so zu tun, als wäre meine Drohung leeres Gerede. Dabei wußte ich nur zu gut, daß ich ihn innerhalb von drei Sekunden umbringen konnte, wenn ich nur die Hände von dem Pfahl losbekam. Dreißig, wenn ich gebunden blieb.

»Ich komme als Botschafter«, fuhr ich fort, wie ich es seit meiner Festnahme ein dutzendmal wiederholt hatte. »Aus Bird ...«

»Das habe ich schon vernommen«, gab er sanft zurück und winkte dem Soldaten, der das Brenneisen hielt. Sie waren zu ruhig. Sie wollten sich für eine Weile ein Vergnügen daraus machen. Meine einzige Hoffnung war, ihren Zorn anzustacheln, damit sie mich zu schnell und zu schwer beschädigten. Vielleicht würde die Strafe dann rasch über mich ergehen, und sie würden dann forttragen, was sie für meine Leiche hielten.

Ich mußte natürlich nicht vorgeben, wütend zu sein. In Mueller wurden nur Schafe und Rinder gebrannt. Nicht einmal unsere Sklaven wurden so gekennzeichnet. Der Nkumai näherte grinsend das Brenneisen meinem Bauch. Da trat ich ihn mit einer Kraft in die Hoden, die selbst einen Bullen kastriert hätte. Der Schwarze schrie auf. Ich sah mit raschem Blick, daß unter dem Tritt mein Rock aufgerissen war. Da schlug mir der Captain die flache Säbelklinge gegen den Kopf. Ich wurde besinnungslos.

In einem finsteren, fensterlosen Raum kam ich kurz darauf wieder zu mir. Durch eine Öffnung in der Decke fiel schwaches Licht. Abgesehen davon gab es nur eine schwere, hölzerne Tür in einer Wand. Mein Kopf schmerzte kaum noch, und ich hatte Angst, so lange bewußtlos gewesen zu sein, daß meine schnelle Heilkraft die Wahrheit verraten hatte. Aber nein, es waren nur ein paar Minuten gewesen. Mein Körper hatte die Verletzungen von der Prügel, die ich bezogen haben mußte, nachdem ich ohnmächtig geworden war, erst halbwegs abgeheilt.

Es waren disziplinierte Soldaten gewesen. Selbst erzürnt, hatten sie nicht versucht, mich zu vergewaltigen. Ich war noch wie zuvor gekleidet, bis zu den Hüften nackt, aber ansonsten bedeckt. Ich zerrte die zerrissene Bluse, die noch immer protzig, aber keineswegs mehr betörend wirkte, schnell wieder an Ort und Stelle. Ich konnte sie nicht zusammenbinden, doch all meine Verletzungen befanden sich auf meinem Rücken, und der Riß war vorn, so daß ich mich zufriedengab. Ich hatte meine Blöße verdeckt, nicht aus Scham, sondern um meine Wunden zu verbergen.

Jemand klopfte furchtsam an. »Ich soll Ihre Wunden versorgen, Madam«, erklang die leise Stimme eines Mädchens.

»Verschwinde! Rühr mich nicht an!« Ich versuchte, resolut zu klingen, hörte mich jedoch wahrscheinlich nur hysterisch an. Es spielte keine Rolle, ob die Möchtegern-Krankenschwester aus Nkumai oder Allison kam. Wenn sie Verletzungen entdeckte, die Tage statt Minuten alt zu sein schienen, war alles verloren. Selbst in dem unwahrscheinlichen Fall, daß sie noch nie Gerüchte über die regenerativen Kräfter der Muellers vernommen hatten, würden sie doch bemerken, daß *irgend etwas* an mir seltsam war. Sie würden mich gründlich untersuchen, und selbst, wenn ich mich vorher kastrierte, würden sie feststellen, daß meine Anatomie zumindest etwas durcheinander geraten war.

Das Mädchen sprach erneut, und erneut schickte ich es fort. Diesmal sagte ich ihr, einer Frau aus Bird sei es nicht gestattet, daß eine Frau oder ein Mann aus einem anderen Land ihr Blut berühre. Erneut improvisierte ich und ließ mir irgendeinen kulturellen Firlefanz einfallen. In der Schule hatte ich einiges über Legenden und Rituale gelernt, mehr, als die Lehrer verlangten – vielleicht genug, um ein Gefühl dafür zu bekommen, welche Dinge in anderen Ländern geheiligt oder tabu sein können. Das Blut von Frauen wurde häufiger als heilig erachtet und rief öfter Furcht hervor als selbst die Körper der Toten.

Ob es nun an einem örtlichen Tabu bezüglich blutender Frauen lag oder an der Hysterie in meiner Stimme, das Mädchen ging jedenfalls davon, und erneut wartete ich in dem engen Raum. Das Kitzeln auf meinem Rücken verriet mir, daß meine Verletzungen mittlerweile völlig verheilt waren, vernarbt oder mit Schorf bedeckt. Ich begann nun, nach einer Fluchtmöglichkeit Ausschau zu halten, ohne die Tür zu benutzen, und versuchte, mich daran zu erinnern, wie das Dorf draußen angelegt war, um den schnellsten Weg in die Freiheit zu finden.

Die Tür knirschte in ihren schweren hölzernen Angeln, und ein Schwarzer in einem weißen Umhang trat ein. Er trug keine Salbe bei sich; anscheinend hatte ich mich in dieser Hinsicht klar ausgedrückt. Er reichte mir ein langes, hellblaues Gewand.

»Bitte«, sagte er, »kommen Sie mit.«

Ich nahm das Gewand. Er drehte sich um und schloß die Tür.

Ich zog die verschmutzten Sachen aus Allison aus, die ich trug, warf die Robe über meine Schultern und den frisch verheilten Rücken und band sie vorn zusammen. Ich fühlte mich jetzt sicherer und selbstbewußter. Ich öffnete die Tür, trat hinaus und blinzelte im Licht. Der Mann in dem Umhang stand zwei Schritte von der Tür entfernt.

»Ich verlange, daß man mich sofort frei läßt«, sagte ich.

»Selbstverständlich«, antwortete er. »Ich hoffe, Sie werden Ihre Reise nach Nkumai fortsetzen.«

»Das bezweifle ich«, gab ich zurück.

»Ich habe das befürchtet. Doch bitte ich Sie, unseren dummen, unwissenden Soldaten zu vergeben. Wir sind stolz auf unser Bildungswesen in Nkumai, aber wir wissen nur wenig über die Völker jenseits unserer Grenzen. Am wenigsten wissen die Soldaten. Weitaus weniger als wir.«

»Wer ist – wir?«

»Ich bin ein Lehrer. Man hat mich geschickt, um Sie um Verzeihung zu bitten und Sie aufzufordern, die Reise in unsere Hauptstadt fortzusetzen. Der Captain verlangte unsere Einwilligung, über Sie das Todesurteil zu verhängen, weil Sie einen seiner Soldaten verstümmelt haben. Dabei erwähnte er, daß Sie angeblich Botschafterin von Bird seien. Für ihn war die Idee absurd, eine Frau mit solch einer Mission zu betrauen. Er stammt aus den niederen sozialen Schichten, in denen man die wahren Werte der Frauen oft nicht zu schätzen weiß. Ich aber weiß, daß Bird von Frauen regiert wird, in sehr kluger Weise, wie ich erfuhr. Deshalb nahm ich an, daß Ihre Angaben vielleicht auf Wahrheit beruhten.«

Lächelnd hob er die Hände und breitete die Arme aus. »Ich kann nicht wiedergutmachen, was unser Offizier in seiner Dummheit angerichtet hat. Natürlich hat man ihn inzwischen degradiert, und den Soldaten, die Sie geschlagen haben, wurden die Hände abgehackt.«

Ich nickte. Das war wohl das wenigste, was man hatte tun können, und schien gleichzeitig anzudeuten, daß sie es mit der Bestrafung ernst meinten. Doch auch ich hatte einen gewissen Schaden angerichtet. »Der Mann, den ich getreten habe«, sagte ich, »ist wohl schon genug bestraft.«

Er runzelte die Stirn. »Dieser Ansicht war er nicht«, sagte er. »Sie müssen verstehen. Von einer gefesselten Frau mit einem einzigen Tritt kastriert zu werden – er konnte es nicht ertragen, mit dieser Schande zu leben.«

Erneut nickte ich, als sei mir das völlig klar.

»Nun erlauben Sie mir, Sie nach Nkumai zu geleiten, wo Sie gewiß Gelegenheit finden werden, dem König Ihre Botschaft auszurichten.«

»Ich frage mich«, gab ich zurück, »ob unser Verlangen nach einer Allianz mit Nkumai weise ist. Wir hatten gehört, daß Ihr Volk zivilisiert sei.«

Ein schmerzlicher Zug flog über sein Gesicht, dann lächelte er hilflos. »Leider nicht. Wir sind nicht zivilisiert. Aber wir versuchen, es jedenfalls zu werden. Das ist mehr, als man von den übrigen Stämmen im Osten behaupten kann. Im Westen, da bin ich sicher, liegen die Dinge anders.«

Zu diesem Zeitpunkt hätte ich wohl noch zurückgekonnt. Ich hätte aus Allison davonschleichen können, ohne mich näher mit den Nkumai einzulassen, und dann von Treason verschwinden, zumindest, soweit es Mueller betraf. Doch ob nun zum Guten oder zum Schlechten, ich war noch immer entschlossen, meine Mission zu vollenden und herauszufinden, was die Nkumai dem Gesandten zu bieten hatten, das ihnen größere Mengen an Eisen einbrachte, als wir für unsere Körperteile erhielten. Also sprach ich Worte, welche die Möglichkeit von neuen Verhandlungen eröffneten. »Es gibt in allen Teilen der Welt Barbaren, und vielleicht muß man in schweren Zeiten mit jenen Freundschaft schließen, die zivilisiert sein wollen, um sich vor jenen zu schützen, die die Beschränkungen des Gesetzes oder der Höflichkeit übertreten.«

»Dann sprechen Sie in der Tat am besten mit denen, die in Nkumai die Macht haben«, sagte er. Ich nickte großzügig und nahm seine Einladung an. Doch als wir seinen Wagen bestiegen und uns ostwärts auf den Weg nach Nkumai machten, hatte ich das beklemmende Gefühl, in einen Strudel geraten zu sein, aus dem es kein Entrinnen gab. Ich wurde immer tiefer hineingerissen.

Wir wechselten täglich die Pferde und kamen gut voran, wenngleich wir unterwegs über ein dutzendmal anhielten, um zu schlafen. Mein Führer wies mich auf botanische und zoologische Kuriositäten hin und erzählte mir einige Geschichten und Legenden, die für mich zu dieser Zeit nur wenig Sinn ergaben, obwohl sie mir später, als ich mehr über die Nkumai erfahren hatte, klarer wurden. Er erzählte mir auch Geschichten von Kämpfen, und mir fiel auf, daß eine jede davon mit einer Moralpredigt zu enden schien, wie unmöglich es sei, die Nkumai jemals im Kampf zu schlagen.

Er war jedoch sorgsam darauf bedacht, mich nicht zu beleidigen. In den Wirtshäusern von Allison bekam ich immer ein Zimmer für mich allein, und obwohl Wachen vor meiner Tür standen, trafen sie keine Anstalten, mich zu behindern oder mir gar zu folgen, wenn ich mein Zimmer verließ und mich in die Gemeinschaftsküche oder sogar für einen Spaziergang nach draußen begab. Sie waren eindeutig da, um mich zu beschützen, und nicht, um meine Wege zu beschränken.

Hinter uns blieben nach und nach die weißen Bäume von Allison zurück. Wir fuhren unter immer höheren Bäumen dahin, die Hunderte Meter in den Himmel ragten. Die Straße wand sich unter so ungeheuren Bäumen dahin, daß selbst die im Wald von Ku Kuei dagegen klein erschienen. Unterwegs machten wir zweimal Rast, um etwas zu schlafen. Am Nachmittag des dritten Tages ließ der Lehrer aus Nkumai den Kutscher anhalten.

»Wir sind da«, erklärte er.

Ich schaute mich um. Aber ich sah keinen Unterschied zwischen diesem Ort und der waldreichen Umgebung.

»Wo sind wir?« fragte ich.

»In der Hauptstadt von Nkumai.«

Dann folgte ich seinem nach oben gerichteten Blick und gewahrte ein unglaubliches System von Rampen, Brücken und in den Bäumen hängenden Gebäuden, so weit ich sehen konnte.

»Unangreifbar«, sagte mein Begleiter.

»Vollkommen«, antwortete ich. Dabei unterließ ich die Bemerkung, daß man mit einem kräftigen Feuer den ganzen Spuk innerhalb einer Stunde vertreiben könnte. Ich war nur zu froh, daß ich die Worte hinuntergeschluckt hatte. Denn plötzlich setzte ein furchtbarer Regen ein, der uns durchnäßte und den Wagen drei Zoll hoch mit Wasser füllte. Die Nkumai machten keine Anstalten, vor den Fluten Schutz zu suchen. Also blieb auch ich auf meinem Platz.

Nach ein paar Minuten versiegte der Regen. Lächelnd wendete sich der Lehrer an mich. »So regnet es hier fast jeden Tag, manchmal auch zweimal. Wenn das nicht so wäre, müßten wir wohl das Feuer fürchten. So aber besteht unser Hauptproblem darin, unseren Torf trocken zu halten, damit wir kochen können.«

Ich lächelte zurück und nickte. »Ich verstehe gut, daß das zum Problem werden kann.« Offensichtlich hatte er meine Gedanken, daß die Stadt einem Feuer anheim fallen könnte, geahnt, und wollte, daß ich mit eigenen Augen sah, wie nutzlos Feuer als Waffe war. Der Erdboden war zehn Zentimeter tief aufgeweicht. Schließlich gelangten wir an eine Strickleiter und verließen den Erdboden. Ich sollte ihn wochenlang nicht wieder unter den Füßen spüren.

3

nkumai

»Wollen Sie sich etwas ausruhen?« fragte der Lehrer. Zum ersten Male war ich froh, hier als Frau aufzutreten, denn die Plattform war wie eine Insel der Stabilität inmitten einer absurden Welt aus schwingenden Strickleitern und plötzlichen Windstößen. Lanik Mueller hätte niemals zugeben dürfen, daß er eine Rast brauchte. Aber die Botschafterin aus Bird konnte sich das leisten.

»Sie machen aber gar keinen müden Eindruck«, meinte mein Führer, nachdem ich mich auf der Plattform lang ausgestreckt hatte und für den Augenblick nur das immer noch ferne Laubdach über mir sah. Im Liegen konnte ich mir einbilden, mich auf ebenem Boden zu befinden. »Sie atmen nicht einmal schneller.«

»Oh, ich muß nicht rasten, weil ich erschöpft bin. Ich bin nur nicht an eine derartige Höhe gewöhnt.«

Er lehnte sich ohne Angst über den Rand der Plattform und sah hinunter. »Wir sind doch erst achtzig Zentimeter vom Boden entfernt und haben noch einen langen Aufstieg vor uns.«

Ich unterdrückte einen Seufzer. »Wohin werden Sie mich bringen?«

»Wohin wollen Sie denn?« kam die Gegenfrage.

»Ich möchte mit dem König sprechen.«

Ich überlegte, ob sich eine Lady aus Bird beleidigt fühlen mußte, wenn ihr jemand so höhnisch ins Gesicht lachte, wie er es jetzt tat. Zum Teufel. Ich fragte einfach: »Was ist daran so amüsant?«

»Sie erwarten doch nicht wirklich, den *König* sehen zu können, Lady«, sagte er.

Er sagte es mit einem Lächeln, doch ich verstand mich mittlerweile darauf, es denen heimzuzahlen, die es wagten, mich zu verspotten. Ich wußte, wie ich meine Stimme klingen lassen konnte, als habe sie den gesamten Winter auf Eis gelegen. »Also ist Ihr König unsichtbar. Wie amüsant.«

Sein Lächeln wurde etwas schwächer. »Er empfängt niemanden aus dem Volk, das meinte ich.«

»Ah. In zivilisierten Ländern wird Botschaftern die Höflichkeit einer Audienz mit dem Staatsführer gewährt. Aber in Ihrem Land müssen sich ausländische Botschafter wohl damit zufriedengeben, auf Bäume zu klettern und einander zu besuchen.«

Sein Lächeln war nun verschwunden. Ich hatte es ihm mit gleicher Münze heimgezahlt, und das gefiel ihm nicht.

»Wir empfangen kaum jemals Botschafter. Bis vor kurzem haben uns, so glaube ich, die benachbarten Nationen für ›Affen‹ gehalten, die auf Bäumen hausen. So ist es doch, nicht wahr? Erst neuerdings treffen Botschafter ein, nachdem unsere Soldaten die Aufmerksamkeit anderer Nationen auf uns gelenkt haben. Wir sind darauf überhaupt nicht eingerichtet.«

Ich fragte mich, wieviel davon der Wahrheit entsprach. Auf der Ebene am großen Rebel River hatten die Nationen von jeher untereinander Botschafter ausgetauscht, nachdem die Familien den Planeten unter sich aufgeteilt hatten. Die Nkumai waren bisher ignoriert worden. Natürlich kamen jetzt viele Botschafter zu ihnen ...

»Zur Zeit sind nur drei Botschafter im Land, Lady«, erklärte mein Führer. »Wir hatten noch einige mehr. Aber der Botschafter von Allison ist jetzt ein getreuer Untertan, während die Botschafter von Mancowitz, Parner, Underwood und Sloan heimgeschickt worden sind. Sie schienen sich mehr für unseren Gesandten – Sie wissen schon, der von den Wächtern – zu interessieren als für die Herstellung guter Beziehungen zu Nkumai. Zur Zeit unterhalten nur Johnston, Cummings und Dyal Botschaften in unserer Hauptstadt. Wir mußten sie gemeinsam unterbringen, weil wir mit dem vorhandenen Wohnraum sparsam umgehen müssen. Ziemlich hinterwäldlerisch und provinziell, wie ich fürchte.«

Du übertreibst stark, dachte ich bei mir. Mochte er sich

auch noch so gewunden ausgedrückt haben, die Warnung hatte ich nur zu gut verstanden. Man hatte schnell herausgefunden, worauf die Botschafter in Wirklichkeit auswaren. Also mußte ich doppelt vorsichtig sein.

»Nichtsdestotrotz«, sagte ich, »ich bin hier, um den König zu sehen, und wenn darauf keine Hoffnung besteht, werde ich nach Hause zurückkehren und meinen Vorgesetzten berichten, daß Nkumai kein Interesse an guten Beziehungen mit Bird hat.«

»Oh, vielleicht läßt es sich ermöglichen. Sie müssen zunächst beim Amt für Soziale Dienste ein Gesuch einreichen. Ob das zu etwas führen wird, weiß im voraus niemand. Bürokratie! Ich glaube, draußen in Ihrer Welt ist die Bürokratie wie ein rotes Tuch für den Bürger. Nun, bei uns kann man von einem schwarzen Tuch sprechen.« Er lachte über seinen kleinen Rassenscherz. Ich überlegte, ob die Nkumai wohl sehr empfindlich gegenüber Anspielungen auf ihre Hautfarbe sein mochten. Die Cramers konnte man eher mit Anspielungen auf ihre kleine Statur kränken als mit ihrer Hautfarbe. Die Allisons schienen die Nkumai wegen ihrer schwarzen Haut zu verachten.

»Wollen wir weitergehen?« wurde ich gefragt.

Vorsichtig ging ich zu der Strickleiter hinüber, die im Wind schaukelte. Sie war mit Hilfe eines dünnen Seiles lose an einen niedrigen Pfahl auf der Plattform befestigt.

»Nicht diese da«, bekam ich zu hören. »Wir nehmen einen anderen Aufstieg.« Damit rannte er von der Plattform aus auf einen der dicken Äste hinaus. Wenn man von Ast sprechen konnte – hier war keiner weniger als zehn Meter dick. Ich ging langsam zu der Stelle, wo er auf den Ast hinausgeklettert war. Dort entdeckte ich ein paar Haltegriffe. Sie schienen mehr durch Abnutzung bestimmter Stellen entstanden zu sein. Ins Holz geschnitten waren sie jedenfalls nicht. Mühselig kletterte ich von der Plattform zu meinem ungeduldig wartenden Führer hinüber. Wo er stand, verlief der Ast fast waagerecht. Weiter hinten stieg er wieder steiler an und verschwand im Blattwerk anderer, kreuz und quer wachsender Äste.

»In Ordnung?« fragte er.

»Nein – aber laßt uns weitergehen«, erwiderte ich.

»Wir klettern eine Weile, bis Sie sich besser an unsere Baumstraßen gewöhnt haben.« Dann stellte er mir eine Frage, die mir nach so vielen Tagen gemeinsamen Reisens völlig fehl am Platze vorkam. »Wie heißen Sie eigentlich, Lady?«

Mein Name? Hatte ich mich nicht auf diese Frage vorbereitet? Natürlich hatte ich das – aber im Augenblick konnte ich mich nicht erinnern, welchen Namen ich mir zugelegt hatte. Sicherlich merkte er mir meine Verwirrung an. Also konnte ich nicht den erstbesten Namen nennen, ohne seinen Argwohn zu erwecken. Also ergriff ich wieder Zuflucht zu einem frei erfundenen Brauch, um aus meiner momentanen Klemme herauszukommen. Ich hoffte aufrichtig, daß die Regierung in Bird in allzu naher Zukunft keine echte Botschafterin schicken würde, denn ich bezweifelte, daß diese Frau gern den Vorgaben folgte, die ich improvisiert hatte. Und falls Nkumai es genauso handhabte wie Mueller und Spione ausschickte, um mehr über ein Volk zu erfahren, das einen Botschafter gesandt hatte, würde sich mein kleines Lügengespinst bald sowieso von allein entfalten.

»Mein Name, Sir? Entweder sind Sie kein Gentleman oder Sie halten mich nicht für eine Dame«, fertigte ich ihn ab.

Er sah betreten drein, lachte dann aber. »Sie müssen mir verzeihen, Lady. Andere Länder, andere Sitten. Bei uns haben nur die Ladies Namen. Männer ruft man mit ihrer Berufsbezeichnung. Ich bin nicht nur Lehrer, wie ich Ihnen sagte, sondern ich heiße auch so. Ich wollte Ihnen gegenüber nicht respektlos erscheinen.«

»Fein«, sagte ich und vergab ihm. Das Spiel machte mir allmählich Spaß. Ich legte es darauf an, mich ihm überlegen zu zeigen, obwohl ich doch von vornherein die Unterlegene war. Darüber vergaß ich fast, daß wir nur dem Anschein nach einem Pfad folgten, der etwa dem Erklimmen eines steilen Hügels entsprach – wobei jedoch die Abhänge zu beiden Seiten ... »Wie hoch über dem Boden sind wir jetzt?« rief ich dem Lehrer zu.

»Jetzt sind es etwa hundertdreißig Meter, Lady. Genau weiß ich es nicht. Bei uns wird nicht viel gemessen. Sobald man hoch genug ist, um sich zu Tode zu fallen, spielen ein paar Meter mehr oder weniger keine Rolle. Aber ich kann ihnen sagen, wieviel höher wir noch steigen müssen.«

»Wie hoch denn?«

»Etwa dreihundert Meter.«

Ich schnappte nach Luft. Ich wußte, daß Bäume auf Treason phänomenale Höhen erreichen konnten – war ich nicht durch Ku Kuei gewandert? –, doch dort oben würden die Zweige sicher zu schwach sein, um uns zu tragen. »Wohin gehen wir eigentlich? Und warum so hoch?«

Er lachte abermals. Diesmal machte er kein Hehl daraus, daß ihn meine Höhenangst amüsierte. So rächte er sich an mir für die kleine Spitze, die ich ihm wegen der Frage nach meinem Namen versetzt hatte. »Wir steigen zu der Stelle hinauf, wo Sie wohnen werden. Wir dachten, es würde Ihnen Freude bereiten, den höchsten Punkt zu erleben. Dort waren bisher nur wenige Besucher.«

»Soll ich etwa dort oben wohnen?«

»Nun, wir konnten Sie nicht gut bei den anderen Botschaftern unterbringen. Es sind alles Männer. Deshalb hat Mwabao Mawa sich bereit erklärt, Sie zu beherbergen.«

Unser Gespräch wurde unterbrochen, als er leichten Fußes über eine Hängebrücke tänzelte, wobei er sich nur selten mit der Hand festhielt. Das sah ganz einfach aus, zumal die Brückenbohlen aus Holz bestanden. Als ich darauf trat, begann die Brücke zu schwingen. Je weiter ich ging, desto schlimmer wurde es. Auf dem Höhepunkt jedes Schwunges sah ich unter mir die Baumstämme, die auf einen so weit entfernten Boden hinunterreichten, daß ich ihn nicht sehen, sondern allenfalls im dunklen Schatten erraten konnte. An einer Stelle mußte ich mich übergeben. Danach fühlte ich mich besser und legte den letzten Teil des Weges ohne weitere Zwischenfälle zurück. Da ich mich sowieso stark blamiert fühlte, machte ich mir nicht mehr die Mühe, meine Angst zu verbergen – wobei ich bald herausfand, daß jetzt alles viel leichter wurde. Auch mein Führer namens Lehrer wurde hilfsbereiter. Nur zu gern stützte ich mich auf ihn.

Endlich erreichten wir die Höhe, in der die Äste belaubt waren. Die Blätter waren riesige Fächer von mindestens zwei Metern Breite. Hier oben ging mir auf, daß wir wenig davon haben würden, selbst wenn ich herausfand, was die Nkumai dem Gesandten im Austausch für Eisen gaben. Wie konnten wir landgebundenen Bewohner der weiten Ebenen von Mueller hoffen, in ein Land wie dieses einzufallen oder gar dessen Bewohner zu besiegen? Die Nkumai brauchten nur ihre Strickleitern einzuziehen. Dann konnten sie hohnlachen. Oder uns mit tödlichen Felsbrocken bewerfen. Und die Höhenangst würde sicher auch andere Muellers außer mir befallen. Wir mögen uns zwar beigebracht haben, Furcht von Schmerzen zu trennen, doch ein Sturz war eine ganz andere Sache. Außerdem hatte ich nicht die geringste Ahnung, ob ein Sturz aus solchen Höhen einem Mueller mehr Schaden zufügen würde, als sein Körper rechtzeitig heilen konnte, um sein Leben zu retten. Genausogut hätten die Fische einen Krieg gegen die Vögel anzetteln können, wie Mueller gegen die Nkumai hier in ihren Heimatbäumen kämpfen konnten.

Oder wir fanden eine Möglichkeit, Muellers Soldaten beizubringen, mit dieser Höhe fertig zu werden. Vielleicht konnten sie auf künstlichen Plattformen üben oder in den hohen Bäumen von Ku Kuei. Ich hätte diese Idee vielleicht weiter verfolgt, wäre ich nicht ständig von der Notwendigkeit abgelenkt worden, einen Halt für meinen Fuß zu finden, der mich nicht kopfüber zur Erde stürzen lassen würde.

Schließlich traten wir vorsichtig auf einen verhältnismäßig schwachen Ast hinaus und gelangten zu einem seltsam verschachtelten Haus. Lehrer sagte leise, aber mit durchdringender Stimme: »Von der Erde in die Lüfte.«

»Und dort ins Nest, Lehrer. Tritt ein.« Die heisere, aber

angenehme Stimme von Mwabao Mawa lockte uns ins Haus.

Es bestand im wesentlichen aus fünf Plattformen, ähnlich der, auf der wir vorhin gerastet hatten. Zwei davon waren jedoch viel größer und mit einem Blätterdach versehen. Mit einem komplizierten Auffangsystem wurde das Regenwasser von den Dächern in Fässer in den Ecken der Räume geleitet.

Wenn man überhaupt von Räumen sprechen konnte. Jede Plattform stellte einen separaten Raum dar. Nur Wände konnte ich nirgendwo entdecken. Bunte Vorhänge hingen von der Dachkante bis auf den Boden. Jeder Lufthauch öffnete diese ›Wände‹ mit Leichtigkeit.

Ich stellte mich in die Mitte des Zimmers.

Mwabao Mawa erwies sich irgendwie als Enttäuschung. Der Stimme nach hatte ich sie mir gutaussehend vorgestellt. Das war sie aber nicht; weder entsprach sie meinem Schönheitsideal, noch war sie schön im Sinne der Nkumai. Aber sie war hochgewachsen. Ihr Gesicht zeigte zwar keine lieblichen Züge, wirkte aber lebhaft und ausdrucksstark. Wenn ich sage hochgewachsen, so habe ich mich unklar ausgedrückt. In Nkumai sind die Leute durchweg mindestens so groß wie ich, und in Mueller gelte ich als überdurchschnittlich groß. Unter den Nkumai galt Mwabao Mawa als riesengroß. Aber sie bewegte sich mit Grazie, und ich fühlte mich von ihr nicht eingeschüchtert, sondern kam mir im Gegenteil behütet und beschützt vor.

»Lehrer, wen hast du mir denn da angebracht?«

Mir fiel die altmodische Sprechweise auf. Ich war überrascht festzustellen, daß sie sich keineswegs liebevoll anhörte.

»Sie wollte mir ihren Namen nicht nennen«, erklärte der Mann. »Mir scheint, ein Gentleman hat nicht nach dem Namen einer Lady zu fragen.«

»Ich bin die Botschafterin von Bird«, sagte ich und gab mir Mühe, eindrucksvoll, aber nicht aufschneiderisch zu wirken. »Einer anderen Dame will ich gern meinen Namen nennen.« Bis dahin hatte ich mir natürlich einen neuen

Namen ausgesucht. Von nun an hieß ich für den Rest meines Aufenthaltes in Nkumai Lark, was soviel wie Lerche bedeutet. Lark erschien für eine Dame aus dem Land Bird recht plausibel.

»Lark«, wiederholte Mwabao Mawa. Das Wort klang bei ihr wie Musik. »Komm herein.«

Dabei meinte ich, schon drinnen zu sein.

»Hier herein«, bemühte sie sich sofort, meine Verwirrung zu mildern. »Und du, Lehrer, kannst gehen.«

Er drehte sich um und ging ohne Schwierigkeiten den schmalen Ast entlang, vor dem ich mich so gefürchtet hatte. Ich bemerkte, daß er gehorchte, als verfüge Mwabao Mawa über große Autorität, und mir kam in den Sinn, daß eine Verkleidung als Frau hier vielleicht nicht das Handikap war, das es in Allison für mich gewesen war.

Ich folgte Mwabao durch den Vorhang, hinter dem sie aufgetaucht war. Da gab es keine Brücke. Bis zum nächsten Raum klaffte ein Spalt von etwa 150 Zentimetern Breite. Wenn man daneben sprang, fiel man ins Bodenlose. Nicht gerade ein Rekordsprung – aber bei dem Wettspringen in Mueller drohte bei einem Fehlsprung allenfalls der Hohn des Publikums.

Hier drüben waren die Wandvorhänge dunkler gefärbt. Der Fußboden erwies sich, dem Himmel sei Dank, nicht als ebene Fläche. Über zwei Stufen gelangte man hinunter in einen Wohnraum, der mit Kissen übersät war. Hier unten gewöhnten sich meine Augen rasch an die Vorstellung, von richtigen Wänden umgeben zu sein. Meine Spannung wich.

»Nehmen Sie Platz«, forderte mich Mwabao Mawa auf. »In diesem Zimmer erholen wir uns. Nachts wird hier geschlafen. Ganz bestimmt hat der Lehrer beim Aufstieg mächtig angegeben – aber wir sind keineswegs immun gegen die Höhe. Alle Leute schlafen in solchen Zimmern. Wir halten nichts von dem Gedanken, mitten in einem Traum von der Plattform zu rollen.«

Sie ließ ein leises, doch volltönendes Lachen erklingen, in das ich nicht einstimmte. Ich lehnte mich zurück und ließ die während des Kletterns aufgestaute Spannung aus meinem zitternden Körper entweichen.

»Sie sollten einiges über mich wissen«, begann Mwabao Mawa, »denn man wird Ihnen zweifellos Geschichten über mich zutragen. Es gibt Gerüchte, wonach ich eine Mätresse des Königs gewesen bin. Ich widerspreche nicht, denn ich gewinne daraus hier und dort ein wenig Macht. Andere wollen wissen, ich sei eine Mörderin – was ich beinahe noch charmanter finde. In Wirklichkeit bin ich nichts anderes als eine freigiebige Gastgeberin und eine große Liedersängerin. Vielleicht die größte, die es je in diesem Lande der Sänger gegeben hat. Außerdem bin ich eitel«, fuhr sie lächelnd fort. »Ich glaube, wirklich demütig wird man erst, wenn man die volle Wahrheit über sich selbst erkannt hat.«

Ich murmelte zustimmend, zufrieden über die Sicherheit des Fußbodens und eingelullt vom Gleichmaß ihrer Stimme. Sie redete weiter, sang mir zwischendurch ein paar Lieder vor. Die Einzelheiten des Gespräches sind mir entfallen. Ich kann mich auch nicht an die Lieder erinnern. Ich verstand die Verse nicht und entdeckte auch keine bestimmte Melodie. Die Lieder entführten mich in die Welt meiner eigenen Phantasie, und ich konnte fast die Dinge sehen, von denen sie sang – obwohl ich nicht weiß, wieso ich verstand, was ihre Lieder bedeuteten. Obwohl sich inzwischen schreckliche Dinge zugetragen haben und ich selbst es war, der Mwabao Mawas Stimme zum Schweigen gebracht hat, würde ich viel dafür geben, diese Lieder noch einmal hören zu dürfen.

Am Abend brachte sie vor der Haupttür eine brennende Fackel an. Später würden Gäste kommen, erklärte sie mir. Ich fand heraus, daß eine brennende Fackel eine Art Einladung bedeutete. Jeder konnte kommen, der das Licht in der Nacht sah. Man sah, daß Mwabao Mawa Macht besaß (weniger zynisch betrachtet: sie wurde geliebt und verehrt), denn wann immer bei ihr die Fackel brannte, war das Haus eine Stunde später voller Gäste und das Licht draußen mußte gelöscht werden.

Die Gäste waren überwiegend Männer – kein Wunder,

denn in Nkumai gehen Frauen nachts kaum aus. Ich lauschte aufmerksam nach allen Seiten, bekam aber nur das bei solchen Geselligkeiten übliche Gerede zu hören. Leider erforderte es in Nkumai die Höflichkeit dem Gast gegenüber, daß man ihn ständig ins Gespräch zog. Mir wäre es lieber gewesen, wenn man mich nach der in Mueller üblichen Sitte still lauschend hätte abseits sitzen lassen. Bei uns wird gewartet, bis der Gast Konversation wünscht. Die Sitte der Nkumai sorgt dafür, daß Gäste kaum Wesentliches zu hören bekommen. Ich lernte jedenfalls in dieser Nacht nichts von Bedeutung hinzu.

Bald war mir klar, daß Mwabao Mawas Gäste wohlerzogene Männer waren – Wissenschaftler dieser oder jener Richtung. Als ich einige Gesprächsfetzen aufgeschnappt hatte, gelangte ich zu der Überzeugung, daß diese Männer ihre Wissenschaft als Selbstzweck betrachteten, während in Mueller Wissenschaft zu irgendwelchem Nutzen und zu bestimmten Zwecken dienen mußte.

»Guten Abend, Lady«, wendete sich ein schmächtiger Mann mit sanfter Stimme an mich. »Ich bin Lehrer und möchte Ihnen gern zu Diensten sein.«

Das war, wie ich schon mitbekommen hatte, die Standardanrede. Schließlich gab ich meiner Neugierde nach und fragte: »Wie können Sie Lehrer heißen, drei weitere Herren in diesem Zimmer auch und obendrein der Mann, der mich hierher führte. Wie kann man all die Leute mit gleichem Namen auseinanderhalten?«

Er ließ mich das überlegene Lachen hören, das mich schon mehrfach geärgert hatte, aber hier eine Nationaleigenschaft zu sein schien. »Weil ich eben ich bin und nicht die anderen.«

»Aber wenn Sie übereinander reden?«

»Nun, dann«, erklärte er geduldig, »hoffe ich doch sehr, daß die anderen mich benennen als ›Lehrer, der die Sterne tanzen ließ‹, was ich nämlich wirklich vollbracht habe. Der Mann, der Sie heute früh hierher geleitete, ist der ›Lehrer mit dem Wahren Gesicht‹. Er heißt so, weil er eine besondere Entdeckung gemacht hat.«

»Wahres Gesicht?«

»Das würden Sie doch nicht verstehen«, sagte er. »Viel zu technisch. Wenn jemand über uns zu reden beabsichtigt, bezieht er sich jeweils auf das größte Werk, das wir vollbracht haben. Dann weiß jeder, von wem die Rede ist.«

»Wie aber steht es mit Leuten, die keine große Entdekkung vorzuweisen haben?«

Abermals lachte er. »Wer würde schon über eine solche Person reden wollen?«

»Aber, Frauen haben doch Namen.«

»Das gilt auch für Hunde und kleine Kinder«, meinte er, und ich konnte ihm fast abnehmen, daß er mich nicht hatte beleidigen wollen. »Von Frauen erwartet niemand große Leistungen. Es klänge im Gegenteil gemein, wenn man Frauen nach ihren besonderen Vorzügen benennen wollte. Stellen Sie sich Namen vor wie ›Prostituierte mit dem dikken Hintern‹ oder ›Frau, die immer die Suppe anbrennen läßt‹.« Er lachte über seinen eigenen Witz, und einige andere, die zugehört hatten, fielen mit anderen Namensvorschlägen ein. Ich fand sie lächerlich, aber als Frau mußte ich sie natürlich als beleidigend empfinden. Tatsächlich wurde ich etwas unwirsch, als einer meinte, ich müßte dann wohl als ›Botschafterin mit dem sommersprossigen Busen‹ bezeichnet werden.

»Woher wollen Sie Einzelheiten wissen, die zu diesem Namen berechtigen würden?« fragte ich sehr von oben herab. Darauf verstand ich mich immer besser. Dazu brauchte ich nur Vaters Mistbiene nachzuahmen. Zum Ausdruck herablassenden Hochmutes gehörte auch, daß ich eine Augenbraue hochzog. Das hatte ich schon als kleiner Junge gekonnt, sehr zum Vergnügen meiner Eltern und zum Schrecken der von mir befehligten Soldaten.

»Das weiß ich eben nicht«, sagte der Schwarze namens Sterngucker (so hießen noch zwei andere Gäste). »Aber ich würde es gern mal herausfinden.«

Darauf war ich nun wirklich nicht vorbereitet. Leuten, die mich auf der Straße vergewaltigen wollten, konnte ich mit dem Dolch begegnen. Aber wie sagt man als Frau ›nein‹ zu einem Mann inmitten vornehmer Gesellschaft, ohne beleidigend zu werden. Als Königssohn war ich nicht daran gewöhnt, von Frauen ein ›Nein‹ zu hören.

Zum Glück wurde mir aus der Klemme geholfen.

»Die Dame aus Bird ist nicht gekommen, um herauszufinden, was sich unter deiner Robe verbirgt«, mischte sich Mwabao Mawa ein, »zumal die meisten von uns wissen, wie wenig das ist.« In das allgemeine Gelächter stimmte sogar der auf diese Weise beleidigte Mann ein. Für ein paar Augenblicke ließ man von mir ab, und ich konnte mich umsehen.

Die Gespräche drehten sich allgemein um Wissenschaft und Hofklatsch, natürlich mehr um letzteres. Doch zeigte sich unübersehbar immer wieder der gleiche Vorgang. Ein Mann nach dem anderen zog Mwabao beiseite, um rasch ein paar Worte mit ihr zu wechseln. Einmal konnte ich mich in die Nähe schieben und hörte ihn sagen »Um Mittag«, worauf sie nickte. Wenig genug, um daraus bestimmte Schlüsse zu ziehen. Am nächsten lag der Gedanke, daß hier Verabredungen getroffen wurden. Zu welchem Zweck? Dafür konnte es mehrere Gründe geben. Vielleicht war sie eine Hure. Doch bezweifelte ich das. Erstens war sie nicht schön genug, und zweitens wurde sie von den Männern mit größtem Respekt behandelt. Immer wurde sie ins Gespräch gezogen. Auf jede ihrer Bemerkungen ging man artig ein. Womöglich war sie wirklich eine Mätresse des Königs; in diesem Fall machte sie vermutlich mit ihrem Einfluß Geschäfte – obwohl auch da gewisse Zweifel bestanden. Denn es erschien unwahrscheinlich, daß man eine Botschafterin bei einer Frau von so mächtigem Einfluß unterbringen würde.

Als dritte Möglichkeit bot sich an, daß sie mit einer Rebellion oder mindestens mit einer Untergrundpartei zu tun hatte. Logik und die beobachteten Tatsachen sprachen dafür. Vielleicht lohnte es sich, in dieser Richtung weiterzuforschen.

Aber nicht in dieser Nacht. Ich war müde. Der Muskelkater von der anstrengenden Kletterei hinauf zu Mwabao Mawas Haus war vergangen. Auch die Prügel, die ich von den Nkumaisoldaten bezogen hatte, war überstanden. Dennoch war ich total abgeschlafft. Ich mußte unbedingt schlafen. Schließlich döste ich ein und kam erst zu mir, als sich die letzten Männer verabschiedeten.

»Oh«, fuhr ich auf. »Habe ich so lange geschlafen?«

»Nur ein paar Augenblicke«, gab Mwabao Mawa zurück. »Es ist spät geworden, und die Gäste gingen. Sie haben also nichts verpaßt.«

Sie ging in eine Ecke, tauchte die Hand in das dort stehende Faß und trank. Ich war ebenfalls durstig. Aber der Gedanke an Wasser rief eine schreckliche Zwangsvorstellung in mir hervor. Im Gefängnis war ich allein gewesen und konnte meinen körperlichen Bedürfnissen nachgehen. Während der Reise mit dem Lehrer hatte er mich meine Bedürfnisse voll schamhafter Zurückhaltung stets auf der anderen Seite des Weges verrichten lassen, wo mich niemand sehen konnte. Aber hier, allein in einem Haus mit einer anderen – einer anderen? – Frau, gab es wohl so viel Zurückhaltung nicht.

»Gibt es hier einen extra Raum, wo man ...«, begann ich zögernd. Wie drückte man sich jetzt am delikatesten aus? »Ich meine, wofür werden die anderen drei Zimmer des Hauses benutzt?«

Mit leisem Lächeln drehte sie sich zu mir um. Aber in ihrem Blick lag etwas anderes als ein Lächeln. »Das erkläre ich nur jenen, die aus diesem Wissen praktischen Nutzen ziehen können.«

Schiefgegangen. Schlimmer noch, ich mußte zusehen, wie Mwabao gleichmütig ihre Robe abstreifte und nackt auf mich zukam. »Wollen Sie sich nicht schlafen legen?« fragte sie.

»Ja ... ja«, stammelte ich und gab mir keine Mühe, meine Verlegenheit zu verbergen. Ihr Körper wirkte nicht besonders anziehend. Aber ich sah hier zum ersten Male eine nackte, schwarze Frau. Außerdem mußte ich auf eine Möglichkeit sinnen, mich nicht ausziehen zu müssen. Schamhaftigkeit war wie ein Schutzschild für mein Überleben inmitten eines Volkes, das mich für eine Frau hielt.

»Warum ziehen Sie sich dann nicht aus?« fragte sie verwundert.

»Bei uns daheim ziehen wir uns zum Schlafengehen nicht aus.«

Sie lachte laut. »Soll das heißen, ihr behaltet die Kleider an, selbst wenn Frauen unter sich sind?«

Ich sprach, als entstamme ich einer Nation, deren Gebräuche genau dem entsprachen, was mir hier in den Kram paßte, obwohl ich zu jener Zeit in Wirklichkeit noch nichts von solch einem Ort wußte. »Der Körper ist unser wertvollster Privatbesitz und der wichtigste dazu«, erklärte ich möglichst würdevoll. »Stellen Sie alle Ihre Juwelen ständig zur Schau?«

Immer noch amüsiert schüttelte meine Gastgeberin den Kopf. »Nun, ich hoffe doch, daß Sie sich ausziehen, wenn Sie etwas fallenlassen.«

»Fallenlassen?«

Mwabao lachte schon wieder ihr verdammtes überlegenes Lachen. »Ungebildete Leute haben wahrscheinlich andere Worte dafür. Immerhin sollten Sie sich die Technik ansehen. So etwas ist leichter zu zeigen als zu erklären.«

Also folgte ich ihr in eine Ecke des Zimmers. Mwabao packte den Eckpfahl und schwang sich durch den Vorhang nach draußen. Ich schnappte bei ihrem plötzlichen Verschwinden nach Luft, als ich an die schreckliche Entfernung bis hinunter zum Boden dachte. Völlig ruhig hörte ich sie sagen: »Nun ziehen Sie doch den Vorhang beiseite, Lark. Wenn Sie nicht zusehen, können Sie es nicht lernen.«

Also zog ich den Vorhang weg und sah, wie sie sich ins Freie entleerte. Dann schwang sie sich wieder herein, ging zu einem anderen Wasserfaß in der Ecke – nicht zu dem, aus dem sie getrunken hatte – und reinigte sich.

»Sie müssen sich gut einprägen, welcher Eimer wofür bestimmt ist.« Mwabao lächelte. »Außerdem – lassen Sie nichts fallen, wenn es windig ist und schon gar nicht, wenn zum Wind auch noch der Regen kommt. Genau unter uns wohnt niemand. Aber es gibt viele Wohnungen in allen möglichen Richtungen unterhalb meines Hauses. Die

Leute darin haben es gar nicht gern, wenn ihnen Fäkalien aufs Dach fallen oder Urin in ihr Trinkwasser gerät.« Damit ließ sie sich auf einem Kissenstapel nieder.

Ich hob den Rock, so hoch ich es wagen durfte. Dann packte ich den Stützpfosten und stieg auf Zehenspitzen durch die Öffnung im Vorhang. Zitternd blickte ich hinab und schätzte mit Schrecken die Entfernung bis zu den wenigen Fackeln, die da unten noch leuchteten. Aber ich fügte mich ins Unvermeidliche und dachte einfach nicht daran, wo ich mich befand. Ich brauchte lange, um meine Schließmuskeln zu überzeugen, daß sie sich entspannen und nicht vor Entsetzen verkrampfen sollten.

Als ich endlich fertig war, stolperte ich mit hochgezogenem Rock zu dem Wasserfaß. Einen peinlichen Augenblick lang war ich mir nicht sicher, ob ich vor dem richtigen stand.

»Stimmt«, kam Mwabao Mawas Stimme aus dem Kissenberg auf dem Fußboden. Ich reinigte mich und legte mich auf einen anderen Kissenstapel. Die Polster waren mir zu weich. Ich schob sie beiseite und schlief auf dem Holzfußboden. Noch besser wäre es gewesen, hätte sich etwas zwischen mir und dem Holz befunden.

Kurz bevor mir die Lider zufielen, meinte Mwabao Mawa schläfrig: »Wenn ihr euch schon nicht zum Schlafen und Fallenlassen auszieht, entkleidet ihr euch wenigstens beim Sex?«

Genauso verschlafen gab ich zurück: »Das werde ich demjenigen sagen, der daraus praktischen Nutzen ziehen kann.« Ihr Lachen verriet mir, daß ich eine Freundin gewonnen hatte. Friedlich schlief ich die ganze Nacht hindurch.

Ich erwachte von einem Geräusch. In einem Gebäude, bei dem es nicht nur ein Oben und vier Seiten, sondern auch ein Unten gibt, läßt sich schwer erkennen, woher ein Klang kommt. Jedenfalls handelte es sich um Musik.

Besser gesagt, um Gesang. Eine Stimme ertönte in der Ferne. Eine zweite, mir nähere, fiel ein. Der Text war nicht zu verstehen. Vielleicht gab es keinen. Ich hörte zu, weil mir dieser Singsang gefiel. Er hatte keine bestimmte Harmonie und keine Melodie, die ich kannte. Statt dessen schien jede Stimme ganz zum eigenen Vergnügen zu singen, ohne Anlehnung an die benachbarte. Dennoch bestand irgendwie eine Verbindung auf einer kaum wahrnehmbaren Ebene, vielleicht auch nur im Rhythmus. Weitere Stimmen fielen ein. Die Musik klang voll und wunderschön.

Ich spürte eine Bewegung, drehte mich um und sah mich von Mwabao Mawa beobachtet.

»Das Morgenlied«, flüsterte sie. »Gefällt es Ihnen?«

Ich nickte. Sie nickte zurück, winkte mir und führte mich an den Vorhang. Sie zog ihn beiseite und stand nackt am Rande der Wohnplattform. Das Lied klang weiter. Ich hielt mich am Pfosten fest und folgte Mwabaos Blicken, die nach Osten gerichtet waren.

Das Lied galt der Sonne. Während ich gebannt hinausschaute, öffnete Mwabao Mawa den Mund und begann zu singen. Nicht leise, wie gestern, sondern mit voller Stimme, die weithin durch die Wipfel schallte. Sie schien sich einzufügen in den sanften Akkord, der bisher den Wald erfüllt hatte, schien ganz in ihm zu verschmelzen. Nach einer Weile erkannte ich, daß alle anderen schwiegen und nur noch Mwabaos Stimme zu hören war. Sie sang eine komplizierte Kaskade kurzer Stakkati. Obwohl sie keiner erkennbaren Melodie zugehörten, prägten sie sich unauslöschlich meinem Gedächtnis und meinen Träumen ein. In diesem Augenblick ging irgendwo die Sonne auf. Wegen des dichten Laubdaches über mir konnte ich sie nicht sehen. Die plötzliche Hellerfärbung der grünen Decke verriet mir, daß das Tagesgestirn am Himmel stand.

Da erhoben sich von neuem alle die anderen Stimmen zu einem kurzen Chorgesang. Dann herrschte – wie auf ein Signal hin – Stille.

Ich stand da und lehnte mich an den Pfosten. Mir kam in den Sinn, daß ich einst Muellers Trugschluß geteilt hatte, Menschen mit schwarzer Haut seien nur als Sklaven zu gebrauchen. Zumindest eins hatte ich von meinem Sonderauftrag hier gelernt, und eins würde ich mit nach Hause nehmen: eine Erinnerung an eine Musik, wie man sie sonst noch nie auf dieser Welt gehört hatte. Ich lehnte reglos am Pfosten, bis Mwabao den Vorhang zuzog.

»Das Morgenlied«, wiederholte sie lächelnd. »Der Abend war so schön, daß wir unbedingt den Morgen feiern mußten.«

Dann bereitete sie das Frühstück. Es bestand aus dem Fleisch eines kleinen Vogels und einer dünnen Schnitte von irgendeiner Frucht.

Ich erkundigte mich und erfuhr, daß diese Früchte auf den Wohnbäumen der Nkumai wuchsen. »Wir essen davon, wie die Erdbewohner Brot oder Kartoffeln zu sich nehmen.« Das Zeug schmeckte seltsam, ließ sich jedoch essen.

»Wie fangt ihr Vögel?« fragte ich. »Benutzt ihr dazu Falken? Wenn man hier oben Vögel schießen wollte, würden sie hinunterfallen und für immer verschwinden.«

Sie schüttelte den Kopf und wartete mit der Antwort, bis sie ihren Bissen hinuntergeschluckt hatte. »Ich werde dem Lehrer sagen, daß er Ihnen die Vogelnetze zeigt.«

»Lehrer?« fragte ich. Wie auf ein Stichwort hin rief er von draußen: »Von der Erde in die Luft.«

»Und hier ins Nest, Lehrer«, antwortete Mwabao Mawa. Sie verließ das Zimmer und ging ins nächste, wo Lehrer wartete. Zögernd folgte ich ihr, sprang hinüber auf die nächste Plattform und folgte dem Lehrer, ohne mich von Mwabao zu verabschieden. Ohne Abschied deshalb, weil ich nicht wußte, was zwei Frauen, die einander kaum kannten, bei solchem Anlaß sagten. Außerdem war meine Gastgeberin bereits hinter dem Vorhang verschwunden, bevor ich mich umdrehen und etwas äußern konnte.

Das Hinaufklettern war schrecklich gewesen. Der Abstieg war noch furchtbarer. Kommt man eine Strickleiter herauf, erreicht man die Plattform zuerst mit den Händen. Man kann sich hochziehen und ist in Sicherheit. Will man aber hinunter, muß man sich auf den Bauch legen und mit abwärts baumelnden Füßen nach einer Sprosse tasten.

Dabei weiß man jeden Augenblick, daß man sich nicht wieder hinaufziehen kann, wenn man sich zu tief sinken läßt.

Mir war klar, daß ich mein Ziel in Nkumai nur erreichen konnte, wenn ich möglichst viel herumkam. Also überwand ich meine Furcht. Wenn ich falle, dann falle ich eben, sagte ich mir. Nicht mehr nach rechts und links sehend, trottete ich hinter dem Lehrer her. Er gab heute weniger an als gestern, daher ging alles leichter. Ich kam bald dahinter, daß schrecklich erscheinende Unternehmungen wirklich scheußlich waren, wenn man sie langsam ausführte. Schnell getan, war alles weniger schlimm. Über eine Hängebrücke mußte man raschen Schrittes laufen. Ging man zögernd und langsam, schwankte sie unter jedem Schritt. Ich lachte nur, als Lehrer ein Tau mit einem Knoten am Ende packte und sich daran über einen Abgrund schwang, den niemand mit gesunden Sinnen auf diese Weise überwinden würde. Ich packte das Seil, das Lehrer mir zuwarf und folgte ihm rasch. Das war wirklich nicht schwer. Ich sagte ihm das.

»Natürlich ist es nicht schwer. Ich bin froh, daß Sie so rasch lernen.«

Während wir auf einem schräg geneigten Ast weiterliefen, fragte ich: »Was wäre geschehen, wenn ich die jenseitige Plattform nicht erreicht hätte? Wenn ich in die falsche Richtung geraten wäre oder nicht kräftig genug ausgeholt hätte?«

Erst nach einer Weile antwortete er: »Dann hätten wir einen Jungen hinuntergeschickt. Er hätte sich von Ast zu Ast geschwungen, um das Seilende zu dieser oder jener Plattform zu bringen.«

»Würde das Seil zwei Leute tragen, falls er dabei Hilfe braucht?«

»Nein, ich glaube nicht«, antwortete er. »Bis jetzt haben wir es noch nicht probiert.«

Ich verscheuchte die Vorstellung davon, wie ich hilflos zwischen riesigen Bäumen herumpendelte, während Dutzende von Nkumai ungeduldig darauf warteten, daß ich endlich das Seil losließe und hinunterfiele, damit ihr Aufstiegsystem wieder in Ordnung käme.

»Keine Sorge«, beruhigte mich Lehrer, »die meisten dieser Schwingseile sind durch eine Fangleine gesichert und können daran leicht zurückgeholt werden.«

Das glaubte ich ihm zwar, jedoch sah ich nirgendwo ein Schwingseil mit Fangleine. Vielleicht gab es die in einem anderen Teil von Nkumai.

Zuerst suchten wir das Büro für Soziale Dienste auf.

»Ich möchte den König sprechen«, sagte ich, nachdem ich mich vorgestellt hatte.

»Wunderbar«, äußerte der uralte Nkumai, der auf einem Kissen am Eckpfosten hockte. »Das freut mich für Sie.«

Das war alles. Offenbar hatte er mir nichts weiter zu sagen.

»Warum freut Sie das?« wollte ich wissen.

»Weil es für jedes menschliche Wesen von Vorteil ist, mindestens einen unerfüllten Wunsch zu haben. Das Leben wird dadurch bereichert.«

Ich war perplex. Hätte ich in Mueller einen Botschafter in ein Regierungsbüro gebracht und er wäre so abgefertigt worden, hätte ich den schnippischen Beamten sofort aufknüpfen lassen. Lehrer stand lächelnd neben mir. Vielen Dank für die Hilfe, Freund, dachte ich bei mir und fragte dann, ob wir überhaupt an der richtigen Stelle seien.

»Wofür?«

»Um eine Audienz beim König zu erlangen.«

»Ziemlich hartnäckig, wie?« fragte der Alte.

»Ja«, entgegnete ich, dazu entschlossen, das Spiel notfalls nach seinen Regeln aufzunehmen und womöglich nach eben diesen Regeln zu gewinnen.

Darüber ging der Vormittag hin, bis der Mann schließlich eine Grimasse zog und erklärte: »Ich habe Hunger. Ein Beamter, der so arm und unterbezahlt ist wie ich, muß halt zusehen, was er zu beißen findet.«

Der Wink war überdeutlich. Ich zog einen Goldring aus der Tasche. »Zufällig, Sir«, unternahm ich einen letzten Versuch, »habe ich dies bei mir, ein Geschenk. Aber ich mag es nicht tragen, wo doch ein Mann wie Sie viel bessere Verwendung dafür hat.«

»Das darf ich nicht annehmen«, lehnte er ab, »mag ich noch so arm und unterbezahlt sein. Meine Aufgabe ist es, für jene zu sorgen, denen es noch schlechter geht als mir. Im Namen des Königs nehme ich Ihre Gabe entgegen, um sie an die Armen weiterzuleiten.«

Damit entschuldigte er sich und begab sich zum Lunch nach nebenan.

»Was machen wir nun?« wendete ich mich an Lehrer. »Gehen wir? Oder sollen wir warten? War diese Bestechung verschwendet?«

»Bestechung?« fuhr er argwöhnisch auf. »Was für eine Bestechung? So etwas wird mit dem Tode bestraft.«

Ich seufzte. Wer konnte dieses Volk verstehen?

Lächelnd kehrte der alte Beamte zu uns zurück. »Oh, beste Lady«, wendete er sich an mich, »da ist mir soeben etwas eingefallen. Ich kann Ihnen zwar nicht helfen. Aber ich kenne einen Mann, der dazu in der Lage ist. Er wohnt dort drüben und verkauft aus Holz geschnitzte Löffel. Fragen Sie nur nach dem Löffelschnitzer, der den durchscheinenden Löffel machte.«

Wir zogen weiter. Lehrer klopfte mir auf die Schulter. »Sehr gut gemacht. Es hat nur einen Tag gedauert.«

Ich war etwas verärgert. »Wenn Sie wußten, daß dieser Löffelschnitzer der richtige Mann ist, warum haben Sie mich nicht gleich zu ihm geführt?«

»Weil der Löffelschnitzer niemanden empfängt, der nicht zuvor bei dem Beamten war, der das ausländische Geld verdient.«

Wie er es verdiente, wußte ich jetzt ganz genau.

Löffelschnitzer, der den durchscheinenden Löffel machte, hatte heute keine Zeit für mich. Aber er drang geradezu darauf, daß ich morgen wiederkommen sollte. Also folgte ich Lehrer weiter durch das Geäst der Bäume. Er zeigte mir ein Vogelnetz, das zwischen zwei Stämmen aufgerollt hing. »In etwa einer Woche wird es ausgespannt. In diesem Zustand wirkt es ziemlich dick. Ausgespannt aber ist es so dünn, daß es kaum zu sehen ist.« Er zeigte mir, daß die Maschen des Netzes gerade groß genug für einen Vogelkopf waren, dabei aber so klein, daß ein hier hineingeratener Vogel seinen Kopf nur freibekam, wenn er ihn genau geradeaus zurückzog. Das war natürlich den meisten Vögeln unmöglich. Also brachen sie sich bei dem Versuch das Genick oder sie wurden erwürgt. »Am Abend wird das Netz eingezogen und die Beute verteilt.«

»Verteilt?«

Daraufhin bekam ich eine Lektion darüber zu hören, wie in Nkumai alles allen gehörte. Geld war nicht in Umlauf, weil niemand bezahlt wurde.

Dennoch bekam ich bald heraus, daß trotzdem jeder eine Art Bezahlung empfing. Ging man zum Beispiel zum Löffelmacher und verlangte einen Löffel, würde er sofort versprechen, ihn binnen einer Woche zu liefern. Am Ende der Woche hatte er es vergessen oder so viel zu tun gehabt, daß er nicht dazu gekommen war, meine Bestellung auszuführen. So würde er mich immer wieder hinhalten – bis ich ihm, aus reiner Herzensgüte, eine Gefälligkeit erwies.

Mwabao Mawas Gefälligkeit bestand darin, daß sie sich hin und wieder an den Rand ihrer Wohnplattform stellte und das Morgen-, Abend-, Vogel- oder ein sonstiges Lied sang. Das genügte. Sie brauchte nicht Hunger zu leiden und hatte so viele Lebensmittel und andere Besitztümer, daß sie davon noch etwas abgeben konnte.

Arm war nur, wer nichts von Wert zu bieten hatte. Die Dummen und Untalentierten. Die Faulen. Man hielt sie aus und ernährte sie. Doch wurde ihnen im Leben keinerlei Wichtigkeit beigemessen. Sie hatten alle einen eigenen Namen.

Nun hielt sich mich schon zwei Wochen in Nkumai auf. Das Leben verlief normal. Endlich sollte ich jemanden in wirklicher Machtposition zu sehen bekommen. Es war der Beamte, der alle Armen ernährt. Lehrer deutete tatsächlich eine Verbeugung an, als wir sein Haus betraten.

Doch das Gespräch war sinnlos. Oberflächliches Gerede, Fragen über mein Heimatland (ich hatte mir inzwischen einiges über Bird ausgedacht, weil ich sonst die vielen Fragen der Nkumai nach meinem Heimatland nicht hätte beantworten können). Vor allem ging es ihm um die sozialen Verhältnisse in Nkumai. Daraufhin erfolgte eine Einladung zum Dinner für übermorgen. »Wenn bei mir zwei Fackeln brennen«, bekam ich zu hören. Dann verabschiedete ich mich unzufrieden.

Ich wurde noch unzufriedener, als Lehrer mich auslachte und meinte, mein Aufstieg über die Stufenleiter der Regierung würde nun bald ein Ende finden. »Was wirst du ihm anbieten?« wollte er wissen. Ich unterließ eine Bemerkung, daß er damit doch zugab, die Nkumai-Beamten würden von mir bestochen. Ich lächelte nur und zeigte ihm einen meiner kostbaren Eisenringe.

Da lächelte er nur und öffnete seine Robe, um mir ein schweres Amulett aus Eisen an seinem Hals zu zeigen. »Eisen? Davon haben wir jede Menge. Mit Eisen können Sie etwas beim Löffelschneider oder beim Vogelmeister ausrichten, aber nicht bei dem Beamten, der alle Armen ernährt.«

»Welche Gabe wäre ihm angenehmer?«

»Wer weiß?« entgegnete Lehrer. »Keiner hat ihm bisher etwas gebracht, was Wirkung erzielt hätte. Aber Sie können stolz auf sich sein, Lady. Sie haben wenigstens schon mit ihm gesprochen. Das ist mehr, als die meisten Botschafter bisher erreicht haben.«

»Wie wunderbar«, sagte ich.

Ich beharrte darauf, daß ich den Weg zu Mwabaos Haus zurück allein finden könnte. Schließlich ließ er mich achselzuckend ziehen. Ich legte den Weg rasch zurück und stellte mit Freude fest, daß ich mich in den Baumwipfeln ganz gut zurechtfand. Einmal kletterte ich sogar auf ein paar unmarkierte Äste hinaus, nur so zum Spaß. Allerdings hütete ich mich immer noch davor, nach unten zu blicken. Diesen schwierigen Weg zu überwinden war für mich eine willkommene Herausforderung. Es war fast dunkel, als ich vor Mwabaos Haus anlangte und nach ihr rief.

»Komm ins Nest«, sagte sie lächelnd. »Wie ich hörte,

sind Sie zu dem Beamten, der alle Armen ernährt, vorgedrungen«, meinte sie, als sie das Abendessen auftrug.

»Eines Tages müssen Sie mich einmal ein Gericht kochen lassen, wie wir es in Bird essen«, sagte ich. Sie lachte nur. Ich fragte: »Warum haben Sie mich aufgenommen, Mwabao Mawa, wo doch für mich von vornherein keine Aussicht auf eine Audienz beim König besteht?«

»König?« fragte sie lächelnd. »Niemand verfolgt bestimmte Absichten. Wir hatten eine Umfrage, wer die Botschafterin aus Bird aufnehmen wolle. Ich bot mich an, weil ich immer genug Lebensmittel übrig habe. Ich bekam den Zuschlag.«

»Wie können die Leute von Nkumai hoffen, mit der übrigen Welt Handel zu treiben«, sagte ich ärgerlich beim Essen, »wenn Botschafter nicht zum König vorgelassen werden?«

Sie streckte die Hand aus und streichelte sanft meine Wange. »Wir verweigern ihnen gar nichts, kleine Lerche«, meinte sie lächelnd. »Seien Sie nicht ungeduldig. In Nkumai gehen die Dinge ihren eigenen Gang.«

Ich entzog mich ihrer Liebkosung, weil ich es für an der Zeit hielt, mal jemandem meinen Zorn zu zeigen. »Hier sagen mir alle, daß Bestechung verboten sei. Dabei habe ich nur damit ein Dutzend Gespräche erlangt. Angeblich teilt ihr euch in alles. Niemand kauft oder verkauft. Dennoch habe ich Käufe und Verkäufe beobachtet, wie unter gewöhnlichen Marktleuten. Nun höre ich, daß man mir nichts verweigert, dabei legt man mir nur Steine in den Weg.«

Damit stand ich auf und ging wütend weg.

Meine Gastgeberin schwieg eine Weile. Ich konnte mich nicht ihr zuwenden und weiterreden. Dann hätte ich mein Gesicht verloren und meinem Vorwurf die Schärfe genommen. Die Partie stand Remis, bis Mwabao Mawa mit der Stimme eines kleinen Mädchens zu singen begann. Aber es war nicht eines ihrer üblichen Singsanglieder. Dieses hatte einen Text: »Raubvögel wollen Beeren fangen, finden aber nur Bienen. Vogel sagt: Ich weiß, wie man ißt und schläft. Aber was fange ich mit diesen an?«

»Man folgt ihnen«, sagte ich, ihr immer noch den Rücken zukehrend, »bis man ihren Honig findet.« Da fuhr ich plötzlich herum und rief: »Aber wer sind hier die Bienen, Mwabao Mawa? Wem soll ich folgen, und wo ist der Honig?«

Ohne zu antworten stand sie auf und ging aus dem Zimmer – aber nicht in den vorderen Raum, wo ich schon oft gewesen war. Statt dessen betrat sie einen der mir bisher verbotenen rückwärtigen Räume. Weil sie nichts sagte, folgte ich ihr.

Bald stand ich – nach einem kurzen Lauf über einen kaum meterdicken Ast – in einem Zimmer mit hellen Vorhängen, in dem hölzerne Kisten aufgereiht standen. Sie öffnete einen Kasten und wühlte darin herum.

»Da, lesen Sie das«, sagte sie, nachdem sie das Gesuchte gefunden hatte, und reichte mir ein Buch.

Ich las es noch in der gleichen Nacht. Es war die Geschichte von Nkumai, die seltsamste Geschichte, die ich jemals gelesen hatte. Sie war nicht lang. Keine Kriege kamen darin vor, keine Aufzählungen von Invasionen und Eroberungen. Statt dessen bildete den Hauptteil eine Aufzählung der Sänger und ihre Lebensbeschreibungen. Auch Holzschnitzer, Baumtänzer, Lehrer und Hausbauer waren darin erwähnt. In der Tat hielt ich ein Namensregister mit den dazu gehörenden Erläuterungen in der Hand. Wie der Holzschnitzer, der den Baum lehrte, sein Holz zu färben, zu seinem Namen gekommen war. Wie der Sucher, der die kalte See sah und sie in einem Eimer heimbrachte, seinen Titel erworben hatte. Beim Lesen dieser kurzen Lebensläufe begann ich, die Nkumai zu verstehen. Ein friedliches Volk, das an die Gleichheit aller ernsthaft glaubte, trotz einer unverkennbaren Tendenz, jene auszustoßen, die weniger zu bieten hatten. Ein Volk, ganz und gar im Reinen mit seiner Baumwelt und den flirrenden Vögeln.

Je länger ich im Licht einer dicken Kerze las, desto mehr Widersprüche fielen mir auf. Was konnte ein solches Volk entwickelt haben, um es dem Gesandten anzubieten? Warum hatten sie ihre Bäume verlassen, um in den Krieg zu ziehen? Warum benutzten sie ihr Eisen, um Drew und Allison, und inzwischen vielleicht auch andere Länder, zu erobern?

Bei diesem Gedanken stieß ich auf weitere Widersprüchlichkeiten. Ich befand mich in der Hauptstadt von Nkumai. Doch niemand schien hier zu wissen oder sich auch nur für die Tatsache zu interessieren, daß soeben ein Krieg gewonnen worden war. Ich sah keine Sklaven aus Allison oder Drew vorsichtig in den Bäumen herumklettern. Von plötzlichem Reichtum aus Kontributionen und Steuern war nichts zu merken. Die Leute waren nicht einmal stolz auf die kriegerischen Leistungen, obwohl niemand widersprach, wenn ich ihre Siege erwähnte.

»Lesen Sie immer noch?« flüsterte Mwabao Mawa aus der Dunkelheit herüber.

»Nein, ich denke nach.«

»Ah, worüber?«

»Über euer sehr seltsames Volk, Mwabao.«

»Seltsam? Mir gefällt es.« Ihr Tonfall verriet ein Lächeln.

»Ihr habt ein Imperium besiegt, größer als die meisten anderen Länder. Dennoch sind eure Leute keine Militaristen. Sie sind nicht einmal gewalttätig.«

Meine Gastgeberin kicherte. »Nein, nicht gewalttätig. Das stimmt. Sie jedoch sind gewalttätig. Lehrer hat mir berichtet, daß Sie auf einer Landstraße in Allison zwei Wegelagerer getötet haben, die Sie vergewaltigen wollten.«

Ich war überrascht. Man hatte also meine Angaben überprüft. Das beunruhigte mich. Wie weit würde man dabei gehen? Ich hätte vielleicht besser behaupten sollen, aus Stanley am anderen Ende der Welt zu sein – aber nur in Bird regierten Frauen. Dann wurde mir klar, daß ein hochgewachsener schwarzer Nkumai genau so wenig durch Robles und Jones ziehen konnte, um in Bird Nachforschungen anzustellen, wie ich von diesem Baum springen und davonlaufen konnte.

»Ja«, gab ich zu, »in Bird lernen wir Frauen geheime

Tricks, sonst würden uns die Männer bald überwältigt haben. Aber, Mwabao, warum sind die Nkumai in den Krieg gezogen?«

Jetzt schwieg sie eine Weile und meinte dann schlicht: »Ich weiß es nicht. Niemand hat mich gefragt. Ich wäre nicht mitgezogen.«

»Woher hat man die Soldaten genommen?«

»Aus den Reihen der Armen natürlich. Sie haben nichts zu bieten, das jemand haben möchte. Ich nehme an, der Krieg hat ihnen die Möglichkeit eröffnet, das einzige zu bieten, was sie besitzen. Ihr Leben. Und ihre Körperkraft. Ein Krieg ist leicht zu führen. Jeder Narr kann Soldat werden.«

Ich erinnerte mich der trotzig einhermarschierenden, allzu tapferen Nkumai-Soldaten mit all ihrem Eisen, die das feige zurückweichende Volk von Allison mißbrauchten. Ganz klar. Der Abschaum aus Nkumai, Männer, die von allen verachtet wurden, hatten endlich Macht gewonnen. Kein Wunder, daß sie sich ihrer zunächst bedienten, um dann sogleich Mißbrauch damit zu treiben.

»Aber, das ist doch nicht alles, was Sie wissen wollen«, fuhr Mwabao Mawa fort.

»So?«

»Sie sind doch wegen etwas anderem gekommen.«

»Was denn?« fragte ich und fühlte die Furcht eines Kindes aufsteigen, das beim Versteckspiel von den anderen entdeckt wird.

»Sie sind gekommen, um herauszufinden, woher wir unser Eisen beziehen.«

Der Satz hing schwer im Raum. Sagte ich ja, konnte ich mir die Folgen ausmalen. Mwabao würde ihre Entdeckung von ihrer Plattform aus in die Nacht hinausschreien. Tausende würden sie hören. Man würde mich von der Plattform stoßen, hinab in die Dunkelheit, die bis zum Boden reichte. Leugnete ich aber, dann ging mir womöglich eine Chance verloren, vielleicht die einzige, herauszufinden, was ich wissen wollte. War Mwabao wirklich eine Revolutionärin, wie ich vermutete, dann würde sie willens sein, mir die Wahrheit zu sagen. Arbeitete sie aber für den König (ihren Liebhaber?), dann konnte sie mich genausogut in eine Falle locken.

Mein Vater hatte mich gelehrt, mich immer diplomatisch auszudrücken, man kann auch sagen, unklar oder doppelzüngig.

»Jedermann weiß, woher ihr das Eisen bekommt«, sagte ich leichthin. »Von eurem Abgesandten der Wächter, genau wie alle anderen.«

Sie lachte. »Kluges Mädchen. Aber Sie besitzen einen Ring aus Eisen und halten ihn für sehr wertvoll«, – wußte sie von allem, was ich während dieser zwei Wochen gesagt und getan hatte? – »und wenn Ihre Leute Eisen erhalten, sei es auch nur in geringer Menge, dann müßt ihr natürlich darauf aus sein zu erfahren, was wir dem Gesandten dafür liefern.«

»Ich habe niemandem Fragen in dieser Richtung gestellt.«

Mwabao kicherte. »Natürlich nicht. Deshalb sind Sie ja noch hier.«

»Gewiß, ich bin neugierig. Aber ich bin gekommen, um den König aufzusuchen.«

»Der König, der König, der König – da reden Sie wie alle anderen auch. Immer hinter Lügen und leeren Träumen her. Eisen. Sie wollen wissen, was wir tun, um Eisen zu erhalten. Damit Sie uns daran hindern können? Oder damit ihr selbst das gleiche tun und so viel Eisen erlangen könnt wie wir?«

»Nichts davon, Mwabao Mawa. Vielleicht sollten wir gar nicht mehr darüber reden«, sagte ich. Dabei war mir klar, daß sie weiterreden würde, ja, geradezu darauf brannte, das Thema fortzusetzen.

»Dabei ist die ganze Sache einfach dumm«, fuhr sie fort. Ihre Stimme nahm den Tonfall eines unartigen kleinen Mädchens an. »Da ergreift man alle diese Vorsichtsmaßnahmen. Sie werden praktisch bei mir oder unter Lehrers Obhut gefangengehalten, Tag für Tag. Dabei ist es für euch ganz unmöglich. Ihr könnt uns weder aufhalten noch nachahmen, was wir tun.«

»Wenn es unmöglich ist, warum dann die Sorge?«

Sie lachte, nein, kicherte wie ein Kind. »Für alle Fälle, nur so für alle Fälle, Lady Lerche.« Sie erhob sich. Obwohl sie sich bereits für die Nacht entkleidet hatte, ging sie hinüber in den Raum mit den Kästen voller Bücher und anderer Dinge. Jetzt ging es nicht um die Bücher. Ich folgte ihr und kam gerade zurecht, eine schwarze Robe aufzufangen, die sie mir zuwarf.

»Ich werde hinausgehen, damit Sie sich umziehen können«, rief Mwabao.

Als ich ins Schlafzimmer zurückkehrte, wartete sie dort auf mich. Ungeduldig schritt sie hin und her. Dabei summte sie ein Liedchen. Als ich eintrat, kam sie zu mir und nahm mein Gesicht in beide Hände. Sie fühlten sich feucht und klebrig an. Mwabao kicherte wieder, als sie mich ansah.

»Nun sind Sie schwarz!« flüsterte sie, indem sie auch meine Hände und Unterarme, schließlich auch meine Füße und Knöchel einrieb. Dabei fuhr ihre Hand an der Innenseite meines Beines nach oben. Ich trat rasch zurück aus Sorge, daß sie bei ihrem spielerischen Griff Dinge entdekken könnte, bei denen dann das Spiel aus gewesen wäre.

»Obacht!« schrie sie. Ich schaute hinter mich und sah, daß ich ganz nahe an den Rand der Plattform geraten war. Ich machte einen Schritt nach vorn.

»Tut mir leid«, murmelte Mwabao. »Ich werde Ihre Schamhaftigkeit nicht wieder verletzen. Nur eine Spielerei, nicht mehr.«

»Was geht hier vor?« wollte ich wissen. »Warum machen Sie das?«

»Ich kann nachts draußen herumlaufen, wie ich bin«, erklärte Mwabao Mawa und drehte ihren nackten Körper vor mir. »Von weitem kann mich niemand sehen. Sie aber – lilienweiß und dazu mit dem blonden Haar, Lady Lerche – würde man aus einer Meile Entfernung entdecken.« Dabei zog sie mir eine eng anliegende schwarze Kapuze über den Kopf. Ich wurde bei der Hand genommen und an den Rand des Hauses geführt.

»Ich führe Sie nun«, sagte die geheimnisvolle Frau. »Wenn Ihnen gefällt, was Sie zu sehen bekommen, erwarte ich einen kleinen Gefallen als Gegenleistung.«

»In Ordnung. Worin besteht die Gefälligkeit?«

»Nichts Schlimmes oder Schwieriges«, versicherte sie und trat in die Nacht hinaus. Ich folgte ihr.

Zum ersten Male war ich in dunkler Nacht unterwegs, und die bereits überwundene Panik kehrte zurück. Jetzt traute ich mich nicht, auf den breiten Ästen rasch auszuschreiten. Ich hatte Angst. Was, wenn ich nur um ein paar Schritte vom Weg irrte? Wie konnte ich mich der schwingenden Seile bedienen, ohne etwas zu sehen? Wo fand ich Halt für meine Füße?

Aber Mwabao Mawa führte mich sicher. An schwierigen Stellen ergriff sie meine Hand. »Versuchen Sie nicht, etwas zu sehen«, flüsterte sie. »Folgen Sie mir nur.«

Sie hatte recht. Das schwache Dämmerlicht der Sterne und von Dissent, diffus durch das Laub dringend, schadete mehr, als es nutzte. Je tiefer wir stiegen, desto dunkler wurde es.

Wir brauchten keine Schwingseile. Dafür war ich dankbar.

Endlich hielt meine Führerin an. Dann kam ihre Frage: »Nun?«

»Nun – was?« gab ich zurück.

»Riechen Sie nichts?«

Darauf hatte ich überhaupt nicht geachtet. Also atmete ich tief ein und öffnete den Mund. Ich schmeckte die Luft mit Nase und Zunge. Sie roch köstlich.

Ganz exquisit.

Sie erinnerte an einen Traum der Liebe, an das Zusammensein mit einer Frau, die man für immer haben möchte und doch niemals besitzt.

In dem Duft schwang die Erinnerung an Krieg voller Blutdurst und die Freude am Überleben, nachdem man ein Meer aus tanzenden Speeren und Obsidianäxten durchkreuzt hatte.

Diese Luft war wie die Essenz der Ruhe nach einer langen Seereise, wenn das Land einen mit seinem Geruch willkommen heißt und das wogende Korn auf der Ebene aussieht wie ein anderes Meer, aber eins, in das man ohne Boot hinausgehen, ein Meer, in dem man untergehen, aber nicht ertrinken kann. Ich drehte mich zu Mwabao Mawa um. Ich muß vor Erstaunen die Lider weit aufgerissen haben. Denn sie lachte.

»Die Luft von Nkumai«, hörte ich sie flüstern.

»Was ist das?« forschte ich.

»Eine Kombination aus vielerlei Dingen. Der Dunst, der aus den ungesunden Sümpfen unter uns aufsteigt. Der Duft nach verwesenden Blättern, nach altem Holz und der Feuchtigkeit vom letzten Regen. Verglühtes Sonnenlicht. Was spielt es für eine Rolle?«

»Und das verkauft ihr?«

»Natürlich. Warum sonst hätte ich Sie hierher gebracht? Am Tage ist der Duft viel stärker, wenn wir ihn in Flaschen einfangen.«

»Düfte«, murmelte ich. Mir erschien das komisch. »Düfte aus Sumpfgasen. Können die Wächter so etwas nicht synthetisch machen?«

»Bisher nicht«, vernahm ich die geflüsterte Antwort. »Jedenfalls kaufen sie es. Merkwürdig, Lady Lerche, daß die Menschheit schneller als das Licht zwischen den Sternen umherreist, und man weiß immer noch nicht, was den Duft hervorruft.«

»Natürlich wissen wir das«, widersprach ich.

»Wir wissen, wie die verschiedensten Dinge riechen«, verbesserte sie mich. »Aber niemand kann sagen, was von ihnen zu den Geruchsnerven vordringt.«

Da konnte ich nicht mitreden, weil ich Geruchsnerven nicht von einer Beule am Hinterkopf unterscheiden kann. Jedoch war mir etwas anderes in ihrer Erwiderung aufgefallen. »Schneller als das Licht? Jedes Schulkind weiß, daß es das nicht gibt. Unsere Vorfahren wurden in Raumschiffen nach Treason gebracht, die einen hundertjährigen Schlaf der Besatzung erforderten.«

»Glauben Sie, die Menschheit hat zu lernen aufgehört,

nur weil unsere Vorfahren deportiert wurden? Während unserer dreitausendjährigen Isolation haben wir die große Entwicklung der Menschheit verpaßt.«

»Aber schneller als das Licht?« wunderte ich mich. »Wie sollte man das wohl erreichen?«

Sie schüttelte den Kopf – die schwache Bewegung eines grauen Flecks in der dunkelgrauen Nacht. »Das habe ich nur so dahergeredet«, lenkte sie ab. »Nur so ein Gerede. Wir wollen zurückkehren.«

Wir hatten kaum die halbe Strecke nach oben zurückgelegt, als über uns eine Stimme flüsterte.

»Da ist jemand auf der Strickleiter.«

Mwabao Mawa erstarrte auf den Sprossen über mir. Mir erging es nicht anders. Dann spürte ich das Seil erzittern. Ihr Fuß schob sich in die Nähe meines Gesichtes. Ich begriff, daß es wieder abwärts gehen sollte. Gleich darauf hakte sich ihr Fuß unter meine Achsel und hielt meinen Abstieg auf. Also wartete ich. Inzwischen kletterte Mwabao auf der anderen Seite der Leiter herunter, bis sie mit mir auf gleicher Höhe war. Ihr Fuß stand auf der Sprosse unterhalb meiner Füße. Ihre Lippen waren nicht weit von meinem Ohr entfernt.

So konnte man ihr Flüstern keine drei Schritte weit hören. »Nächste Plattform. Gesicht waschen. Werden Beamte, der alle Armen ernährt, besuchen. Zwei Fackeln.«

Wir kletterten weiter hinunter und erreichten die nächste Plattform, auf der zufällig – eine wirklich seltene Ausnahme! – ein Wasserfaß stand. Ich wusch so leise wie möglich mein Gesicht, während Mwabao Mawa drei Meter hinauf und wieder herunter kletterte. Die Leiter blieb in Bewegung. Niemand konnte ahnen, daß wir angehalten hatten.

Ich säuberte mein Gesicht so gut wie möglich, dann auch Hände und Füße. Danach kletterte ich hinter ihr auf die Leiter.

»Nein«, befahl sie flüsternd. Bald standen wir beide auf der Plattform und sie verlangte leise, daß ich ihr meine Robe geben solle.

»Das geht nicht«, flüsterte ich zurück.

»Sie haben doch Wäsche darunter?« Ich nickte. »Her damit! Ich kann mich unmöglich nackt auf der Leiter erwischen lassen.«

Ich weigerte mich immer noch. »Geben Sie mir die Unterwäsche«, flüsterte sie eindringlich. Ich gab nach, griff unter die Robe, um Höschen und Büstenhalter abzustreifen. Die Hosen gingen kaum über ihre Hüften. Irgendwie zwängte sie sich hinein. Der Büstenhalter aber paßte vorzüglich – ein scheußlicher Beweis dafür, wie vollbusig ich geworden war.

Zugleich machte ich aber eine schlimme Entdeckung. Als ich den Träger über meine Schulter streifte, blieb er irgendwo hängen. Dort gab es eigentlich kein Hindernis. Was bedeutete, daß an mir etwas Neues wuchs.

Ein Arm? Dann blieb mir weniger als eine Woche, bis er amputiert werden mußte. Ich konnte ihn nicht gut selbst abschneiden, weil sich die Stelle schlecht erreichen ließ. Undenkbar jedoch, einen Chirurgen aufzusuchen (gab es in Nkumai überhaupt welche?), um ihn aufzufordern, mir einen zusätzlichen Arm zu amputieren.

Im ersten Schrecken hatte ich zu schwarz gesehen. Erleichterung überkam mich bei der Erkenntnis, daß ich natürlich fortgehen konnte. Natürlich, natürlich. Ich hatte alles herausgefunden, was ich mir erhofft hatte. Ich konnte jetzt eine große Schau abziehen und Nkumai verärgert verlassen. Ich konnte meinem Vater melden, was die Nkumai dem Gesandten verkauften.

Nach irgend etwas riechende Luft.

Wären wir nicht bereits wieder auf der Leiter unterwegs nach oben gewesen, hätte ich laut gelacht. Als mir klar wurde, wie nahe ich dem Lachen gewesen war, erkannte ich, daß die Schwaden der Waldluft von Nkumai über giftigen Sümpfen gefährlich werden konnten. Natürliche Hemmungen wurden abgebaut, und Reflexe, auf die ich mich sonst verlassen konnte, wollten heute nacht nicht recht funktionieren.

Endlich erreichten wir die Plattform mit dem Wachtposten.

»Stop«, flüsterte jemand über mir scharf. Hände packten meine Gelenke und zerrten mich aufwärts. Zu meinem Pech war ich darauf nicht gefaßt. Ich hatte alle Mühe, mit den Füßen auf der Strickleiter Halt zu finden. So hing ich also über dem Abgrund, meine Füße auf einer Leitersprosse. Ein Arm wurde von den harten Wächterfäusten nach oben gerissen.

»Vorsicht«, sagte Mwabao unter mir. »Vorsicht! Sie ist eine Erdbewohnerin und könnte abstürzen.«

»Wer seid ihr?«

»Mwabao Mawa und Lady Lerche, die erdbewohnende Botschafterin aus Bird.«

Mit einem Grunzen gab der Mann zu verstehen, daß er uns erkannt habe. Ich wurde auf die Plattform hinaufgerissen, an deren Kante ich mir das Schienbein rammte. Ungeschickt betrat ich die Bohlen und fiel auf die Knie.

»Was fällt euch ein, in tiefer Nacht herumzuklettern?« wollte die Stimme wissen. Ich überließ besser Mwabao Mawa die Antwort. Sie erklärte, daß sie mich zu dem Beamten, der alle Armen ernährt, bringen müsse.

»Niemand hat Fackeln ausgesteckt«, sagte die Stimme.

»Das wird bald der Fall sein.«

»Jetzt gleich?«

»Zwei Fackeln«, beharrte Mwabao. »Er erwartet einen Gast.«

Flüstern, und dann warteten wir, während sich Schritte auf leisen Sohlen entfernten. Zwei Wächter, wie ich aus den unterschiedlichen Atemzügen schloß, blieben bei uns, während ein dritter davonkletterte, um nachzusehen. Es dauerte nicht lange, bis er zurückkehrte. »Zwei Fackeln«, verkündete der Mann.

»Nun denn«, sagte die Stimme, »ihr könnt weitergehen. Aber in Zukunft nimm eine Fackel mit, Mwabao Mawa. Wir vertrauen dir zwar, aber abstürzen könntest du trotzdem.«

Mwabao bedankte sich, und ich auch. Bald waren wir wieder unterwegs. Als die zwei Fackeln in einiger Entfernung aufleuchteten, verabschiedete sich Mwabao Mawa.

»Was?« entfuhr es mir ziemlich laut.

»Still«, flüsterte sie. »Beamter darf nicht wissen, daß ich Sie herbrachte.«

»Wie gelange ich nun von hier aus dorthin?«

»Können Sie den Pfad nicht erkennen?«

Das konnte ich nicht. Sie führte mich noch ein Stück weiter, bis der restliche Teil des Weges von dem trüben Fackellicht erleuchtet war. Ich war froh, daß der Beamte nicht die gleiche Vorliebe für schmale Zugänge hatte wie Mwabao. Sie verschwand im nächtlichen Waldesdunkel, während ich sicheren Fußes weiterging.

Vor einer Tür angelangt, sagte ich ganz leise: »Von der Erde empor in die Luft.«

»Und in das Nest. Herein!« ließ sich eine sanfte Stimme vernehmen. Ich trat durch den Vorhangspalt. Beamter saß da und sah nun sehr amtlich aus. Über seine rote Robe schimmerte der flackernde Schein zweier Kerzen.

»Da sind Sie endlich«, eröffnete Beamter das Gespräch.

»Ja«, gestand ich niedergeschlagen ein, »das Herumklettern im Finstern fällt mir noch schwer.«

»Sprechen Sie leise«, ermahnte er mich. »Die Vorhänge verbergen nur wenig. Die Nachtluft trägt jedes Geräusch weit.«

Von da an flüsterten wir fast. Er stellte allerlei Fragen. Warum ich den König zu sehen wünschte, und was ich mir davon versprach. Was konnte ich erwidern? Nicht mehr nötig, den alten Knaben aufzusuchen, Beamter, ich weiß schon alles? Statt dessen beantwortete ich alle Fragen mit Diplomatie, bis er schließlich seufzend erklärte: »Nun, Lady Lerche, man hat mir gesagt, ich solle Ihnen keine weiteren Hindernisse auf dem Weg zum König in den Weg legen, sofern Sie meiner Überprüfung standgehalten haben.«

Ich konnte es kaum fassen. Gestern wäre ich entzückt gewesen. Aber heute abend wollte ich am liebsten meinen Körper mit dem neu wachsenden Arm aus Nkumai herausbringen, so schnell wie möglich.

»Meinen Dank, Beamter.«

»Natürlich gehen Sie nicht direkt von mir zu ihm. Ein

Führer wird kommen und Sie zu der hochgestellten Persönlichkeit geleiten, von der ich meine Instruktionen erhielt. Und diese hochgestellte Person wird Sie dann weiter nach oben bringen.«

»Zum König?«

»Ich weiß nicht genau, wie hochgestellt diese hochgestellte Persönlichkeit ist«, erklärte der Beamte, ohne zu lächeln. Wie konnte man auf diese Weise ein Land regieren, fragte ich mich.

Auf ein Fingerschnippen hin erschien ein Knabe, der mich in eine mir bis dahin unbekannte Gegend führte. Ich folgte ihm vorsichtig. Diesmal gab es ein Schwingseil – aber der Junge zündete drüben eine Fackel an. Ich erreichte die Plattform, landete schwerfällig und verstauchte mir den Knöchel. Es war nicht sehr schlimm. Die Zerrung war binnen weniger Minuten verheilt.

Der Knabe verließ mich vor einem dunklen Haus. Er sagte mir, ich sollte mich still verhalten. Also wartete ich, bis endlich ein Flüstern zu vernehmen war. »Kommen Sie herein.« Ich trat ein.

Im Haus war es vollkommen finster. Abermals wurde ich ausgefragt. Ich antwortete ohne zu wissen, mit wem ich sprach und wo er sich befand. Nach einer halben Stunde bekam ich zu hören: »Ich werde jetzt gehen.«

»Und was wird aus mir?« fragte ich total blödsinnig.

»Sie warten. Jemand wird kommen.«

»Der König?«

»Die Person, die ihm am nächsten steht«, kam die Antwort noch leiser. Der unsichtbare Jemand verschwand durch den Spalt im Vorhang, durch den ich hereingekommen war.

Dann kamen leise Schritte aus einer anderen Richtung. Jemand setzte sich neben mich. Ich vernahm ein leises Kichern.

»Mwabao Mawa«, sagte ich ungläubig.

»Lady Lerche«, flüsterte sie zurück.

»Aber, man hat mir doch gesagt ...«

»Daß Sie der Person begegnen würden, die dem König am nächsten steht.«

»Das sind Sie?«

Abermals kicherte sie.

»Also sind Sie doch des Königs Mätresse.«

»In gewisser Hinsicht«, stimmte sie zu. »Wenn es nur einen König gäbe.«

Das mußte ich erst einmal hinunterschlucken.

»Kein König?«

»Kein einziger König«, versicherte sie. »Aber ich darf für jene sprechen, die so gut regieren wie sonst wer. Besser als die meisten. Besser als einige von ihnen.«

»Aber – warum mußte ich das alles mitmachen? Warum mußte ich mir den Weg zu Ihnen mit – Bestechungen bahnen, wo ich doch die ganze Zeit bei Ihnen war?«

»Leise«, ermahnte sie mich. »Leise. Die Nacht hat lange Ohren. Ja, Lerche, Sie waren bei mir. Doch mußte ich zunächst herausfinden, ob ich Ihnen vertrauen durfte oder ob Sie eine Spionin waren.«

»Sie haben mir doch den Ort selbst gezeigt und mich die Düfte einatmen lassen.«

»Dabei zeigte ich Ihnen zugleich, wie unmöglich es wäre, uns aufzuhalten oder uns nachzuahmen. Nahe am Erdboden ist die Luft giftig, Lerche, und Ihre Leute könnten niemals unsere Bäume erklimmen. Das wissen Sie nur zu gut.«

Dem konnte ich nur zustimmen. »Warum haben Sie mir alles gezeigt, wo es doch sinnlos war?«

»Nicht sinnlos«, verbesserte sie mich. »Die Düfte haben bestimmte Wirkungen. Ich wollte, daß Sie davon genug einatmen.«

Da fühlte ich ihre Hand, die mir die Kapuze vom Kopf streifte. Ein Finger krümmte sich um eine meiner blonden Locken. »Sie schulden mir einen Gefallen«, flüsterte sie. Plötzlich kam ich mir vor wie tot.

Ihr Atem streifte heiß meine Wange, und ihre Hand streichelte meinen Hals, als ich endlich auf eine Möglichkeit verfiel, diesem Überfall zu entgehen oder ihn wenigstens hinauszuzögern. Meine Hemmungen waren, mal vorsichtig ausgedrückt, bisher gehemmt gewesen. Aber die Hemmung vor dem Sterben ist sehr stark ausgeprägt. Sie war keineswegs in mir so geschwächt wie meine Hemmung, mit einer Frau Liebe zu machen, wie es seit Jahren meine Gewohnheit gewesen war. Die Schwierigkeit lag einzig darin, daß sich mein Körper noch nicht von dieser Gewohnheit freigemacht hatte. Mir war klar, daß meine ziemlich ungewöhnliche körperliche Beschaffenheit entdeckt werden mußte, wenn die Dinge so weiterliefen.

»Ich kann nicht«, flüsterte ich.

»Du wirst«, herrschte sie mich flüsternd an. Ihre kalte Hand glitt unter meine Robe. »Ich kann dir helfen«, fuhr Mwabao fort. »Ich könnte für dich den Mann spielen, wenn du willst.« Sie begann, ein seltsames Lied vor sich hin zu summen. Sogleich wurde die Hand unter meiner Robe zudringlicher, kräftiger. Und das Gesicht, das sich küssend an meine Wange schmiegte, war rauh und bärtig. Das alles suggerierte sie mir durch ihren Singsang. Wie machte sie das nur, fragte ich mich, während irgend etwas in meinem Hinterkopf hysterisch lachte und ihr zurief, daß es ihr wenig nützen würde, sich als Mann auszugeben. Bisher hatte ich keinerlei Neigung zu Mitgliedern dieses Geschlechts entwickelt.

Nur meine Brüste reagierten absolut weiblich. Ich fürchtete sehr, in noch tiefere Trance zu verfallen, als das Lied jetzt immer rhythmischer wurde.

»Ich darf nicht«, wehrte ich ab und rückte zur Seite. Mwabao folgte mir. Sie oder er. Die Illusion wirkte mächtig. Ich wünschte mir nur, das gleiche zu vermögen und ihr vorzumachen, ich sei wirklich eine Frau. Das ging nicht. »Wenn du es tust, muß ich mich hinterher umbringen«, sagte ich eindringlich.

»Unsinn«, erwiderte sie.

»Ich bin doch noch nicht purifiziert.« Ich versuchte, wie in Verzweiflung zu reden, was mir nicht schwerfiel.

»Unsinn«, wiederholte Mwabao.

»Wenn ich mich nicht selbst umbringe, werden mich

meine Leute töten«, fuhr ich fort. »Es geht nur, wenn ich zuvor purifiziert worden bin.«

»Wie sollten sie davon erfahren?«

»Glaubst du, ich würde mein eigenes Volk belügen?« Ich hoffte, daß meine rauhe, zitternde Stimme eher nach beleidigtem Ehrgefühl und weniger nach dem nackten Entsetzen klang, das ich in Wirklichkeit empfand.

Vielleicht tat es das, denn sie hielt inne oder machte wenigstens eine Pause in ihren Bemühungen. »Was ist das, diese Purifikation?« fragte sie.

Ich schwindelte ihr etwas von einem religiösen Ritual vor. Die Hälfte war den Praktiken der Leute von Ryan entnommen, den Rest dachte ich mir selbst aus. Ich mußte unbedingt allein sein. Nach einer erneuten Wanderung durch die Nacht befand ich mich in Mwabao Mawas Hinterzimmer, dem mit den Kisten und Kästen, um dort zu ›meditieren‹. Ich hatte mir dafür einen Morgen, einen Abend und eine Nacht ausbedungen.

Was danach geschehen sollte, davon hatte ich keine Ahnung. Mwabao hielt sich im vorderen Raum auf, den wir zwei Wochen lang geteilt hatten. Sie summte leise ein erotisches Lied, unter dessen Einfluß ich ständig erregt war.

Ich spielte mit dem Gedanken, mir die Geschlechtsteile abzuschneiden. Aber ich wußte nicht genau, wie lange die Regeneration dauern und welches Geschlecht sich entwikkeln würde. Schließlich gibt es Grenzen für das, was ein Mann sich antun kann.

Natürlich dachte ich auch an Flucht. Aber der einzige Weg ins Freie führte durch das vordere Zimmer, in dem Mwabao Mawa sehnlich meiner harrte. Ich fluchte und fluchte – leise natürlich –, weil ausgerechnet mir das Geschick zustoßen mußte, in einem Weiberkörper zu stekken, eine Lesbierin als Gefangenenwärterin zu haben und Hunderte von Metern Abgrund unter mir zu wissen, der mich sicherer hielt, als jedes Gitter.

Meine einzige Hoffnung bestand letztlich in der Flucht, aber nicht als Frau, sondern als Mann. Morgen abend konnte ich vielleicht schwarz angemalt die Wächter überlisten. Wenn ich erwischt wurde, brauchte ich mich nur fallenzulassen. Fallenlassen. Das Wort hatte einen ironischen Beigeschmack. Jedenfalls war dann meine Identität als ein Mueller gewahrt.

Wie an Mwabao vorbeikommen? Ganz einfach. Sie mußte sterben.

War ich dazu imstande? Nicht ganz so einfach. Sie hatte das diplomatische Protokoll gebrochen, doch mir keinen echten Schaden zugefügt. Und sie hatte gute Beziehungen; man würde sie schnell vermissen.

Also würde ich sie nicht töten. Ein Schlag auf den Kopf, ein paar Knochenbrüche müßten reichen, um sie lange genug zum Schweigen zu bringen oder sie zumindest unbeweglich zu machen. Doch um die Wahrheit zu sagen, ich hatte nicht die geringste Ahnung, wie heftig der Hieb sein mußte, den ich einem normalen Menschen verpassen mußte, um ihn bewußtlos zu schlagen, wie viele Knochen ich ihm brechen mußte, um ihn nicht fürs Leben zu verkrüppeln. Bei Muellers war das kein Thema. Und ich hatte nie von einem Mueller gehört, der einen Ausländer ohne die Absicht schlug, ihn zu töten oder zu verstümmeln. Aber ich würde mein möglichstes geben, um sie im Grunde unversehrt zu lassen.

Danach brauchte ich mich nur noch zu tarnen. Das Schwärzen meiner Haut hatte Zeit bis nach der Beseitigung Mwabaos. Die anderen Vorbereitungen waren wichtiger, um ihr einen Überraschungsschock zu versetzen.

Leise durchstöberte ich die Kisten auf der Suche nach einem Messer. Damit wollte ich mir die Brüste abtrennen. Natürlich würden sie nachwachsen. Bis zum Abend aber würden die Wundnarben erst einmal normales Fleisch bilden. Bis dahin waren die Brüste unter der Haut nicht sichtbar nachgebildet. Mehr an sexueller Verwandlung war nicht zu erreichen, gestand ich mir bitter ein.

Anstatt eines Messers fand ich einige weitere Bücher. Aus momentaner Neugier wurde eine halbe Stunde gespannter Konzentration.

Ich las die Geschichte von Treason. Natürlich hatte ich

unsere Version der Geschichte dieses Planeten studiert. Diese hier war aber in vieler Hinsicht ausführlicher. In manchen wesentlichen Richtungen war sie genauer. Ich mußte bald feststellen, daß man mich wie einen Narren hereingelegt hatte. Dabei lag alles klar auf der Hand.

In Muellers Geschichte war, im Gegensatz zu der von Nkumai, von der ganzen Gruppe keine Rede. Hier waren alle erwähnt, die auf den metallosen Planeten ins Exil geschickt worden waren, als ein abschreckendes Beispiel für die gesamte Republik dafür, was mit Leuten geschah, die eine Regierung der intellektuellen Elite aufzustellen versuchten. Die seit langem vergessenen Gründe, weshalb die Familien hierher gebracht worden waren, erschienen mir von jeher lächerlich. Das ist immer noch der Fall. Wer sollte über wen herrschen? Die Antwort lautete für alle Ewigkeit. ›Ich sollte regieren.‹ Wer immer ›Ich‹ auch sein mochte, ›Ich‹ würde nach Macht gieren.

In der Geschichte von Nkumai waren alle Familien aufgezeichnet. Ich suchte nach den Muellers und fand sie. Da war Han Mueller, der Genetiker, der sich auf die Überentwicklung der menschlichen Regeneration spezialisiert hatte. Ich fand auch andere. Aber wirklich interessant waren die Nkumai. Ngago Nkumai, der sich als Geste der Absonderung von den anderen einen afrikanischen Namen zugelegt hatte, war ein Spezialist in der Erforschung der Theorie über die physikalische Konstruktion des Universums gewesen. Er betrachtete die Zusammenhänge aus einem neuen Blickwinkel und ermöglichte der Menschheit ganz neue Leistungen.

Alles fügte sich Stück für Stück zum Ganzen. Alle meine Erlebnisse und Beobachtungen während der zwei Wochen in Nkumai, mochten sie einzeln betrachtet auch wenig bedeuten, paßten so gut zusammen, daß es an meiner Schlußfolgerung keinen Zweifel gab.

Der Gifthauch über den Sümpfen war nur Ablenkung gewesen und bedeutete nichts. Das alles hatte sich Mwabao Mawa nur ausgedacht, um die schlanke, hübsche, blonde Frau aus Bird in ihr Bett zu bekommen. Andere Dinge waren nur zu wahr. So gab es zum Beispiel keinen König. Darin hatte Mwabao die Wahrheit gesagt. Die Regierung wurde von einer ganzen Gruppe gebildet. Nicht von Politikern. Es waren Männer, wie der Staatsgründer Ngago Nkumai einer gewesen war. Eine Gruppe von Wissenschaftlern war neue Wege in der Erforschung des Universums gegangen. Sie hatten den Wahren Ausblick gefunden und die Sterne tanzen lassen. Sie benutzten Mwabao Mawa als Bindeglied der Regierenden untereinander. Wer stellte die Verbindung zur Armee und zu den Wächtern her? Das spielte kaum noch eine Rolle. Warum aber glaubte das Volk an einen König? Sicherlich hatte es einst einen gegeben. Vielleicht existierte er noch als Symbolfigur. Auch das war gleichgültig.

Wichtig war nur, daß die Nkumai dem Gesandten keineswegs Düfte verkauften. Sie lieferten physikalisches Wissen. Sie verkauften ihre neuen Forschungen über das Universum. Zum Beispiel die Möglichkeit, schneller als das Licht zu reisen. Diese Tatsache war Mwabao Mawa mir gegenüber entschlüpft, aber sie war geschickt darüber hinweggegangen. Und anderes Wissen, das den Wächtern weit mehr wert war als unsere Arme, Beine, Herzen und Köpfe, die wir von den Körpern der Radikalgenerierten ernteten.

Jede Familie bemühte sich, das weiterzuentwickeln, was der Gründer am besten beherrscht hatte in der Hoffnung, es dem Abgesandten verkaufen zu können. Mueller lieferte humangenetische Manipulationen. Die Nkumai ihre Physik. Ich sah unter Bird nach und mußte lachen. Die Gründerin von Bird war eine Lebedame gewesen, eine Frau ohne Bildung und besondere Fähigkeiten. Bird hatte keine Chancen. Immerhin ließ sich eine ironische Symmetrie erkennen. Man hatte sie in ihrem ganzen Leben dazu benutzt, Männer zu manipulieren, was ihre weiblichen Nachfahren immer noch machten. Sie hatte ihr Wissen auf einem Gebiet weitergegeben, das sie wirklich beherrschte.

Ich klappte das Buch zu. Nun war mein Entkommen noch wichtiger geworden. Denn meine wertvolle Entdekkung konnte zum Schlüssel eines Sieges von Mueller über

Nkumai werden. Und ich konnte – dessen war ich sicher – eine Muellerarmee für einen Krieg in den Bäumen ausbilden. Wir konnten dann – so hoffte ich – einen Sieg erringen und wenigstens einige der Gelehrten fangen, vor allem aber ihren Austauscher zerstören. Schließlich war der Hauptteil der Bevölkerung von Nkumai schlecht ausgerüstet, während unsere jungen Leute durchweg im Umgang mit Messer, Speer und Bogen ausgebildet waren. Wir konnten es schaffen.

Wir mußten es schaffen. Denn Nkumai bekam Metall rascher und in größeren Mengen als wir. Sobald sie genug davon beisammen hatten, konnten sie mit Hilfe ihrer Technologie ein Raumschiff bauen und den Planeten verlassen. Weg von Treason – worauf Mueller noch keinerlei Hoffnung hatte. Sobald die Nkumai die Republik erreichten, konnten sie Schiffe mit Metall beladen und zurückkehren. Dann konnte ihnen keine Familie mehr Widerstand leisten. Sie würden herrschen.

Das wollte und mußte ich verhindern.

Ich legte das Buch weg und suchte weiter nach einem Messer. Plötzlich teilten sich die Vorhänge. Fünf Nkumai-Polizisten traten ein.

»Unsere Spione sind soeben aus Bird zurückgekehrt«, sagte der vorderste.

Ich tötete zwei und verstümmelte einen dritten. Sie konnten mich nicht festhalten. Sie mußten mir einen Schlag gegen den Kopf versetzen, der einen normalen Menschen getötet hätte. Er war so heftig, daß ich stundenlang bewußtlos blieb.

4

Ianik und Ianik

Ich kam auf einer Plattform zu mir, die so klein war, daß meine Füße in der Luft baumelten, während mein Kopf am Rande der anderen Seite lag. Ich fühlte eher, als ich sah, daß ich noch bekleidet war. Es war unglaublich, daß sie die Geheimnisse meines Körpers nicht entdeckt haben sollten – bestimmt hatten sie mich nach Waffen durchsucht –, und doch empfand ich noch etwas Hoffnung, daß ein gewisses großzügiges Taktgefühl das Geheimnis von Mueller bewahrt hatte.

In der Nähe standen zwei Nkumai-Polizisten. Sie sahen, daß ich aufgewacht war, und kamen eilig über ein Netzwerk dünner Äste heran. Wir befanden uns so hoch oben, daß uns dichtes Laubwerk umgab. Hier und dort sah ich den Himmel durchschimmern. Die Äste waren so dünn, daß meine Plattform wild schaukelte, als die Posten näher kamen.

Bald standen sie auf dem Ast, der unter der Plattform hindurchging. Sie langten mit Hakenstangen empor und schnappten sich zwei Seile, die höher oben von dünneren Ästen herunterbaumelten. An deren Enden befanden sich die teuflischsten Handschellen, die ich jemals gesehen hatte. In Mueller benutzten wir umständlich zu befestigende und rasch verrottende Handschellen aus Holz. Diese hier waren aus Glas mit eingebundenen Stricken gefertigt. Zwei Halbröhren aus Glas wurden um meine Handgelenke gelegt. Die Längsseiten reichten nicht ganz herum. Die Stricke wurden darum gewunden, festgehalten von Kerben in der Glasfläche. Nachdem die Wachen diese Stricke festgezogen hatten, saßen die Halbzylinder fest um meine Unterarme.

Wie als Abschiedsgeste in unserer stummen Szene zerrten die Männer an den gläsernen Gebilden. Rechts wurde mir die Röhre bis zum Ellenbogen heraufgezogen. Auf der anderen Seite wurde die seltsame Fessel bis zu meiner Hand heruntergerissen. Scharfer Schmerz ließ mich einen Schrei ausstoßen. Die Kerle lachten grimmig und verließen mich.

Am Arm und am Handgelenk hatten sich die Glasröhren tief ins Fleisch geschnitten, so daß ich blutete. Ich sah mir die Dinger an und stellte fest, daß das Glas scharf geschliffen oder in Zacken geschlagen worden war. Ich kam nur heraus, wenn ich mir die Hände ganz oder teilweise abschnitt. In diesem Falle wäre es ziemlich schwierig, von dem Baum herunterzuklettern. Die Glasfesseln waren so weit auseinander angebracht und festgezogen worden, daß ich sie nicht durch Zusammenschlagen der Arme zertrümmern konnte. Außerdem hingen sie an so dünnen Ästen, daß sie immer zurücksprangen, wenn ich daran zerrte. Bei jedem Versuch schnitten sie nur tiefer in meine Arme. Ich konnte mich nicht hinlegen – nicht einmal knien.

Das sollte ich offenbar nicht.

So einfach war es nicht, wie ich bald feststellte, eine Flucht zu bewerkstelligen. Ich schaute mich um. Es war später Nachmittag. Die Sonne stand noch hoch über dem Horizont. Aus Nordwesten rollten Wolken heran. Ich mußte mehrere Stunden besinnungslos gewesen sein.

Meine Plattform war auf einem einzelnen Ast befestigt – aber dieser Ast ruhte auf anderen, die ihrerseits wieder weitere Äste und Zweige berührten. Sie bildeten ein dichtes Netzwerk. Ich hüpfte leicht auf meiner Plattform. Sofort spürten die Wachmänner die Bewegung und sahen zu mir herüber.

In meiner Nähe befanden sich weitere, aber leere Plattformen. Mir war, als sähe ich in einiger Entfernung eine Gestalt in ebensolchen Fesseln. Aber ich war meiner Sache nicht sicher. Die Blätter verdeckten den Ausblick.

Da setzte Regen ein. Sofort war ich naß bis auf die Haut. Hier oben, wo nur wenige Äste und dünnes Laubwerk Schutz boten, trafen mich die schweren Tropfen fast schmerzvoll. Jeder Windstoß brachte die Äste ins Schwanken. Ich fühlte mich wie bei der ersten Überquerung einer

Hängebrücke – schlimmer als seekrank. Während des Regens hockten sich die Posten unter zwei kleine Dächer und schenkten mir keine Aufmerksamkeit mehr.

Rasch war ein Plan gefaßt. Seine Ausführung würde mich allerdings vorerst nur aus diesem Gefängnis befreien. Wie ich lebendig zur Erde gelangen – und wie ich unten durch den Wald in Sicherheit (und wo fand ich diese?) gelangen sollte, das waren fernliegende Probleme, mit denen ich mich jetzt nicht befassen konnte.

»Lady Lerche«, vernahm ich in der Ferne eine Stimme, die ich sofort erkannte. Mwabao Mawa näherte sich über das Netzwerk aus dünnem Geäst. Die Wachposten standen auf und nickten ihr zu.

»Mwabao Mawa«, begann ich mit dem kümmerlichen Versuch, selbstsicher zu reden, »ich habe es mir überlegt. Ich möchte doch weiter mit Ihnen zusammenleben.«

Sie sah mich nur an und schürzte die Lippen. »Wir haben den ausführlichen Bericht unserer Spione erhalten. Ein ziemlich unzuverlässiges Paar – Söldner aus Allison. Sie bildeten sich fälschlicherweise ein, wir würden für bruchstückweise Informationen zahlen. Hoffentlich gehen Sie nicht von der gleichen falschen Voraussetzung aus, Lerche, oder wer Sie sonst sein mögen. Hier wird nicht gefeilscht, höchstens um Ihr Leben.«

Sie lächelte, sah dabei aber bestimmt nicht sehr freundlich aus.

»Lady Lerche, Sie stammen nicht aus Bird. Ihre Geschichten über die Kultur jener Familie waren so weit von der Wahrheit entfernt, daß Sie niemals dort gewesen sein können. Außerdem hat Ihre Sprache verraten, daß Sie aus den Ebenen am Rebel River stammen müssen. Überdies haben Sie eine eiserne Münze vorgezeigt. Also kommen Sie aus einer Familie, bei der es Geld gibt. Da das Eisen offenbar nicht von uns stammte, muß es von einer Familie herrühren, die ebenfalls mit dem Abgesandten Handel treibt. Woher stammen Sie?«

Ich grinste immer breiter.

»Nun«, fuhr sie fort, »ich weiß ganz genau, daß Sie aus

Mueller gekommen sind. Innerhalb einer Woche werde ich in Erfahrung bringen – und zwar durch bessere Spione, als die beiden Allisons waren –, wer Sie sind. Was haben Ihre Leute dem Gesandten zu bieten?«

»Luft«, gab ich zurück, »aus den Sümpfen an der Mündung Rebel River.«

Mwabao Mawa starrte mich wütend an. »Ich habe Sie wirklich gern gehabt«, betonte die Frau.

»Auch ich habe Sie gern gemocht«, versicherte ich. »Meine Zuneigung endete jedoch in der vorvorigen Nacht, als sich herausstellte, daß unsere sexuellen Wünsche ziemlich – sagen wir – weit auseinandergehen.« Eine absolute Lüge. Wir mochten beide Frauen.

»Sie gefallen mir immer noch, Lerche«, meinte Mwabao. Ihr Ton verriet, welche Neigungen und Wünsche sie beseelten.

»Wie nett, daß wir so viel Gefallen aneinander finden.«

»Da ich keine Sadistin bin«, erklärte sie scharf, »werde ich nicht hierbleiben und mir das Drama ansehen.«

Damit verschwand Mwabao Mawa.

Die Wärter kamen und hoben mich hoch. Zuerst meinte ich, die Kerle würden mich einfach fallenlassen und den Handschellen vertrauen. So war es offenbar nicht. Wenn mir ein größeres Stück von der Hand abgeschnitten wurde, konnten die Fesseln mich nicht mehr tragen. Als ich in der Luft hing, redeten mich die Männer zum ersten Male an und bedeuteten mir, ich sollte mich an den Seilen festhalten, die jetzt schlaff herunterbaumelten.

Also hielt ich mich fest, während ich an den Füßen vorwärts geschwungen wurde. Nun konnte ich die Seile nicht mehr loslassen, ohne mir die Handgelenke zu zerschneiden. Die Stricke waren wie eine Kinderschaukel an weich wippenden Ästen befestigt. So bekam ich nicht einmal genügend Schwungkraft, um nach den Wachmännern zu treten. Sie machten sich daran, mir etwa einen halben Zoll tief ein hübsches Muster in die Fußsohlen zu schneiden. An einigen Stellen gingen die Schnitte bis auf den Knochen. Ich muß zugeben, das war ziemlich peinvoll. Weil man es von mir erwartete, vergaß ich mein Mueller-Training, um schmerzlich zu stöhnen und zu schreien. Ich habe bestimmt eine überzeugende Darstellung geliefert. Schließlich wurde ich mit dem Befehl angehoben, die Seile fahren zu lassen. Sanft wurde ich abgesetzt.

Auf die Füße natürlich, und die Handschellen zwangen mich noch immer zu stehen. Ich dachte daran, was in den Kerkern von Mueller mit Spionen geschah, und kam zum Schluß, daß, was diesen Aspekt der Zivilisation betraf, Nkumai und Mueller in etwa gleichwertig waren. Mueller hatte eine hochstehendere Technik, um Schmerzen zu erzeugen, doch Nkumai verstand sich darauf, Verzweiflung hervorzurufen.

Während ich darüber nachdachte, vergaß ich einen Augenblick lang zu schreien, doch sobald mir wieder einfiel, daß ich ja leiden mußte, stöhnte ich gehörig. Die Wachen gingen davon.

Binnen einer halben Stunde waren die einfachen Schnitte auf meinen Fußsohlen abgeheilt, und der Schwindel und das Prickeln des Heilens fand auch schnell ein Ende. Das schnelle Abheilen hatte natürlich auch seine Kehrseite. Meine Möchtegern-Folterer würden es natürlich bemerken, und dann konnte ich nicht mehr verheimlichen, was Mueller an den Abgesandten verkaufte.

Ich betete um Regen. Oder jedenfalls wünschte ich ihn herbei. Denn in meinem Pantheon saß keiner, der für das Wetter zuständig war.

Eine Stunde nach Sonnenuntergang begann es zu plätschern. Wolken rollten über den Himmel. Das Licht der Sterne und von Dissent wurde ausgelöscht. Wind kam auf. Meine Plattform tanzte zwischen den Ästen. Das war für mich das Signal zum Aufbruch; da die Äste sowieso schon wippten, würden ihnen *meine* Bewegungen nicht auffallen.

Ich zerrte an den Handschellen, um einen Teil meiner Hand abzutrennen. Am schwierigsten war es, die messerscharfen Glasröhren in der richtigen Richtung zu bewegen, so daß an jeder Hand nur der kleine Finger abgetrennt wurde, nicht etwa der Daumen. Den brauchte ich beim Klettern.

Es war ein schrecklicher Augenblick, als beide Hände zugleich befreit wurden und gerade da ein Windstoß die Plattform unter mir schwanken ließ. Ich fiel flach aufs Gesicht. Aber das Glück meinte es gut mit mir an diesem Tage. Ich landete auf dem tragenden Ast und nicht im leeren Raum.

Ich lag eine Weile ruhig, ließ das Blut von meinen verstümmelten Händen tropfen und den Regen rauschen.

Mir blieben nur wenige Minuten. Wahrscheinlich hatte ich die härteste Prüfung meines Lebens vor mir, noch dazu mit dem größten persönlichen Risiko. Selbst jetzt noch, wenn ich darüber nachdenke, frage ich mich, ob ich wohl total verrückt gewesen bin, den Versuch überhaupt zu wagen. Aber damals war ich jung, und das Leben galt mir nicht so viel wie heute.

Die Baumrinde war schlüpfrig. Ich ging aufs Geratewohl los, viel schneller als ich es eigentlich wagen durfte. Ich suchte mich auf den Ästen in der Richtung zu halten, wo sie dicker wurden und besseren Halt boten. Meistens hielt ich die Augen geschlossen. Wenn ich sie offen hielte, würde ich trotz der Finsternis versuchen zu sehen. Und wenn ich nichts sah, war ich der Panik nahe.

Einmal stieß ich auf eine Plattform und fürchtete schon, sie könnte besetzt sein. So war es nicht. Von dieser Plattform auf feste Äste zu gelangen, war Sache eines Augenblicks.

Trotzdem stand ich nicht auf, um zu rennen. Ich hatte keine Führung, und das Holz war glatt. Doch war es eine Erleichterung, nicht mehr umhergeschleudert zu werden. Ich ließ mich tiefer in die Finsternis hinabgleiten.

Der Regen hörte auf. Auch der Wind schlief ein. Gerade als ich einen Seufzer der Erleichterung ausstieß, wurde der Pfad auf einmal sehr steil und ich stürzte ab.

»He, zum Teufel!« rief jemand auf der Plattform, auf der ich landete. Ich hatte einen Mann umgestoßen.

»Was heute nicht so alles vom Himmel fällt«, meinte eine Frau amüsiert.

Sicherlich machte es ihnen keinen Spaß, daß ich sie auseinanderscheuchte. Mir blieb keine Zeit, sie mit netten Worten zu trösten. Doch glaube ich nicht, daß ich die beiden getötet habe. Ihr Instinkt und meine Wünsche stimmten insofern überein, als daß niemand in Gefahr geriet, von der Plattform zu stürzen. Rasch durchsuchte ich sie nach möglicher Beute. Absichtlich stellte ich mich an wie ein Dieb in der vagen Hoffnung, eine falsche Fährte zu legen.

Der Mann hatte ein Messer bei sich. Die Frau trug ein Amulett von Eisen. Beides nahm ich an mich. Dann ertastete ich eine Strickleiter am Rande der Plattform. Den Atem anhaltend ließ ich mich über die Kante hinab in die Dunkelheit gleiten.

Leise stieg ich abwärts und lauschte auf verräterische Geräusche, die auf die Entdeckung meiner Flucht hindeuteten. Aber die Nacht blieb still. Die Wolken verzogen sich. Dissent stieg am Himmel höher. Schwaches Licht drang bis zu mir herab.

Ich kam an einer Plattform vorüber, von der eine Seilbrücke ausging. Ich spielte mit der Idee, meine Strickleiter zu verlassen. Dann beschloß ich, noch eine Etage tiefer zu klettern, um so viel wie möglich an vertikaler Distanz zwischen mich und mögliche Verfolger zu bringen.

Die Entscheidung war falsch. Kaum hatte ich die Plattform verlassen, da begann die Leiter wild zu schwingen. Sie wurde aufwärts gezogen. Man hatte mich entdeckt.

Meine Reflexe arbeiteten noch nicht richtig. Ich brauchte einen Augenblick für den Entschluß, auf die andere Seite der Strickleiter zu klettern, auf der sich die Plattform befand. Inzwischen schwebte ich bereits drei Meter darüber. Immer schneller ging es aufwärts. Ich hatte keine Zeit, die Höhe abzuschätzen. Auf gut Glück ließ ich mich fallen.

Um ein Haar wäre es schief gegangen. Ich fiel auf den Rücken und rutschte auf dem Holz gegen den Strich. Splitter drangen mir in die Haut. Der Schwung trug mich über die Kante der Plattform bis auf den Anfang der Seilbrücke hinaus.

Es ist schon schwer genug, auf so einer Brücke abwärts zu rennen und an der anderen Seite hinaufzuklettern. Mit dem Kopf voran hinunterzurutschen macht jede Kontrolle der Bewegung unmöglich. Ich spreizte die Beine, um mich rechts oder links hinter die Tragseile zu haken. Leider fand mein rechter Fuß zuerst Halt, so daß ich nach dieser Seite herumgerissen wurde. Die Seitenseile verhinderten zwar meinen Absturz. Doch genügte mein Schwung, um die ganze Brücke umkippen zu lassen, mich eingeschlossen.

Ich packte die Seile mit schmerzhaftem Griff. Wo ich hing, war die Brücke praktisch umgekippt. Zu allem Unglück fielen jetzt die Bohlen heraus. Eine traf mich an der Schulter. Die Hand verlor den Griff. Verzweifelt hielt ich mich mit der andern fest, bis ich das Seil erneut packen konnte. Die Brücke aufzurichten wie ein gekentertes Boot erwies sich als unmöglich. Hier gab es kein Wasser, das mich trug, bis ich das Seilgewirr in die richtige Lage bringen konnte. Genau genommen konnte sich die Hängebrücke nur aufrichten, wenn ich sie ganz losließ. Damit wir mir nicht im geringsten geholfen.

Ich spielte mit der Idee, mich zurückzuhangeln. Die Plattform, von der ich gekommen war, lag viel näher als das andere Ende der Brücke. Jedoch wußte ich, daß meine Verfolger, unzweifelhaft die Wachleute, bald auf jener Plattform sein mußten. Außerdem kontrollierten sie die einzige andere Fluchtmöglichkeit, die dort befestigte Strickleiter.

Also hangelte ich mich zum anderen Ende der Brücke hinüber. Ich war dankbar, daß ich die Daumen behalten hatte. Die Blutung an den amputierten Fingern hatte zwar aufgehört, doch taten mir die Hände immer noch weh. Aber ich konnte zupacken. Jedenfalls anfangs noch. Bald mußte ich mich mit dem Ellenbogen ins Seil hängen, um mein Gewicht besser tragen zu können. Das ging zwar langsamer, aber ich kam gut voran.

Nahe dem anderen Ende zwangen die Hauptseile die

Brücke trotz meines Gewichtes in eine normale Lage. Dankbar zog ich mich auf die Bohlen hinauf.

Da spürte ich Erschütterungen, die nicht von mir verursacht wurden. Jemand kam hinter mir her. Da sie wieder umgedreht war, kamen die Verfolger über die Brücke rasch heran. Nur die Stelle, wo die Bohlen herausgefallen waren, hielt sie auf. Ich hörte einen Überraschungsschrei. Die Brücke schwankte mächtig. War der Mann abgestürzt, oder hatte er sich fangen können? In dem schwachen Licht konnte ich nicht weiter als zwei Meter sehen.

Immerhin genügte das Dämmerlicht, um zu erkennen, daß die Plattform am Brückenende besetzt war. Doch schienen die Leute dort nicht mit einer Verfolgungsjagd zu rechnen. Die beiden Männer kehrten mir den Rücken zu. Ich hatte keine Zeit zu verlieren. Es war auch wenig sinnvoll, so zu tun, als sei ich nicht auf der Flucht. Das dem Nkumai abgenommene Messer fuhr dem einen Mann ins Herz, als er sich umdrehte, während der andere unter meinem scharfen Tritt, den ich ihm ins Kreuz versetzte, ins Dunkel der Urwaldnacht stürzte. Er gab keinen Laut von sich.

Ich zog das Messer aus der Leiche und sah mich nach einem Fluchtweg um. Ich entdeckte, daß ich auf einem Ast stand, der aus einem Hauptstamm hervortrat, nicht in einer Astgabel. Hier ging kein Weg abwärts, außer am Stamm entlang. Der Ast führte aufwärts. Dorthin wollte ich keinesfalls. Und die Brücke tanzte immer noch unter dem Gewicht meiner Verfolger. Sie hätten mich längst eingeholt, wären sie nicht durch die fehlenden Bohlen aufgehalten worden. Zumal sie an das Herumklettern in der Dunkelheit gewohnt waren.

Ich überlegte, ob ich die Seilbrücke durchschneiden sollte. Aber die Hauptträger waren viel zu dick. Ich ließ es sein.

Statt dessen lief ich den Ast hinauf in der Hoffnung, er würde mich auf einen brauchbaren Baumpfad bringen. Da erkannte ich, woran die beiden Nkumai gearbeitet hatten: Ein Vogelnetz.

Sie waren gerade dabei gewesen, das Ende festzubinden. Das aufgerollte Netz hing straff gespannt in der Dunkelheit. Das bedeutete, daß es mindestens an einem weiteren Punkt festgemacht war. Vielleicht reichte es.

Ich prüfte die Knoten. Sie hielten. Mit den Füßen voran glitt ich auf die dicke Rolle des Netzwerks hinaus. Es war rauh und so dick, daß ich nicht herunterfiel oder mich von unten hätte daran hängen müssen. Rückwärts kriechend zerschnitt ich die Stricke, die die Netzrolle hielten.

Die nächste Bindestelle, die ich untersuchte, zeigte mir, daß das Netz weiter hinten befestigt war. Nicht weit entfernt hörte ich Schritte auf der Plattform, die ich soeben verlassen hatte.

Jede Halterung durchschneidend kroch ich weiter rückwärts über die Netzrolle. Vor meinen Augen entrollte sich das Netz. Es öffnete sich auf der von mir zurückgelegten Strecke. Würden meine Verfolger versuchen, sich an dem offen hängenden Netz hinter mir herzuhangeln? Die losen Maschen mußten ihnen den Weg erschweren. Oder würden sie das ganze Netz abschneiden? Das würde mir nicht schaden. Denn zwischen ihnen und mir befand sich immer eine Bindestelle. Schnitten sie das Netz ab, konnten sie mir nicht mehr folgen.

Ich konnte fast hören, wie sie in der Nachtstille des Nkumai-Urwaldes um eine Entscheidung rangen.

Wie weit würde das Netz nach unten reichen? Oder wie weit war ich schon hinuntergelangt? Was würde es mir nützen, wenn ich an der hängenden Netzrolle bis an deren Ende glitt und dann noch hundert Meter zwischen mir und dem Erdboden blieben?

Das Netz war lang. Als ich die siebente Bindestelle erreichte, kam mir der Gedanke, daß die Nkumai vielleicht am Ausgangspunkt darauf warteten, daß ich zu ihnen zurückkletterte und mich ergab. Unter Schwierigkeiten drehte ich mich auf der Netzrolle um. Mit dem Gesicht voran war das Klettern schwieriger, aber ich war vor Überraschungen sicher. Ein Glück, daß ich so handelte. Am neunten Bindepunkt spürte ich eine Erschütterung. Sie konnte nicht hinter mir verursacht worden sein. Ich hätte es längst gespürt, wenn jemand hinter mir hergeklettert wäre. Die Schlußfolgerung lag allzu nahe, daß mir jemand entgegenkam.

Immer neue Knoten durchschnitt ich, während ich vorwärtsrutschte. Am nächsten Bindepunkt entschloß ich mich dazu, nicht weiter auf dem aufgerollten Netz voranzukriechen. Unmittelbar hinter der Bindung begann ich, die Maschen zu zerschneiden. Das ging schnell. Manchmal trennte ich sechs oder sieben Fäden auf einmal durch. Aber in dem aufgerollten Netz gab es davon Hunderte. Ich war so beschäftigt, daß ich meinen Gegner erst gewahrte, als er mich fast erreicht hatte.

Er hatte die Knoten natürlich nicht durchschnitten und lag auf der immer noch dicken Rolle. Unter und hinter mir war das Netz offen. Ich hing in den viel dünneren, leicht zerreißbaren Maschen. Ich hatte das Netzwerk fast bis zur Hälfte, oder mehr, durchgeschnitten. Aber auch er hatte ein Messer. Mir war klar, daß es wichtiger war, ihn niederzukämpfen, als die Schnüre zu durchtrennen.

Der Kampf wurde ziemlich einseitig geführt. In guter Verfassung und zu ebener Erde auf festem Grund hätte ich ihn leicht erledigt, ganz bestimmt. Hoch oben im schwankenden Netz, in der vom Mondlicht nur wenig erhellten Dunkelheit, geschwächt vom Blutverlust und den immer noch schmerzenden Amputationsstellen an den Händen, war ich kaum besser als er. Tatsächlich war ich ihm sogar unterlegen, und er nahm seinen Vorteil wahr.

Offenbar war ich tot oder lebendig gleich viel wert. Er war nicht darauf aus, mich gefangenzunehmen. Der kurze Kampf hätte damit geendet, daß er mir die Klinge in den Bauch stieß, wäre nicht das andere Ende des Netzes in Reichweite gewesen.

Mehrmals stieß er mit dem Messer zu. Der Schmerz war kaum zu ertragen. Ich stach ihm in den Arm. Gleich war seine Hand wieder da, um mir die Eingeweide aus dem Leib zu schneiden. Ganz klar, daß ein solcher Handel – sein Arm gegen meine Eingeweide – zu einem raschen Ende führen mußte. Ich hackte wild auf das Netz über mir los, wo schon einige Fäden durchschnitten waren. Schmerz und Verzweiflung verdoppelten meine Kräfte. Vielleicht hatte der Kampf auch länger gedauert, als ich meinte. Sehr bald gab das Netz nach. Mein Gegner stieß einen überraschten Ruf aus, als die Maschen, an denen er sich festgehalten hatte, auf einmal nachgaben und nach unten sanken. Er verschwand in der Finsternis und ließ mich allein auf dem Netz zurück.

Es hing nun in voller Länge offen. Mit Fingern und Zehen klammerte ich mich an die dünnen Maschen. Kalte Luft drang in meinen aufgeschlitzten Bauch. Etwas Feuchtheißes strich über meine Knie. Mir war klar, daß einige Därme herausragten.

Jetzt kam es nicht mehr darauf an, mein wahres Geschlecht zu verbergen. Ich schnitt mir die schwarze Robe von den Schultern, um rascher im Netz abwärts klettern zu können. Nackt und von Schmerzen immer mehr benommen hangelte ich mich hinunter.

Ich kam mir vor wie eine verkrüppelte Spinne in ihrem Netz. Mehr als einmal gab eine Masche nach, und ich mußte nach einem anderen Haltegriff suchen. Dauernd schnitten die dünnen Fäden in meine Finger und Zehen.

Nach einer schier unendlich langen Zeit ertastete mein Fuß unter sich keine Maschen mehr. Ich hatte das Ende des Netzes erreicht. Unter mir war leere Luft.

Wieviel? Fünfzig Zentimeter? Oder zweihundert Meter?

Ich hatte keine Vorstellung, wie hoch ich anfangs gewesen war. Da das Netz zerschnitten worden war, befand sich die untere Ecke, an der ich nun baumelte, tiefer als das Netz in seiner eigentlichen offenen Position. Der Erdboden mochte einen einzigen Schritt unter mir liegen.

Doch welche Wahl hatte ich? Schwach, wie ich war, mit hervorquellenden Eingeweiden und Blut, das noch immer aus einem unmöglichen Durcheinander halb verheilter Wunden tropfte, konnte ich weder wieder hinaufklettern, noch mich lange hier festhalten. Meine einzige Hoffnung zu überleben bestand darin, das Netz loszulassen. Falls es tief genug hing, schlug ich vielleicht mit genug intakten

Knochen auf, daß ich in die Dunkelheit davonkriechen und mich verstecken konnte, während mein Bauch abheilte. Falls das Netz zu hoch hing, würden sie mich am Morgen sowieso auf dem Boden finden, ob ich nun sprang oder mich noch etwas länger festhielt.

Während ich dort hing und versuchte, zu einer Entscheidung zu gelangen, begann das Netz zu zerreißen. Mein Gewicht war zu groß für ein Netz, das fein genug gesponnen war, um für Vögel unsichtbar zu sein. Ich hörte einen Augenblick lang das schnelle Zerreißen von Knoten und fiel dann, die Finger noch um die Fäden des Netzes geschlossen, durch die dunkle Luft hinab.

Eine lange Sekunde stürzte ich im freien Fall. Da ich den Boden nicht sah, konnte ich mich noch nicht einmal darauf vorbereiten, mich beim Aufschlag abzurollen. Ich landete auf dem Rücken. Der Aufprall verschlug mir den Atem. Da ich das Netz nicht losgelassen hatte, verwickelte ich mich in dessen Fetzen. Meter um Meter schlang sich um mich.

Aber ich hatte überlebt.

Für einen Augenblick blieb ich liegen, fast benommen und versucht, mich der willkommenen Bewußtlosigkeit zu überlassen. Aber ich wehrte mich dagegen. Die Tatsache, daß ich endlich den Boden des Urwalds von Nkumai erreicht hatte, machte mich entschlossen, nun wirklich zu entkommen. Wie lange würden die Nkumai brauchen, über ihre Leitern kletternd den Boden zu erreichen? Und wie lange würden sie hier unten brauchen, um mich zu finden? Nicht lange, meinte ich, und kam mühselig auf die Füße.

Etwas von meinen Eingeweiden blieb im Netz hängen. Was mir davon noch geblieben war, drohte bei jedem Schritt aus der offenen Bauchwunde zu fallen. Ich konnte die Innereien nur festhalten, wenn ich ständig eine Hand auf den Bauch preßte. Ich taumelte in einer Richtung davon, von der ich hoffte, sie würde mich an die Küste führen. Vorausgesetzt, ich hatte während der nächtlichen Flucht durch die Bäume nicht jeden Richtungssinn verloren.

Obwohl ich nicht mehr ganz klar denken konnte, erinnere ich mich daran, daß ich mich bemühte, alle Spuren zu verwischen. Ich stieß auf einen Bach. Dort versuchte ich meine offene Wunde auszuspülen (das kalte Wasser traf meine Bauchhöhle wie ein Keulenhieb). Dann schleppte ich mich stromabwärts. Hin und wieder trank ich einen Schluck. Das Wasser schien mich zu erfrischen, bis zu dem schrecklichen Augenblick, da es die zerfetzten Eingeweide erreichte. Bald gab ich es auf, noch etwas zu trinken.

Plötzlich verschwand der Bach in der Finsternis, und ich flog mit dem Gesicht voran laut klatschend in einen Fluß. Dort verlor ich beinahe das Bewußtsein und wäre dann sicherlich ertrunken. Die rasche Strömung trieb mich davon. Ich konnte mich mühsam wach und über Wasser halten, bis ich das andere Ufer erreichte. Dort verlor ich im Wasser das Messer, das ich trotz des Sturzes immer noch festgehalten hatte. Das kümmerte mich damals wenig. Am jenseitigen Ufer schlief ich, weithin sichtbar, auf einer Sandbank ein.

Die schwach durch die Blätter fallenden Sonnenstrahlen weckten mich. Ich blieb gerade so lange wach, um unter einen dichten Busch zu kriechen, wo man mich von obenher nicht entdecken konnte.

In der Dunkelheit erwachte ich abermals. Ich keuchte vor Durst. Obwohl ich mich nur zu gut der Qual nach meinen letzten Schlucken Wasser entsann, kroch ich zum Fluß hinunter. Die Därme schleppte ich schlaff hinter mir her. Dort trank ich trübes Wasser. Es verursachte in meinem Bauch keine Qualen. Offenbar versuchte mein Muellerkörper sogar, mit einer so schweren Verletzung fertig zu werden. Er hatte schon irgendwo eine Verbindung hergestellt, die das Wasser durchließ. Jedoch umging diese Verbindung vieles von meinen Innereien. Das meiste schleppte ich immer noch durch Gras und Sand hinter mir her. Ich war immer noch zu müde, um die Wunde zu reinigen.

Am nächsten Tag wurde ich wieder von der Sonne geweckt. Diesmal vernahm ich Wortfetzen und Rufe. Die Nkumai bewegten sich in ihrem Bäumen geräuschlos und trittsicher. Spuren auf dem Erdboden vermochten sie nicht zu lesen. Ich blieb still und bewegungslos unter dem Busch verborgen liegen.

Am jenseitigen Flußufer rannten Füße vorüber. Niemand nahm meine unübersehbare Fährte, die ich am Steilhang hinterlassen hatte, zur Kenntnis. Meine Verfolger waren bald außer Sicht. Ich schlief wieder ein. In der Nacht schleppte ich mich zum Fluß und trank, um sogleich weiterzuschlafen.

Das Wasser war nicht sauber. Am frühen Morgen mußte ich mich übergeben und Blut spucken. Ich öffnete die Augen nicht, sondern wand mich nur in Agonie. Mich befiel die entsetzliche Furcht, daß mein Fieber zum Delirium führen könnte. Und im Delirium konnte ich sehr leicht meine Mörder auf mich aufmerksam machen.

Ich weiß nicht, wie viele Tage ich bewußtlos im Fieber gelegen habe. Undeutlich wurde mir bewußt, daß ich lief. Ständig war ich benommen. Nur die Dummheit der Nkumai rettete mir das Leben. Vielleicht war ich nur nachts unterwegs. Ich kann mich nicht erinnern. Jedenfalls kam ich vom Fluß weg und an saubere Wasserläufe. Ich trank. Die Bäume waren für mich ein endloses braunes Gewirr. Die Sonne bildete dann und wann einen hellen Fleck im Blattgrün. Ich nahm nicht wahr, was um mich herum vorging.

Dann träumte ich im Dahinwandern, ich sei nicht allein. Jemand war im Traum bei mir. Ich sprach leise mit ihm und vertraute ihm alles Wissen meines fieberkranken Gehirns an. Ich träumte, ich hielte ein Kind auf den Armen, dessen Vater ich war. Ich nahm mir vor, niemals meinen geliebten Sohn wegen eines Vorgangs zu enterben, der sich seiner Kontrolle entzog. Das alles träumte ich. Dann wollte ich eines Tages das Kind ins Gras setzen, damit ich trinken konnte.

Aber das Kind wollte sich nicht aus meinen Armen lösen. Allmählich kam ich zu mir, während ich mich abmühte, das Kind loszuwerden. Die Vögel sangen, die

Sonne schien, Schweiß tropfte mir vom Kinn, und ich träumte überhaupt nicht.

Der Knabe wimmerte.

Er existierte wirklich.

Jetzt erinnerte ich mich daran, daß das Kind vor Hunger geschrien hatte, und wie ich es in meinem Delirium beruhigte und wie wir eng aneinandergeschmiegt geschlafen hatten. Alles war ganz klar – nur nicht seine Herkunft.

Ich brauchte nicht lange zu suchen. Der Knabe war in Hüfthöhe durch Fleischgewebe mit mir verbunden. Eingeweide an Eingeweide. Er mußte sich von den Kräften und Säften ernährt haben, die er meinem Körper entzog. Seine Füße baumelten einen halben Meter über dem Boden, wenn ich aufrecht stand. Sein Kopf reichte nicht ganz an meinen heran. Als ich ihm in die Augen sah, erkannte ich sie als meine eigenen.

Radikalregeneration. Sie vermochte alles zu heilen. Nachdem mir die Hälfte meiner Eingeweide herausgerissen worden war, konnte mein Körper nicht mehr unterscheiden, welcher Leib mein wahres Ich beherbergte, welchen er heilen sollte. Also heilte er beide Hälften. Ich sah in die Augen meines vollkommenen Doppelgängers, der mich unterwürfig anlächelte wie ein dümmliches, aber gutartiges Kind.

Er war kein Kind mehr, sondern schnell herangewachsen. Der feine Bartschatten an Wangen und Lippen ließ baldiges Erwachsensein erwarten. Sein Körper war abgemagert. Die Rippen traten hervor. Wie meine eigenen auch. Mein Körper hatte nicht gewußt, wer von uns beiden zu retten sei. Er hatte mir die Kraft geraubt und sie ihm gegeben. Jetzt bemühte er sich um einen Ausgleich.

Das wollte ich nicht.

Ich erinnerte mich an die Monstren, die in der Verwertungsanstalt in Trögen wühlten. Ich stellte mir vor, wie ich dort abgeerntet würde, nicht einen Kopf oder einen Arm, nein, einen ganzen Körper konnte man von mir gewinnen. Wenn ich zum Abpflücken reif war, würde ein Schnitt die

Körper trennen. Welcher aber war ich, und welchen würde man weggeben?

Im Augenblick gab es keinen Zweifel. Ich hatte Brüste. Aus meiner Schulter wuchs ein kleiner Arm. Er wies bereits Finger auf, die sich krümmten und umhertasteten. Verbittert dankte ich meinem Körper dafür, daß er Prioritäten zu setzen wußte und zunächst die Bauchwunde heilte, ehe er sich wieder dem überzähligen Arm zuwendete. Tüchtig, tüchtig.

Ich wollte nicht leben mit meinem Ebenbilde an mir.

Lebte das neue Ich überhaupt? War es menschlich, intelligent? Ich stellte keine Fragen.

Ich war nackt und besaß kein Messer. Aber die Verbindung zwischen uns bestand vorerst nur aus dünnem Gewebe, durch das er während der Schwangerschaft ernährt worden war. Es. Durch das es ernährt worden war. Wenn ich im Geiste von ›ihm‹ dachte, war nur ein kleiner Schritt bis zur Verwechslung von ihm und mir. Und ich konnte nicht gut von mir als mir denken.

Er hatte dasselbe lockige, widerborstige Haar wie ich. Genauso weißblond, wild und verfilzt. Ich zerrte am Haar und wollte das Wesen wegstoßen. Das ging natürlich nicht. Aber bleiben durfte es auch nicht. Es war genau wie ich, wie ich noch vor einigen Monaten ausgesehen hatte, bevor mein Körper Platz schuf für eine Frau, die nicht in ihn hineingehörte, eine Frau, von der die anderen behaupteten, sie sei ich.

Die Abtrennung war ohne Schneidegerät eine schmerzhafte und unschöne Sache. Es erwachte, als ich mit einem geschärften Stein auf unsere Verbindung loshackte. Es weinte und versuchte schwach, mich von meinem Tun abzuhalten. Es sprach nicht. Es blutete nur, als die Haut nachgab und ich uns auseinanderriß. Ich war von der Last befreit, mich selbst schleppen zu müssen.

Endlich waren wir auseinander. Ich war geschwächt von seiner Schaffung. Ich nahm alle übrig gebliebene Kraft zusammen und schmetterte dem Wesen immer wieder den Stein auf den Schädel. Es hörte auf zu schreien. Hirn drang aus der zertrümmerten Schädeldecke. Ich hörte mich vor Erschöpfung schluchzen, aber auch aus Entsetzen darüber, mich selbst sterben sehen zu müssen. Ich warf den Stein fort und floh in den Wald.

Dort aß ich, was ich fand, um zu Kräften zu kommen. Von den Verfolgern war nichts mehr zu sehen. Sie hatten wohl die Jagd längst aufgegeben. Aber das half mir nicht weiter. Mein Geschick würde sich schnell erfüllen, wenn man mich erneut entdeckte. Von hier aus führten alle Wege immer tiefer ins Land der Nkumai – mit einer Ausnahme. Nach der Sonne bestimmte ich die ungefähre Nordwestrichtung und machte mich auf den Weg.

Der Marsch war beschwerlich, zumal ich nur langsam zu Kräften kam. Aber wenigstens war ich bei Bewußtsein. Ich legte nur kurze Tagesreisen zurück. Dabei folgte ich erst einem Bach, dann einem Fluß, der mich jeden Tag ein wenig näher an die See brachte.

Natürlich lag an der Flußmündung eine Stadt der Nkumai. Aber sie hing, bis auf ein paar Werftgebäude, oben in den Bäumen. Die Nkumai waren keine Seeleute. Ich dachte an die riesige Flotte, die einst von Mueller aus den Sund hinaufgefahren war mit Tausenden von Soldaten an Bord. Sie hatten Huntington in weniger als einem Monat unterworfen. Nein, von Nkumai liefen keine Schiffe aus.

Aber Schiffe aus anderen Ländern waren zu erwarten. Meine einzige Hoffnung bestand darin, auf so einem Schiff aus Nkumai zu fliehen und schließlich Vater zu benachrichtigen, *was* die Nkumai zu verkaufen hatten.

Ich sah die Stadt der Nkumai und wartete die Nacht ab. Dann schlich ich im Schutze der Dunkelheit am Strand entlang. Ich hielt mich am Waldsaum und etwa zwei Kilometer von der Werft entfernt. Von hier konnte ich nach Schiffen Ausschau halten. Wenn ich immer noch so gut schwimmen konnte wie früher, mußte ich ohne Schwierigkeiten an Bord gelangen.

In einem Versteck schlief ich ein.

Um die Mittagsstunde erwachte ich keuchend und schwitzend. Im Traum war ich – aber nicht ich, sondern das Kind selbst, das ich im Wald getötet hatte –, also, ich träumte, daß ich gekommen sei, um mich zu töten. Und ich wurde – im Traum – davon wach, daß Messer blitzten. Ich und mein Spiegel-Ich hatten tief zugestochen und uns in die Herzen getroffen.

Ich erinnerte mich undeutlich, daß mich ein Schrei aus dem Schlaf gerissen hatte. Vielleicht hatte ich im Traum geschrien. Als ich aus dem Versteck kroch und auf die See hinausblickte, sah ich ein Schiff nahe am Ufer vorüberziehen. Die Rufe stammten von den Männern, die ihre Segel trimmten.

Das Schiff lief in den Hafen ein, wo es für zwei Tage festmachte. In dieser Zeit überlegte ich mir, wie ich die Aufmerksamkeit der Besatzung auf mich lenken konnte, ohne zugleich die Nkumai zu alarmieren.

Ich fand einen halb verrotteten Ast und probierte ihn im Wasser aus. Er schwamm. Falls ich zu schwach war, um die ganze Strecke zu schwimmen, sollte der Ast mich tragen. Das Wasser war kalt. Das Schiff legte ab und kam auf mich zu. Ich warf mich ins Wasser und hielt mich an dem Holzstück fest, als würde ich bereits ertrinken. Ungeschickt plantschend überwand ich die Brandung und erreichte den sanften Schwell der ruhigen See.

Irgendwer auf dem Schiff rief: »Mann im Wasser! Mann!«

Ich hob eine Hand und winkte.

Es dauerte nicht lange, und ich wurde aufgefischt. In eine Decke gehüllt saß ich zitternd in dem kleinen Boot, das zum Schiff zurückgerudert wurde.

»Danke sehr«, sagte ich.

Einer der Ruderer grinste. Es sah nicht gerade freundlich aus.

»Fein. Wir bringen dich zum Kapitän«, meinte der Mann am Steuer.

»Von welchem Volk kommt ihr?«

Sie schienen mit der Antwort zu zögern. Ich fragte mich, ob sie meine Frage verstanden hätten.

»Welche Familie? Von welcher Familie kommt euer Schiff?«

Knurrend erwiderte der Rudergänger: »Singer.«

Dieses Volk lebte auf der großen Insel in der Nord Bai. Als ich Mueller verließ, waren die Singer gerade gegen Wing aufgebrochen. Der Botschafter von Wankier hatte meinen Vater um Truppen gebeten, weil er wußte, daß als nächstes sein Land überfallen werden würde. Wir hatten ihn mit der Zusicherung unserer Sympathie und sonst nichts heimziehen lassen. Jedenfalls waren die Seeleute keine Nkumai. Sie hatten schon dadurch Menschlichkeit bewiesen, daß sie mich aus dem Wasser zogen. Zunächst war mir das Leben gerettet.

Der Kapitän wirkte nur wenig freundlicher als seine Leute. Nachdem ich an Bord geklettert war, nahm er sich kaum die Zeit für ein kurzes Gespräch mit mir.

»Nationalität?« fragte er barsch.

Ich hielt es für richtig, nicht die Wahrheit zu sagen. »Allison. Ich bin soeben aus einem Gefangenenlager der Nkumai geflohen.«

Er nickte nachdenklich und winkte ein paar Seeleute herbei. Sie rissen mir die Decke vom Leib.

»Mein Gott«, entfuhr es dem Kapitän, »was tun diese Schweinehunde heutzutage ihren Gefangenen alles an?«

Ich gab keine Antwort. Mochte er denken, was er wollte.

»Was bist du nun? Mann oder Frau? Was ist wirklich?«

»Beides – jetzt«, gab ich wahrheitsgemäß zurück. Er schüttelte den Kopf.

»Unmöglich«, sagte er. »Das macht die Sache sehr schwierig. Wie soll ich da den Preis festsetzen?«

Den Preis für mich? Und dann fiel mir noch eine Äußerung des Botschafters von Wankier ein. Daß man nämlich in Singer flotte Geschäfte mit Menschenfleisch betrieb.

»Gut für den Lustpark«, meinte einer der Offiziere. »Steckt ihn in einen Käfig und laßt ihn für Geld sehen.«

»Gut«, nickte der Kapitän. »Ich glaube, der beste Markt dafür ist Rogers. Dort gibt es Zirkusunternehmen. Hinunter mit ihm.«

Das Kommando war kaum gegeben, da wurde ich hochgehoben und zu einer Luke geschleppt. Die Matrosen öffneten sie und warfen mich in den Laderaum. Ich schlug schwer auf. Über mir schloß sich die Luke. Es gab kein Licht. Die Luft war schlecht. Aber ich lebte. Mir war nicht eingefallen, Widerstand zu leisten. Für mich kam es nur darauf an, daß ich für diese Leute von Wert war. Nur die Toten haben keine Hoffnung.

Aber Rogers lag an der Südwestecke des Kontinents. Die Reise konnte Monate dauern. Mußte es dann nicht zu spät für meine Information über die Nkumai an meinen Vater werden? Ich wußte es nicht. Und vorerst konnte ich wenig dagegen unternehmen.

Hatten die Seeleute den zusätzlichen Arm bemerkt, der an meiner Schulter wuchs? Wahrscheinlich nicht, trotz des hellen Sonnenlichtes. Denn alle hatten meine Brüste und Geschlechtsteile angestarrt. Das hatte sie abgelenkt. Jetzt aber bewegte sich der Arm unwillkürlich. Die Finger kratzten mich am Rücken. Es sollte eine lange Reise werden.

5
monstrum

Ich konnte mich nicht so recht mit mir selbst unterhalten. Allein und splitternackt wurde ich in völliger Dunkelheit eingeschlossen. Die meiste Zeit verschlief ich natürlich in meiner Zweiquadratmeterzelle. Aber erholsam war der Schlaf nicht. Niemals konnte ich mich ganz ausstrecken. Als das Schiff nordwärts segelte, drang Kälte ein. Auf südlichem Kurs wurde meine Zelle zum Schwitzkasten. Nicht nur mein Körper, auch die Wände troffen von Schweiß. Dauernd war ich von Salzgeruch umgeben.

Doch hätte meine Lage schlimmer sein können. Obwohl ich fünf Monate lang die Sonne nicht zu sehen bekam, wurde ich immerhin ernährt. Jeden Morgen wurde mir ein Eimer Wasser heruntergelassen. Abends war er mit Eßbarem gefüllt. Wenn der Eimer leer war, füllte ich ihn meinerseits. Ich war entschlossen, obwohl ich nichts sehen konnte, die Zelle so sauber wie möglich zu halten. Ich glaube, sie spülten den Eimer mit Salzwasser aus, bevor sie mir wieder Wasser und feste Nahrung hineingaben. Sogar der herzloseste Bauer achtet darauf, daß sein Vieh nicht erkrankt.

Und dann die Geräusche. Mein einziger Kontakt zur Außenwelt bestand aus den Geräuschen über und unter mir: den Rufen der Männer in der Takelage, dem Schnappen von Segeltuch im Wind; den Morgen- und Abendgebeten, bei denen die Mannschaft inbrünstige Gesänge anstimmte und einige Männer dem Kapitän weinend beichteten; die Flüche, die Streitigkeiten, die Scherze, die Verführungsversuche von Männern, die schon so lange auf See waren, daß andere Männer ihnen schön erschienen. Ich lernte die Namen aller kennen. Roos und Nose-Up hatten ständig Streit miteinander, was mir wie eine freundliche Hänselei erschien, bis eines Abends Nose-Up ein Messer zog und Roos genau über meiner Luke starb. Das Blut tropfte durch, bevor sie das Deck säuberten, und ich hörte, wie Nose-Up um Gnade winselte, bevor sie ihn an den Daumen aufhingen und Pfeile in seine Gliedmaßen schossen, bis er verblutete. Seltsam – er schluchzte und bettelte bis zum ersten Pfeil. Dann schien er zu begreifen, daß der Schmerz nicht schlimmer werden und sie ihm nicht mehr antun konnten. Er erzählte Witze und verhöhnte die Bogenschützen, und bevor er starb, erzählte er noch eine sentimentale Geschichte über seine Mutter, die die meisten Männer ernüchterte. Einigen traten sogar die Tränen in die Augen, ohne daß sie sich dessen schämten. Ich glaube, da ließen sie ihn endlich sterben, indem sie ihm einen Pfeil ins Herz schossen. Ein seltsames Volk, gleichzeitig grausam und freundlich, stark und schwach. Und die Männer fielen so schnell von einem Extrem ins andere, daß ich nicht vorhersagen konnte, was sie tun würden.

Bis auf den Kapitän, der eine Insel der Kraft inmitten der Verwirrung war. Er war der Vater eines Schiffes voller Kinder, lauschte geduldig ihren Beschwerden, schlichtete ihre Streitigkeiten, vergab ihnen ihre Sünden, lehrte sie, ihre Aufgaben zu erfüllen, und traf sogar die unbedeutendsten Entscheidungen für sie. Ich bewunderte ihn, denn ich hörte ihn kaum einmal wütend werden. Er schwankte nie, er brach nicht. Ich erkannte immer seine Schritte auf Deck. Schritt, Schritt, Schritt, ein perfekter Rhythmus. Es war, als verharrte sogar das schlingernde Deck für ihn, als müsse er sich nicht der rollenden See unterwerfen. Er erinnerte mich an meinen Vater, und ich sehnte mich nach meiner Heimat.

Aber jeder Mensch bringt nur begrenztes Interesse an dem auf, was seine Besitzer machen. Nach einer Weile überwältigte mich die Dunkelheit. Ich mochte nicht mehr schlafen und nicht mehr aufwachen, träumte dauernd vom Sonnenlicht. Ich bin Reiter, nicht Seemann. Ich bewege mich gern vorwärts mit bebendem Fleisch zwischen den Schenkeln. Mir ist es zuwider, von einer Seite zur anderen geworfen zu werden. Auf- und niederzuschaukeln im Rollen, Stampfen und Gieren eines Bootes in der See.

Die Folgen meines Besuches bei den Nkumai waren noch

nicht überwunden. Die massiven regenerativen Anstrengungen meines Körpers, die bereits zur Heranbildung meines zweiten Ichs geführt hatten, hörten nach der Amputation nicht auf. Mein Körper schien entschlossen, jeden seiner Teile noch einmal neu zu schaffen. Der bereits aus meiner Schulter sprießende Arm war so lang und so weit gebildet, daß ich mir mit dem baumelnden Etwas den ganzen Rücken kratzen konnte. Er hatte nach ein paar Wochen auf dem Schiff die normale Länge erreicht. Weitere Glieder sprossen, andere wuchsen bereits. Die Nahrung war gut und ausreichend. Ich hatte keinerlei körperliche Bewegung. Also gab es für die überschüssige Energie nur einen Ausweg: Wachstum.

Nach tagelanger, unerträglicher Hitze wurde mir klar, daß ich im Begriff war, den Verstand zu verlieren. Ich phantasierte mich selbst ins Gras am Ufer des Cramer River, wo ich den leichten Fischerbooten zusah, die vor dem Wind stromaufwärts schäumten. Neben mir lag Saranna in sorglos aufklaffender Robe (obwohl ich wußte, daß sie genau beobachtete, wie meine Erregung bei jedem enthüllten Zentimeter stieg). Ihr Finger kitzelte mich fast unerträglich, doch tat ich so, als merke ich nichts. Das alles sah und erlebte ich in hellwachem Zustand, als ich zusammengerollt auf dem Boden meines überhitzten Gefängnisses lag.

Das alles kam über mich, während aus meiner Hüfte ein fünftes Bein wuchs und hilflos zu zucken begann. Das war die Wirklichkeit. Der von meiner Brust tropfende Schweiß. Die Finsternis. Die destruktiven Vorgänge in meinem Körper. Der Verlust meiner Freiheit.

Mir war klar, daß die total Regenerierten, die Rads, in der Verwertungsanstalt genauso dahinvegetierten. Sie erträumten sich ein anderes Leben. Sie wabbeln nicht über Gras und trockenen Boden. Sie fressen nicht aus Trögen. Ihre Körper sind wieder normal und gesund. Sie liegen an Flußufern und sind im Begriff, mit der Geliebten Liebe zu machen, die nicht mehr daran zu denken wagt, daß der einst Geliebte noch lebt – und wo. Mir wurde klar, daß sich mir diese Art von Wahn als einziger Ausweg anbot. Ich war entschlossen, ihn nicht zu gehen.

Statt dessen wollte ich meinen Geist üben, um ihn wach zu halten.

Ich habe ein gutes Gedächtnis. Nicht gerade phänomenal. Ich kann mir nicht seitenweise geschriebenen Text merken. Nun verbrachte ich meine Zeit damit zu rekapitulieren, was ich in Mawas Hinterzimmer in den Geschichtsbüchern gelesen hatte.

Mueller – Genetik.

Nkumai – Physik.

Bird – vornehme Gesellschaft.

Das ging ganz leicht. Immer wieder zwang ich mich dazu, von vorn anzufangen und nutzte die Wahnanfälle, die sich nicht unterdrücken ließen, mich nützlichen Vorstellungen zuzuwenden. Dabei fielen mir weitere Einzelheiten ein. Nicht alle, aber einige.

Schwartz, draußen in der Wüste von allen menschlichen Kontakten abgeschnitten, war für Geologie zuständig gewesen. In dieser Welt ohne Minerale eine verlorene Wissenschaft.

Allison – Technologie. Man sieht, was sie davon haben.

Underwood – Botanik. Und nun hoch oben in den Bergen. Was für Pflanzen mochten seine hilflosen Nachfahren aufziehen?

Hanks – Psychologie und wie man Wahnsinn behandelt. Keine Hilfe für mich.

Anderson – der glücklose Anführer der Rebellion, der sich nur auf Politik verstand.

Drew – Träume und ihre Erklärung.

Wer hatte etwas zum Exportieren gefunden? Ich wußte es nicht. In der Bücherei meines Vaters gab es bestimmt Schriften, in denen man nachlesen konnte, was meinem Gedächtnis entfallen war. Bücherweisheit konnte die Lükken füllen und Hinweise darauf geben, an welchen Geheimprojekten andere Familien arbeiten mochten. Einige hatten bestimmt verzweifelt aufgegeben. Sie besaßen in dieser Welt nichts, das womöglich für den Abgesandten von Wert sein konnte, so zum Beispiel die Ingenieure Cramer und Wizer. Sie waren leicht zu besiegen gewesen und vegetierten jetzt als Bauern dahin. Ihr großes mitgebrachtes Wissen war in Vergessenheit geraten, weil es in dieser Welt zu nichts nütze war. Dazu Ku Kuei, der Philosoph, dessen Ideen offenbar in der Republik kein großes Publikum gefunden hatten. Vielleicht entschloß er sich in seiner Weisheit dazu, einen letzten Akt der Rebellion zu begehen, indem er verschwand, einfach starb, auf daß seine Kinder nicht ewig Gefangene von Treason seien.

Doch schließlich war Eisen nach Nkumai und Mueller gekommen. Und Physik und Genetik. Unsere Produkte würden niemals auslaufen. Wie stand es mit ihren Ideen? Das spielte keine Rolle, falls sie genügend Eisen für ihre Ideen bekamen, um uns rasch zu überwältigen.

Bestimmt kam ich nicht rechtzeitig nach Mueller zurück.

Ich leistete zwar Widerstand, bezweifle aber, daß ich dem Wahnsinn standgehalten habe. Ich erinnere mich, als sei es wirklich geschehen, an eine Kreatur gleich mir, die in mein Gefängnis kam und mich auslachte. Es konnte Lanik gewesen sein, so wie ich mich an sein Spiegelbild als Heranwachsender erinnerte. Nur war die eine Schädelseite eingeschlagen, und Hirn hing heraus. Dennoch unterhielt er sich nett mit mir. Erst am Ende schrie er, daß er mich töten werde. Ich erwürgte ihn mit meinen vier Armen, riß ihn in Stücke. Daran erinnere ich mich genau.

Ich entsinne mich auch meines Bruders Dinte, der mich besuchte. Er schnitt mich in kleine Stücke. Aus jedem wurde ein kleiner Lanik. In ausgewachsenem Zustand waren sie so klein, daß Dinte sein Vergnügen daran hatte, sie unter seinen Schuhen zu zertreten. Vielleicht habe ich da geschrien – Dinte floh, als über mir jemand auf die Luke klopfte.

Auch Ruva kam. Obwohl sie den Mund voll hatte und auf etwas kaute, geiferte sie mich an, nun habe sie endlich Vater an den Eiern gepackt. Sie würde sie gerade zerbeißen, und als nächster käme ich an die Reihe. Sie hatte einen schrecklichen kleinen Jungen bei sich, dessen Gesicht eine spöttische Karikatur das meines Vaters war. Aber im Alter von – wieviel Jahren? Zehn? – sabberte er immer noch. Sein Kinn glänzte feucht im Licht. Doch ich wußte, daß dies nicht die Wirklichkeit sein konnte, denn in meiner Zelle gab es niemals Licht, bis auf den blendenden Strahl, wenn der Eimer herabgelassen oder hochgezogen wurde.

Und eine alte Frau aus den Bergen von Mueller brachte mir dauernd Pfeile, bis ich darunter halb begraben war.

Daran erinnere ich mich genauso wie an die Lektionen meines Vaters darüber, wie man einen Gegner vom Pferd sticht. Oder auch an Vaters Trauerzeremonie für mich und mein Schicksal, als er sich Blut ins Gesicht wischte.

Rückblickend habe ich zu unterscheiden gelernt, was sich wirklich zugetragen haben kann und was nicht. Damals war ich nicht so sicher.

Eines Tages vernahm ich ein neues Geräusch. Es war nicht ungewöhnlich laut – und dann erkannte ich neue Stimmen. Das Schiff war nicht in einen Hafen eingelaufen. Niemand war längsseits gekommen. Offenbar ließ man Sklaven aus anderen Zellen an Deck kommen. Also näherten wir uns einem Hafen. Die atrophischen Muskeln mußten bewegt und geweckt werden, damit die Sklaven auf den Märkten von Rogers, Dunn und Dark einen guten Eindruck machten.

Ich wurde an diesem ersten Tag nicht herausgelassen. Ich fragte mich, warum.

Am zweiten Tag ging mir auf, daß ich nicht stark auszusehen brauchte, weil ich ja als Kuriosität und nicht zur Arbeit verkauft werden sollte. Grimmig überlegte ich, was meine Besitzer jetzt von mir denken würden. Neben meiner alten wuchs soeben eine neue Nase, die zum Teil mit der alten verbunden war. An der linken Kopfseite dekorierten drei Ohren mein Profil. Mein Körper war ein Durcheinander von baumelnden Armen und Beinen, die niemals gelernt hatten, zu greifen oder zu laufen. Man hatte mich als Kuriosität an Bord genommen. Jetzt stellte ich einen ganzen Einmannzirkus dar.

Über mir liefen andere Sklaven in Wind und Sonne herum. Mir blieb das verwehrt.

Ich begann zu schreien.

Meine Stimme war ungeübt. Anfangs bekam ich kaum einen Laut heraus. Bald wurde ich lauter. Meine Futterluke wurde aufgerissen.

»Soll ich dir in den Arsch oder in den Bauch treten?« fragte eine Stimme, die ich nur zu gut kannte, ohne ihren Besitzer jemals gesehen zu haben.

»Das Arschtreten besorge ich!« brüllte ich zurück. Meine Stimme war bei weitem nicht so gewaltig, wie früher auf dem Truppenübungsplatz. Dort konnte ich ganze Kavallerieeinheiten ohne die Hilfe eines Ausrufers befehligen. Immerhin machte ich Eindruck. Ich bekam keinen Tritt. Eine zweite Stimme ertönte.

»Hör mal, du Abfallhaufen, bis jetzt hast du dich wie ein vorbildlicher Sklave verhalten. Mach jetzt keinen Scheiß, außer in deinen Eimer. Sonst geht es dir dreckig.«

»Vielen Dank für das konziliante Verhalten«, gab ich zurück. »Ich will an Deck.«

»Auf Deck kommen keine Sklaven.«

»Gegenwärtig befinden sich mindestens zehn von ihnen oben.«

»Das sind Landarbeiter. Du bist ein Sonderfall.«

»Dann bringe ich mich um.«

»Nackt? In der Finsternis?«

»Ich lege mich auf den Rücken, beiße mir die Zunge ab und ersticke an meinem eigenen Blut!« schrie ich. Für einen Augenblick glaubte ich sogar daran, bis mir einfiel, daß meine Zunge leider zu schnell verheilen würde. Immerhin mußte ich so verrückt ernst gewirkt haben, daß eine weitere Stimme kam. Der Kapitän.

Er sprach leise, jedoch mit unverhohlener Drohung. »Es gibt nur einen Grund, einen Sklaven außer der Reihe an Deck zu lassen – nämlich um ihn zu züchtigen.«

»Züchtigt mich! Aber im Sonnenlicht!«

»Zur Strafe wird meistens zunächst die Zunge herausgerissen.«

Ich lachte. »Wie geht das Vergnügen weiter?«

»Zum Schluß schneiden wir dir die Eier ab.« Er meinte es ernst. Aber erschrecken konnte er damit kaum einen Mann, der bereits ein zweites Paar Hoden besaß. Ich besaß sogar schon drei Paar. Der Überschuß an Testosteron mußte mir übermäßigen Mut verliehen haben.

»Von mir aus bratet sie und setzt sie mir zum Frühstück vor. Aber laßt mich an Deck.«

Natürlich beseelte mich nicht nur Mut. Mein Wert für die Seeräuber lag darin, daß ich ein Monstrum war. Niemand sieht sich so eine Kreatur an, wenn sie von Menschenhand verstümmelt wurde. Bitte, nur natürliche Mutationen! Also würde man mir nichts tun. Der Gedanke, daß andere sich an Deck aufhielten, während ich weiter in dem finsteren Loch sitzen sollte, erschien mir empörend wie sonst nichts in der Welt.

Also überraschte es mich nicht sehr, als von oben Seile herunterfielen. Ich klammerte mich mit vier Armen daran fest, als ich hinaufgezogen wurde.

Obwohl ich es hätte wissen müssen, überraschte mich die Intensität ihrer Reaktionen. Sie hatten einen Mann mit großem Busen in die Zelle gesperrt. Nun zogen sie ein Monstrum ans Licht.

Ich konnte nichts sehen. Das Licht blendete mich. Ich konnte auf meinen Beinen, die monatelang nicht richtig gestanden hatten, kaum das Gleichgewicht halten. Ich konnte nicht gehen, sondern wankte von einer Seite zur anderen.

Niemand half mir. Das Geschrei war ohrenbetäubend. Ich hörte das Wort Teufel und anderes, dessen Sinn ich nicht kannte. Mir war nur klar, daß die Seeleute sich entsetzlich fürchteten. Vor mir. Da taten sich verlockende Möglichkeiten auf. Ich brüllte.

Sie antworteten mit lautem Gekreisch. Ich machte ein paar unbeholfene Schritte auf die am lautesten schreiende Gruppe zu. Da traf mich ein Pfeilschuß in den einen Arm.

Ich bin ein Mueller. Der Schmerz hielt mich nicht auf. Die Wunde im Arm? Ich hatte noch andere Arme zur Verfügung – insbesondere die zwei ursprünglichen. Den getroffenen Arm hatte ich bisher kaum benutzt. Ich rückte weiter vor. Aus Entsetzen wurde Staunen. Der Pfeil hatte das Monstrum nicht einmal zögern lassen.

Der Kapitän schrie Befehle. Ich blinzelte ins Licht, versuchte zu sehen. Der Ozean war strahlend blau. Das Schiff und die Leute waren nicht zu erkennen. Ich mußte die Augen wieder schließen.

Ich spürte, wie sich Schritte näherten. Mich unbeholfen umdrehend fing ich den Angriff auf. In diesem Augenblick entdeckte ich, daß mir auch ein zweites Herz gewachsen war. Sein Holzmesser traf das Herz, das ich bisher gehabt hatte. Die Verletzung hielt mich nicht auf. Waffenlose Selbstverteidigung hatte ich nur mit meinen zwei ursprünglichen Armen geübt. Das sollten die Matrosen aber nicht zu wissen bekommen. Deshalb ließ ich meine Zusatzarme spielen. Anfangs fummelte ich damit herum. Das hielt mich aber nur kurz auf. Die Verzögerung wirkte sogar zu meinen Gunsten. Ich riß meinen Angreifer auseinander und warf mit den Stücken nach den wartenden Seeräubern. Ich hörte jemand kotzen. Ich hörte Gebete. Ich hörte Freiheit.

Da war wieder die Stimme des Kapitäns. Diesmal klang sie höflich. Tatsächlich komisch, aber ich unterdrückte das Lachen.

»Sir, wer immer Sie auch sein mögen«, sagte der Schiffer, »erinnern Sie sich daran, daß wir Ihnen das Leben gerettet haben, als wir Sie auffischten und an Bord nahmen.«

Ich blinzelte nur in seine Richtung und schwenkte meine Arme. Undeutlich sah ich, wie er zurücktrat. Die Leute hatten Angst vor mir. Und das mit gutem Grund. Die Wunde in meinem Herzen hatte sich bereits wieder geschlossen. Oh, wir Radikalregenerierten dürfen uns schon mal den Spaß einer Prügelei leisten.

»Sir«, fuhr der Kapitän fort, »was für ein Gott Sie auch sind oder welchem Gott Sie dienen, wir flehen Sie an – sagen Sie uns, was Sie wünschen. Sie sollen es sofort erhalten, wenn Sie nur wieder in die See zurückkehren.«

Zurück ins Wasser kam nicht in Betracht. Mit zwei Armen und zwei Beinen war ich ein guter Schwimmer gewesen. Jetzt hatte ich zusätzlichen Ballast und eine weniger gute Kondition.

»Setzt mich an Land«, verlangte ich. »Dann sind wir quitt.«

Hätte ich besser nachgedacht oder hätte ich sehen können, wäre mir wohl eingefallen, die Leute noch etwas zu tyrannisieren und die Überfahrt an eine freundlichere Küste zu verlangen. Aber ich konnte nichts erkennen, bis ich schon im Bug des Langbootes saß. Sechs wie zu Salzsäulen erstarrte Ruderer vollführten ruckartige Bewegungen, so oft der Bootsmann sie dazu antrieb. Dann hielten sie wieder inne und starrten mich an. Endlich konnte ich klar sehen – aber ich saß mit dem Rücken zum Land.

Der Kiel berührte Grund. Schwerfällig schob ich mich über den Bug und platschte ins Wasser. Als ich trockenes Land erreichte, blickte ich auf und erkannte, wo ich mich befand.

So rasch wie möglich drehte ich mich um. Aber das Langboot hatte das Sklavenschiff schon fast erreicht. Unmöglich, es zurückzurufen. Ich hatte die Leute gezwungen, mir zum Selbstmord zu verhelfen.

Splitternackt stand ich an einem mehrere hundert Meter breiten Strand. Dahinter erhoben sich wild zerklüftete Felshänge und Sanddünen. Muellers Seeleute nannten diese Küste ›Sandloch‹. Dahinter erstreckte sich die schlimmste Wüste der Welt. Es war besser, sich dem ärgsten Feind zu ergeben, als hier auf Grund zu laufen. Hier gab es weder einen Weg, noch Steg. Niemals kamen Boote hierher. Landeinwärts geriet man immer tiefer in die unbekannte Wüstenlandschaft von Schwartz. Nichts lebte. Nicht einmal die Trockenbüsche im Wüstenland an der Westküste des Sleeve. Kein Insekt. Nichts.

Es war Nachmittag. Sie Sonne schien heiß. Meine Haut, weiß nach der langen Gefangenschaft, brannte bereits heftig. Und kein Wasser. Wie lange würde ich noch überleben?

Hätte ich nur den Mund gehalten in meiner wundervollen, bequemen Zelle mit dem reichlichen Trinkwasser. Wenn ich nur etwas gesagt hätte, um der Besatzung die Angst zu nehmen. Wäre ich nur als Hirsch geboren worden.

Ich ging los, weil mir nichts anderes übrig blieb. Denn in alten Geschichten wurde von riesigen Flüssen im Zentrum von Schwartz berichtet. Sie sollten dort angeblich unter dem Wüstenboden verschwinden, ehe sie in anderen Ländern wieder auftauchten. Niemand sollte mein Skelett an der Küste finden und womöglich daraus schließen, ich hätte nicht wenigstens den Versuch zur Rettung unternommen.

Hier herrschte völlige Windstille.

Bei Sonnenuntergang keuchte ich vor Durst und war todmüde. Inzwischen hatte ich die Anhöhe erklommen. Die See lag immer noch lächerlich nahe. Mit so vielen Gliedern machte mir das Klettern wenig aus. Aber ich konnte nicht schlafen. Ich zwang unfertige und unwillige Muskeln, mich immer tiefer in die Dunkelheit hineinzutragen. Die Dunkelheit war mir willkommen. Wüstenkälte bildete eine Erleichterung nach der Hitze des Tages. Es war Sommer, oder sollte es jedenfalls sein. Doch war die Nacht kühler, als ich es in dieser Gegend für möglich gehalten hätte. Ich kroch weiter, auch als ich schläfrig wurde. Denn Bewegung hielt mich warm.

Als die Sonne aufging, war ich erschöpft. Aber ich hatte die höchste Anhöhe erreicht und einen Ausblick über eine endlose See aus Sanddünen gewonnen. Hier und dort erblickte ich in der Ferne hohe Berge. Zurückschauend sah ich weitab den blauen Ozean. Kein Schiff in Sicht. Und an Land gab es keinerlei Schatten – nirgends konnte ich während der Hitze des Tages ausruhen.

Also wankte ich weiter. Absichtlich nahm ich mir einen bestimmten Berg zum Ziel, um überhaupt eines zu haben. Er schien so nahe und dennoch unerreichbar. Vermutlich würde ich heute sterben, rechnete ich mir aus. Ich war fett von mangelnder Bewegung und schwach aus Hoffnungslosigkeit.

Nachmittags konzentrierte ich mich nur noch aufs Vorankommen. Kein Gedanke mehr an Leben oder Tod. Schritt vor Schritt, sonst gar nichts.

Diese Nacht schlief ich im Sand. Keine Insekten umschwirrten meinen Kopf, denn Insekten waren nicht so dumm, dort ein Überleben zu versuchen, wo ich mich befand.

Zu meiner eigenen Überraschung konnte ich aufstehen und weitergehen. Der Tod war mir noch nicht so nahe, wie ich geglaubt hatte. Aber weit konnte er nicht mehr sein. Mein Schatten lag immer noch auf der Morgenseite, als ich eine Stelle erreichte, wo der Sand in Steingeröll und dann in erste Felsen überging. Mir war es egal, ob ich mich an einem Berghang befand. Hier gab es Schatten. Ich legte mich nieder. Mein Herz hörte auf zu pochen. Ich schnappte nach Luft und kam zu der Einsicht, daß der Tod gar keine so schlimme Sache sei, wenn er nur nicht länger zögerte, wenn er rasch käme, wenn ich nur nicht hier noch eine Ewigkeit liegen müßte, bis ich endlich, befreit von der irdischen Bürde, würde gehen können.

6
schwartz

Er beugte sich über mich. Die Gestalt verschwamm vor meinen Augen. Auf jeden Fall handelte es sich um einen Menschen und nicht um ein Nachtgespenst von Dinte, Turd oder mir selbst.

»Wollen Sie gern sterben?« fragte eine junge Stimme ganz ernsthaft. Ich überdachte die Möglichkeiten. Falls Leben einen weiteren Tag wie die bisherigen bedeutete, die ich in der Wüste zugebracht hatte, dann lautete die Antwort ja. Doch diese Person (Halluzination), wer immer es war, lebte. Also konnte man in dieser Wüste leben.

»Nein«, erwiderte ich.

Er beobachtete mich reglos.

»Wasser«, krächzte ich.

Er nickte. Ich zwang mich dazu, halb aufgerichtet auf zwei Ellenbogen zu liegen, als er einen Schritt von mir zurücktrat. Wollte er Hilfe holen? Nein. Er hielt an und hockte sich auf einen Felsbrocken. Er war nackt und hatte keinerlei Gegenstände bei sich – nicht einmal eine Wasserflasche. Demnach mußte es in der Nähe Wasser geben. Worauf wartete er? Es war doch offensichtlich, daß ich ihn nicht bezahlen konnte. Oder hielt er mich in meiner monströsen Gestalt gar nicht für einen Menschen? Ich mußte trinken, oder ich würde sterben.

»Wasser«, wiederholte ich. Er entgegnete nichts, nickte nicht einmal. Ich fühlte, wie mein Herz gegen die Rippen klopfte – heftig, aber gesund. Kaum zu glauben, daß es vor kurzem noch ausgesetzt hatte. Wo war dieser Junge hergekommen? Warum holte er nicht Wasser herbei? Wollte er mir zu seiner Belustigung beim Sterben zusehen?

Ich sah auf Sand, wo ich auch hinstarrte. Er bewegte sich.

Der Sand wich in einem Wellenmuster nach rechts und links, senkte sich an einigen kleinen Stellen, fiel hinunter in irgend etwas, plätscherte leise, bis ich einen Kreis von ungefähr anderthalb Meter langsam wirbelnden Wassers vor mir hatte, dunkles Wasser, von dem blendend das Sonnenlicht reflektiert wurde.

Der Junge blickte mich an. Mühselig erhob ich mich. Alle Muskeln schmerzten, bis auf mein starkes, jugendliches Herz. Ich schleppte mich ans Wasser. Die Oberfläche war jetzt ruhig. Ich tauchte den Kopf in das kühle, tiefe, gute Naß und trank. Nur wenn ich Luft holen mußte, hob ich den Kopf.

Endlich war mein Durst gestillt. Ich stemmte mich hoch und ließ mich neben dem Wasser in den Sand fallen. Ich war zu müde, um zu fragen, wieso Sand zu Wasser werden konnte und woher der Junge wußte, daß es so geschehen werde. Zu müde, um mich darüber zu wundern, daß allmählich das Wasser im Sand versickerte und nur ein feuchter Fleck übrig blieb, den die Sonne trocknete.

Zu müde auch, um klar auf die Frage des Jungen zu antworten, der meinen Körper betrachtete. »Warum sind Sie so – so seltsam?«

»Der Himmel weiß, daß ich es lieber nicht wäre«, stöhnte ich und war eingeschlafen. Diesmal schlief ich nicht in der Erwartung des Todes. Durch einen Zufall war ich in dieser wasserlosen Wüste direkt neben einer Quelle gefunden worden. Das ließ mich hoffen weiterzuleben.

Als ich aufwachte, war es Nacht, und ich hatte den Jungen vollkommen vergessen. Bis ich die Lider aufschlug und seine Freunde erblickte.

Sie saßen still im Kreis um mich herum, ein Dutzend Männer, von der Sonne gebräunt und mit sonnenbleichem Haar. Alle waren nackt. Unbeweglich starrten sie mich an. Sie lebten. Ich auch. Und dagegen hatte ich nichts einzuwenden.

Ich hätte die Leute angeredet und um Schutz gebeten. Aber etwas lenkte mich ab. Ich betrachtete meinen Körper von innen und stellte fest, daß es dort nichts zu betrachten gab. Irgend etwas Schreckliches mußte geschehen sein.

Nein. Etwas war ganz schrecklich in Ordnung.

An meiner linken Seite, wo drei Beine versuchten, gegen zwei andere die Balance zu halten, zog und zerrte nichts mehr. Ich brauchte den Rücken nicht mehr zu verkrümmen, um im Liegen alle Glieder unter mich zu bringen. Ich spürte nicht mehr das Zwicken des von einer zweiten Nase herrührenden scharfen Luftzuges.

Von innen her betrachtet fühlte ich nur zwei Arme, zwei Beine, ein normales Gesicht und den sexuellen Zustand, in dem ich geboren worden war. Keine Brüste mehr. Nicht einmal mehr die.

Ich hob die linke Hand (die nur einmal da war) und tastete meinen Brustkasten ab. Er war rund, aber nur von den harten Muskeln. Ich schlug mir gegen die Brust. Mein Arm war stark und lebendig.

Was war Wirklichkeit, was Traum? War ich nicht mehrere Monate lang auf einem Schiff in einer engen Zelle gefangen gehalten worden? Oder war das auch eine Halluzination? Dann stellte sich mir allerdings die Frage, wie ich hierher gelangt sein mochte. Und ich konnte einfach nicht glauben, daß ich wieder normal war. Da erst fiel mir der Junge wieder ein und das Wasser mitten in der Wüste. Das war demnach ebenfalls ein Traum gewesen. Als ich starb, mußten sich unmögliche Dinge zugetragen haben. Träume vom Wasser. Und der Traum von einem ganz normalen Körper. Träume eines Sterbenden. Die Zeit während der letzten Augenblicke in diesem Leben hatte sich gedehnt.

Jedoch schlug mein Herz allzu stark, als daß ich es hätte ignorieren können. Und ich fühlte mich so von Leben erfüllt wie damals, als ich aus Mueller abreiste. Wenn das der Tod sein sollte, dann wollte ich damit zufrieden sein. Endlich stellte ich die Frage: »Habt ihr sie abgeschnitten?«

Zuerst bekam ich keine Antwort. Dann fragte einer zurück: »Abgeschnitten?«

»Ja, abgeschnitten«, beharrte ich. »Damit ich wieder normal aussehe, wie jetzt.«

»Helmut sagte, du wolltest sie weghaben.«

»Sie werden bald wieder nachwachsen.«

Der Mann, mit dem ich sprach, sah verwundert drein.

»Das glaube ich nicht«, meinte er. »Dafür haben wir gesorgt.«

Dafür gesorgt. Etwas in Ordnung gebracht, was hundert Mueller-Generationen vergeblich zu kurieren versucht hatten. Dahin also hatten sich die Schwartz entwickelt. Zur Arroganz der Wilden.

Ich schluckte die aufkommende Verachtung hinunter. Was immer sie gemacht hatten, es hätte sich nicht so auswirken dürfen. Wenn einem Radikalregenerierten etwas abgeschnitten wurde, wuchs es auf alle Fälle nach. Jedes unmögliche Glied erneuerte sich immer wieder und zog weitere nach sich, bis der Unglückliche an der eigenen Massigkeit und Unbeweglichkeit einging. Jedoch waren mir die Brüste und alle überflüssigen Glieder amputiert worden, ohne daß sichtbare Narben zurückgeblieben waren.

War das Wasser auf Kommando aus der Wüste aufgetaucht? Der Gedanke ließ mich zusammenfahren, um so mehr, als er mit dem vorigen in keinem Zusammenhang stand. Mein Geist hatte die Dinge zusammengebracht, bevor es mir bewußt war. Wenn wirklich war, was ich sah und empfand, dann besaßen diese Schwartzes etwas unglaublich Wertvolles.

»Wie habt ihr das gemacht?« fragte ich.

»Von innen her«, erklärte der Mann strahlend. »Wir arbeiten nur von der Innenseite her. Wollen Sie jetzt weiterziehen?«

Was für eine absurde Frage. Ich hatte als hilfloses Monstrum verdurstend in der Wüste gelegen. Diese Leute hatten mir das Leben gerettet und meine Unförmigkeit kuriert. Jetzt erwarteten sie von mir, ich würde weiter durch den Sand dahinziehen, als hätten sie mich durch ihr Eingreifen auf einem wichtigen Weg aufgehalten.

»Nein«, entgegnete ich.

Sie blieben schweigend sitzen. Worauf warteten sie? In Mueller zögerte niemand, einen Fremden – vor allem einen hilflosen – in seine Wohnung einzuladen und ihm Unterkunft zu gewähren. Es sei denn, der Mann wurde für einen Feind gehalten. In diesem Falle schoß man bei der ersten sich bietenden Gelegenheit einen Pfeil ab. Diese Leute aber – warteten.

Andere Länder, andere Sitten. »Kann ich bei euch bleiben?« fragte ich weiter.

Sie nickten, sagten aber nichts.

Da wurde ich ungeduldig. »Nehmt ihr mich dann mit in eure Behausungen?«

Sie sahen einander achselzuckend an.

»Was meinen Sie damit?« wurde ich gefragt.

Innerlich fing ich an zu fluchen. Da hatten wir auf dem Planeten eine einheitliche Sprache, und diese Leute verstanden das simple Wort Behausung nicht.

»Behausung, Heim«, drängte ich. »Wo ihr lebt.«

Sie sahen im Kreis umher, bis der Sprecher antwortete: »Wir sind doch am Leben. Wir gehen nicht irgendwohin, um zu leben.«

»Wohin geht ihr, um den Sonnenstrahlen auszuweichen?«

»Nachts scheint die Sonne nicht«, erwiderte der Mann voll ungläubigem Erstaunen.

So kam ich nicht weiter.

Mit Überraschung und Dankbarkeit stellte ich fest, daß ich physisch der Unterhaltung mit ihnen gewachsen war. Ich würde überleben – ich war gesund, stark und konnte wieder freiweg reden. Das stand fest.

»Ich möchte bei euch bleiben. Allein kann ich hier in der Wüste nicht bleiben.«

Einige von ihnen – sie schienen die Ältesten zu sein, aber wer konnte das wissen? – nickten ernsthaft. Natürlich, schienen sie damit ausdrücken zu wollen, solche Leute gibt es.

»Ich bin ein Fremdling in der Wüste. Mir ist unbegreiflich, wie hier jemand am Leben bleiben kann. Ich brauche Hilfe. Vielleicht könnt ihr mich bis an den Rand der Wüste führen. Vielleicht bis Sill oder Wong.«

Einige begannen zu kichern. »O nein«, meinte der Sprecher, »das möchten wir lieber nicht. Aber Sie können bei uns bleiben, von uns lernen und einer der Unseren werden.«

Aber keinen Spaziergang an die Grenze? Nun gut, vorerst. Meinetwegen, bis ich gelernt hatte, mich in dieser Hölle zu behaupten, wo dieses Volk ganz unbeschwert zu leben schien. Inzwischen wollte ich gern mit ihnen leben und von ihnen lernen – die einzige Alternative zum Tod.

»Jawohl«, bekräftigte ich, »laßt mich zu einem der Eurigen werden.«

»Gut«, sagte der Sprecher. »Wir haben Sie bereits geprüft. Sie haben gute geistige Fähigkeiten.«

Das amüsierte und beleidigte mich zugleich. Ich war das Produkt der allerfeinsten Erziehung, wie man sie in der zivilisiertesten Familie des Westens ihren Sprößlingen angedeihen ließ.

Und diese Wilden hatten meine geistigen Fähigkeiten geprüft und für gut befunden. »Danke«, murmelte ich. »Wann gibt es etwas zu essen?«

Abermals sah ich verwundertes Achselzucken. Es sah aus, als sollte es eine lange Nacht werden. Ich war zu müde, um mich damit zu befassen. Es würde alles verschwunden sein, wenn ich am Morgen aufwachte. Also legte ich mich zurück und schlief weiter.

Am Morgen lebte ich noch.

»Heute bin ich Ihnen zugeteilt«, sagte der Junge, der mich gefunden hatte. »Man hat mir aufgetragen, Ihnen alles zu geben, was Sie brauchen.«

»Frühstück«, verlangte ich.

»Was ist das?« war die Reaktion.

»Essen. Ich bin hungrig.«

Er schüttelte den Kopf. »Nein, das sind Sie nicht.«

Am liebsten hätte ich ihm für diese Impertinenz den Kopf abgerissen. Doch ich spürte in diesem Augenblick keinen Hunger mehr, obwohl ich doch seit langer Zeit nichts mehr zu mir genommen hatte. Deshalb beschloß ich, auf diesen Punkt nicht näher einzugehen. Die Sonne war schon heiß, obwohl es eben erst dämmerte. Meine helle Haut verbrannte leicht zu Beginn eines jeden Sommers.

Jetzt aber war ich schon gebräunt und konnte den unmittelbaren Sonnenschein vertragen. Ein neuer Tag war heraufgezogen, und mein Körper war immer noch so, wie er sein sollte. Ich sprang auf. (Hatte ich mich jemals beim Aufwachen so gut gefühlt?) Mit einem Satz verließ ich den Felsen, auf dem ich geschlafen hatte. Mit einem Freudenschrei lief ich im Kreis herum und schoß einen Purzelbaum im Sand. Der glückte nicht ganz. Ich fiel auf den Rücken.

Der Junge lachte.

»Wie heißt du?« rief ich. »Dein Name?«

»Helmut«, bekam ich zur Antwort.

»Ich heiße Lanik«, stellte ich mich vor. Er grinste breit, kam heruntergesprungen und rannte zu mir. Er blieb knapp einen Meter vor mir stehen. Ich bin nicht daran gewöhnt, daß Männer meinen blitzschnellen Angriff vorausahnen. Mit vorgestreckter Hand wollte ich ihn auffangen. Aber Helmut sprang in die Luft, so daß ich ihn um den Bruchteil eines Zentimeters verfehlte. Dann schoß er mit Leichtigkeit über mich hinweg, wobei er mit den Füßen in meine Hüfte stieß, bevor ich reagieren konnte.

»Verdammt schnell, kleiner Floh. Was?« rief ich.

»Ein langsamer Trottel, das bist du«, gab er zurück und ging darauf ein, daß ich ihn ansprang und packte. Wir rangen etwa fünfzehn Minuten miteinander. Mein Gewicht und meine Kraft machten es ihm unmöglich, mich niederzuhalten. Seine Schnelligkeit ließ ihn meinen Griffen entschlüpfen, denen bisher noch keiner entkommen war.

»Wir sind gleich stark?« fragte er.

»So einen wie dich könnte ich in meiner Armee gebrauchen«, entgegnete ich.

»Was ist eine Armee?«

In meiner Welt hätte man damals genauso gut fragen können: ›Was ist die Sonne?‹

»Was soll ich davon halten?« fuhr ich fort. »Du weißt nichts vom Essen, kennst kein Frühstück, keine Armee ...«

»Wir sind nicht zivilisiert«, rief er mit breitem Grinsen und rannte davon. Schon als Kind hatte ich meine Lehrer und Ausbilder überall zu Wettläufen herausgefordert. Nun war ich der Verfolger. Ich kletterte hinter Helmut felsige Abhänge hinauf und rutschte über Sanddünen hinunter. Schließlich rannte ich um einen Felsen herum, hinter dem Helmut soeben erst verschwunden war. Plötzlich sprang er mir von oben auf die Schultern. »Vorwärts, mein Pferd, vorwärts!« schrie er.

Ich langte hoch und hob ihn herunter. Er wog weniger, als man bei seiner Größe geschätzt hätte. »Pferde«, sagte ich, »du kennst Pferde?«

Er hob die Schultern. »Ich weiß, daß die zivilisierten Menschen auf Pferden reiten. Was ist ein Pferd?«

»Was ist ein Felsen?« erwiderte ich aufgebracht.

»Leben«, antwortete er.

»Was soll ich mit dieser Antwort anfangen? Felsen sind so tot.«

Sein Gesicht verfinsterte sich. »Man hat mir gesagt, du seiest ein Kind und ich, der ich aus eigenem freien Willen ein Kind bin, sollte dich belehren. Aber du bist zu dumm für ein Kind.«

Ich bin nicht gerade daran gewöhnt, daß man mich einen Dummkopf nennt. Während der letzten Monate hatte ich jedoch oft genug erfahren müssen, daß ich nicht überall als der beste Mueller-Soldat behandelt wurde. Deshalb hielt ich den Mund. Außerdem hatte er gesagt: Aus eigenem freien Willen.

»Dann unterrichte mich doch«, nahm ich einen neuen Anlauf.

»Wir beginnen«, sagte er sofort, als könne er mich erst nach meiner Aufforderung unterrichten, »mit dem Felsen.« Er strich mit den Fingern zärtlich über die steinerne Oberfläche. »Der Fels lebt«, erklärte er dabei.

»Ja«, antwortete ich.

»Wir stehen auf seiner Haut. Darunter strömt heißes Blut, genau wie beim Menschen. Obenauf ist er trocken. Wie ein Mensch. Aber er ist freundlich und tut den Menschen Gutes, wenn sie nur mit ihm sprechen.«

Schon wieder Religion. Allerdings – der Gedanke nagte

dauernd an mir, obwohl ich ihn mir am liebsten aus dem Kopf geschlagen hätte –, diese Leute hatten mich geheilt.

»Wie spricht man mit – äh – einem Felsen?«

»Wir nehmen ihn in unseren Geist auf. Sobald er sich davon überzeugt hat, daß wir keine Felsentöter sind, hilft er uns.«

»Zeig es mir«, verlangte ich.

»Was soll ich dir zeigen?«

»Wie du mit einem Felsen redest.«

Er schüttelte den Kopf. »Das kann ich dir nicht zeigen, Lanik. Du mußt es selbst tun.«

Ich stellte mir vor, wie ich mit einem Kiesel eine gepflegte Unterhaltung führte und sah mich im Geist im Irrenhaus landen, wo ich erst kürzlich gewesen war. Ich klammerte mich immer noch an die Realitäten und fragte mich, ob ich wohl falsch hörte oder ob Helmut Unsinn redete. »Ich weiß nicht, wie.«

»Aber ich weiß es«, meinte er und nickte hilfsbereit.

»Was geschieht, wenn du mit dem Felsen redest?«

»Er hört zu und antwortet.«

»Was sagt er?«

»Das kann man mit dem Mund nicht äußern.«

So kam ich nicht weiter. Es war wie ein Spiel. Nichts konnte für mich getan werden, wenn ich nicht darum bat. Und wenn ich in der falschen Weise fragte, bekam ich es immer noch nicht. Wie Essen – nur fühlte ich mich, als ich daran dachte, noch immer nicht hungrig.

»Hör mal, Helmut, was würde der Felsen für uns tun?«

Er lächelte. »Was kann ein Mensch von einem Felsen verlangen?«

»Eisen«, schlug ich vor.

Er schaute wütend drein. »Das Eisen dieser Welt ist tief unter der Oberfläche verborgen, wo die Menschen es niemals erreichen können.«

»Einen Pfad, um ein hohes Kliff zu erklimmen.« Ich griff das erstbeste Beispiel heraus, um ihn von meinem ersten Vorschlag abzulenken. Neben uns erhob sich eine Wand aus nacktem Fels. Ich fragte mich, wie Helmut wohl da hinaufgelangt war.

Er starrte die Steinwand intensiv an, genau wie bei unserem ersten Zusammentreffen den Sand. Während ich ihn noch beobachtete, vernahm ich ein leises Rascheln. Ich blickte auf und sah, wie Sand aus einer kleinen Mulde in der Felswand rieselte. Dort war bisher keine Mulde gewesen. Der Sandfall hörte auf. Ich langte hinauf und wischte die Mulde aus. Dann setzte ich die Zehen hinein und richtete mich auf. Doch konnte ich über mir keinen Halt für die Finger finden.

»Halt still«, hörte ich den Jungen sagen. Plötzlich sank der Sand unter meinen Fingern ein und bildete einen Handgriff. Es war, als kröchen plötzlich aus dem Felsen tausend Spinnen hervor. Ich riß die Hand zurück und wischte den Sand ab.

Helmut schnalzte mit der Zunge. »Nein. Du mußt klettern. Du darfst die Gabe nicht zurückweisen.« Er sprach ganz ernsthaft. Also stieg ich weiter. Wo ich sie brauchte, waren plötzlich Handgriffe und Stufen vorhanden. Bald war ich oben.

Ich war atemlos und setzte mich hin. Aber nicht die Kletterei hatte mir den Atem genommen, sondern etwas, das ich nur als Zauberei ansehen konnte. Helmut stand unten und sah zu mir herauf. Ich war noch nicht bereit für den Abstieg. Meine Hände zitterten. »Komm herauf!« rief ich.

Er benutzte nicht meine Haltegriffe. Vielmehr ging er zu einer Stelle, wo die Felswand glatt und ungebrochen war. Daran kroch er rasch aufwärts. Seine Zehen hatten kaum Kontakt mit dem Gestein – eigentlich nur die Knie und die Hände. Ich hing über der Kante und sah ihm zu. Dabei empfand ich eine schreckliche Gewichtsverschiebung, so als habe die Schwerkraft ihre Richtung verändert. Helmut schien sich auf ebenem Grund zu befinden, während ich in unglaublicher Weise an dem Kliff klebte.

»Was geht hier vor?« fragte ich heiser, als er oben ankam und sich zu mir setzte. »Was für Menschen seid ihr?«

»Wir sind Wilde«, sagte er. »Dies ist unsere Wüste.«

»Nein!« fuhr ich auf. »Nicht schon wieder Ausflüchte. Du weißt genau, was ich wissen möchte. Ihr vollbringt Dinge, die gewöhnlichen Sterblichen unmöglich sind.«

»Wir töten nicht«, erklärte er schlicht.

»Damit ist gar nichts erklärt.«

»Wir töten keine Tiere und auch keine Pflanzen. Wir töten keine Felsen und auch kein Wasser. Wir lassen alles am Leben. Deshalb lassen die anderen Wesen uns leben. Wir sind Wilde.«

»Wie könnte man einen Felsen töten?«

»Indem man ihn zerschneidet«, erklärte er und schien dabei zu erschauern.

»Felsen sind ziemlich hart«, antwortete ich und fühlte mich sofort wieder überlegen. »Sie spüren keinen Schmerz. So habe ich es jedenfalls gelernt.«

»Felsengestein lebt von der Außenhaut bis ins tiefste Innere«, versicherte Helmut. »An der Oberfläche trägt uns der Fels. Dabei wird etwas von seiner Haut abgerieben. Er bildet Sand, Kies, Felsbrocken. Aber alles ist noch Teil von ihm. Sobald Menschen den Felsen zerschneiden, fallen seine Teile nicht dorthin, wo die Natur sie haben will. Die Menschen nehmen Felsgestein und häufen es zu falschen Bergen auf. Damit ist der Fels tot. Diese Steine sind nicht mehr Teil von ihm. Er hat sie verloren, bis er im Laufe der Jahrzehnte wieder Sand daraus werden läßt. Er könnte euch alle töten, indem er einfach mal niest.« Helmut redete sich in Zorn. »Aber er tut es nicht. Weil er selbst böses Leben respektiert. Selbst das zivilisierte Leben.«

Helmuts Rede klang nicht wie die eines Kindes.

»Aber er kann töten«, fuhr Helmut fort. »Wenn es unbedingt sein muß und die rechte Zeit dafür da ist. Als die zivilisierten Einwohner von Sill meinten, ihnen müßte mehr von dieser Wüste gehören, überfielen sie uns mit ihren Armeen, um uns zu töten. Da waren viele Frauen, die stillen Schläferinnen, und die Männer von Sill haben sie umgebracht. Also hielten wir eine Beratung ab, Lanik, und sprachen mit dem Felsgestein. Er stimmte mit uns darin überein, daß die Stunde der Gerechtigkeit gekommen war.«

Er schwieg. »Und?« bohrte ich weiter.

»Er hat sie alle verschlungen.«

Ich stellte mir die Kavallerie von Sill draußen in der Wüste vor, und wie die Sandkörner plötzlich unter ihnen gewogt hatten, wie die Pferdehufe keinen Halt mehr fanden und die Tiere einsanken. Der Sand mußte sich über den Köpfen der entsetzt Schreienden geschlossen haben, bis sie erstickten. Sie schluckten Sand und wurden ihrerseits vom Sand verschluckt, bis nur noch die blanken Knochen übrig blieben.

»Sill hat seither nie wieder eine Armee in die Wüste geschickt«, fuhr Helmut fort. »Seit damals wissen wir, daß wir Wilde sind. Zivilisierte kennen nicht den Wert des Felsens über sich. Aber Wilde töten auch keine schlafenden Frauen. Oder?«

»Ist das alles wahr?« zweifelte ich.

»Bist du dieses Kliff hinaufgeklettert?«

Ich legte mich lang hin und starrte in den blauen Himmel hinauf, den kein Wölkchen trübte. »Wie? Woher wißt ihr, wie man sich mit dem Fels in Verbindung setzt ...« Ich hörte auf. Es klang zu dumm.

»Du schämst dich«, stellte Helmut fest.

»Da hast du verdammt recht«, gestand ich ein.

»Du bist ein Kind. Der Fels läßt am leichtesten mit sich reden. Er ist schlicht und groß. So groß, daß du ihn leicht anfassen kannst. Unsere Kinder lernen das zuerst.«

»Lernen?« hakte ich ein.

»Als wir noch Kinder hatten. Jetzt, da niemand mehr stirbt, warum sollten wir da unsere Anzahl vergrößern? Wir brauchen es nicht. Manche von uns haben sich dazu entschlossen, immer Kinder zu bleiben, damit die Älteren ihre Freude an ihnen haben und weil wir lieber spielen, als tiefen Gedanken nachhängen.«

Hätte mir jemand so etwas in der sicheren Umgebung meiner Burg in Mueller erzählt, hätte ich laut herausgelacht. Und an Hohn hätte ich nicht gespart. Einen Mann, der mir so etwas weismachen wollte, hätte ich als Hofnarren angestellt. Aber ich war an dieser Felswand hochgeklettert. Ich hatte das Wasser getrunken. Mein Körper war geheilt.

»Lehre mich, Helmut«, bat ich. »Ich möchte mit den Felsen reden.«

»Kohlenstoff ist empfindlich«, meinte er ohne Übergang. »Er klammert sich an alles und baut seltsame Ketten. Kohle ist weicher als Fels, aber sie kann kleines Leben schaffen, wohingegen Fels nur in einer riesigen Kugel leben kann, die um die Sonne kreist. Es ist schwer, mit der Kohle zu sprechen. Es bedarf vieler Stimmen, bis ein so schwieriges Gestein hört.«

»Aber du hast zu mir gesprochen?«

»Wir fanden die Stelle, wo etwas schiefgegangen war. Sie befand sich auf unserer längsten Kette und wir brachten den Molekülen bei, sich an der richtigen Stelle anzusetzen, so daß sie nur heilen, was verloren ging, aber nichts, was noch in Ordnung ist. Anfangs meinten wir, du seiest wie wir, obwohl deine Ketten anders waren. An unseren Körpern kannten wir diesen Heilungsvorgang nicht – wir mußten jeden Kratzer einzeln heilen. Uns gefiel, was du vollbracht hattest. Also veränderten wir uns gegenseitig. Jetzt heilen wir alle wie du.«

Mit dem Geheimnis von Mueller war es also nicht weit her, dachte ich. »Warum habt ihr es nicht früher getan?«

»An den Karbonketten verändern wir nicht viel. Sie sind empfindlich. Das kann problematisch werden. Wir nehmen nur wenige Veränderungen vor. Um uns für deine Heilungsveränderung zu bedanken, gaben wir dir Lebensveränderung.«

Es war nahezu dunkel geworden. Wir hockten immer noch auf dem Felsenkegel. Der steile Absturz bildete unseren einzigen möglichen Weg zurück. »Was ist das, die Lebensveränderung?« fragte ich.

»Zivilisierte Menschen töten, weil sie leben wollen. Um Energie zu gewinnen, müssen sie Pflanzen essen und Tiere töten. Wo das Töten so allgemein geübt wird, gibt es wenig Achtung vor dem Leben.«

»Was aber macht ihr?«

»Wir sind Wilde. Wir beziehen unsere Energie aus der gleichen Quelle wie die Pflanzen.« Er deutete dorthin, wo der Himmel noch hell war von der Sonne, die hinter den westlichen Bergen untergegangen war.

»Von der Sonne also«, meinte ich.

»Deshalb bist du nicht hungrig«, sagte er.

Wir redeten, bis es ganz dunkel war. Ich begriff, was den Schwartz gelungen war. Ein Geologe im Paradies eines Geologen, und nach ihm seine Kinder, ausgestattet mit einem profunden Respekt für Felsen und einem noch tieferen Verständnis für alles Gestein, bis sie zwar nicht die Erde selbst weckten, aber doch jenen Teil ihres Geistes, der die Strukturen begriff und sie verändern konnte. Die Sprache war mystisch, jedoch kein Mysterium. Sie verstanden sogar die DNA, womit die Experten in Mueller nicht fertig wurden. Dennoch war das Leben als Wilde der Preis für ihre Erkenntnisse. Sie konnten keine Werkzeuge gebrauchen, keine Häuser bauen, sich in ihrer Sprache nicht schriftlich ausdrücken. Falls sie ausstarben und Archäologen sich in diese Wüste verirrten, würden sie nur Leichen vorfinden und sich darüber wundern, daß Tiere mit menschlichen Formen so ausgesprochen unintelligent sein konnten.

»Wie kann ich lernen, mit dem Fels zu sprechen?« fragte ich.

Helmuts Stimme kam aus der Finsternis zu mir. »Dazu mußt du vom Kliff in die Dunkelheit springen.«

Er sprach ganz ernsthaft. Aber das war unmöglich. »Ich würde mich zu Tode stürzen«, wendete ich ein.

»Das ist schon vorgekommen«, erwiderte Helmut. Lächelte er dabei? Ich konnte sein Gesicht nicht sehen. »Du mußt es aber bald tun. Dissent geht in wenigen Minuten auf.«

»Wieso kann mir mein Selbstmord zu einem Gespräch mit dem Felsen verhelfen?« wollte ich mich in einen Scherz retten. Aber Helmut blieb ernst.

»Du hast getötet, Lanik«, belehrte er mich. »Du mußt dich der Gerechtigkeit stellen, damit sich deine Unschuld und Reinheit von allem Bösen erweist. Falls dich der Sand sanft auffängt, wird der Fels zu dir sprechen.«

»Aber ...«, begann ich. Ich hielt inne, weil ich nicht eingestehen konnte, daß ich Angst hatte. Denn warum sollte ich Angst haben, wenn ich mir selbst jetzt noch nicht sicher war, ob ich das alles wirklich glauben sollte?

Nein. Ich wußte, daß ich Angst hatte, *weil* ich es glaubte und nicht mit Bestimmtheit wußte, ob ich rein von allem Bösen war. Ich hatte gern mit dem Gedanken an Krieg gespielt, und wenn ich auch in Mueller noch nie einen Mann in der Schlacht erschlagen hatte, so hatte ich doch einen Mann auf dem Schiff aus Singer getötet, zwei Soldaten aus Mueller, als ich Ku Kuei betrat, und zwei Soldaten aus Allison, als ich es wieder verließ. Auch während meiner Flucht aus Nkumai hatte ich bestimmt den einen oder anderen getötet. Zwar hatte ich töten müssen, doch hatte ich danach nicht das Gefühl des Triumphs und der Macht genossen? Kam dies nicht schon einer Lust am Töten gleich? Darüber hinaus war ich mit den strategischen Plänen meines Vaters einverstanden gewesen und hatte mich danach gesehnt, der oberste Mueller zu sein und seine Leistungen zu übertreffen. Trug ich diesen Drang zum Herrschen noch immer im Herzen? Ich war ein zivilisierter Mensch. Ich konnte nicht glauben, daß auch nur die geringste Möglichkeit bestand, daß der Sand mich, wie Helmut es ausdrückte, *akzeptieren* würde.

»Ich sollte noch darauf hinweisen«, ließ sich Helmut vernehmen, »daß es keine andere Möglichkeit gibt, von dieser Felsensäule hinunterzusteigen.«

»Was ist mit den Stufen und Handgriffen?«

»Sie werden dich nicht tragen. Sie sind verschwunden. Entweder du springst oder du mußt für immer hier bleiben. Wenn du zögerst und nicht springst, bevor Dissent aufgeht, wird es ein Sprung in den Tod.«

»Du überläßt wenig dem Zufall, mein Kleiner, wie?« fragte ich wütend, weil ich mich in der Falle sah.

»Ich bin nur im Geiste ein Knabe, Lanik, aber an Jahren war ich bereits alt, als der Großvater deines Vaters lernte, daß man nicht in den Trinkwasserbrunnen der Familie pißt. Außerdem darf ich dich meiner Überzeugung versichern, daß der Sand dich auffangen wird. Du mußt für den Sprung nur genügend Selbstvertrauen aufbringen. Wenn du dich eines Mordes schuldig bekennen mußt, solltest du allerdings hier oben bleiben. Verhungern würdest du nicht. Du wärest nur auf ewig hier allein.«

Ich stand auf. Mir war klar, daß der Rand der Felsennadel nach jeder Richtung nur wenige Meter entfernt war. Aber ich konnte keinen Fuß vor den anderen setzen.

»Lanik«, flüsterte Helmut. Seine Stimme klang wieder jung und unschuldig. »Lanik, ich glaube, der Sand wird dich tragen.« Eine kühle, sanfte Hand streichelte die Innenseite meines Oberschenkels. Ich zitterte vor dem, was ich tun mußte. »Ich will, daß der Sand dich auffängt.«

»Ich auch«, sagte ich.

»Dann spring, so lange es noch dunkel ist.«

Er zog seine Hand zurück. Rasch trat ich zur Kante vor. Der nächste Schritt führte plötzlich in die Luft hinaus. Ich war auf einmal nicht mehr in Schwartz, sondern in Nkumai. Ich war in der Dunkelheit fehlgetreten und fiel nun endlos durch die stillen Bäume. Alles andere war nur ein Traum. Alle diese Monate waren ein Traum. Ich war in Nkumai abgestürzt und sollte jetzt sterben. Ich unterdrückte einen Schrei, ließ den Wind an mir vorbeirauschen. Der Luftzug wirbelte mich herum, mein Magen saß im Hals und meine Blase entleerte sich. Die Erde dort unten würde mich wie mit tausend Messern empfangen, mich zerbrechen und zerschmettern. Und dann landete ich in der weichen Umarmung des Sandes, der sich sanft teilte, um mich herum aufwirbelte und sich über meinem Kopf schloß. Wärme umfing mich. Hier, in der Umarmung des Sandes, fühlte ich das pochende Herz der Erde, spürte den Rhythmus der Ströme in dem kochenden Felsen unter mir. In meinen Ohren erklang der fremde Gesang von Aeonen voll stechender Qualen, da alles versuchte, einen geeigneten Weg zur Ruhe zu finden und zu schlafen, während auf meiner Haut Kontinente hin- und hertanzten, Ozeane zu Eis erstarrten und versanken. Während ich der Melodie des großen Tanzes lauschte, vernahm ich daneben immer noch die kleinen Songs des wehenden Sandes, der fallenden Steine und der zur Ruhe kommenden Erde. Ich nahm die Todesschreie zerschnittenen Gesteins an tausend Stellen meiner Hautoberfläche wahr. Ich weinte über die tausend Tode der Steine und des Erdreiches und der Pflanzen, die sich kümmerlich zwischen Stein und Himmel ans Leben klammerten.

Armeen donnerten über meine Haut dahin, den Tod im Herzen tragend. Sie hinterließen tote, zerschnittene Bäume, um daraus weitere Werkzeuge des Todes zu fertigen. Nur sind Menschenstimmen lauter als die der Bäume. Weizen flüstert, wenn er stirbt, während der Todesschrei eines Mannes der lauteste Schrei ist, den die Erde vernimmt. Ich fühlte das Blut in meine Haut zurückkehren und weinte nicht mehr. Ich wollte sterben, um frei zu sein von diesem ewigen Weinen und Schreien.

Ich schrie.

Der Sand wirbelte um meine Ohren, setzte sich zwischen meine Beine. Als er sich gegen mein Gesicht preßte, trennte ich mich von dem, dessen Ohren für mich gelauscht hatten. Ich bat den Sand wortlos, ja, wortlos (denn es gibt keinen Mund, der diese Sprache formen könnte), mich an die Oberfläche zu heben.

Ich schwebte durch den warmen Sand empor, bis er sich über mir teilte und mich trug. Mir schien, als sei ich von der äußersten Spitze der Nadelzinne mitten ins Herz der Erde gefallen, um nun an die Oberfläche aufzutauchen. Ich trieb auf der stillen Sandwoge.

Ich lächelte, als sich Helmut gleichfalls lächelnd über mich beugte.

»Hat er dir etwas zugesungen?«

Ich nickte.

»Er hat dich für rein befunden.«

»Oder mich gereinigt.« Ich erschauerte bei der Erinnerung an die Schreie während der Reinigungsprozedur. Ich blickte zu dem Felsenturm empor, von dem ich herabgestürzt war. Er war nicht mehr als zwei Meter hoch. Helmut lachte.

»Wir hatten ihn höher gemacht«, erklärte er. »Wenn du nicht gesprungen wärest, hätten wir ihn zertrümmert und dich fallen lassen.«

»Nette Leute«, meinte ich, war aber noch zu erfüllt von dem Geschehen, als daß ich es hätte böse meinen können. Es überraschte mich nicht, als Helmut niederkniete, mit den Fingern meine Brust berührte und mich dann umarmte. Er weinte. Tropfen fielen auf meine Haut, wo sie bald verdunsteten. »Ich liebe dich«, flüsterte er, »und bin sehr froh darüber, daß du aufgenommen worden bist.«

»Ich auch«, versicherte ich. Wir schliefen nebeneinander. Seine kühle Haut schmiegte sich an mich wie vorher der Sand. Nicht um Erregung oder Befriedigung ging es dabei, sondern um den Ausdruck eines Gefühls. Wir schliefen und träumten gemeinsam. Ich lernte Helmuts wahre Stimme kennen und liebte ihn.

Ich hätte für immer in Schwartz bleiben können. Ich wollte es. Sie wollten es auch. Ich lernte rasch. Meine Gastgeber hatten die offensichtlichsten Merkmale meiner Radikalregeneration beseitigt. Dennoch zeigte sich mein Körper zum Ungewöhnlichen entschlossen. Es gibt einen Teil im Gehirn, wo jene Funktionen sitzen, welche die Schwartzes zu den Steinen sprechen lassen. Als ich lernte, dieses Hirnteil zu nutzen, wurde er von meinem Körper entwickelt. Er wuchs. Meine Schädeldecke wölbte sich etwas höher und dehnte sich hinter den Ohren, um Platz zu schaffen. Endlich sagte der Sprecher zu mir: »Nun bist du über uns hinausgewachsen.«

Ich war überrascht. »Ihr vollbringt doch Dinge, an die ich nicht im Traum denken würde.«

»Gemeinsam«, erklärte er. »Allein und einzeln sind wir nicht so stark wie du.«

»Dann macht euch doch selbst zu dem, was ich bin.«

»Es gibt Geheimnisse in den Kohleketten, die selbst uns verborgen bleiben.«

Damit war der Fall erledigt. Dennoch ging mir erst nach Wochen auf, daß ich einen Vorteil genoß, der mir die Freiheit wiederbringen konnte. Es dauerte so lange, weil ich eigentlich nicht frei sein wollte.

Wenn ich zum Felsgestein sprach, lernte ich vieles, das mich zu mir selbst führte. Die Kriege gingen weiter. Ich lernte, die Agonie so vieler Tode zu ertragen. Ich lernte aber auch, die Kriege zu studieren und zu sehen, wo Schlachten geschlagen wurden. Als ich zu dem Felsen sprach, wurde die Haut der Erde zu meiner eigenen. Ich spürte, woher die Schreie kamen. Die ersten Schlachten liefen auf der Ebene zwischen Allison und den Mündungsgewässern des Rebel River ab. Der Ort wurde Rio de Janeiro genannt. Dann verzog sich der Schlachtenlärm in das Hügelland von Robles, dann nordwestwärts zum Zusammenfluß von Myron und Rebel, wo der Rebel River nicht mehr Swoop, sondern Mueller genannt wird. Ferner gab es Krieg in Wizer, dem Land, das mein Vater erobert hatte. Das bedeutete, die Nkumai hatten jeden Widerstand niedergerannt und standen vor den Toren von Mueller.

Jetzt spielte es keine Rolle mehr, daß ich um das Geheimnis der Herkunft des Nkumai-Eisens wußte. Es war auch gleichgültig geworden, daß mein Vater mich fortgeschickt hatte und mein Bruder Dinte mir nach dem Leben trachtete. Ich war kein Radikalregenerierter mehr und als Soldat zweimal so tüchtig wie mein Vater, dazu ein weitaus besserer General als Dinte. Ich wurde gebraucht, wenn meine Familie überleben sollte.

Zunächst stieß mich der Gedanke an einen Krieg ab. Aber die Nöte meiner Familie zerrten an mir. Ich befragte den Felsen. Ich fragte, ob ein Leben mehr wert sein könnte als ein anderes. Der Felsen sagte nein. Ich wollte wissen, ob es recht sei, ein Leben zu beenden, wenn durch diese Tat viele andere gerettet werden könnten. Der Felsen sagte ja. Ich fragte, ob bei den Mädchen des Universums Treue etwas bedeutete. Und der Felsen weinte.

Treue? Welche Art von Loyalität brachte den Felsen dazu, auf den Ruf der Schwartzes zu antworten? Die Erde verstand Vertrauen. Ich fragte, ob es gut für mich sei, heimzukehren und die Führung der Familie zu übernehmen. Der Felsen sagte ja.

Dieses Gespräch war nicht hervorgegangen aus dem Schlaf nur einer Nacht unter dem Sand. Darüber vergingen viele Nächte ohne Schlaf. Monate vergingen, bevor ich wußte, daß ich heimkehren konnte, nein, daß ich heimkehren mußte.

»Du kannst nicht nach Hause gehen«, meinte der Sprecher.

»Der Felsen hat zu mir geredet und gesagt, ich solle gehen.«

»Der Felsen hat dir gesagt, daß die Heimkehr gut für dich sei. Wohlgemerkt, gut für dich und deine Familie. Aber nicht gut für uns.«

»Gut für die Erde.«

»Das Blut versickert überall in der Erde, ganz gleich, wer die Werkzeuge der Zivilisation schwingt. Wenn du gehen kannst, wird es gut sein. Aber ich kann dich nicht gehen lassen, wir können dich nicht gehen lassen. Du hast alles angenommen, was wir dich lehren konnten. Nun kannst du es benutzen, um im Namen der Loyalität zu zerstören und zu töten.«

»Ich schwöre, daß ich nichts von dem bei euch Erlernten zum Töten verwenden werde.«

»Wenn du tötest, wirst du anwenden, was wir dir beigebracht haben.«

»Niemals.«

»Jeder Mann, der von deiner Hand fällt, wird für immer in deiner Seele weinen, Lanik.«

Darüber mußte ich erst einmal nachdenken.

Als sich die Schlacht über die Ebenen von Cramer hinzog, keine dreihundert Kilometer von Mueller-on-the-River, unserer Hauptstadt, entfernt, da konnte ich nicht länger abwarten. Helmut und ich spielten auf den Zinnen eines messerrückenscharfen Grates und vollführten im Fels tausend Meter über dem Sand akrobatische Kunststücke. Auf einmal riß ich einen Stein unter ihm weg, und er stürzte ab.

Hundert Meter tiefer fand er Halt auf einem Felsenband, hoch über der Wüste.

»Du Lump!« schrie er zu mir herauf.

»Ich mußte es tun!« rief ich zurück. »Wenn du die Ratsversammlung alarmierst, könnte man mich aufhalten.«

»Du hast behauptet, mich zu lieben.«

Das war so, immer noch. Aber ich entgegnete nichts. Er versuchte, im Fels emporzuklettern. Aber ich verbot dem Gestein, ihn zu halten. Er versuchte, Halt für Hände und Füße zu formen. Doch ich war stärker. Da wollte er sich vom Felshang in den Sand hinabstürzen. Aber der Fels ließ ihn nicht springen, weil ich es so wollte. Denn ich war stärker.

Der Berggrat erstreckte sich nach Nordwesten. Ich schlug diese Richtung ein. Vom Rande des felsigen Rückens ließ ich mich in den Sand hinunterfallen. Ich rannte den ganzen Tag und die folgende Nacht, indem ich meinem Körper zu schlafen verbot. Ich nahm den schnellsten Weg, den auch die Schwartzes gewählt haben würden. Aber von ihnen war keiner schneller als ich, also konnten Verfolger mich nicht einholen.

Ich brauchte acht Tage (wobei ich während des Weiterlaufens schlief, denn mein Geist brauchte Ruhe, selbst wenn mein Körper ohne sie auskam), bis ich eine Gegend erreichte, wo Wolken über den Himmel glitten. Hier und dort wuchsen Grasbüschel aus Ritzen im Felsgestein. Ich hatte die Grenze von Schwartz hinter mir. Das hätte mir eigentlich eine Erleichterung sein müssen. Natürlich war ich froh, anstelle des endlosen Gelb, Grau und Braun der Wüste jetzt frisches Grün zu sehen. Doch fiel mir der Abschied so schwer, daß ich anhielt, mich umdrehte und fast zurückgegangen wäre.

Da mußte ich an das Gesicht meines Vaters denken. Mir fiel ein, daß er gesagt hatte: »Lanik, ich wünsche bei Gott, daß ich etwas unternehmen könnte.« Ich hörte seine

Stimme flehen: »Der Körper ist ruiniert. Wird mir der Geist weiterhin dienen? Wird der Mann immer noch seinen Vater lieben?«

Ja, du landhungriger Bastard, dachte ich. Auf dich kommt etwas zu, dem du nicht gewachsen bist. Ich werde kommen. Ich komme. Damit machte ich wieder kehrt und machte mich auf den Weg ins Hochland von Sill.

Die Gegend war vom Krieg verwüstet worden.

Verbrannte Felder erstreckten sich rings um Häuserruinen und die Aschenhaufen ehemaliger Landarbeiterhütten. Kilometerweit durchwanderte ich Ruinenfelder in einem Bauernland am Rande der Wüste. Welchen Zweck hatte man mit dieser gründlichen Vernichtung verfolgt? In der Nähe gab es keine größeren militärischen Objekte. Was hier geschehen war, konnte nur den Hungertod der Bevölkerung bewirken. Das Land war dahingemeuchelt worden. Gefoltert.

Doch ich kannte die Leute von Nkumai (soweit man angesichts ihrer ewigen widersprüchlichen Lügen von kennen sprechen kann). Diese Zerstörungswut entsprach nicht ihrer Natur. Sie paßte nicht zu Leuten, die vor ihren Baumhäusern standen und in den Morgen hinaussangen. Nicht einmal ihre endlose, verworrene Bürokratie und ihr scheinheiliges Abstreiten jeder Korruption gab eine Erklärung dafür ab. Hier sah ich Symptome für absichtliche Vernichtung und nicht die Folgen tief eingewurzelter Korruption. Selbst Habgier hätte diese Felder intakt gehalten. Nur aus sinnlosem, wildem Haß heraus konnte jemand dazu kommen, die Bewohner eines Landes zu vernichten, anstatt sie zu unterwerfen.

Wer hätte die zwar manchmal gewalttätigen, sonst aber einfältigen Bewohner von Sill so hassen sollen? Mein Vater hatte sie in Ruhe gelassen, obwohl er die beiden Nachbarländer eroberte. Denn sie waren trotz ihres geschäftigen Dorflebens und ihrer großmäuligen Außenpolitik harmlos.

Je weiter ich kam, desto wütender wurde ich.

Schließlich erreichte ich einen Landstrich, der durch Flüsse und Kanäle bewässert wurde. Hier waren Leute dabei, Bewässerungsanlagen zu reparieren. Neue Häuser waren im Bau, Behelfsheime, um sich vor dem Regen zu schützen. Mir war ganz entfallen, daß die Regenzeit nicht mehr fern sein konnte.

Da ging mir auch auf, daß ich splitternackt durch ein Land spazierte, in dem Nacktheit als unschicklich galt. Der Gedanke an Kleidung erschien mir fremd. Seit einem Jahr, seit ich aus dem Vogelnest in Nkumai gefallen war, hatte ich eine Bekleidung nicht gekannt. Woher aber nimmt man solche Sachen, wenn man weder Freund noch Geld hat und in einem Land ist, wo einen die Leute anstarren und einem aus dem Wege gehen?

Das Problem löste sich von allein. Ich schlief, diesmal mit Körper und Geist, am grasigen Ufer des River Wong. Als ich aufwachte, starrten mich drei Frauen an. Ich bewegte mich langsam, um sie nicht zu erschrecken. »Grüß euch«, sagte ich, und sie nickten zurückhaltend. Damit war das Gespräch auch schon zu Ende, dachte ich. »Ich tue euch nichts Böses«, fuhr ich fort.

Sie nickten abermals. »Das wissen wir.«

Vermutlich war es in meinem unbekleideten Zustand kein Geheimnis, daß ich nicht in Stimmung für eine Notzucht war. Mir fiel nun nichts mehr ein, als das Offenkundige zu sagen. »Ich brauche Kleidungsstücke.«

Sie sahen einander verwundert an.

»Außerdem habe ich kein Geld. Aber ich verspreche euch Bezahlung innerhalb eines Monats.«

»Dann bist du nicht der Nackte Mann«, murmelte eine von ihnen.

»Gibt es nur einen?« fragte ich.

»Er kam aus der Wüste und wandert über unsere Felder. Eines Tages wird er an unseren Feinden Rache nehmen.«

Man hatte mich also bemerkt. Meine Ankunft hatte sich herumgesprochen. Es war keineswegs seltsam, daß diese Menschen in ihrem Unglück bei einem Mysterium Zuflucht suchten und so auf die Abwendung ihrer Sorgen hofften.

»Ich bin es, ich kam aus Schwartz«, versicherte ich. »Und ich werde die Armee finden, die alles das getan hat.«

»Wirst du die Soldaten töten?« flüsterte die Jüngste, die hoch in anderen Umständen war.

»Ich werde sie vom Töten abhalten«, versprach ich, wobei ich mich fragte, ob mir das wirklich gelingen werde. »Vorerst brauche ich etwas zum Anziehen. Es wird Zeit, daß ich mich bekleide.«

Sie nickten abermals und gingen ohne Eile davon. Bald waren sie im sanft geschwungenen Hügelgelände verschwunden. Während ich auf ihre Rückkehr wartete, warf ich mich ins Wasser und beschäftigte mich damit, auf dem Grund des Flusses zu liegen und die Fische zu beobachten. Oberhalb der Wasserfläche war alles zerstört. Die Fische im langsam dahinziehenden River Wong hatten davon nichts bemerkt.

Mir fiel ein, daß ich schon ziemlich lange unter Wasser war. Ich tauchte auf und holte tief Luft. Kaum war mein Kopf aufgetaucht, hörte ich in der Nähe eine Frau schreien. Antwortrufe ließen rasche Schritte sich nähern. Da begriff ich, daß ich schon wieder wie ein Schwartz gehandelt und gedacht hatte. Ich durfte nicht weiterhin Dinge tun, die andere nicht konnten.

»Er war die ganze Zeit dort unten«, sagte die Frau zu der sie umdrängenden Gruppe. Sie starrten zu mir herüber, der ich immer noch im Wasser stand. »Die ganze Zeit war er unten. Dabei bin ich schon eine Stunde hier, eine ganze Stunde.«

»Unsinn«, fiel ich ihr ins Wort, »ich kann höchstens fünfzehn Minuten unten gewesen sein.«

Voller Respekt und Ehrfurcht sahen sie mich an (und nicht ganz ohne Furcht). Die Schwangere reichte mir einen Armvoll Kleidungsstücke. Ich stieg aus dem Wasser. Wiederum wurde ich angestarrt, als würde von mir etwas Ungewöhnliches erwartet. Ich lachte fast bei der Erinnerung daran, wie die Matrosen auf dem Schiff auf meinen Anblick reagiert hatten, den ich bot, bevor die Schwartzes mich kurierten. Wenn sie mich jetzt hätten sehen können –

im vollen Besitz von Kräften, die damals die Seeleute bei mir nur vermutet hatten. Die Blicke dieser Leute erinnerten mich auch an meine Schamhaftigkeit. Als Junge hatte ich daheim in Mueller nie nackt sein mögen. Ohne Haare und Haut erst trocknen zu lassen, zog ich mich rasch an.

»Danke«, sagte ich zu den Leuten, als ich damit fertig war.

»Es ist uns eine Ehre«, erwiderte ein Mann, der eine Art Anführer zu sein schien. Ein alter Mann, und ich erkannte, daß es hier anscheinend keine waffenfähigen Männer mehr gab.

»Sind eure Söhne alle in den Krieg gezogen?« erkundigte ich mich.

»Es gibt keinen Krieg mehr«, erklärte der Alte.

Die schwangere Frau stimmte unbewegt zu. »Für Sill gibt es keinen Krieg mehr.«

»Wir sind jetzt alle Nkumai«, erläuterte der Anführer.

Ich sah reihum Kopfnicken. »Ist das so? Welchen Feind soll ich dann für euch töten?«

Sie schwiegen, bis eine alte Frau unter bitteren Tränen schluchzte: »Nkumai! Töte die Nkumai! Um des Himmels willen, falls du die Macht dazu hast ...«

Andere fielen in den Schrei ein. »Tod den Nkumai! Für unsere Söhne, unsere Heime, für unser Land. Töte die schwarzen Teufel ...«

Ich hörte das Lied von Tod und Haß in ihren Herzen. Leise nickend ging ich davon.

»Wie heißt du?« rief mir die Schwangere nach.

Ich drehte mich um und rief zurück: »Lanik Mueller!«

Das Weinen und Schreien verstummte. Die Leute schienen von Entsetzen gepackt. Einige verzogen voller Abscheu die Gesichter, als hätte ich einen obszönen Witz gerissen. Andere Gesichter blieben ausdruckslos und erstarrten einfach. Still verließen sie mich und gingen zu ihren Hütten. Nur die alte Frau spuckte mir nach.

Nur mein Name hatte Freundschaft und Hoffnung in Haß und Furcht verwandeln können. Doch was konnte mein Name schon an solch einem Ort für eine Bedeutung haben? In Mueller war er wohlbekannt gewesen; schließlich handelte es sich bei mir um den Thronerben. Doch hier in Sill? Seit einem Jahr war ich fort gewesen, während des ganzen Krieges. Ich stellte die Frage zurück, während ich mich wieder nordwärts auf den Weg machte, mit einer kleinen Abweichung nach Westen, um so bald wie möglich nach Mueller-on-the-River zu gelangen. Haßte Dinte mich so sehr, daß er Geschichten über mich verbreitet hatte, die mich als Verräter brandmarkten? Oder hatte er mir irgendeine Greueltat in die Schuhe geschoben? Ich wollte nicht glauben, daß Vater so etwas zugelassen hätte. Oder war ich schon so lange fort, daß Vater nicht mehr der oberste Mueller war? Die ganze Sache ergab keinen Sinn.

Ich fand hier und da Stellen, die von den Nkumai nicht heimgesucht worden waren. Hier stand das Gras hoch, und die Ernte würde reichlich ausfallen. Während ich weiterlief, sah ich jedoch keinen Menschen. Hatte sich meine Anwesenheit so schnell herumgesprochen? Mieden die Leute den Weg des nackten Mannes? Oder war es der Name Lanik Mueller, vor dem sie zurückschreckten? Beides schien möglich. So schnell ich auch marschierte, die Gerüchte konnten mich überholt haben. Wie sonst hätten die Überlebenden von Sill Geschichten vom nackten Mann vernommen haben, wo ich doch Tag und Nacht marschiert war? Die Geschichten von dem Gerücht, das noch schneller als der Schall fliegt, mußten wohl wahr sein.

Nur gut, daß ich nicht mehr hungrig wurde. Als ich an Weizenfeldern und Gemüsegärten vorbeikam, erinnerte sich mein Mund sehr wohl des guten Geschmacks, und ich sehnte mich nach gewöhnlicher Nahrung, doch ich bedurfte ihr nicht und hielt auch nicht an. Außerdem – selbst, falls ich hungrig gewesen wäre, hätte mir niemand etwas angeboten, und ich war noch nicht so tief gesunken, um in einem Land zu stehlen, in dem es dieses Jahr ohnehin kaum etwas zu essen geben würde.

Der River Sill lag zwei Tagesreisen hinter mir, als ich auf Leute stieß. Ich spürte den Hufschlag unter mir, bevor ich sie zu sehen bekam. Sie näherten sich aus Norden, von

Mueller her. Als sie näher rückten, erkannte ich das Banner der Ostarmee. Der Kommandeur mußte mein Pate Mancik sein. Aber Mancik war nicht dabei, nur sein Banner. Demnach mußte er gefallen sein. Wäre ich im Besitz eines Messers gewesen, hätte ich die Trauerzeremonie vollzogen. Aber ich besaß keine Waffe und hatte auch andere Dinge im Sinn.

Den jetzigen Kommandeur kannte ich nicht, auch keinen von seinen Soldaten. Sie sprangen von ihren Pferden, um mich zu fesseln. Das ließ ich mir angesichts der Übermacht und meiner Verwirrung gefallen. Es gibt eine Grenze für die Menge der ersetzbaren Glieder, selbst bei einem Radikalregenerierten. Die Leute schienen willens, mich in Stücke zu zerreißen.

»Ich habe Befehl«, sagte der Kommandeur, »Sie in die Hauptstadt zu bringen – lebendig.«

»Dann lassen Sie sich nicht aufhalten«, gab ich zurück. »Ich war sowieso auf dem Weg dorthin.«

Das machte die Leute offenbar wütend. Zwei schlugen sofort auf mich ein. Für einen Moment war ich benommen. »Ich bin Lanik Mueller«, schnauzte ich sie an, »und lasse mir diese Behandlung nicht gefallen.«

Der Offizier betrachtete mich kühl. »Wir wissen, wer Sie sind, und nach der Art, in der Sie dieses Land behandelt haben, ist jede Behandlung, die Ihnen angedeiht, besser, als Sie es verdienen.« Grimmig blickte er einen Augenblick lang über die verwüsteten Felder. »Von allen Verrätern, die jemals gelebt haben, Lanik Mueller, müßte für Sie ein besonderer Platz in der Hölle reserviert sein.«

»Ich war in der Hölle«, sagte ich. »Dort ist es besser als hier.«

»Wollen Sie brennen, wie Sie diese Felder verbrannt haben?« rief ein Soldat. Andere fielen verbittert zustimmend ein.

»Das habe ich nicht verursacht«, sagte ich, verwundert darüber, daß sie so etwas von mir denken konnten.

»Das hat er nicht getan!« rief ein Mann. »Ich habe mit

eigenen Augen gesehen, wie Sie an der Spitze Ihrer Niggertruppen eine Fackel schwangen!«

Wie konnte ich mich gegen einen so absurden Vorwurf wehren?

»Genug geredet«, sagte der Kommandant. »Er wird behaupten, verrückt gewesen zu sein, oder mit einem ähnlichen Unsinn kommen. Niemand wird ihm glauben, und er wird den Tod erleiden, den ein Mann wie er verdient, doch wir haben uns nicht mit Ruhm befleckt, nur, weil wir ihn gefunden haben. Der Schaden läßt sich nicht mehr reparieren, und ihn zu töten wird nichts ungeschehen machen.«

Das war eine seltsame Ansprache für jeden Kommandanten, und doch hatte sie eine besänftigende Wirkung auf die Männer. Sie zeigten nichts mehr von der großen Kampfeslust, die ich mein ganzes Leben lang in der Armee gesehen hatte. Statt dessen hatten die Worte des Kommandanten in ihnen einen stillen, verzweifelten Mut angestachelt. Sie erledigten ihre Arbeit schnell und wortlos. Ich wurde auf ein Pferd geworfen. Meine Beine wurden an die Steigbügel gefesselt. Man überließ es mir, mit auf den Rücken gefesselten Armen auf einem galoppierenden Pferd das Gleichgewicht zu halten. Sie ritten in wilder Jagd über die Felder, als hofften sie, mein Pferd werde stürzen, mich zerschmettern, mich unter der Asche begraben, die einmal Gerste gewesen war.

Worüber sonst konnte ich auf unserem Ritt nachdenken? Irgendwie machte man mir diese Verwüstungen zum Vorwurf – und zwar keine Fremden, sondern die Leute von Mueller, die mich einmal geliebt hatten, wenn nicht um mich selbst, dann als Sohn meines Vaters. So etwas hätten Dintes Lügen nicht bewirken können, noch hätte Ruva oder irgendein anderer eifersüchtiger Feind jemanden dazu bringen können, so von mir zu denken. Der Mann behauptete, mich gesehen zu haben. Obwohl ich wußte, daß es unmöglich war, konnte ich seine Ehrbarkeit nicht in Zweifel ziehen. Hier war nicht nur mein Name verhaßt, sondern auch mein Gesicht.

Bei dem Gedanken an Haß sah ich ein Bild meiner selbst vor Augen, und es war keine Erinnerung an mein Gesicht, wie ich es in Spiegeln gesehen hatte. Da kannte ich die Antwort, wußte, warum jede Anklage, die sie gegen mich vorgebracht hatten, wahr und gleichzeitig doch nicht wahr sein konnte. Ich wußte ebenfalls, ganz gleich, wie überzeugend ich meine Geschichte erzählte, sie würden mir niemals glauben.

In den steinernen Hallen in der Burg meines Vaters knallten Lederstiefel, als man mich brutal hineinführte und auf den Boden niederstieß. Diese Szene hatte ich schon erlebt, allerdings von der anderen Seite her betrachtet. So wurden Verräter vor Gericht geschleppt. Ich wußte, die Verhandlung würde reine Formsache sein. Die Anklage war so schwerwiegend, daß sie nur bei bereits erwiesener Schuld vorgebracht wurde.

Dennoch gingen meine Gedanken auf Wanderschaft. Während man mich durch die Gänge führte und mich in die kleine Zelle sperrte, bis das Gericht zusammentrat, hatte ich die steinernen Wände angestarrt und erkannt, wie viele Tode diese Räume die Erde gekostet hatten. Wenn ich dergleichen äußerte, würde man es für Verrücktheit erklären. Lebende Steine? Aber ich sprach im Geist und sang das Lied der Felsen, bis ich den Widerhall spürte. Tief unter der Burg lauschten die Felsen. Sie mußten mich hören, die lebenden Steine würden es wissen, wenn mein Blut vergossen wurde.

Die Strafe für Verrat besteht darin, daß der Mann geschleift und gevierteilt wird. Frauen werden vorher geköpft. Das ist schauerlich, aber ich habe das Schauspiel immer als angenehme Unterhaltung miterlebt.

Ich erhob mich vom Fußboden und reckte mich hoch.

»Knie nieder!« schrie Harkint, der Captain der Garde (der früher mit mir zusammen auf dem Pferd durch die Straßen der Hauptstadt galoppiert war). Ich drehte mich zu ihm um und sagte eiskalt, weil Gerichtsverhandlungen wie das meiste in einem königlichen Leben nichts als theatralische Auftritte sind und mir nichts blieb, als meine Rolle zu spielen: »Ich bin für Sie eine Königliche Hoheit, Harkint, und ich stehe vor dem Thron!«

Das ließ ihn verstummen. Das Gericht wendete sich seinem Geschäft zwischen Haß und Furcht zu.

Mein Vater sah alt aus. Um seinetwillen war ich zurückgekehrt. Nun sah er traurig drein und krank an seinem Herzen. Er begann: »Lanik Mueller, dieses Verfahren hat wenig Sinn. Du weißt und wir wissen, warum du hier stehst. Du bist schuldig, also wollen wir die scheußliche Angelegenheit hinter uns bringen.«

Jede Verzögerung ist eine Verheißung, doch noch zu überleben, und wenngleich mir klar war, daß sie mir niemals glauben würden, mußte ich dennoch sagen, was ich zu sagen hatte. Vielleicht würden viele Jahre vergehen, bis meine Unschuld erwiesen wurde, doch dann würde sich jemand daran erinnern, daß ich an diesem Tag die Wahrheit gesprochen hatte. »Es ist mein Recht, die gegen mich vorgebrachten Anklagen zu hören.«

»Wenn wir uns das alles anhören wollten«, entgegnete mein Vater, »könnte ich die Leute hier nicht davon abhalten, dich sofort umzubringen.«

»Dann führe sie kurz auf, doch nenne meine Verbrechen, da sie mir nicht bekannt sind.«

Das Gesicht meines Vaters verzog sich vor Abscheu bei dem, was er für eine vergebliche Lüge hielt. »Du bringst Schande über dich«, sagte er. Doch er sah den Herald an, und der alte Swee begann mit tönender Stimme:

»Die Verbrechen von Lanik Mueller: Er hat die Nkumai in die Schlacht gegen die Armeen von Mueller geführt. Er hat Felder und Häuser der Bürger von Mueller und von ihnen abhängiger Familien zerstört. Er hat das Geheimnis der Regeneration verraten, weshalb unsere Feinde auf dem Schlachtfeld unsere verwundeten Soldaten in Stücke hakken, damit sie sterben müssen. Ferner wird ihm vorgeworfen, die Erbfolge zu durchbrechen und zu planen, den rechtmäßigen Erben vom Thron zu jagen.« Swee sah erbittert auf. Das versammelte Gericht stieß bei jedem Anklagepunkt Rufe der Empörung aus.

»Ich habe nichts davon verbrochen«, sagte ich und blickte meinem Vater ins Auge.

»Tausend Zeugen haben dich gesehen«, gab mein Vater zurück.

Ein wütender Soldat trat vor. »Ich selbst habe dich gesehen, als du mir beide Arme abschlugst. Du hast mich hierher geschickt, weil ich Mueller ausrichten sollte, du würdest kommen und sein Blut trinken.«

»Ich habe so etwas nie gesagt und nie getan.«

»Viele andere, die dich kennen«, erwiderte mein Vater verächtlich, »sahen dich als Anführer an der Spitze der Armeen von Nkumai. Wir haben jetzt genug gehört. Du bist schuldig. Ich verurteile dich ...«

»Nein!« schrie ich. »Ich habe ein Recht darauf, gehört zu werden.«

»Ein Verräter hat keine Rechte!« brüllte ein Soldat dazwischen.

»Ich bin unschuldig!«

»Wenn du unschuldig bist«, rief mein Vater, »dann sind alle Huren in Mueller reine Jungfrauen!«

»Ich bestehe darauf, angehört zu werden. Also werde ich reden!«

Man schwieg. Ich bemühte mich, Gedanken und Erklärungen in die rechte Reihenfolge zu bringen, wie sie mir gerade einfielen. Mir war klar, daß sich mein Bericht wie eine in Verzweiflung ausgedachte Story anhören mußte. Doch sagte ich nach bestem Wissen und Gewissen die Wahrheit.

Ich berichtete von meinem Weg nach Nkumai und wie meine Tarnung nur wenige Minuten nach meiner Entdekkung, was die Nkumai gegen Eisen eintauschten, aufgedeckt worden war. Ich schilderte meine Flucht, wobei mir die Därme herausgerissen worden waren, und wie mein körperliches Echo aus meinen Eingeweiden regeneriert wurde. Ich beschrieb meine Gefangenschaft auf einem Schiff aus Singer und wie mich die Schwartzes kuriert hatten (dabei verriet ich nicht, wie, und auch nichts von dem, was ich dort gelernt hatte). Schließlich legte ich dar, daß ich so schnell wie möglich aufgebrochen sei, um meinen Vater vor der Gefahr zu warnen.

Was die Person betraf, die sich für mich ausgegeben hatte, konnte ich nur darauf hinweisen, daß es sich vermutlich um mein körperliches Double handelte. Es war offenbar nicht gestorben, sondern von den Nkumai gefunden worden. »Ich war zu sorglos. Ich hätte den Körper vernichten müssen. Aber zu jenem Zeitpunkt konnte ich nicht klar denken. Die meisten Muellers wären an solchen Verletzungen gestorben.« Die Nkumai mußten ihn ausgebildet haben, wofür er alle meine angeborenen Fähigkeiten mitgebracht hatte. Kein Wunder, daß die Leute ihn für Lanik Mueller hielten – er war ja ich bis in die Gene.

Schließlich hatte ich alles erklärt und aufgezählt, was mir eingefallen war. Ich schwieg.

Was hatte ich mit meinen Darlegungen bewirkt? Wenig genug. Die meisten Leute verhielten sich weiterhin feindselig, glaubten mir offenbar nicht und verlangten meinen Tod. Aber hier und dort tauchte doch, vor allem bei den älteren Männern, ein nachdenkliches Gesicht auf. Als ich meinen Vater anblickte, wußte ich (oder war es nur Wunschdenken?), daß er mir Glauben schenkte.

Ich war kein Narr. Ich begriff, daß er nicht die Macht hatte, mich zu retten, ob er mir nun glaubte oder nicht. Er konnte mich nicht freisprechen, nicht an diesem Tag, nicht vor diesem Gericht.

Ruva und Dinte hatte ich bisher kaum gesehen, doch nun kamen beide nach vorn, um sich mit Vater zu beraten. Es verblüffte mich, sie als Verbündete zu sehen – hatte Dinte sie nicht genauso gehaßt wie ich? Doch Verbündete waren sie, und natürlich hatten sie die Veränderung im Gesichtsausdruck meines Vaters bemerkt, die mir verriet, daß er meiner Geschichte Glauben schenkte. Nun würden sie versuchen, den guten Eindruck, den meine Rede womöglich hervorgerufen hatte, wieder zunichte zu machen. Ruva flüsterte weiterhin auf Vater ein, während Dinte vortrat und laut das Wort ergriff, damit man ihn im ganzen Saal verstehen konnte.

»Anscheinend hältst du uns für Idioten, Lanik«, begann er. »In der Geschichte der Radikalregenerierten ist es niemals passiert, daß jemand sein eigenes Ebenbild erschaffen hätte.«

»Bisher sind auch noch niemandem die Eingeweide herausgerissen und im Gelände verstreut worden.«

»Und wie, Lanik, haben dich die Schwartzes geheilt? Wüstenbewohner – nicht wahr? Sie bringen fertig, was keinem unserer Genetiker jemals gelungen ist.«

»Ich weiß, daß es unglaublich klingt ...«

»Was unglaublich ist, das ist die Art und Weise, wie du uns all das mit Unschuldsmiene auftischen konntest, lieber Bruder. Aus der Schwartz-Wüste ist niemals jemand lebendig zurückgekommen. Keiner hat jemals alle diese Heldentaten vollbracht, die du dir zugeschrieben hast. Tatsache ist, daß viele Leute dich an der Spitze der feindlichen Armee erblickt haben. Ich selbst habe dich gesehen, als ich die Südarmee in Cramer befehligte. Du hast mir zugewinkt und mich mit Schimpfworten bedacht. Tu nicht so, als könntest du dich dessen nicht erinnern.«

»Sicherlich wäre ich nicht der erste gewesen, der dich mit Schimpfworten bedenkt, Dinte«, rief ich zurück. Zu meiner Überraschung vernahm ich hier und dort im Gerichtssaal, wie Leute kicherten. Nicht genug für die Schlußfolgerung, ich hätte hier Freunde. Aber genug für den Beweis, daß Dinte einige Feinde hatte.

Mein Vater fiel ein: »Dinte, jetzt wirst du würdelos.« Doch hörte ich die Verachtung in Vaters Stimme. Diese Verachtung machte einer anderen Gefühlsregung Platz, als er sich an mich wendete:

»Lanik Mueller, deine Verteidigung ist unglaubhaft. Die Zeugenschaft von tausend Männern ist unbestreitbar. Ich verurteile dich zum Tode durch Schinden und Vierteilen. Das Urteil wird morgen mittag auf dem Spielfeld am Fluß vollstreckt. Möge deine Seele, so du eine hast, in der Hölle verkommen.«

Er stand auf, um zu gehen. Wie stark war mein Lebenswille? Jedenfalls stark genug, um alle Würde aufzugeben und ihm nachzurufen: »Vater! Wenn das alles wahr gewesen sein soll, warum in Gottes Namen hätte ich mich dann in deine Hände begeben?«

Er drehte sich langsam um und sah mir in die Augen. »Weil selbst der Teufel seinen Opfern ein Gefühl für Gerechtigkeit läßt, wenn sie sich bar jeder Hilfe wissen.«

Damit verließ er das Gericht. Die Soldaten schleppten mich fort. Da ich zum Tode verurteilt war, verbrachten sie den Nachmittag und Abend damit, mich zu martern. Da Muellers so schnell heilen, können wir schwere Verletzungen ertragen, ohne zu sterben. Doch darüber möchte ich lieber schweigen.

7

ensel

Ich blutete nicht mehr, hatte aber immer noch Schmerzen. Schlimmer noch war die Erinnerung an den Haß dieser Soldaten. Persönlich kannte ich nur einige von ihnen. Aber diese waren immer nett zu mir gewesen. Mit manchen war ich seit meiner Kindheit befreundet. Nun ergötzten sie sich an meinen Schmerzen, wollten mich leidensehen und ließen mich mit der Bemerkung liegen, daß alles, was ich durchmachte, nicht an die Strafe heranreichte, die ich verdient hätte. Ihr Hohn tat weh, um so mehr, als ich ihn nicht verdiente und dennoch keine Hoffnung haben konnte, meine Unschuld zu beweisen.

So lag ich in der Dunkelheit der steinernen Todeszelle, wo man mich endlich in Ruhe dem Tage meiner Hinrichtung entgegendämmern ließ. Meine Wunden heilten rasch und ließen mich erschöpft zurück; bald würde ich völlig wiederhergestellt sein. Vater hatte mir eine Nacht und einen Morgen des Lebens geschenkt, bevor das Urteil vollstreckt wurde. Ich war entschlossen, diese Zeit zu nutzen, nicht, um mich auf den Tod vorzubereiten, sondern, um mir eine Fluchtmöglichkeit einfallen zu lassen. Doch muß ich eingestehen, daß meine Gedanken nicht ganz klar waren. Zu kurz war die Zeit seit meiner Rückkehr aus Schwartz. Ich stand normalen Belangen immer noch so wahnsinnig verächtlich gegenüber wie die Wüstenbewohner. Seit meiner Ankunft in Mueller hatte mir niemand Nahrung gereicht. Doch ich war nicht hungrig. Niemand hatte mir Wasser angeboten, aber ich verspürte keinen Durst. Den nachlassenden Schmerz konnte ich außer acht lassen. Was gab es, um mich daran zu erinnern, daß ich rasch handeln mußte, wollte ich mein Leben retten.

Retten – wofür?

Bei der Abreise aus Schwartz hatte mich der Gedanke getrieben, meine Familie zu warnen. Damit war ich etwas zu spät gekommen. Außerdem wollte von mir niemand Nachrichten entgegennehmen. Überdies hatte man mich in ein Verlies aus totem Stein gesperrt. Ich konnte nicht einmal zu den Felsen reden, um in die Erde zu sinken und zu verschwinden.

Natürlich konnte ich mich selbst entleiben. Aber meine natürliche Abneigung wurde verstärkt durch die Tatsache, daß ich keinesfalls daran schuldig sein wollte, wenn der Erde weiteres Leid zugefügt wurde. Die Felsen tragen genug Morde auch ohne die Todesschreie von Selbstmördern.

Vor meiner Zellentür erklangen leise Schritte. Der Riegel wurde angehoben, die Tür unter Schwierigkeiten aufgestoßen.

»Lanik«, flüsterte eine Stimme aus der Dunkelheit. Weinend umarmte mich Saranna. »Lanik, man hat dir sogar die Augen ausgestochen.«

»Die wachsen wieder nach«, entgegnete ich. »Es ist so schön, wieder daheim zu sein.«

»O Lanik, wir haben um dich so viel Angst gehabt.«

Es war, als sei ich niemals fortgegangen. Ihre Hände paßten genau auf meinen Rücken. Lange Erfahrung hatte mich erkennen gelehrt, wohin Hände dieser Größe gehörten. Sie drückte sich an mich, wie ich es zuletzt gestern gefühlt hatte (nein, es war vor einem Jahr gewesen). Ihr Atem, ihre Haut, als ihre Wange sich an meine schmiegte, ihr Duft, selbst die ungebärdigen Locken, die mich an der Nase kitzelten …

Ich hielt sie fest in den Armen, denn ihre Gegenwart ließ mich für einen Moment den Alptraum der letzten Tage vergessen. Ich war wieder Ensel Muellers Sohn Lanik, der Thronerbe, und ein verdammt glücklicher junger Mann. Verdammt.

»Warum bist du gekommen?« fragte ich.

»Du hast Freunde, Lanik. Einige von uns glauben dir.«

»Dann müßt ihr verrückt sein. An meiner Geschichte ist nichts Glaubhaftes.«

»Ich habe dich lange genug gekannt, um zu wissen,

wann du die Wahrheit sagst. Ich will nicht, daß du morgen ertränkt und gevierteilt wirst. Komm mit.«

»Du glaubst doch wohl nicht, daß du mich aus diesem Gefängnis fortbringen könntest?«

»Freunde werden mir helfen«, versicherte sie.

Meine Hand haltend, führte sie mich durch lange Gänge. Sie drückte meine Finger einmal, wenn wir Stufen hinaufzugehen hatten, und zweimal, wenn es abwärts ging. Wir schlichen so geräuschlos wie möglich dahin. Ich atmete nicht einmal. So ging es leichter. Meine Augen regenerierten sich ganz gut. Die runde Form war bereits wieder vorhanden. Die Nerven brauchten jedoch noch einige Zeit, um ganz abzuheilen, so daß ich wieder richtig sehen konnte. Es war erschreckend, sich als Blinder zu bewegen, viel schlimmer als die Finsternis in meiner Zelle auf dem Singerschiff. Da waren Wände um mich herum gewesen. Hier wußte ich nie, was vor mir lag. Ich mußte mein Leben einer Frau anvertrauen, die ich bisher immer für ziemlich flusig gehalten hatte. Treu, natürlich, und in der Liebe wunderbar aufregend, aber nicht gerade zuverlässig helle. Offenbar hatte ich mich getäuscht. Wir trafen unterwegs niemanden.

Nach einer Weile hielten wir an.

»Worauf warten wir?«

»Still!« flüsterte sie zurück. Ich hielt den Mund. Nach ein paar Minuten vernahm ich in einiger Entfernung das Geräusch schlurfender Schritte. Ein alter Mann näherte sich, so schloß ich. Dann kam er heran. Arme umschlangen mich, hielten mich mit eisernem Griff. Heiße Tränen benetzten meinen Hals.

»Vater«, sagte ich.

»Lanik – mein Sohn, mein Sohn«, hörte ich ihn schluchzen. Da hatte ich keine Furcht mehr.

»Du glaubst mir?«

»Du bist meine einzige Hoffnung.« Immer mußte mich dieser Alte als seine einzige Hoffnung ansehen, als ob er einen Erstanspruch auf meine Loyalität hätte. Nun, so war es auch.

»Ab morgen alle vier Teile«, sagte ich, woraufhin er mich noch fester an sich drückte.

»Manchmal muß selbst ein ehrlicher Mann Ausflüchte suchen, wie jetzt«, erklärte er leise. »Man wird dich nicht vierteilen. Ich wußte, daß du mich niemals betrügen würdest, jedenfalls nicht ständig.«

»Nicht einmal kurzfristig«, versicherte ich. »Also, laß uns verschwinden, bevor jemand entdeckt, daß wir hier unten eine Konvention abhalten.«

»Wir können noch nicht weiter«, sagte mein Vater. »Wir müssen warten.«

»Warum?«

»Auf den Wachwechsel in der Morgendämmerung«, erklärte er. »Wir hoffen, daß die Männer dann abgelenkt sind.«

»Die Wache? Du fürchtest dich vor der Wache? Kannst du mich nicht einfach verstecken und den Soldaten befehlen, mich später durchzulassen?«

Saranna antwortete. »So einfach geht das nicht. Dein Vater kommandiert die Wache nicht mehr.«

»Wer, zum Teufel, sonst?« begehrte ich auf.

»Mäßige deine Stimme«, flüsterte mein Vater. »Ruva führt das Kommando.«

Trotzdem wurde ich laut. »Die Mistzicke regiert in deinem Palast!«

»Leise, habe ich gesagt. Ja, sie regiert, sie und Dinte. Der Plan lag schon fest, bevor du den Palast verlassen mußtest. Nachdem du fort warst, schlugen sie zu. Natürlich hätte ich ihnen zuvorkommen können. Aber ich durfte nicht meinen – wie ich annahm – einzigen Erben töten. Also spielte ich mit und tat so, als sähe ich nicht, wie mir ein Vorrecht nach dem anderen genommen wurde. Ich nahm nicht zur Kenntnis, wie die Ämter meiner Freunde zu Pfründen wurden und die wirkliche Macht in jüngere Hände überging.«

»Meine Mutter hat versucht, den Hof zu warnen«, fiel Saranna ein.

»Und ich mußte ihr Todesurteil unterzeichnen«, sagte der Alte.

»Warum hast du es unterzeichnet?« wollte ich wissen.

»Aus dem gleichen Grunde, aus dem deins unterschrieben wurde. Sie entkam und lebt jetzt im Norden im Exil. Ich glaube, in Brian. Ihre Agenten haben bereits das halbe Familienvermögen hinausgeschmuggelt. Bis Ruva dahinter kam.«

»Ich verstehe.«

»Als wir hörten, daß du an der Spitze der Eindringlinge aus Nkumai stündest, war ich von Freude erfüllt. Ich benutzte den mir verbliebenen Einfluß, um unsere dümmsten Kommandeure, Dinte mit eingeschlossen, in Schlüsselstellungen zu versetzen. Ich öffnete dem Feind die Türen. Dabei glaubte ich natürlich, du kämest, um mich und mein Volk von dem Aas zu befreien, das ich unglücklicherweise geheiratet habe, natürlich auch von dem Kind, das nach Angaben deiner Mutter ebenfalls von mir stammen soll.«

»Ich war es nicht, der die Nkumai anführte.«

»Das begriff ich, als wir hörten, in welchem Maße die Armeen alles zerstörten. Dafür wärest du zu klug. Mir war klar, daß ein Betrug dahintersteckte. Jedoch – es gab so viele Zeugen.« Er seufzte. »Ich betrog meine eigene Familie in dem Glauben, ich öffnete die Tore für meinen Sohn. Jetzt rasen die Feinde von Schmidt nach Jones. Es ist nur eine Frage der Zeit, bis sie über den Fluß setzen. Das wird gewiß bald der Fall sein. In einigen Wochen werden die Furten durch den Regen unpassierbar gemacht.« Plötzlich begann er wieder zu weinen. »Ich habe von deiner Heimkehr geträumt, Lanik. Ich träumte von deinem triumphalen Einzug und wie du die Leute in den Kampf führen würdest. Du hättest die Nkumai schlagen können. Und sie müssen das gewußt haben. Deshalb haben sie dem Volk die Liebe zu dir aus den Herzen gerissen. Nun können wir nur noch fliehen.«

»Nun, wenn dem so ist, dann laß uns loslaufen.«

»Erst bei Ablösung der Wache«, flüsterte Saranna.

»Unsinn. Diese Möglichkeit habt ihr schon einmal ausgenutzt. Dinte und Ruva werden aufpassen. Wahrscheinlich hat man mich unbewacht liegen lassen, damit ihr mit mir die Flucht versucht und dabei umkommt. Ihr beiden kehrt besser nach oben zurück, so, als hättet ihr nichts damit zu tun.«

»Diesmal nicht«, sagte Saranna.

»Wir müssen zusammen mit dir fortgehen«, erklärte mein Vater. »Die Lage hier ist unhaltbar geworden. Wir haben einige hundert Getreue, die ich auf Posten im Norden gesetzt habe. Sie erwarten uns, um sich um uns zu scharen.«

»Um dich, meinst du wohl. Keine lebendige Seele würde sich um mich scharen. Jedenfalls werden wir den Wachwechsel nicht abwarten.«

»Dann erwischt man uns. Jedes Tor wird sorgfältig bewacht.«

Inzwischen konnte ich den Lichtschein von Sarannas Fackel erkennen. Mein Sehvermögen kehrte zurück. »Ich werde am hintersten Tor für Ablenkung sorgen.«

»Gerade das ist schwer bewacht.«

»Das weiß ich noch von früher. Bringt mich in seine Nähe, aber haltet mich außer Sicht. Ich kann schon wieder etwas sehen. Bald werde ich mein volles Sehvermögen haben. Vorerst aber könnte ich mich nicht einmal gegen eine Mücke verteidigen. Inzwischen seid ihr beide bereit, ans Wassertor zu springen. Dort treffe ich euch wieder.«

»Blind?«

»Ich würde den Weg mit verbunden Augen finden. Niemand wird sich um mich kümmern.«

»Wie willst du denn für eine Ablenkung der Wachen sorgen?« erkundigte sich mein Vater voller Zweifel.

Ich öffnete mein Hemd und zeigte ihm meine Brust. »Erinnert ihr euch, was hier war, als ich fortging?«

Sie erinnerten sich nur zu gut.

»Die Schwartzes haben mich kuriert. Wie ich gesagt habe. Und sie haben mir ihre Technik beigebracht.«

Saranna fuhr mit der Hand über meinen Brustkasten. Es war wie in dem Traum, den ich auf dem Singerschiff tausendmal geträumt hatte.

»Wir wollen aufbrechen«, sagte ich. Sie führten mich über Stiegen, Auffahrten und Gänge zum rückwärtigen Tor. Vater und Saranna verließen mich an einem Fenster über dem Palasttor. Hätte ich sehen können, wäre mir von hier ein Rundblick über den Hof vor dem Tor in der Burgmauer möglich gewesen. Immerhin ließen sich schon Umrisse erkennen. Die Fackeln schimmerten allerdings nur wie helle Funken. Doch sah ich die Flammen tanzen.

Der viele tote Fels um mich herum erwies sich als hinderlich. Bald aber fand ich die Stimme lebendigen Gesteins. Vieles war neu. Die Erde hatte im Gegensatz zum Sand zu viel Leben in sich. Sie bildete eine Barriere und nicht einen Kanal. Aber ich fand die Stimme, erklärte und fragte. Der Felsen gehorchte.

Ich konnte es nicht sehen. Ich hörte nur das Mahlen und Malmen toter Steine, als sich die Erde unter ihnen hob und senkte. Sie wurden aus Wänden und Pfeilern gerissen. Mit lauten Rufen rannten die Männer vom Wachtor zu der Bresche in der Mauer. Die Erde bebte immer noch. Einige Soldaten stürzten zu Boden, während andere in ihrer Dummheit dicht an die Burgmauer liefen, die immer noch tanzte und schwere Felsbrocken abwarf.

Ich ließ mich aus dem Fenster gleiten und ging in die andere Richtung zum Wassertor.

Im Schutz eines Mauervorsprungs warteten Vater, Saranna und vier Krieger mit sieben Pferden.

»Was hast du gemacht«, fragte Vater beklommen. »Es sah aus wie ein Erdbeben.«

»Es war ein Erdbeben«, versicherte ich, »wenn auch nur ein kleines. Für größere braucht man ein Komitee.« Damit ging ich auf das Tor los. Im schwachen Dämmerlicht vermochte ich, wenn auch noch ein wenig undeutlich, zu sehen. Mit Erleichterung nahm ich wahr, daß das Tor unbewacht war. Die Soldaten waren alle zur Mauerbresche gerannt.

Vater und Saranna flohen als erste. Ihnen folgten die Soldaten. So kam es, daß ich als letzter und immer noch unbewaffnet das Tor passierte. Da tauchte Dinte aus dem Schatten auf.

Stahl funkelte im Licht seiner Fackel. »Wie wenig wir uns doch gleichen«, sagte ich. »Für solche Tat braucht man keinen Mut.«

»Ich wollte diesmal jeden Fehlschlag ausschalten«, erklärte er.

»Dann hättest du dir ein anderes Opfer aussuchen müssen«, gab ich zurück. Es war nicht schwer, Schweiß und Öl aus seinen Händen sickern zu lassen, damit der Griff schlüpfrig wurde. Er zitterte und konnte das Schwert nicht festhalten; es glitt ihm aus der Hand, und er betrachtete es mit Entsetzen in den Augen, wie es vor ihm auf dem Boden lag. Er versuchte, es aufzuheben. Es glitt erneut aus seinen Fingern. Er rieb sich die Handflächen hektisch an seinem Umhang ab, wobei er dunkle Flecken hinterließ. Glaubte er wirklich, seine Hände so einfach trocknen zu können? Er versuchte erneut, das Schwert aufzuheben, diesmal mit beiden Händen. Er schwenkte es hin und her und versuchte dann einen Hieb nach mir; ich schlug es ihm mühelos aus den Fingern. Und diesmal war ich es, der es aufhob.

Es wäre nur gerecht gewesen, ihn zu töten, doch er schrie um Hilfe. Außerdem war er der Sohn meines Vaters, und so schlitzte ich ihm lediglich die Kehle von Ohr zu Ohr auf. Stumm und blutend ließ ich ihn liegen. Er würde sich regenerieren und erholen, wie ich vor einem Jahr von der gleichen Wunde. Doch zumindest wußte er nun, daß er ein paar Freunde mitbringen mußte, wenn er mir das nächste Mal nachstellte.

Immer noch das Schwert schwingend, eilte ich zum Tor hinaus und bestieg das Pferd, das man für mich bereithielt. Ich erklärte nicht, weshalb ich so spät kam. Falls Vater Dintes Stimme gehört hatte, falls er vermutete, was im Tor geschehen war, sagte er nichts darüber.

Wir ritten den ganzen Tag lang nordwärts, und am Abend erreichten wir einen militärischen Vorposten, von dem aus früher Muellers Nordgrenze bewacht worden war, als Epson mächtig war und Mueller eine friedliche Bauernfamilie mit etwas seltenen Fortpflanzungsgewohnheiten. Der Außenposten war vernachlässigt worden. Ein rascher Überblick ließ mich die Zahl der Pferde auf dreihundert oder mehr schätzen. Also waren hier mindestens genau so viele Männer beisammen.

»Bist du sicher, daß es Freunde von uns sind?« wendete ich mich an meinen Vater.

»Wenn nicht, haben wir sowieso nichts zu hoffen«, bekam ich zur Antwort.

»Auf alle Fälle ist es besser, wenn du dieses Schwert trägst und nicht ich.«

Ich reichte es ihm. Er schnappte nach Luft. »Das ist Dintes Waffe!«

»Er wird sich erholen«, sagte ich.

»Wie schade«, meinte Saranna boshaft.

»Vielleicht tut er uns einen Gefallen und stirbt von allein«, sagte ich. Aber ich war sicher, daß sich Dinte von der Verletzung erholen würde.

Inzwischen hatten wir das Tor des Außenpostens erreicht. Die Soldaten ließen uns ein und jubelten Vater zu, und er erklärte den Männern zugleich grob, daß nicht ich die Nkumai angeführt habe, sondern ein Doppelgänger. Ich weiß nicht, wie viele ihm das glaubten. Aber sie waren mutige Männer und Vater treu ergeben; die meisten applaudierten, keiner protestierte jedenfalls.

»Ihr seid tapfer«, sagte er zu ihnen, »tapfer und des Mueller würdig, aber dreihundert Mann sind nicht genug.« Er befahl ihnen, zu ihren Einheiten zurückzukehren und so viele loyale Männer wie möglich mitzubringen. Er war auch so klug, ihnen einzuschärfen, nicht zu erwähnen, daß ich bei ihm sei. Sie sollten sich um den König scharen, nicht um jemanden, den die meisten vielleicht noch immer für einen Verräter hielten.

Als die dreihundert Krieger davonritten, um uns eine Armee zuzuführen, wechselten wir zum fünften Mal an diesem Tag die Pferde und ritten weiter nordwärts in die Dunkelheit hinein.

»Diese Sache mußt du doch schon seit Monaten geplant haben«, sagte ich zu meinem Vater.

»Aber dich hatten wir nicht eingeplant. Wir wußten nur, daß bald eine Krise in mein Verhältnis zu dem lieben jüngeren Sohn eintreten würde. Dann mußte ich meine Freiheit haben, um mich unter den Schutz königstreuer Soldaten zu stellen. Wir haben größere Kontingente zur Verfügung.«

Dissent war in dieser Nacht bereits zum zweiten Male untergegangen, als wir endlich vor einem abseits gelegenen Bauernhaus anhielten. Es stand direkt am Ufer des Sweet River. Der Wind blies kühl aus den östlichen Hügeln, die zum Urwald von Ku Kuei führten. Auf dem Herd flackerte ein helles Feuer. Der Wirt bestand darauf, daß wir von seiner Suppe aßen, ehe er uns zu Bett gehen ließ.

Die Leibwächter schliefen im Untergeschoß. Der Gastgeber führte mich in mein Zimmer. Dort wartete Saranna bereits.

»Ich weiß, daß du müde bist«, lächelte sie. »Aber es ist über ein Jahr her ...«

Während sie mich entkleidete, blickte ich über die mit Weizenfeldern bedeckten Hügelketten im Osten, wo die Sonne über Ku Kuei aufging. Die Morgenbrise spielte über meinen Körper hin, während Saranna mich kitzelnd streichelte, (sie hatte nichts verlernt). Ich nahm den Pferdegeruch aus meinen Kleidungsstücken wahr. Das Zimmer war vor kurzem frisch gestrichen worden und roch förmlich nach Sauberkeit. Es war schön, wieder daheim zu sein.

Nach drei Wochen war nicht zu bestreiten, daß wir nun eine kaum ernstzunehmende Rebellion auf die Beine gestellt hatten. Wir hatten achttausend Mann, treu bis ins Mark, darunter einige der besten Krieger des ganzen Königreichs. Sie wurden aus unserem Kriegsschatz völlig sinnlos bezahlt und ernährt. Gerüchte gingen um und wurden bald zur bitteren Wahrheit. Wir waren verloren. Dinte hatte mit den Nkumai einen Vertrag geschlossen. 120000 Krieger standen gegen unsere winzige Armee. Zwar war ich der bessere General. Aber auch für den besten Heerführer gibt es Grenzen.

Am meisten betroffen machte uns die Tatsache, daß die Nkumai am Tag meiner Gefangennahme offenbar mein falsches Double auf Eis gelegt hatten. Überall ließen sie verbreiten, daß ich tatsächlich mit ihnen gezogen sei, bis ich von den Mueller-Streitkräften gefangengenommen worden war. Jetzt betätigte ich mich angeblich als der Verderber in der Armee meines Vaters. Sobald sie diese Geschichte in Umlauf gesetzt hatten, hörten sie auch damit auf, das Land zu verwüsten. Das sei bisher lediglich auf meinen Befehl hin geschehen, und sie seien nur zu froh, jetzt damit aufhören zu können.

Dadurch wurde ich nicht gerade positiv populär. Die Truppen strömten keineswegs meinem Banner zu. Wir versuchten, die Tatsache herunterzuspielen, daß ich an der Seite meines Vaters stand. Aber es gibt Dinge, die sich einfach nicht geheimhalten lassen.

Da standen wir also mit achttausend Soldaten, einer wohlgefüllten Kriegskasse und keiner anderen Möglichkeit, als zu türmen. Natürlich wählten die Nkumai und der liebe Dinte gerade diesen Augenblick, um ihre Truppen auf dem nördlichen Ufer des Mueller River zu vereinigen. Sie marschierten direkt auf uns los.

»Dann sterben wir eben den Heldentod«, meinte Harkint, der mir immer noch nicht traute.

»Ich möchte lieber am Leben bleiben«, entgegnete ich.

»Wir wissen, was du bevorzugst«, sagte er kühl.

»Ich möchte lieber, daß wir alle am Leben bleiben. Denn wenn Dinte das Kommando führt, wird es nicht lange dauern, und die Leute wollen Vater wiederhaben.«

»Das würde nicht lange dauern, wenn du nicht bei uns wärest«, warf ein anderer Soldat ein. Beifälliges Murmeln kam von den anderen, die sich mit uns im größten Raum des Hauses aufhielten. Vater war bekümmert. Doch der Soldat hatte recht. Ich war für Vater der größte Hemmschuh. Wenn er mich los war, konnte er leicht eine Armee zusammenbekommen. Vielleicht zehn- bis fünfzehntausend Mann mehr. Allerdings immer noch nicht genug.

»Ich habe einen Plan«, verkündete ich. »Und er wird klappen.«

Am nächsten Morgen schwärmten wir am Sweet River entlang aus. Wir machten aus unseren Bewegungen kein Geheimnis und ließen uns viel Zeit. Der Fluß lief nach Südwesten. Jedermann mußte annehmen, wir wären auf dem Wege nach Mueller-an-der-See, dem großen Hafen im Delta des Rebel River, wo sich das Süßwasser in den salzhaltigen Sleeve ergoß. Es war strategisch von lebenswichtiger Bedeutung, daß wir die Flotte zuerst erreichten, um mit ihr nach Huntington zu gelangen. Auch die dortigen Truppen waren meinem Vater ergeben. Sie hatten keinen Grund zu einem besonderen Haß auf mich. Dort konnten wir abwarten und eine Invasion vorbereiten.

Das bedeutete natürlich, daß Dinte und die Nkumai mit uns ein Wettrennen um die Flotte veranstalten würden. Natürlich mußten sie zuerst dort sein. Dagegen hatte ich nichts einzuwenden. Schließlich hätten wir im Exil gelebt, wenn wir sicher nach Huntington gelangten. Die Nkumai bekämen dann außer den eigenen Eisenlieferungen auch unsere. Niemand konnte ihnen widerstehen. Inzwischen erreichten wir die Stelle, wo wir den plötzlich nach Westen abbiegenden Flußlauf verlassen mußten, ganz gleich in welche Richtung wir uns wandten. Hier befahl ich unserer kleinen Armee, mit höchster Geschwindigkeit anstatt südwestwärts nach Mueller-an-der-See nunmehr nach Südosten und damit zum Großen Bogen des Mueller zu ziehen. Von dort aus konnten wir ostwärts reiten, um in den kürzlich unterworfenen, aber keineswegs besonders unterwürfigen Ländern von Vogel, Jones, Robles und Hunter neue Kräfte zu sammeln. Das war nicht gerade der beste und sicherste aller Pläne. Aber etwas anderes fiel mir zu jener Zeit nicht ein.

Wir machten uns nicht die Mühe zu galoppieren, sondern hielten uns an die von den Planwagen erreichte Geschwindigkeit. Damit waren wir immer noch schneller, als die weitgehend aus Fußsoldaten bestehende Armee der Nkumai. Ich konnte nur hoffen, daß die Feinde weit genug nach Westen geraten waren, in die falsche Richtung, so daß wir den Großen Bogen vor ihnen erreichen konnten. Gelang uns das, konnten wir nicht mehr eingeholt werden. Dann war der Weg nach Osten frei. Wir würden überleben und den Kampf auf einen späteren Zeitpunkt verschieben.

Darüber hinaus hatte ich einen weiteren Plan. Der galt aber nur für den Moment, in dem wir nichts mehr zu verlieren hatten.

Auf dem Weg nach Südosten hatte ich wenig zu tun. Vater kannte seine Leute. Sie waren nicht gerade begierig darauf, sich von mir befehligen zu lassen. Also hing ich meinen Gedanken nach. Zwangsläufig kam mir mein Double, jener nur zu echte Lanik in den Sinn, der jetzt in die Ecke gedrängt worden war.

Es war interessant darüber nachzudenken, wie sein Leben wohl verlaufen sein mochte. Seine Erschaffung war für mich ein Alptraum gewesen – aber für ihn hatten die Erkenntnisse des Lebens mit dem Anblick eines Wesens begonnen, das ihm vollkommen glich und das versuchte, ihm mit einem Stein den Schädel einzuschlagen. Was mochten die Nkumai wohl mit ihm gemacht haben in der Annahme, sie hätten mich wieder in ihrer Gewalt? Irgendwann mußten sie die wahren Zusammenhänge erkannt haben. Er hatte mich bisher in meinen Träumen verfolgt. Jetzt hatte ich ihn auch in wachem Zustand zum Verfolger. Ich stellte mir den Haß vor, den man ihm gegen mich beigebracht haben mußte. Du bedeutest für die da drüben nichts. Sie werden dich endgültig umbringen, wenn sie herausfinden, wer du bist. Wenn du aber mit uns zusammenarbeitest, dann kommst du auf den Thron. Dann kannst du denen beweisen, was für ein Kerl du bist. Dann wird man dich fürchten, wenn auch nicht respektieren.

Hatte er wirklich ihre Armeen geführt? Hatte er zusammen mit meinem Körper meine gespeicherten Erinnerungen übernommen? Wenn dem so war, hatte ich auf dem Schlachtfeld einen ebenbürtigen Gegner vor mir. Er würde meine Züge kennen, noch ehe ich sie machte. Bestimmt hielten ihn die Nkumai schon aus diesem Grunde fest, wenn es nicht noch einen anderen gab.

Besaß er aber diese Erinnerungen nicht, was wahrscheinlicher schien, dann würde er jetzt erneut ohne weiteres aus einer einflußreichen Rolle entlassen. Vielleicht hatte man ihn inzwischen umgebracht. Vielleicht fühlte er sich auch genau so hoffnungslos wie ich in dem Bewußtsein, daß im Westen keiner mehr gehaßt wurde als er, obwohl er diesen Haß keineswegs verdiente.

Ich dachte auch an Mwabao Mawa und empfand den Wunsch, sie zu erwürgen.

Kein Mord! rief ich mich selbst zur Ordnung. Kein Töten. Ich habe das Lied der Erde gehört, und es ist stärker als der Haß.

In solchen Augenblicken verließ ich die Armee, ritt mehrere Kilometer voraus und legte mich auf die Erde, um mit dem Lebenden Felsen zu sprechen. Da ich befürchtete, mich selbst nicht in der Gewalt zu haben, wollte ich, daß mich der Felsen beherrschte, mich erneuerte, mir Frieden brachte.

»Sie haben die Cramers freigelassen und die Muellers zu Sklaven gemacht«, berichtete voller Entsetzen ein Soldat, der sich unserer Armee angeschlossen hatte. Die Reaktion setzte sofort ein. Viele unserer Soldatenfamilien wohnten in West Mueller. Dort liefen jetzt vielleicht die Cramers Amok, und niemand war da, um Frauen und Kinder zu schützen. Mich überraschte es nicht, daß unsere Zahl immer kleiner wurde. Viele Soldaten entwischten und machten sich auf den Weg nach Südwesten. Noch weniger überraschte es mich, daß von unseren Vorhuten kaum jemand zurückkehrte. Ich riet Vater, keine Freiwilligen mehr auf Patrouille zu schicken. Die Listen enthielten überwiegend Namen von Männern, die entkommen wollten, ohne daß man sie später dafür belangen konnte. Wir brauchten aber dringend Informationen.

Wir waren nur noch dreißig Kilometer von der Großen Biegung entfernt, als uns die allerwichtigste Information von jemandem zuteil wurde, den ich in diesem Leben kaum erwartet hatte wiederzusehen.

»Homarnoch!« flüsterte mein Vater, als wir einen Mann erblickten, der seinen Wagen in halsbrecherischer Fahrt über die Straße jagte, die wir soeben entlanggezogen waren. »Homarnoch, hierher!« schrie er. Bald hielt der alte Arzt neben uns. Wir befahlen eine Rast. Die Soldaten verhielten auf der Straße.

»Es hat keinen Zweck«, sagte Homarnoch. »Ich habe ein Dutzend Pferde zuschanden geritten, um euch zu erreichen. Die Nkumai sind auf euren Trick nicht hereingefallen. Sie haben nur Dinte mit seinen Leuten nach Mueller-an-der-See geschickt. Die Nkumai selbst waren schon weit vor euch, als ihr den Marsch nach Südosten begannt. Sie lauern keine fünf Kilometer von hier entfernt. Seit Tagen liegen sie schon an der Großen Biegung.«

Vater rief die Kommandeure zusammen und befahl ein weitaus höheres Marschtempo.

»Wir werden kämpfen und siegen«, ereiferte sich Harkint.

»Wir werden entkommen und überleben«, antwortete mein Vater. Harkint ritt wütend davon.

Während die Vorbereitungen in Gange waren, berichtete uns Homarnoch, wie und warum er uns eingeholt hatte. »Sie wollten sich alles aneignen – die Ergebnisse unserer tausendjährigen Bemühungen. Das konnte ich nicht dulden. Nicht von diesen auf Bäumen wohnenden Affen.«

Ich machte mir nicht die Mühe zu erklären, daß diese Affen dem Universum das Wissen um das Fliegen schneller als das Licht vermittelt hatten.

»Deshalb habe ich die Rads vergiftet«, berichtete Homarnoch.

Vater war entsetzt. »Einfach vergiftet?«

»Wir hatten sozusagen den Wert von fünf Tonnen Eisen auf dem Hof. Ich konnte nicht zulassen, daß solche Werte in Feindeshand fielen. Deshalb teilte ich Gift aus. Nicht einmal ihre Fingernägel werden im Handel etwas einbringen.«

Ich sagte immer noch nichts. Doch dachte ich an die Zeit,

da ich selbst fünf Beine und eine zweite Nase gehabt und mich dennoch für einen Menschen gehalten hatte.

»Dann habe ich die Bibliothek gerettet. Die wichtigsten Listen. Die Theorie. Das alles liegt in meinem Wagen«, berichtete er. »Den Rest habe ich verbrannt. Nachdem Dintes Leute die Regierung in der Stadt übernommen hatten, dachte keiner mehr daran, mich aufzuhalten.«

»Ein Meisterstück«, sagte mein Vater. Homarnoch strahlte vor Stolz.

»Aber was, zum Teufel, machen wir jetzt?« fiel ich ein.

»Harkint will einen Angriff wagen«, meinte Vater lächelnd.

»Harkint ist ein Armleuchter«, wendete ich ein. »Aber wir haben keine Ausweichmöglichkeit mehr. Dintes Leute stehen zwischen uns und dem Meer. Im Norden gibt es nichts außer Epson. Die dortigen Einwohner sind sicherlich nicht gewillt, uns einzulassen und damit die Nkumai zu provozieren.«

»Dinte ist uns bei weitem nicht gewachsen.«

»Er hat fünfmal mehr Leute als wir. Jeder Trottel kann unter solchen Voraussetzungen siegen.«

Wir saßen eine Weile schweigend beisammen. Homarnoch murmelte etwas davon, daß er nach den Pferden sehen müsse. Inzwischen kehrte Harkint zurück. Die Truppen standen bereit. »Jetzt will ich wissen, ob wir in die Schlacht ziehen oder davonlaufen.«

»Fortlaufen«, entschied mein Vater. »Fragt sich nur, in welche Richtung.«

Harkint schniebte verächtlich. »Ich hätte nie geglaubt, den Tag zu erleben, da sich der Mueller als Feigling erweist. Ich bin dir durch Dick und Dünn gefolgt. Sogar die Gegenwart dieses Bastards«, damit meinte er mich, »habe ich ertragen. Aber, verdammt will ich sein, wenn ich Fersengeld gebe und einem Kampf ausweiche. Wie ich, denken noch viele andere.«

Hätte der Mann Sinn fürs Theatralische gehabt, wäre er nach diesen Worten davongestürmt. Diesen Sinn hatte er nicht. Vater antwortete: »Nimm dir die Truppe vor, Harkint, und frage, wer mit dir gehen will. Doch sage den Männern, daß der Mueller sich zurückzieht und alle Krieger auffordert, mit ihm zu ziehen. Sage ihnen das, und dann nimm alle mit, die zu dir halten.«

Harkint nickte und sprengte davon. Ich zeichnete eine grobe Kartenskizze von Mueller und den umliegenden Territorien.

»Süden und Westen kommen nicht in Frage«, erklärte Vater. »In Mueller würde jedermann dich umbringen. In Helper, Cramer und Wizer wäre ich meines Lebens nicht sicher.«

»Der Norden fällt gleichfalls aus, weil Epson zu schwach ist, um uns zu schützen, und zu stark, als daß wir sie zwingen könnten, uns aufzunehmen«, gab ich zu bedenken.

»Alle sind zu schwach. Nach Osten können wir nicht, weil uns die Armee der Nkumai den Weg versperrt.«

»Ein Bild der Verzweiflung«, meinte Homarnoch leichthin. Er war von den Pferden zurückgekehrt und stand, in einem Stapel Papiere blätternd, einige Meter von uns entfernt. »Die Lage ist hoffnungslos. Wir können uns nur noch in den Fluß werfen und uns ersäufen.«

»Mit einer Richtung haben wir es noch nicht versucht.«

Vater begriff. »Ku Kuei. Es gibt zu viele Legenden über diesen Wald, Lanik. Die Männer würden sich nicht hineintrauen.«

»Ich bin durch den Wald gezogen. Nicht nur am Rand entlang. Mitten hindurch.«

»Und sie werden dir überallhin folgen.«

Ich lachte.

»Angenommen, wir verziehen uns dorthin. Was fangen wir an? Die Nkumai regieren im Osten, die Armeen von Singer brandschatzen den fernen Norden. Was machen wir in Ku Kuei?«

»Überleben. Dinte wird seine Stellung nicht ewig behaupten.«

»Du willst also Ernst machen und uns hineinführen?« Ich sah, daß er sich vor Ku Kuei nicht minder fürchtete als alle anderen auch. Hatte ich mich nicht auch gefürchtet?

Und waren nicht seltsame Dinge zwischen den Bäumen? Die Zeit schien dort nicht zu fließen, mein Körper war über alle Maßen erschöpft gewesen. Und doch war Ku Kuei unsere einzige Hoffnung.

»Es gibt auch Legenden über Schwartz«, sagte ich. »Und dennoch bin ich hineingegangen und lebendig wieder herausgekommen.«

»Glaubst du, daß es dort noch eine Familie Ku Kuei gibt? Daß sie uns womöglich etwas von Wert anzubieten hat?«

»Der Wald ist seltsam und gefährlich, kann einen sogar in den Wahnsinn treiben. Ich bin dort niemandem begegnet, Vater, und ich erwarte auch nicht, diesmal dort jemanden zu finden, der uns helfen würde. Aber selbst die schwächste Hoffnung ist besser als gar keine.«

Vater kicherte. »Lanik, ich glaube, mit solch einer verrückten Hoffnung drückt man seine Verzweiflung aus.«

Seine Erheiterung zeigte, daß er allmählich weich wurde. Ich bedrängte ihn heftiger. »Würde Dinte uns nach Ku Kuei folgen?«

»Dinte? Er glaubt an alle Legenden. Nachts schläft er nur bei geschlossenem Fenster. Bei bedecktem Himmel würde er kein Wasser überqueren. Er singt, wenn der Schatten eines Pferdes auf ihn fällt. Er ist ein Dummkopf.«

»Was man von den Nkumai nicht behaupten kann«, meinte ich. »Doch gehen auch sie nicht nach Ku Kuei, obwohl Wald ihre gewohnte Umgebung ist. Wenn das Unheimliche, das alle in Ku Kuei fürchten, uns nicht erwischt, kommen wir vielleicht gut davon.«

Wir formierten die Marschkolonne. Harkint bog mit seinem Truppenteil ab. Er war größer, als wir erwartet hätten. Der Abschied war unerquicklich. Ein Teil unserer Männer beschimpfte Harkints Truppen, weil sie den Mueller im Stich ließen. Harkints Männer beschimpften uns als Feiglinge. Mit etwa fünftausend Mann zogen wir unseres Weges. Unterwegs desertierten noch viele. Wen ich erwischte, trieb ich in die Reihen zurück. Die Männer gehorchten widerspruchslos, weil sie wußten, daß die Flucht dann eben später gelingen würde.

Bald erreichten wir die Straßengabelung. Die Hauptstraße führte nach Norden. Der schmale Seitenweg würde uns nach Ku Kuei bringen. Vater hielt eine eindrucksvolle Ansprache. Dennoch verloren wir an dieser Stelle weitere zweitausend Mann. Gleich darauf erreichte uns die Nachricht, daß Harkints Streitmacht innerhalb weniger Stunden nach der Trennung von uns aufgerieben worden war. Die Nkumai waren dicht hinter uns. Sie hatten tagelang an der Großen Biegung auf uns gewartet und dabei ausgeruht. Sie waren frisch, wir nicht.

In hoffnungsloser Stimmung zogen wir in langen Reihen durch die zerklüfteten östlichen Berge. Hier gab es nur wenige Deserteure. In dieser rauhen Gegend war die beste Verpflegungsquelle unser Wagenzug. Deserteure wären hier kaum mit dem Leben davongekommen, ohne sich dem Feind zu ergeben. Abgesehen davon, daß unsere Truppen nunmehr aus den Getreuesten der Treuen bestand. Wir glaubten, diese Männer würden sich lieber in Stücke schlagen lassen, als Vater zu verlassen.

»Ich spiele mit der Idee«, meinte mein Vater, als wir vor der Marschsäule einherritten, »mir hier eine geeignete Stelle auszusuchen und kämpfend unterzugehen.«

»Dann könnte ich genausogut mit der Idee spielen, mich vom nächsten Felsvorsprung fallen zu lassen.«

Vater lächelte grimmig. »Ich muß gestehen, je näher wir an Ku Kuei heranrücken, desto mehr rührt sich auch in mir so etwas wie Aberglauben. Bist du sicher, daß du unbehelligt durchgekommen bist?«

»Ich bin doch hier. Nicht wahr?«

»Du bist hier, aber was beweist das? Lanik, mein Sohn, ich verkalke wahrscheinlich schon langsam, aber wenn ich nicht sehr irre, hast du eine Mauer meines Palastes eingerissen, ohne dazu ein Katapult oder auch nur einen Stein zu benutzen.«

»Ich habe in Schwartz einiges gelernt.«

»Lanik, das bezweifle ich nicht. Aber begreifst du denn nicht, daß das, was dir möglich ist, einem anderen vielleicht nicht möglich ist? *Du* bist in Ku Kuei vielleicht in

Sicherheit, doch wieso bist du so sicher, daß auch wir anderen dort überleben werden?«

»Alles, was ich gelernt habe, habe ich in Schwartz gelernt. Ich war ein ganz normaler Junge, als ich Ku Kuei betrat, und ich kam müde, aber heil wieder heraus.«

Er seufzte. »Was werden wir in Ku Kuei machen?«

»Überleben.« Welche anderen Pläne sollte ich schon haben?

Der Weg schwenkte nach Norden. Im Osten sahen wir in einiger Entfernung den Waldrand. Von hier führte nicht einmal ein Pfad dorthin, weil sich Reisende von dieser Seite nicht zu nähern pflegten. Also erwählte ich einigermaßen gangbares Gelände und machte mich auf den Weg querfeldein.

Die Truppen folgten mir nicht.

Die Männer sagten nichts, rebellierten nicht etwa. Die vorderen Reihen verhielten einfach auf ihren Pferden. Wortlos und unbeweglich sahen sie mir nach.

Da verließ Vater den Weg und kam hinter mir her. Sein Pferd ging langsam. Zwei oder drei Reiter setzten sich in Bewegung. Während Vater zu mir aufschloß, zügelten die Männer nach wenigen Metern wieder ihre Pferde.

Vater drehte sich zu ihnen um. »Ich befehle keinem von euch, mit mir zu kommen«, sagte er. »Doch der Mueller geht in den Wald, und alle treuen Muellermänner werden ihm folgen. Bleibt bei mir, und ihr werdet leben, solange ich lebe.«

Ich weiß nicht, ob Vaters Worte ausgereicht hätten, die Leute zu überzeugen. Ich glaubte, weit überzeugender wirkten die Pfeilschwärme, die plötzlich auf uns zuflogen. Sie waren schlecht gezielt. Die Entfernung war noch groß. Aber die Sachlage war klar. Die Nkumai hatten unsere Flanken eingeschlossen. Die Kolonne war in voller Länge dem feindlichen Pfeilhagel ausgesetzt.

»Mir nach, Mueller!« schrie mein Vater. Mir flüsterte er halblaut zu: »Verdammt, führ uns!« Ich schlug einen für dieses Gelände unklugen Galopp an. Mein Pferd und ich hatten Glück. Andere hatten Pech. Einige Reiter wurden abgeworfen, ehe sie den Schutz der Bäume erreichten.

Die Bäume waren zwar hoch, aber viele Äste setzten so tief an, daß es schwierig war, einen halbwegs offenen Weg zu finden. Ich mußte absteigen. Das bedeutete für unsere Soldaten eine Verzögerung am Waldrand, wo sie den Nkumai-Bogenschützen ausgeliefert waren. An dieser Stelle büßten wir zweihundert bis dreihundert Männer ein. Nachdem wir zwei Stunden weit in den Wald vorgedrungen waren, wurde von den Nachhuten durchgegeben, daß sich die Verfolger verzogen hätten.

Wir brauchten nicht mehr zu fliehen, konnten hier aber auch nicht Halt machen. Die Bäume standen so dicht, daß die Pferde dazwischen keine Weide fanden. Ich beschloß, die Leute bis ans Ufer des schmalen Sees zu führen, wo es zwischen den Bäumen Wiesen gab. Sie würden wenigstens für einige Tage ausreichen.

Schweigend zogen wir durch den Wald. Ich sah mich nicht nach den Männern um. Sie wären nur noch nervöser geworden, hätte ich sie meine eigene Nervosität spüren lassen. Bäume und Waldboden. Zwar wurde ich viel früher als gewöhnlich müde, sonst aber beobachtete ich nichts Verdächtiges. Diesmal geschah nichts zur Minderung unserer Ausdauer. Jedoch gingen uns die Stille des Waldes, das Stampfen der Pferdehufe und der Soldatenstiefel auf die Nerven. Es war, als würden die Geräusche von der Stille verschluckt, als würde ein wenig unserer selbst von den Bäumen aufgesogen und nicht auf uns reflektiert.

Wir verbrachten eine scheußliche Nacht im Urwald; zwar war der Erdboden weich genug und in den Satteltaschen steckte genügend Verpflegung – aber am Morgen waren Hunderte von Männern verschwunden. Vielleicht hatten sie sich in der Nacht verirrt oder waren im ersten Morgenlicht umgekehrt. Jedenfalls waren sie weg. Wir wußten, daß die Leute einfach desertiert waren (und nicht wenige der Zurückgebliebenen wünschten jetzt sicherlich, mit ihnen gezogen zu sein). Es trug jedoch zur allgemeinen Beunruhigung bei, daß Männer hier so einfach verschwinden konnten.

Wir lebten aus unseren Satteltaschen, und um den See zu finden, brauchten wir zehn Tage länger, als ich es für möglich gehalten hätte. Hatte ich diesen Ort nicht nach nur einem einzigen Marschtag erreicht? Das Sonnenlicht glitzerte. Am Ufer tummelten sich Vögel. Die Pferde grasten auf den offenen Wiesen. Ich dachte, ich hätte die meinen in Sicherheit gebracht. Eine Zählung ergab, daß wir weniger als eintausend Krieger bei uns hatten. Und damit wollten wir die Macht über Mueller zurückgewinnen.

Die Männer badeten im See und bespritzten sich wie die Kinder gegenseitig mit Wasser. Dabei lachten sie laut. Sie waren nun in Sicherheit und hatten es geschafft. Vater und ich entschlossen uns, unsere friedliche, glückliche Truppe unter der Obhut Homarnochs zurückzulassen und nach einer Stelle zu suchen, wo wir ein Lager aufschlagen, Hütten bauen und Getreide anpflanzen konnten. Unausgesprochen blieb die schwache Hoffnung, daß wir dabei auch die Ku Kuei finden könnten, falls solch ein Volk überhaupt hier lebte.

Saranna klammerte sich an mich und wollte mich nicht ziehen lasen. Doch Vater und ich ließen sie trotzdem zurück und begaben uns auf unsere Suche in den Wald. Zu diesem Zeitpunkt erschien uns das als ein weiser Beschluß.

8

ku kuei

Es war wie an einem Sonntag in den Wäldern am Sweet River. Vater marschierte flott dahin (er ist überhaupt nicht alt, stellte ich fest). Ich folgte ihm in kurzem Abstand und sah ihm zu, wie er mit erhobenen Händen Zweige und Blätter berührte oder sich bückte, um Gräser und Blumen zu pflücken. Seine Gesten drückten Lebensfreude aus.

Früher waren mir diese Gesten unglaubwürdig und übertrieben vorgekommen – oder schlimmer noch, als wolle er ausholen, um mich und alle anderen um ihn herum zu umfassen und beherrschen und uns zur Unterwerfung zu zwingen.

Doch damals war ich ein Kind gewesen. Nun erkannte ich, daß dieses Winken, Schlagen und Stechen mit den Armen ein Ausdruck der Übertreibung war. Sein Körper war nicht groß genug, bewegte sich nicht schnell genug, um seine Lebensfreude in sich halten zu können.

Wie ironisch, daß ich das jetzt erst begriff, als seine Freude so völlig fehl am Platze war. Sie hätte ansteckend sein sollen, doch auf mich wirkte sie gezwungen. Anstatt mit ihm zu lachen und mich mit ihm zu bewegen, wollte ich um ihn weinen. Ich hätte auch um ihn geweint, wenn es ihn nicht beschämt hätte. Es gab Dinge, die man beweinen durfte wie die Heimkehr des verlorenen Sohnes. Aber um Verluste weinte ein Mueller nicht. Er trauerte nicht einmal über den Verlust eines Königreiches. Mein Vater lebte noch, doch ich trauerte bereits um ihn, denn sein wahres Ich war der Mueller, der Herrscher, der Mann, der so groß war, daß nur ein Königreich ihn ausfüllen konnte. Und nun war er hier, auf den Raum beschränkt, den sein Körper ihm bot. Sein Königreich bestand aus einem fremden Wald und ein paar Männern, die die Erinnerung an das liebten, was er war und so auch weiterhin diesem kargen Rest seiner selbst dienten. Doch Ensel Mueller bestand darauf weiterzuleben und selbst in der Niederlage eine gewisse Größe zu bewahren.

Ich hatte immer damit gerechnet, einmal das Königreich von ihm zu erben. Seinen Platz einzunehmen, wenn er starb; zu ihm zu *werden*. Ich hatte geglaubt, dazu imstande zu sein. Doch als ich ihm nun durch den Wald folgte, begriff ich, daß ich zwar der Mueller hätte werden können, hätten die Dinge sich nur anders entwickelt, doch noch nicht groß genug war, um seinen Platz einzunehmen. Denn wenn er starb, würde er eine so große Leere hinterlassen, daß man sie einfach nicht ausfüllen konnte; Dinge, von denen ich kaum gewußt hatte, daß es sie gab, Rollen, die viel zu groß für mich waren, als daß ich sie jemals hätte übernehmen können.

Bald hatten wir den See ohne Zwischenfall verlassen. Ich fragte mich allmählich, ob es sich bei dem, was ich damals gespürt hatte, als ich verrückt vor Müdigkeit durch Ku Kuei geschritten war, nur um eine Illusion gehandelt hatte. Doch dann ging es wieder so los wie damals, wie beim ersten Marsch durch Ku Kuei.

Wir liefen und liefen. Doch immer noch stand die Sonne hoch am Himmel. Sie schien sich kaum vom Fleck zu rühren. Wir bekamen Hunger und aßen. Die Sonne hatte sich immer noch nicht bewegt. Wir gingen weiter, bis wir müde wurden. Da hatte sich die Sonne ein wenig fortbewegt. Schließlich waren wir vollkommen erschöpft und konnten nicht mehr weiter. Dabei schien es immer noch Mittag zu sein.

»Einfach lächerlich«, meinte Vater mißmutig, als wir im Gras lagen.

»Ich empfinde es als tröstlich«, sagte ich. »Nun weiß ich, daß ich nicht verrückt war, als dies schon einmal geschah.«

»Vielleicht sind wir aber beide verrückt.«

»Genauso ist es mir ergangen, als ich zum ersten Male hier durchzog.«

»Was, du hast nach einem Vormittagsmarsch schon schlapp gemacht?«

»Das meinte ich auch. Aber dessen bin ich jetzt nicht

mehr so sicher.« Ich hatte seit meinem Marsch durch Ku Kuei einiges von der Welt gelernt: daß Sternengucker in Baumwipfeln die Sterne tanzen lassen konnten, daß nackte Wilde Felsen in Sand verwandelten. Machten wir vorzeitig schlapp? Oder bewegte sich die Sonne lediglich etwas langsamer auf ihrem Weg? »Wir sehen, daß keine Zeit verstrichen ist, egal, wie müde wir werden, und so glauben wir, daß wir vorzeitig schlappmachen. Aber denk doch nach – fühlt es sich nicht an, als wären wir schon ewig unterwegs? Vielleicht ist mit unseren Körpern alles in Ordnung, und die Zeit selbst ist etwas durcheinander geraten.«

»Lanik, ich bin zu müde, um dich zu verstehen, geschweige denn, darüber nachzudenken, was du gesagt hast.«

»Dann ruh dich aus«, sagte ich zu Vater.

Vater zog sein Schwert und legte sich auf die linke Seite, damit er die rechte Hand, die das Schwert hielt, in dem Augenblick bewegen konnte, da er erwachte. Er schlief sofort ein.

Ich legte mich ebenfalls auf das Gras unter den Bäumen, schlief jedoch nicht. Statt dessen lauschte ich den Felsen. Ich lauschte durch eine Barriere aus lebender Erde und den Stimmen von Millionen Bäumen. Dann hörte ich es.

Das war nicht die Stimme des Felsens. Mehr ein leises, sanftes, kaum denkbares Flüstern, dem ich nichts entnehmen konnte. Es schien vom Schlafen zu sprechen. Aber das konnte genausogut aus meinem eigenen Geist kommen. Ich versuchte, die Schreie der Sterbenden herauszuhören (obwohl ich mich ihnen sonst meistens verschließe). Diesmal hörte ich nicht den gemeinsamen Todesschrei vieler Stimmen, sondern ziemlich deutliche, leise Rufe. Gequält und langsam. Gequält und haßerfüllt und furchtsam, aber wie endlos hingezögert und getrennt und deutlich. Verglichen mit ihrem Rhythmus schlug mein Herz rasend schnell, erschreckend schnell. Dennoch lag ich ausruhend da und mein Herz klopfte ganz normal.

Ich ließ mich in die Erde versinken, die nur zögernd nachgab, bis ich unten am Felsen lehnte. Steine glitten hinter meinem Rücken weg. Tiefgreifende Wurzeln ringelten sich, um mich durchzulassen. Dann gab der rauhe Felsen nach, ließ mich wie auf einem weichen Kissen ruhen, und ich lauschte.

Nichts Ungewöhnliches war zu hören. Die Stimme des Felsens klang unverändert. Was ich nahe der Oberfläche gehört hatte, war weg.

Das verwirrte mich. Ich hatte mir die Stimmen vorhin bestimmt nicht nur eingebildet. Aber hier, am Felsen, war alles so, wie es vor wenigen Wochen in Schwartz gewesen war.

Ich stieg wieder empor. Unterwegs lauschte ich. Nach und nach veränderte sich das Lied der Erde, schien langsamer zu werden und sich in einzelne Stimmen aufzulösen. Auch die Erde selbst schien sich nur zögernd zu teilen, um mich durchzulassen. Endlich war ich oben und breitete die Arme aus wie immer. Ich trieb auf etwas, das mir etwas dichter vorkam als gewöhnliches Seewasser.

Vater stand da und sah mit ungläubigem Staunen auf mich herab. »Mein Gott – was ist denn mit dir passiert?«

»Ich ruhe mich aus«, gab ich zurück, weil es sonst nichts zu sagen gab.

»Du warst verschwunden, und dann bist du aus der Erde gekommen, wie ein Toter, der aus dem Grab aufersteht.«

»Ich vergaß, Wasser zu treten«, sagte ich. »Mach dir darum keine Gedanken. Ich mußte etwas ausfindig machen. Ich habe in Schwartz Dinge gesehen und erlernt, die sich niemals über den Gesandten exportieren ließen, weil es sich um ein bestimmtes Denken handelt, und ein Sprechen mit Dingen, mit denen andere Völker niemals sprechen würden.«

»Ich habe Angst vor dir, Lanik. Du bist kein ... du bist kein Mensch mehr.«

Ich wußte, was er meinte, aber es traf mich doch, es aus seinem Mund zu hören. »Dieses Thema war abgeschlossen, als mir Titten wuchsen und Homarnoch mich zum Radikalregenrativen erklärte.«

»Das war ...«

»Etwas anderes«, vollende ich den Satz. »Weil ich damals weniger als ein Mensch war, und nun glaubst du, ich sei mehr. Aber beides ist falsch, Vater. Ich war die ganze Zeit über ein Mensch. Das kann einem Menschen widerfahren, das andere kann ein Mensch bewerkstelligen. Kein Gott, kein Teufel. Ein Mensch.«

»Woher weißt du das?«

»Weil ich ein Mensch bin, und weil ich es kann.«

»Du warst fast für eine Stunde verschwunden, die mir wie eine Ewigkeit vorgekommen ist. Lanik, wie konntest du da unten atmen?«

»Ich habe einfach den Atem angehalten. Vater, vergiß, was du gesehen hast. Ich will dir erzählen, was ich *gelernt* habe. Mit der Erde hier stimmt irgend etwas nicht. Irgendwie wird alles verlangsamt – oder es scheint jedenfalls so. Es ist, als ... ich weiß es nicht. Als gäbe es eine Blase, die uns und die Erde und die Bäume um uns herum umschließt. Innerhalb dieser Blase verläuft die Zeit langsamer. Oder nein, das stimmt so nicht. Es ist, als verliefe die Zeit für uns *schneller.* Wir marschieren, legen ein ganzes Tagespensum zurück, und doch sind für die Welt draußen nur ein paar Minuten verstrichen. Während wir uns in dieser Blase befinden, scheint die Zeit in der Welt draußen langsamer zu verlaufen, aber dem ist nicht so. Sie verläuft so wie immer.«

»Wenn wir wirklich so weit marschiert sind, wie ich den Eindruck habe, muß das aber eine große Blase sein.«

»Vielleicht folgt sie uns.«

»Warum ist das nicht auch der Armee zugestoßen?«

»Vielleicht hatten wir zu viel Schwung oder so. Ich weiß es nicht. Aber sieh dir die Sonne an.« Sie war nur wenig über den Zenit gewandert. »Dabei spüren wir, daß wir für heute erledigt sind.«

»Ich bin jetzt ausgeruht«, sagte Vater. »Ich komme mir vor, als hätte ich lange geschlafen. Und dann wachte ich auf, und du warst spurlos verschwunden. Ich wagte es nicht, diesen Ort zu verlassen, aus Angst, ich könnte dich wieder verlieren. Es kam mir vor, als hätte ich ewig gewartet.«

»Ich war nur ein paar Minuten fort«, sagte ich. »Doch ich habe diese Minuten außerhalb der Blase verbracht.«

»Ich weiß nichts von irgendwelchen Blasen«, sagte Vater, »aber ich bin jetzt wieder frisch.« Also marschierten wir weiter.

Dem Sonnenstand nach hatten wir höchstens frühen Nachmittag. Meiner eigenen Schätzung nach hatte ich seit dem frühen Morgen zwei Tagesmärsche hinter mir. Wir trafen auf einen zweiten See. Auf meiner ersten Reise war ich am Südufer entlanggekommen. Nun kamen wir von Westen her auf ihn zu. Wir konnten die andere Stelle klar erkennen. Wir vermuteten, daß wir einer Insel oder Halbinsel gegenüberstanden, obwohl man das Land nach Süden und Norden verschwinden sehen konnte.

Ich hatte im Gegensatz zu Vater nicht geschlafen, aber seine Erholung hielt nicht lange an. Er taumelte wie ein Betrunkener, und ich war so müde, daß jeder Schritt eine Überwindung war, ein Triumph der Willenskraft. »Ich weiß nicht, wie es dir geht«, sagte ich zu Vater, »aber ich habe meine Grenzen erreicht. Ich mache hier erst mal Pause.«

Wir schliefen schon fast, ehe wir uns niederlegten.

Ich erwachte in völliger Dunkelheit. Auf meiner ersten Reise hatte ich in Ku Kuei keine Nacht erlebt. Und in der vorigen Nacht, bei der Armee, hatte ich andere Gedanken im Kopf gehabt. Nun beobachtete ich den Himmel. Dissent und Freedom waren aufgegangen. Um diese Jahreszeit waren sie einander nahe. Ich lag da, immer noch müde, und ließ meine Gedanken wandern. Da fiel mir auf, daß Dissent längst hätte an Freedom vorbeiziehen müssen.

Statt dessen war kaum eine Bewegung zu erkennen.

Konnten die Ku Kuei wirklich etwas erfunden haben, um den Lauf der Sonne und der Monde zu verlangsamen? Nein, oder wir hätten das auch in Mueller bemerkt. Was hier vor sich ging, war nicht Wirklichkeit, sondern eine Illusion, ein örtlich begrenztes Phänomen. Es war also keine Veränderung von Erde oder Himmel. Die Veränderung mußte in uns selbst liegen. Sie war nicht aufgetreten, solange wir die Soldaten bei uns gehabt hatten. Der Wechsel war erst gekommen, als wir allein marschierten.

»Dissent hat endlich gelernt, seinen Platz zu behaupten«, sagte mein Vater.

»Du hast es also auch bemerkt.«

»Mir gefällt dieser Ort nicht, Lanik.« Er seufzte. »Ein Bettler liebt jede Münze. Ich glaube fast, ich hätte mich bei Harkint wohler gefühlt.«

»Das könnte bis zu einem gewissen Punkt durchaus sein.«

»Bis zu welchem Punkt?«

»Wenn man dir den Kopf abgeschnitten hätte, der dir nicht wieder nachwächst.«

»Das alte Problem der Muellers«, sagte Vater. »Wir können uns nicht an den Gedanken gewöhnen, daß der Tod ewig währt. Ich habe mal von einem Mann gehört, der sich an einem Feind rächen wollte, ohne ihn zu töten. So weit sollte die Rache nicht gehen. Er forderte ihn zum Zweikampf heraus und besiegte ihn. Während der Gegner noch, vom Blutverlust geschwächt, am Boden lag, schnitt er ihm einen Arm ab und nähte ihn am Rücken an. Der Effekt gefiel ihm so gut, daß er auch den anderen Arm und die Beine verkehrt herum befestigte, und zwar die Beine einschließlich der Hüften. Jetzt hatte der Besiegte Hintern und Gesicht auf der gleichen Seite. Natürlich hatte er auch einen Schwanz. Die Rache war vollkommen. Als alles verheilt war, konnte sich der Feind für den Rest des Lebens selbst beim Scheißen zusehen. Aber er wußte nie, ob er bei einem hübschen Mädchen lag oder bei einer alten Vettel.«

Ich lachte. Solche Geschichten erzählte man sich während des Winters in Mueller-on-the-River an den prasselnden Feuern. Unsere Männer hatten jetzt bestimmt keinen Sinn dafür, selbst wenn sie genug Witz besessen hätten.

»Ich werde niemals auf den Thron zurückkehren. Nicht wahr, Lanik?« Aus der Art, wie er es sagte, war leicht zu schließen, daß Vater nicht die Wahrheit hören wollte.

»Natürlich wirst du zurückkehren«, sagte ich darum. »Es

ist nur eine Frage der Zeit, bis die Nkumai unter ihrem eigenen Gewicht zusammenbrechen. Eine Familie kann nicht unbegrenzt andere unterjochen.«

»Dafür gibt es keine Grenze. Ich hätte sie alle unterworfen.«

»Ohne mich wirst du es nicht schaffen«, fuhr ich ihn so heftig an, daß er lachen mußte. Genauso hatte er gelacht, wenn ich ihn als Kind zum Duell herausforderte, wenn er mich für irgendeine Frechheit auf mein Zimmer beordern wollte. Er hatte so lange gelacht, bis ich das Schwert zog und einen ehrlichen Zweikampf verlangte. Er mußte mir erst die rechte Hand abhauen, ehe ich mich zufrieden gab und seinem Willen unterwarf.

»Ich hätte es niemals versuchen sollen«, sinnierte er. Ich fragte mich, was er nicht hätte versuchen sollen, bis er den Satz vollendete. »Ohne dich, meine ich.«

Darauf erwiderte ich nichts. Vor etwa einem Jahr war er gezwungen worden, mich davonzuschicken. Seither war mir mein Verhalten aufgezwungen worden. Vor einem Jahr? Es war wie gestern. Es war wie für immer. In der Dunkelheit hatte ich das Gefühl, niemals anderswo als hier gewesen zu sein, um zu den Sternen emporzustarren.

Auch Vater blickte zu den Sternen empor. »Werden wir sie jemals erreichen?«

»Wenn unsere Arme lang genug sind …«

»Und was werden wir vorfinden, wenn wir hinkommen?« Vaters Stimme klang irgendwie traurig, so als sei ihm gerade eingefallen, daß er etwas niemals wiederfinden würde, was er vor langer Zeit sorglos verlegt hatte. »Wenn wir von Mueller genug Metall zusammenbekommen und ein Raumschiff bauen, mit dem wir zwischen den Sternen umherfliegen können – was würden wir antreffen? Würde man uns nach dreitausend Jahren mit offenen Armen empfangen?«

»Die Abgesandten arbeiten noch. Sie schicken uns Eisen. Sie wissen, daß wir hier sind.«

»Wenn man gewillt wäre, uns jemals von diesem Planeten herunterzuholen, dann wäre schon vor Jahren ein Hilfskommando gekommen. Was auch für Sünden begangen worden sein mögen, sie wären langst tausendmal abgegolten, lange bevor ich geboren wurde. Habe ich gegen die Republik rebelliert? Was für eine Bedrohung stelle ich für sie dar? Sie besitzen Waffen, mit denen ein einziger Mann sämtliche Armeen von Nkumai schlagen könnte. Ich bin nur ein alternder Ritter. Doch habe ich einmal an einem einzigen Tage siebzehn Zweikämpfe gewonnen. Ich würde alle meine Orden anlegen, vor denen man sich gewiß verbeugt.« Er kicherte unlustig. Aus dem Kichern wurde ein Stöhnen.

»Wenn man ihnen die Arme abschlägt, wachsen sie nicht nach«, warf ich ein. »Wir hätten also dort einen Vorteil ihnen gegenüber.«

»Wir sind Mißgeburten.«

»Mich friert«, stellte ich fest. Die Wolken hingen wie festgefroren über dem Horizont. Kein Lüftchen regte sich.

»Kein Wind«, redete ich weiter. »Alles ist verlangsamt worden. Sieh, Vater, jenseits der Bachmündung biegt und wiegt sich das Gras. Als ob dort Wind wehte. Hier aber rührt sich nichts.«

Vater schien nichts zu erkennen.

»Vater«, redete ich zu ihm, »vielleicht sollten wir weiterziehen.«

»Wohin?«

»Um die Ku Kuei zu suchen.«

»Ziellos aufbrechen wir Andrew Apwiter, der den dritten Mond, der ganz aus Eisen ist, suchen wollte, um uns alle aus dieser Hölle zu erretten. Es *gibt* keine Ku Kuei. Die Familie ist vor Jahren ausgestorben.«

»Nein, Vater. Diese Zeitblase ist kein natürliches Phänomen. Sie folgt uns überall hin. Da wir dies nicht bewerkstelligen, müssen andere es tun, und diese anderen will ich finden.«

»Angenommen, es gibt noch ein paar Ku Kuei. Wenn sie sich finden lassen wollten, wären wir schon längst auf sie gestoßen.«

»Sie können nicht existieren, ohne irgendwelche Spuren zu hinterlassen, Vater. Irgendwo *müssen* sie doch leben.«

»Bleiben uns genug Jahre, um jeden Quadratmeter dieses Urwalds zu durchforschen in der Hoffnung, daß irgendwo ein Ku Kuei herunterfällt oder wir wenigstens an einem tiefhängenden Ast ein langes Haar finden? Sie machen seltsame Dinge mit uns. Doch bekommen wir sie nie zu sehen. Ich nenne das Zauberei. Ich gebe auf. Die Zauberer brauchen uns nicht und wollen uns nicht helfen. Also sollte ich zu meinem Volke zurückkehren und sterben. Dann wird man mich wenigstens als König in Erinnerung behalten, der bis zu seinem Heldentode gekämpft hat, nicht als den Mueller, der sich im Walde versteckte und von den Ungeheuern von Ku Kuei gefressen wurde.«

»Vater ...«

»Ich will wieder schlafen, immer nur schlafen.« Er rollte sich auf die Seite, kehrte mir den Rücken zu.

Ich lag auf dem Rücken, betrachtete die Sterne und fragte mich, was für Leute die Ku Kuei wohl sein mochten. Auf dieser Welt konnten sie alles sein. In meiner Kindheit in Mueller hatte ich geglaubt, nichts an uns sei seltsam. Bei uns lernte jedes Kind seine Lektionen. Wer es nicht tat, dem wurde ein Glied abgeschnitten. Die Wunden verheilten sofort. Inzwischen hatte ich dazugelernt. Es gab drei Leute, die auf alle Fragen im Universum die Antwort wußten, Wüstenbewohner, deren Geisteskraft die Erde erbeben läßt. Auf Treason war das Seltsame normal. Die Normalen aber waren dazu verurteilt, vergessen oder überrannt zu werden.

Wir sind zu euch gekommen, sprach ich in meinem Geiste zu den Ku Kuei, weil wir keinen anderen Ausweg sahen. Wir hofften auf Gnade von denen, die Gerechtigkeit nicht zu fürchten haben.

Niemand antwortete auf meine Gedanken. Niemand hatte sie vernommen.

Wie laut muß ich rufen, auf daß ihr mich vernehmt? fragte ich im Geist weiter. Was muß ich tun, um eure Aufmerksamkeit zu erwecken und sei es nur für einen Augenblick? Wie lange dauern hierzulande Augenblicke?

Das Mondlicht glitzerte über dem See. In unserer Nähe schimmerte das Wasser ein wenig. Aber das Schimmern verblaßte. Dahinter lag der See still. Die Wellen schienen mitten in der Bewegung erstarrt zu sein. Da wußte ich, wie ich die Aufmerksamkeit auf uns lenken konnte.

Schließlich waren Veränderungen des Wassers die ersten gewesen, die ich in Schwartz gesehen hatte – als das Wasser eine Pfütze bildete, damit ich trinken konnte, und dann verschwand, als ich fertig war. Erneut lag ich still und sprach mit ernster Stimme, rief die Erde unter mir.

Die Erde spürte meine große Not. Vielleicht waren meine Mächte stärker, als ich glaubte. Die Felsen antworteten. Der See versank rasch. In unserer Nähe gab es keinen Zeiteffekt. Es war, als hätten sich die Kräfte der Felsen allen Spielen überlegen gezeigt, die die Ku Kuei mit uns treiben konnten. Der Wasserspiegel sank. Stellenweise stieg Erde empor. Als ich fertig war, blieb nur so viel Wasser übrig, um die Fische zu erhalten. Der See hatte einer Reihe von Teichen und Sümpfen Platz gemacht.

»Sir«, sagte eine Stimme hinter mir.

»Sie sind aber rasch gekommen«, entgegnete ich, ohne mich umzudrehen.

»Sie haben unseren See gestohlen.«

»Nur geliehen.«

»Geben Sie ihn uns wieder.«

»Ich brauche eure Hilfe.«

»Sie kommen aus Schwartz.«

»Niemand kommt lebend aus Schwartz«, sagte ich.

»Wir verlassen jeden Ort lebend, den wir besuchen«, sagte die Stimme. »Doch niemand erfährt je, daß wir dort waren.« Ein Kichern.

»Ich komme aus Mueller«, beharrte ich.

»Wenn Sie einen See in die Erde stürzen lassen können, kommen Sie aus Schwartz. Was haben Sie dort sonst noch gelernt? In Schwartz tötet man nicht. Wir aber sind keine Schwartz und durchaus zum Töten bereit.«

»Dann tötet mich und verabschiedet euch von dem See.«

»Wir schulden euch nichts.«

»Das wird der Fall sein, wenn ich den See wieder herbeischaffe.«

Schweigen. Ich drehte mich um. Da war niemand.

»Flinke kleine Bastarde, wie?«

»Was?« Vater fuhr auf. »Was, zum Teufel, ist mit dem See geschehen?«

»Ich hatte Durst«, gab ich zurück. Mir gefiel die Furcht in seinen Augen nicht, als er mich ansah. »Unterdessen hatten wir Besuch. Er hat sogar mit mir gesprochen.«

»Wo ist er?«

»Wohl weggegangen, um Verstärkung zu holen. Vermutlich sollen wir rausgeworfen werden. Sieh dir inzwischen mal Dissent und Freedom an.«

Vater blickte nach oben und sah, was auch mir schon aufgefallen war. Dissent zog über Freedoms Gesicht hinweg. Die Blätter an den Bäumen wisperten im Wind.

»Na, also«, sagte er, »ich muß mich wohl öfter schlafen legen.«

Wir warteten dort, wo sich vorher das Seeufer befunden hatte. Lange dauerte es nicht. Dissent war kaum eine Daumenbreite an Freedom vorbei, als vier Männer donnernd durch das Unterholz brachen und sich ärgerlich um uns scharten. »Was, zum Teufel!« schrie einer von ihnen.

»Wollten Sie schwimmen gehen?« fragte ich.

»Mit welchem Recht greift ihr uns in dieser Weise an? Was haben wir euch getan?«

»Nichts – außer daß ihr unseren Zeitsinn mißbraucht habt!«

Sie sahen einander bestürzt an.

»Ihr habt mich schon bei meiner ersten Wanderung genarrt. Beim zweiten Mal bin ich etwas klüger geworden.«

»Warum seid ihr hierher gekommen?«

Vater und ich berichteten abwechselnd. Sie lauschten mit unbewegten Mienen. Die Männer waren durchweg von dunkler Hautfarbe, groß und dick (aber mit Kraft unter dem Fett). Ausdruckslos lauschten sie unserer Geschichte.

Als wir mit unserer traurigen Schilderung am Ende waren, sahen uns die Kerle eine Weile an. Schließlich trat der größte und dickste, der offensichtlich der Anführer war (ob die wohl ihre Offiziere nach Gewicht auswählten?), einen Schritt vor und fragte: »Und?«

»Wir brauchen eure Hilfe.«

»So? Gibt es einen Grund, weshalb wir Hilfe gewähren sollten?«

Vater war verblüfft. »Wir brauchen sie. Ohne eure Hilfe sind wir zum Untergang verdammt.«

»Das ist wohl klar. Aber was geht es uns an?«

»Wir sind schließlich menschliche Wesen wie ihr«, begann Vater, war dann aber klug genug, zu schweigen. Sie hielten diese Idee offenbar für lustig.

»Ich habe einen guten Grund, von euch Hilfe zu fordern«, warf ich ein. »Wenn ihr uns nicht helft, gibt es hier keinen See mehr. In so einer Sumpflandschaft wird es bald vor Mücken wimmeln.«

»Ich könnte euch alles versprechen, was ihr haben wollt«, erklärte der Anführer, »und ihr füllt den See wieder. Dann brauche ich euch nur zu töten, und unsere Abmachung ist erledigt. Außerdem haben wir dann den See wieder. Warum also füllt ihr nicht den See und geht dorthin zurück, wo ihr hergekommen seid? Wir machen euch keinen Ärger, und ihr laßt uns in Ruhe.«

Ich wurde wütend. Also entfernte ich die Erde unter ihren Füßen und ließ sie seitlich weggleiten. Die Männer fielen schwer zu Boden. Sie versuchten, wieder aufzustehen (dabei waren sie flinker, als ich ihnen bei ihrer Größe und diesem Gewicht zugetraut hätte), doch tanzte die Erde unter ihnen weiter, bis sie schließlich alle viere von sich streckten, liegen blieben und mich baten, mit dem Spuk aufzuhören.

»Nur vorübergehend«, sagte ich.

»Wenn Sie so etwas bewirken können«, sagte der Anführer, während er aufstand und seine Bekleidung abklopfte, »dann braucht ihr bestimmt unsere Hilfe nicht. Trotz meines martialischen Auftretens muß ich gestehen, daß wir überhaupt keine Waffen besitzen. Wir brauchen sie nicht. Wir haben seit Jahren niemanden getötet. Nicht, daß wir aus moralischen Gründen etwas dagegen hätten. Also bildet euch nicht ein, außer Gefahr zu sein.«

»Es wäre nur zu schön«, erwiderte ich, »wenn wir die Erde veranlassen könnten, unsere Feinde zu verschlingen. Aber Felsen lassen sich nicht auf Massenmord ein. Ich kann nur gewisse Dinge vollbringen. Sozusagen Demonstrationen. Einen See trocken legen, vielleicht etwas Steinschlag. Ohne praktische Wirkung gegen eine Armee. Wir brauchen euch nicht, um für uns zu kämpfen. Was wir brauchen, ist nur etwas Zeit.«

Da kicherten sie los, lachten laut, brüllten vor Vergnügen, bis ihnen die Tränen über die Wangen rollten. Ein Clown hätte sich hier nach fünf Jahren Arbeit zur Ruhe setzen können. Schließlich stieß der Anführer hervor: »Warum habt ihr das nicht gleich gesagt? Wenn ihr nur Zeit wollt – davon haben wir im Überfluß.« Worauf sie wieder in Lachen ausbrachen.

Vater sah betreten drein. »Sind wir etwa die einzigen in der Welt, die nicht verrückt sind?«

»Vielleicht halten uns diese Leute für bösartig.«

»Wir können euch Zeit geben«, sagte der große Dicke. »Wir haben schon seit Jahren mit der Zeit gearbeitet. Natürlich können wir nicht in die Zukunft oder Vergangenheit gehen, weil die Zeit eindimensional ist (›Natürlich‹, dachte ich, ›das weiß doch jedes Kind‹), aber wir können unsere eigene Geschwindigkeit gegenüber dem allgemeinen Flug der Zeit verändern. Und wir können diese Veränderung auf unsere unmittelbare Umgebung übertragen. Einer von uns genügt, um die Zeit für vier bis fünf andere zu verändern. Wie viele seid ihr?«

»Weniger als tausend«, erwiderte Vater.

»Wie viele genau«, antwortete der Anführer und verzog den Mund, als ob eine neue Lachsalve fällig sei. »Ihr seid genau bis auf die letzte Dezimalstelle wie viele? Das würde für uns weniger als zweihundert bedeuten. Nicht wahr? Sogar noch weniger, wenn ihr dicht beisammen steht und miteinander die Zeit teilt. Dann würden vielleicht fünfzig von uns ausreichen.«

»Was wollt ihr tun?« fragte Vater argwöhnisch.

Der Anführer grinste breit. »Euch Zeit geben, natürlich. Wie lange braucht ihr, bis alle eure Feinde tot sind? Fünfzig Jahre? Wenn wir uns anstrengen, dann bedeutet das für uns etwa fünf Tage, sofern ihr alle dicht beieinander steht. Wäre das zu lange? Je schneller wir die Zeit an euch vorüberziehen lassen, desto schwieriger wird es für uns. Wenn ihr allergrößte Anstrengung von uns verlangt, könnten wir euch bis zu hundert Jahren in einer Woche geben.«

»Hundert Jahre – wovon?«

»Zeit!« Er wurde allmählich ungeduldig mit uns. »Ihr sitzt hier für einen Zeitraum, der euch wie eine Woche vorkommt, während außerhalb unseres Waldes hundert Jahre vorübergegangen sind. Dann geht ihr hinaus, alle eure Feinde sind fort, ihr seid in Sicherheit. Oder irre ich mich? Leben eure Feinde ungewöhnlich lange?«

Vater wendete sich an mich. »Ob die das wirklich machen können?«

»Nach diesem letzten Jahr halte ich alles für möglich«, entgegnete ich. »Sie haben uns ja auch glauben lassen, die Monde stünden still.«

Der Große zog die Schultern hoch. »Das war eine Kleinigkeit. Wir ließen es von einem Kind vollbringen. Wir werden Freiwillige zu Hilfe holen. Während wir fort sind, füllt ihr den See wieder.«

Ich schüttelte den Kopf. »Der See wird erst gefüllt, wen ihr wieder da seid.«

»Ich gebe euch mein Wort.«

»Sie haben vorhin gesagt, ihr würdet uns trotz eines gegebenen Ehrenwortes ohne weiteres umbringen.«

Da grinste er wieder. »Kann sein, daß ich das immer noch will. Wer weiß? Die Welt ist voller Überraschungen. Daran muß man sich gewöhnen.« Dann waren er und seine Freunde abrupt verschwunden. Sie wandten sich nicht um und gingen davon, sie waren einfach nicht mehr da. Nun konnte ich mir jedoch einen Reim darauf machen: Die Zeit verlief plötzlich schneller für sie, so daß sie uns schneller verlassen konnten, als unsere Augen es mitbekamen.

»Ich bin alt«, stöhnte Vater. »Das alles begreife ich nicht mehr.«

»Ich auch nicht«, entgegnete ich. »Doch wenn es unser Überleben bedeuten kann, müssen wir es versuchen.«

Der Anführer kehrte mit nur dreißig Männern zurück, versicherte uns aber, daß diese Zahl ausreichen werde. Nachdem der See wieder in alter Schönheit vor uns lag, machten wir uns auf den Weg. »Vielleicht bringen wir euch jetzt um«, schrie der Anführer und brüllte vor Lachen. Dabei umarmte er mich. »Du gefällst mir!« schrie er. Die anderen lachten. Ich verstand seinen Humor nicht.

»Schnellzeit«, befahl der Anführer. Zu meiner Überraschung ging niemand schneller. Da begriff ich, daß sie ihre Zeit schneller passieren lassen konnten, während die Außenwelt im normalen Tempo weiterlebte. Am frühen Morgen erreichten wir den Lagerplatz der Armee. Wir hatten unterwegs zweimal gerastet und geschlafen. Insgesamt hatte unsere Expedition fünf Tage unserer Zeit gekostet, während es für unsere Krieger etwa vierundzwanzig Stunden gewesen waren. Diesmal begriffen Vater und ich, wie sehr wir uns zuvor angestrengt haben mußten. Die Ku Kuei waren nicht langsam, und jedesmal, wenn wir uns zur Ruhe legten, waren wir fürchterlich erschöpft. Vater und ich hatten die gleiche Strecke zurückgelegt und dabei nur zweimal gerastet.

Die Reise verstrich ereignislos, und keine vierundzwanzig Stunden nach unserem Aufbruch waren wir wieder bei unserer Armee.

Das heißt, wenn die Armee noch dagewesen wäre.

Aus einem Kilometer Entfernung sahen wir, daß da etwas nicht stimmte. Wir zogen am Ufer des langen Sees dahin und konnten weithin das Grasland überblicken. Wo sich der Rauch der Lagerfeuer erhob, gab es keine Pferdeherden. Überhaupt keine Pferde. Nichts.

Mit Ausnahme der Leichen. Nicht sehr viele, aber genug, um die Vorgänge zu rekonstruieren. Homarnoch hatte trotz aller Schwierigkeiten darauf bestanden, seinen Wagen in den Wald zu holen. Er lag tot vor den verbrannten Überresten des Gefährten. Selbst ein Mueller kann sich nicht regenerieren, wenn der ganze Körper verbrannt ist. Um ganz sicher zu gehen, hatte man ihm nach seinem Tode auch noch den Kopf abgeschlagen. Die anderen Leichen hatte man in gleicher Weise behandelt.

Das alles hatten wir innerhalb weniger Augenblicke im Lager wahrgenommen. Dann schrie ich: »Saranna!« Ich war unruhig und hoffte, sie wäre nicht hier. Es schien mir besser, sie sich lebendig unter den Deserteuren vorzustellen, als tot an dieser Stelle. Immer wieder rief ich nach ihr. Bald halfen uns die Ku Kuei dabei, zwischen den Leichen nach Lebendigen zu suchen. Der Anführer rief nach mir. »Seetrinker!« schrie er. »Hier lebt noch jemand.«

Ich eilte zu ihm.

»Eine Frau!« fügte er hinzu. Ich rannte schneller.

Vater kniete bereits neben ihr. Ihr waren Arme und Beine abgeschnitten worden. Auch den Kehlkopf hatte man entfernt. Ihr Körper begann, sich zu regenerieren. Aber sie war nicht so radikal und konnte vorerst nicht reden.

Der Anführer der Ku Kuei wollte immer wieder wissen, warum sie nicht verblutet war und so schnell abheilte. Vater fauchte ihn an, er solle mal eine Minute den Mund halten. Wir gaben ihr etwas zu essen. Sie warf mir einen herzzerreißenden Blick zu. Mit ihren Armstümpfen wollte sie nach mir greifen. Ich hielt sie fest im Arm. Verwundert sahen uns die Ku Kuei zu.

»Ich schätze, das alles bedeutet, daß ihr uns nicht mehr braucht«, meinte der Anführer nach einer Weile.

»Mehr denn je«, sagte ich, während Vater zur gleichen Zeit sagte: »Ganz recht.«

»Wem von euch soll ich nun glauben?« fragte der Dicke.

»Mir«, herrschte ich ihn an. »Wir brauchen die dreißig Leute nicht mehr. Aber wir haben keine Möglichkeit, uns anderweitig zu verbergen. Es geht nur um uns drei – meinen Vater, Ensel Mueller, Saranna, meine Frau, und ich heiße Lanik Mueller.«

»Wir haben unseren Teil der Abmachung erfüllt«, sagte der dickste Ku Kuei. »Also sind wir euch los. Sollen wir euch bis zum Waldrand bringen?«

Meine Geduld war zu Ende. Ich bewegte die Erde unter ihm. Er krachte schwer auf seinen Hintern und fluchte.

»Du hast den Instinkt eines Bullen«, knurrte er ärgerlich. »Mögen deine Kinder Wasserköpfe kriegen! Möge deine Gallenblase voller Steine sein! Möge dein Vater herausfinden, daß er sein Leben lang zeugungsunfähig gewesen ist!«

Dabei sah er mich so scharf an, daß ich vor Lachen losprustete. Als ich zu lachen anfing, grinste der Dicke breit. »Du bist von der Sorte, die ich mag!« schrie er.

Es gehörte nicht viel dazu, mit den Ku Kuei auszukommen.

Sie trugen Saranna mit einer Behutsamkeit, die man so großen, ungestalten Geschöpfen gar nicht zugetraut hätte. Aber sie rasteten öfter, als Vater und ich nötig gehabt hätten. Vater aß hungrig von den riesigen belegten Broten, die sie dauernd anboten. Ich nahm nichts zu mir. Statt dessen blieb ich bei Saranna und fütterte sie. Wir waren am zweiten Tag nach dem Aufbruch vom Lager schon seit Stunden unterwegs, als Saranna endlich zu sprechen begann.

»Ich glaube«, begann sie heiser, »daß meine Stimmbänder wieder arbeiten.«

»O nein!« rief einer der Ku Kuei. »Wenn eine Frau spricht, ist die Stille aus dem Wald verbannt!« Dieser Bemerkung folgte riesiges Gelächter. Einige Ku Kuei lagen auf der Erde und konnten sich entweder vor Lachen oder wegen ihrer gewaltigen Mahlzeit nicht aufrichten.

»Saranna«, sagte ich. Sie lächelte.

»Du warst nicht lange fort, Lanik.«

»Zu lange, wie mir scheint.«

»Sie ließen mich am Leben, damit ich dir berichten kann, was sie dachten.«

»Das einzige Gute, was im ganzen Monat passiert ist.«

»Sie waren sicher, du würdest den Mueller unterwegs

umbringen. Die Leute fürchteten, du würdest alle Schrekken von Ku Kuei auf sie ziehen. Sie haßten dich. Deshalb zogen sie fort.«

»Und mordeten dabei.«

»Homarnoch verfluchte sie und drohte, den ersten Deserteur zu töten. Es gab viele, die die Ersten sein wollten. Homarnoch traf keinen. Einige versuchten, ihn zu verteidigen. Sie fielen mit ihm.«

»Und du?«

»Alles ging schnell. Sie wollten dafür sorgen, daß ich nicht so bald wieder auf den Beinen war. Sie meinten, das würde dich und die Monster von einer Verfolgung abhalten.«

Ich betrachtete die etwa dreißig Ku Kuei, die wie kleine Hügel dasaßen oder im Gras schnarchten. »Monster«, knurrte ich. Saranna lachte. Bald darauf flossen Tränen. Aus dem Lachen wurde ein Schluchzen.

»Es ist so schön, wenn man eine Stimme hat, um damit zu weinen«, meinte sie, nachdem die Tränen versiegt waren.

»Was machen deine Beine?«

»Besser. Die Knochen sind noch nicht hart genug. Morgen kann ich schon ein wenig gehen.«

Ich wickelte den von den Ku Kuei improvisierten Verband von ihren Beinen. »Lügnerin«, sagte ich. »Die Beine sind noch nicht einmal bis zum halben Schienbein gewachsen.«

»Oh«, meinte sie, »mir war, als könnte ich bereits die Zehen fühlen.«

»Die Nerven regenerieren sich. Hast du noch niemals ein Bein verloren?«

»Ich war immer brav.« Sie lächelte.

»So, hoch – wir gehen weiter. Wir haben nicht mehr viel Zeit!« schrie der Anführer. Die anderen setzten sich laut lachend in Bewegung. Am liebsten hätte ich den nächstbesten Lacher umgebracht.

Die Stadt Ku Kuei lag im See auf der Insel, die wir vom Ufer aus gesehen hatten. Wenn man überhaupt von einer

Stadt sprechen konnte. Nirgendwo gab es Häuser oder sonstige Baulichkeiten. Nur Wald und einige niedergetrampelte Grasflächen.

Bemerkenswert erschien mir, daß die Kinder zum Glück recht dünn waren. Aber ich schätzte, daß die Ku Kuei insgesamt mehr Gewicht auf die Waage brachten, als die gesamte übrige Bevölkerung des Planeten. Mein Eindruck, den ich nicht zu korrigieren brauchte, war der einer ungeheuerlichen Faulheit überall. Niemand schien einen Finger zu krümmen, so lange es sich vermeiden ließ. »Komm mit auf die Jagd«, wurde ich mehrfach eingeladen. Einmal ging ich mit. Die Leute versetzten sich in ihre Schnellzeit und gingen auf die Beute zu. Die Tiere wurden, da sie in Normalzeit bewegungslos standen, ohne Mühe erlegt. Als ich das als unsportlich bezeichnete, wurde ich nur dumm angesehen. »Schneidest du dir die Füße ab, wenn du einen Wettlauf gewinnen willst?« fragte mich einer. Sein Nebenmann meinte: »Bedeutet es, daß ich nie wieder einen Wettlauf mitmachen muß, wenn ich mir die Füße abschneide?« Brüllendes Gelächter. Ich ging in die Stadt zurück.

Trotz ihrer Faulheit und ihrer Sucht, sich über fast alles zu amüsieren und keinen Auftrag ernst zu nehmen, lernte ich die Ku Kuei lieben. Nicht so wie die Schwartzes. Für sie hatte ich mehr Bewunderung gehegt. Mir kamen die Ku Kuei vor wie riesige, sich von selbst bewegende Spielzeuge. Aus einem unerfindlichen Grunde liebten sie mich auch.

»Wie heißt du?« fragte ich den Mann, der unsere zu spät gekommene Rettungsmannschaft geführt hatte.

»Was meinst du wohl, Seetrinker?«

»Woher soll ich das wissen. Mein Name ist Lanik Mueller.«

Er kicherte. »Das ist kein Name. Du hast den See geleert, also heißt du Seetrinker.«

»Du bist der einzige, der mich so nennt.«

»Ich bin der einzige, der dich überhaupt beim Namen ruft. Wie geht es Stumpf?«

Als ich dahinterkam, daß er Saranna meinte, ging ich

ärgerlich weg. Er konnte mich nicht verstehen. Er hielt das für den passenden Namen.

Die Monate in Ku Kuei waren wie ein Idyll, ähnlich meiner Zeit in Schwartz. Aber in Schwartz hatte ich mir noch Sorgen um die Zukunft gemacht. In Ku Kuei lag meine Zukunft bereits hinter mir. Und Vater wollte am liebsten sterben.

Ich bemerkte es am zweiten Tag unseres Unterrichts bei Mann-der-alles-weiß. Saranna und ich lagen im Gras. Mit geschlossenen Augen lauschten wir aufmerksam dem leise sprechenden und manchmal singenden Lehrer. Er versuchte, uns seinen eigenen Zeitfluß spüren zu lassen, der uns umgab. Ich weiß nicht, was mich aus der Trance riß (und ich erwachte unwillig, wie ich mich erinnere, denn Mann-der-alles-weiß hat den sanftesten Zeitfluß, den ich jemals geteilt habe). Jedenfalls sah ich zu Vater hinüber. Er starrte mit offenen Augen zum Himmel empor. Aus dem einen Auge rann ihm eine Träne in den Bart.

Damals machte ich mir noch keine Sorgen. Gewiß, Vater hatte so manchen Grund zur Trauer. Es war sinnlos, ihn in eine nachgemachte Fröhlichkeit zu zwingen, die er nicht empfand.

Wegen Vaters Verhalten fand ich es zunehmend schwieriger, mich in die Hols-der-Teufel Glücksstimmung der Ku Kuei ohne Wimpernzucken einzufügen. Ohne Wimpernzucken? Obwohl ich mich entspannt, gut, sogar geliebt fühlte, kam ich doch niemals ganz zur Ruhe. Meistens aus Sorge um meinen Vater. Zum Teil aber auch deshalb, weil ich in meiner ganzen Erziehung nicht gelehrt worden war, mich einmal gehen zu lassen und mich um nichts zu kümmern. Ich hatte ein sehr schweres Jahr hinter mir. Die Folgen ließen sich erst nach und nach überwinden. Nachdem man einmal der Musik der Erde gelauscht hat, kann man nicht mehr gleichgültig dahinleben.

»Du bist viel zu angespannt«, sagte Mann-der-auf-den-Arsch-fiel (diesen Namen hatte ich schließlich dem Anführer verpaßt, nachdem ich ihn noch ein paarmal rücklings hingestoßen hatte. Er liebte den Namen, und mehrere seiner Freunde griffen ihn auf). »Mann-der-alles-weiß meint, du machst nicht viele Fortschritte. Du mußt lachen lernen.«

»Ich weiß, wie man lacht.«

»Du weißt, wie man mit angespanntem Bauch dumme Geräusche verursacht. Niemand kann mit angespanntem Bauch lachen. Außerdem bist du zu dünn. Das ist immer ein Zeichen von Sorgen, Seetrinker. Das sage ich dir, weil ich meine, du willst es lernen, die Zeiten zu wechseln. Du bemühst dich viel zu sehr.« Diesmal wirkte Mann-der-auf-den-Arsch-fiel todernst, beinahe besorgt. Dieser Gesichtsausdruck war an ihm so fremd, daß ich lachen mußte. Er lachte zurück in der Meinung, einen Erfolg erzielt zu haben. Dabei hatte er gar nichts erreicht.

Denn Vater achtete nicht auf ihn. Selbst im leichtlebigen Ku Kuei mußte man aufpassen, wenn man überleben wollte. Doch Vater kümmerte sich um nichts. Oft fiel er hin, einmal sogar von einem ziemlich hohen Hügel. Dabei brach er sich beide Arme. Sie verheilten zwar innerhalb weniger Tage. Er lag während eines Gewitterregens unter einem Baum. Ich übte die Grundbegriffe der Zeitkontrolle und erreichte, daß wir beide (wenn auch nur wenig) verlangsamt wurden. Immerhin so stark, daß uns die Regentropfen weniger hart trafen. Da packte er plötzlich meine Hand und drückte sie fest, was in seinem verletzten Arm sicherlich Schmerzen verursachte. »Lanik, du hast die Kraft der Schwartzes. Kannst du mich verändern?«

»In was?« fragte ich, um die Stimmung heiter zu halten. Diese innere Heiterkeit setzte sich immer stärker in mir fest.

»Nimm mir die Muellereigenschaft. Nimm mir die Regenerationsfähigkeit.«

Ich war verwundert. »Wenn ich das täte, Vater, hätte dieser Sturz bereits dein Ende bedeuten können. Auf jeden Fall würde es Monate dauern, bis deine Arme wieder heil wären.«

Er schaute zur Seite. Tränen traten in seine Augen. Ich begriff, daß der Sturz vom Hügelhang vielleicht kein Unfall gewesen war. Ich machte mir Sorgen. Vater hatte schon früher solche Anfälle gezeigt. Aber nicht so schlimm wie diesen, der sehr tief zu sitzen schien.

Auch Saranna verursachte mir Sorgen. Es fing damit an, daß ich sie beim Liebemachen mit Wanzentöter antraf. Er hieß so, weil er beim Sex immer um sich schlug und trampelte. Sie lachte, als er mit den Beinen hampelte, und lachte sogar noch, als sie mich sah.

In Ku Kuei war Sex unter den Bäumen ein alltäglicher Anblick. Ich bildete mir nichts auf meine besondere Treue ein, weil ich mich mit dem Liebemachen bisher auf Saranna beschränkt hatte. Mir waren die Weiber in Ku Kuei einfach zu fett, als daß ich an ihnen Spaß gefunden hätte. Gewiß, ich war ein wenig eifersüchtig. Doch überwog dabei die Erkenntnis, daß Saranna genauso war, wie die Frauen der Ku Kuei – losgelassen, nur auf Amusement bedacht, leicht zu haben.

Saranna hatte mich seinerzeit gebeten, sie mitzunehmen, als ich Mueller verlassen mußte. Sie hatte sich damals aus Trauer eine tiefe Schnittwunde zugefügt, als ich ihre Bitte abschlagen mußte. Ich wollte sie nicht zur Geliebten eines Rad machen. Nach meiner Rückkehr war sie heftig in mich verliebt gewesen. Und dennoch …

»Saranna ist eine gute Schülerin«, sagte Mann-der-alles-weiß.

»Stimmt. Ich kann ihren Zeitfluß beinahe so stark fühlen wie den deinen«, gab ich zurück.

»Du bist unglücklich«, stellte mein Lehrer fest.

»Mag schon sein«, nickte ich.

»Bist du eifersüchtig, weil du der schlechteste Schüler bist, den ich jemals unterrichtet habe, während Saranna so gut ist wie unsere begabtesten Kinder?«

Ich zog die Schultern hoch. Zum Teil lag es sicherlich daran. »Vielleicht mache ich mir Sorgen, weil sie sich weniger um die uns angehenden Dinge kümmert als ich.«

Mann-der-alles-weiß lachte. »Du machst dir um alles Sorgen! Wie kann jemand nur so bekümmert sein!«

»Mein Vater macht sich noch mehr Sorgen«, warf ich ein.

»Im Gegenteil, Quetschmagen, dein Vater macht sich

genau so wenig Sorgen wie wir. Nur neigt er zur Verzweiflung, während wir voller Hoffnung sind.«

»Ich verliere Saranna.«

»Das ist gut. Kein Mensch sollte Eigentum eines anderen sein.« Er suchte Erklärungen dafür zusammen, warum mein Zeitsinn nicht so gut funktionierte. Ich sollte mich entspannen, wollte ich nicht steif und hart wie ein Baum werden.

Natürlich machte ich mir nicht in einem fort Sorgen. Das war in Ku Kuei einfach nicht möglich. Wenn es keine Wasserspiele im See oder eine dieser grotesken Expeditionen in den Wald gab, hatte man für hundert Jahre genug zu tun, einfach nur durch die Stadt zu bummeln. Da konnte man unterwegs stehen bleiben und dem Zeitfluß nachspüren, während andere Menschen in ihrem eigenen Tempo lebten.

So war zum Beispiel Mann-der-auf-den-Arsch-fiel fast immer in einem ziemlich raschen Zeitfluß. Ich war so unfähig, mir einen eigenen zu schaffen, daß ich fast automatisch in den Sog des Zeitflusses des nächstbesten Menschen geriet. Selbst wenig ausgebildete Ku Kuei vermochten ihren Zeitfluß im Beisein anderer zu bewahren. Wenn ich mich bei Mann-der-auf-den-Arsch-fiel aufhielt, schien die übrige Welt vollkommen stillzustehen. Wir wanderten und unterhielten uns, während die Sonne wie festgenagelt am Himmel hing und uns begegnende Menschen wie erstarrt standen (sofern sie einen schnellen Zeitfluß hatten) oder sich nur langsam bewegten. Keiner bewegte sich so schnell wie Mann-der-auf-den-Arsch-fiel.

»Mein Freund«, redete ich ihn eines Tages an, als ich seiner Freundschaft sicher war, »du rast so schnell durchs Leben. Warum die Eile?«

»Ich habe keine Eile und gehe niemals schnell.«

»Ich halte mich hier nun ungefähr einen Monat auf …«

Er unterbrach mich lachend. »Ich weiß nicht, wie ihr es macht, Tage zu zählen, als ob sie etwas bedeuten!«

»Und du bist in dieser Zeit älter geworden.«

Er fuhr sich mit der Hand übers Haar. »Grau, wie?«

»Grau. Und Falten im Gesicht.«

»Vom Lachen!« erklärte er triumphierend, als sei damit alles gesagt.

Seine oberflächliche Haltung wuchs auch in Saranna – aber in die andere Richtung. Sie verlangsamte ihr Leben. Das beruhte nicht auf einer plötzlichen Entscheidung (ab heute geht's bei mir langsam), sondern kam nach und nach. Nachdem sie die Zeit meistern gelernt hatte, fiel mir auf, daß sich alles ringsum wahnsinnig schnell bewegte, sobald ich mich von ihrem Zeitfluß einfangen ließ. Unerträglich schnell tanzten die Ku Kuei an uns vorüber, plapperten einen Augenblick und rasten außer Sicht. Wenn ich mit Saranna redete, sah sie mir dauernd rechts und links über die Schultern und beobachtete die vorüberhuschenden Leute. Hin und wieder lächelte sie, obwohl das nicht in unsere Unterredung paßte. Wenn ich mich umdrehte, um zu sehen, worüber sie sich amüsierte, war die Szene längst entschwunden.

Einmal traf ich sie am frühen Morgen. Nach einem kurzen Gespräch brach schon wieder der Abend herein. Ich fragte Saranna, warum sie ihre Zeit so stark verlangsamt hatte.

»Weil das so ulkig aussieht, wenn alles dahinrast«, erklärte sie. Das wäre Grund genug für das oberflächliche Mädchen gewesen, in das ich mich einst verliebt hatte, reichte aber jetzt als Begründung nicht mehr aus. Deshalb bohrte ich weiter. Sie fauchte mich an: »Du sollst mich nicht so bedrängen, Lanik. Aber ich liebe dich trotzdem.«

Wir machten Liebe miteinander. Es war so gut wie immer. Ihre Leidenschaft für mich war heiß wie eh und je. Nicht zu vergleichen mit den Affären voller Lachen und Spaß, die sie mit den Ku Kuei gehabt hatte. Ich wußte, daß sie immer noch an mir hing. Aber meine Macht über sie reichte nicht aus, sie aus ihrem Taumel zu reißen, der sie die Welt an sich vorüberhuschen ließ, ohne sie in Stücke zu reißen.

Ihre Eigenschaften sprachen sich herum. Die Ku Kuei nannten sie weiterhin Stumpf, aber jetzt aus einem anderen Grund. Für die meisten von ihnen wirkte sie tot und unbeweglich, wie ein Baumstumpf. Sie änderte ihren Zeitfluß für niemanden. Ich dagegen wechselte wie ein Chamäleon die Farbe, meinen Zeitfluß mit jedem Freund. Also konnte ich noch am ehesten mit ihr reden. Meistens stand sie da, wie mitten in einem Schritt erstarrt. Aus der Entfernung beobachtete ich sie manchmal stundenlang, bis sie einen Schritt vollbrachte und das Gewicht auf den anderen Fuß verlagerte.

Ein anderes Mal lag sie, als ich sie sah, in den Armen von Mann-der-alles-weiß. Das Paar tauschte Zärtlichkeiten und Streicheln mit solcher Langsamkeit aus, daß die Bewegungen so unwahrnehmbar wie bei fernen Sternen wirkten. Mir kam es so vor, als wäre mir Saranna vollkommen fremd oder als sei sie, noch schlimmer, nichts als eine pornographische Statue unter einem Baum auf der Insel Ku Kuei.

Saranna und Vater fanden jeder auf seine Weise den Weg aus dem Leben. Nur für mich gab es kein Entrinnen.

An seinem letzten Lebenstag kam Vater zu mir und legte sich neben mich unter einen Baum. Es regnete leicht. »Mach heute keine Zeitspielereien«, bat er. »Du konzentrierst dich ständig so sehr, daß ich meine, du hörst mir überhaupt nicht zu.« Also legte mir Vater den Arm um die Schulter und zog mich fest an sich, wie er es in meinen Kindertagen gemacht hatte, wenn wir zu Manövern ins Feld zogen. Damit sagte er mir: »Ich liebe dich.« Und damit meinte er auf Wiedersehen.

»Ich war ein Bauherr«, sagte er und schrieb mir damit zugleich den eigenen Nachruf ins Herz, »aber meine Gebäude sind eingestürzt. Lanik, ich habe meine Schöpfungen überlebt.«

»Mich ausgenommen.«

»Du bist von stärkeren Kräften geformt worden, als sie mir zu Gebote stehen. Es ist beschämend, wenn ein Architekt den Einsturz des Tempels noch erleben muß.«

Seit Jahrhunderten waren in Mueller keine Tempel mehr gebaut worden.

»War ich ein guter König?« fragte mein Vater.

»Ja«, bestätigte ich.

»Nein«, widersprach er. »Krieg und Mord, Eroberungen und Machtkämpfe waren jahrelang das wichtigste für mich. Und nun war alles umsonst. Nicht vernichtet durch die unausweichlichen Kräfte der Natur. Sondern durch Leute, die auf Bäumen hausen, zufällig das Spiel gewannen und schneller zum Erfolg gelangten als wir. Dadurch verloren wir das Gleichgewicht und gingen zu Boden. Zufall. Genauso wie es Zufall war, daß wir über den Abgesandten an Eisen gelangten. Demnach war ich doch nicht der Erbauer eines Reiches. Oder? Ich habe lediglich das Eisen benutzt, um Menschen zu töten.«

»Du warst ein guter Herrscher über dein Volk«, beruhigte ich ihn. So etwas mußte er jetzt hören. Er war wirklich einer, gemessen an der relativen Skala, wie sie für Herrscher gilt.

»Die Äußeren treiben ihr Spiel mit uns, Lanik. Ein wenig Eisen hierhin, ein wenig dorthin – und siehe, was sich dann auf dem Spielfeld tut. Ich war ein Kleinhändler, Lanik, und hielt mich für einen König.«

Plötzlich umklammerte er mich heftig und flüsterte mir wütend ins Ohr: »Ich will nicht darüber lachen!« Als Beweis begann er zu weinen. Ich weinte auch.

Er suchte den Freitod im Wasser. Die Leiche wurde im hohen Schilf an der flachen Seite der Insel gefunden. Die Strömung hatte sie dorthin getragen. Er war von einem Kliff ins seichte Wasser gesprungen, um sich dort das Genick zu brechen. Sein Körper konnte sich nicht schnell genug regenerieren, so daß er ertrinken mußte, während er hilflos auf dem Grund lag. Er hatte die Regeneration überlistet. Ich war recht stolz auf seine Findigkeit. Selbstmord hatte es bei den Muellers seit Jahren nicht mehr gegeben, bis auf einige Fälle von Selbstverbrennung bei Verrückten. Vater war nicht verrückt, dessen bin ich sicher.

Nachdem Vater fort war, entwickelten sich einige Dinge besser. Ich brauchte mich nicht mehr um ihn zu sorgen. Endlich war das leere Gefühl vergangen. Ich hörte auf, plötzlich stehen zu bleiben und mich nach jemandem umzudrehen, von dem ich wußte, daß er nicht mehr da war. Meine Lernleistungen wurden besser. »Du bist immer noch miserabel«, sagte Mann-der-alles-weiß, »aber du kannst wenigstens schon den eigenen Zeitfluß kontrollieren.« Das stimmte. Ich konnte mich bis auf einen Meter in den Zeitfluß eines anderen wagen, ohne davon beeinflußt zu werden. Das gab mir ein bisher nicht gekanntes Gefühl von Freiheit. Ich gewöhnte mir an, zur Schlafenszeit meinen Fluß sehr hoch zu schrauben, so daß ich für neun Stunden nur ein paar Minuten brauchte. Die Leute in meiner Umgebung hielten mich für hellwach. Ich erlebte jede Stunde eines jeden Tages und hatte meine Freude daran, wie ein echter Ku Kuei.

Aber ich war nicht glücklich.

Niemand war glücklich, fiel mir eines Tages auf. Amüsiert, ja. Aber Amüsieren ist die Reaktion stark gelangweilter Leute, die mit nichts mehr unterhalten werden können. Die Ku Kuei besaßen alle Zeit der Welt. Aber sie wußten nichts damit anzufangen.

So brachte ich ein halbes Jahr wirklicher Zeit in Ku Kuei zu (die Jahreszeiten wurden im großen und ganzen von den Zeitspielereien nicht beeinflußt). Da hörte ich eines Tages, daß Mann-der-auf-den-Arsch-fiel im Sterben lag. »Sehr alt«, meinte die Frau, von der ich es erfuhr. Also ging ich zu ihm und fand ihn, immer noch in Schnellzeit, dem Tod entgegenrasend, im Gras liegend. Ich schnellte mich zu seiner Zeitgeschwindigkeit empor, was selbst die Ku Kuei nur ungern taten, zumal am Tod nichts Amüsantes ist, und hielt seine Hand. Er ächzte und stöhnte.

Er hatte an Gewicht verloren, war aber immer noch dick. Überall hing ihm die Haut in Falten.

»Ich könnte dich heilen«, begann ich.

»Gib dir keine Mühe.«

»Ganz bestimmt. Ich kann dich erneuern. Das habe ich in Schwartz gelernt. In Schwartz lebt man ewig.«

»Wofür?« fragte er. »Ich habe mich nicht die ganze Zeit hindurch beeilt, um mich jetzt des Erfolgs berauben zu lassen.« Er kicherte.

»Worüber lachst du?« fragte ich.

»Über das Leben. Und über dich. O Magenquetscher. Mein Seetrinker. Trink mich zu Tode.«

Mir fiel auf, daß ich in Ku Kuei der einzige war, der um ihn trauerte. Hier nahm man den Tod nicht zur Kenntnis, wie es schon beim Hinscheiden meines Vaters gewesen war. Mann-der-auf-den-Arsch-fiel hatte viele Freunde. Wo blieben sie? Sie suchten andere Freunde, die nicht durch das Leben rasten und vor den anderen damit fertig waren.

»Es hatte keine Bedeutung für mich«, fuhr er fort. »Aber dir bedeutet es etwas. Wir sagen, wir sind glücklich, weil wir hoffen können. Aber das ist eine Lüge. Wir haben keine Hoffnung. Du bist der einzige, den ich in meinem Leben kennengelernt habe, der Hoffnung hat, Seetrinker. Also geh fort von hier. Das hier ist ein Friedhof. Geh fort und rette die Welt. Du weißt, daß du es kannst. Falls du es nicht kannst, wird es keiner schaffen.«

Voller Überraschung stellte ich fest, daß er nicht lachte.

»Du meinst es im Ernst, ja?« fragte ich.

»Ich mag dich, Seetrinker«, antwortete er und starb. Von seinem überschnellen Zeitfluß war so viel übrig, daß er binnen weniger Minuten echter Zeit zerfiel und buchstäblich in der Erde versank. Niemand brauchte seine Leiche wegzuräumen.

Ich ließ mich ebenfalls in die Erde sinken, die sich über mir schloß. Dort lauschte ich dem Lied der Erde. Der Krieg war vorüber. Die Schreie der Sterbenden erklangen nur noch vereinzelt. Zwar konstant, aber in Abständen, wie es friedlichen Zeiten entsprach. Dennoch glaubte ich nicht an den Weltfrieden. Den hatte es niemals gegeben.

Die Welt retten? Wovor? Ich machte mir keine Illusionen, denn ich konnte nicht einmal mich selbst retten.

Ich konnte die Welt jedoch verbessern. Dafür war aber hier in Ku Kuei die Grundlage zu schwach und wenig tragfähig. Vater und Mann-der-auf-den-Arsch-fiel waren tot, Saranna schien wie in ihrer Zeit erstarrt. Mann-der-alles-weiß war überzeugt, daß ich in der Wissenschaft der Zeitkontrolle niemals weitere Fortschritte machen würde. Mir ging auf, daß es für mich Zeit zum Weiterziehen wurde.

»Nein, bleib«, sagte Saranna, als ich sie davon in Kenntnis setzte.

»Ich will und werde gehen«, gab ich zurück.

»Ich brauche dich.« Der Ausdruck ihrer Augen erschreckte mich. Also blieb ich noch etwas. Ich verbrachte, in ihren Zeitfluß eingehüllt, einen weiteren Tag und eine Nacht mit ihr, dann noch einen Tag wirklicher Zeit. Wir machten Liebe miteinander und sagten uns Zärtlichkeiten, die später schöne Erinnerungen abgeben würden. Der Trennungsschmerz wurde dadurch gemildert. Sie weinte nicht beim Abschied. Ich auch nicht. Obwohl uns beiden danach war, glaube ich.

»Komm wieder«, bat sie.

»Ich werde kommen.«

»Komm bald zurück, so lange du noch jung bist, um mich besitzen zu wollen. Denn ich werde ewig jung bleiben.«

Nicht für ewig, Saranna, dachte ich, äußerte mich aber nicht. Jung nur so lange, bis der Planet alt und von einem anderen Stern verschlungen wird. Dann wirst du alt sein, und die Flammen werden verzehren, was die Zeit nicht auflösen konnte. Weil du dich entschlossen hast, dich vor der Zeit zu verbergen, werden die Flammen dich ewig brennen, bevor du stirbst.

Als ich sie verließ, hatte ich keine Hoffnung, sie jemals wiederzusehen. Nachdem ich mich aus ihrem Zeitfluß gelöst hatte, schaute ich zurück, um mir ihr Bild ins Gedächtnis zu prägen. Aus ihrem Auge löste sich eine einzelne Träne. Ein liebliches Lächeln umspielte ihren Mund. Mit ausgestreckten Armen bot sie mir ein Lebewohl – vielleicht war es auch eine Geste, die mich zur Umkehr bewegen sollte. Sie war fast unerträglich schön. Durch Schmerz war aus dem schönen Mädchen eine Frau geworden. Unterbewußt fragte ich mich, ob ich wohl schon alt genug sei, um sie wirklich zu lieben.

Ich ging fort, ohne mich von einzelnen zu verabschieden. Denn meine Abreise hätte niemanden amüsiert. Als ich in den Wald ging, paßte sich mein Zeitfluß ganz natürlich der wirklichen Zeit an. Deshalb wurde ich abends müde und schlief. Morgens wachte ich mit der Sonne auf. Es war erfrischend, endlich wieder einmal normal leben zu können.

Einen Tag später fühlte ich in der Nähe einen rascheren Zeitfluß, dem ich mich anpaßte. Dabei entdeckte ich drei junge Ku-Kuei-Mädchen, die noch jugendlich schlank waren. Sie neckten einen Fremden, der sich in den Wald gewagt hatte. Wohin er auch anfangs gegangen sein mochte, im Augenblick war er nach Süden unterwegs. Dabei folgte er dem Lauf des Waldflusses, der draußen nach Jones führte. Eines der Mädchen kam zu mir herüber und erzählte, sie wären schon seit Tagen hinter dem armen Kerl her. Er war schon halb verrückt, weil er nicht begreifen konnte, daß er nach dem Sonnenstand kaum eine Stunde unterwegs war und dennoch vor Müdigkeit nicht weiterkonnte. »Der Kerl kommt bestimmt nicht wieder nach Ku Kuei«, amüsierte sie sich.

»Das kann man nicht wissen«, gab ich zurück. »Irgendwer hat das auch mit mir gemacht, als ich zum ersten Mal hierher kam. Dennoch bin ich zurückgekehrt.«

»Oh«, rief sie. »Du bist der Magenklemmer und Seetrinker. Bei dir ist das etwas anderes.« Sogleich fing sie an sich auszuziehen. Ein sicheres Zeichen dafür, daß eine Ku Kuei Liebe machen möchte. Sie lachte schallend, als ich ablehnte. »Das haben mir schon andere gesagt, aber ich wollte es nicht glauben! Immer nur dieses weiße Mädchen aus Mueller, wie? Stumpf, wie?«

»Saranna«, berichtigte ich. Daraufhin lachte sie erst recht. Ich verließ das Mädchen und kehrte zur Normalzeit zurück. Das sollte sie veranlassen, sich schnell von mir zu entfernen. Es ist wahr – bevor ich Mueller verließ, hatte ich viele Stunden mit Plänen darüber zugebracht, wie ich Saranna betrügen und mit jedem willigen Mädchen schlafen konnte. Es gab nicht viele, die mir, dem Kronprinzen, ein Schäferstündchen verweigert hätten. Seit meiner Rückkehr nach Mueller hatte ich mit keiner anderen geschlafen. Warum wohl?

Plötzlich war ich treu geworden. Fragte sich nur, wie lange diese Phase anhalten würde.

Wenn man ihn ohne Furcht betritt, ist der Wald von Ku Kuei recht hübsch. Ich stammte allerdings aus einer bäuerlichen Gegend, liebte das weite Reiterland. Als der Waldfluß die Bäume hinter sich ließ, hatte ich die hohen Berge von Jones vor mir. Weithin erstreckte sich das Land zur großen Ebene am Rebel River. Eine Stunde lang saß ich auf einer Hügelkuppe und sah über Felder und Bäume ins offene Land. In der Nähe stieg Rauch von Küchenfeuern auf. Weit im Westen schimmerten Segel auf dem Rebel River. In der Weite dieser Landschaft hatten die Menschen wenige Veränderungen hervorgerufen. Ein paar Minuten philosophierte ich vor mich hin. Dann fiel mir auf, daß es in einem nahe gelegenen Obstgarten Äpfel im Überfluß gab. Ich war nicht hungrig. Aber ich hatte schon seit so langer Zeit keine Nahrung zu mir genommen, daß meine Zähne allein beim Gedanken ans Kauen zu kitzeln schienen. Also ging ich den Berg hinunter, vergaß die Philosophie und schloß mich wieder der menschlichen Rasse an.

Niemand zeigte sich von meinem Auftauchen sonderlich erfreut.

9

jones

Der Ort hatte einen Namen. Aber ich erfuhr ihn nie. Eben nur ein weiteres Dorf rechts und links der großen Hauptstraße zwischen Nkumai und Mueller. Früher war hier einmal einer der zahlreichen Wege verlaufen, die dem Handelsverkehr zwischen Jones und Bird, Robles und Sloan dienten. Daraus war eine große Überlandstraße mit dichtem Verkehr geworden.

Die Einheimischen behaupteten, man könne sich neben die Straße stellen, und den ganzen Tag über kämen alle fünf oder zehn Minuten Reisende vorbei. Ich sah keinen Grund, an ihren Worten zu zweifeln.

Nur ein Jahr war vergangen, seit ich mit meinem Vater im Wald von Ku Kuei verschwunden war, um nicht mehr zurückzukehren. Unsere Namen waren bereits Legende geworden. Ich hörte Geschichten, ich hätte ihn ermordet; oder er hätte mich hinrichten lassen, oder wir beide hätten uns gegenseitig hinrichten lassen, oder wir beide hätten uns gegenseitig bei einem schrecklichen Duell umgebracht. Ich vernahm auch die Prophezeiung, daß Vater eines Tages zurückkehren und alle Völker der Westlichen Ebene in einer großen Rebellion gegen die Nkumai vereinigen würde. Natürlich erwähnte ich nichts von Vaters Sturz in den See in Ku Kuei, wenngleich ich mich fragen mußte, ob er diesen Freitod auch gewählt hätte, wenn er gewußt hätte, welch große Verehrung das Volk der Ebene seinem Namen entgegenbrachte.

Es lag auch eine gewisse Ironie darin, da sie ihn einst gefürchtet hatten, bevor sie am eigenen Leib erfuhren, daß Nkumai ein viel unerbittlicherer Herr war als Mueller. Oder doch nicht? Ich hatte keine Vergleichsmöglichkeit. Wir aus Mueller brachten damals, als wir noch andere Länder eroberten, denen, die wir unterworfen hatten, keine besondere Gnade entgegen. Das Volk hätte unter dem Absatz von

Mueller wohl genauso gestöhnt, wie es sich über die Unterdrückung durch Nkumai beschwerte.

Das Gerede von Rebellion war sowieso nur ein Tagtraum. Auch, wenn Dinte in Mueller regierte, war die Unabhängigkeit des Landes nur vorgetäuscht. Auf dem Papier war Mueller heutzutage noch größer und stärker als unter meinem Vater, doch ein jeder wußte, daß Nkumais ›König‹ genauso in Mueller herrschte wie im eigenen Land. So hart die Herrschaft der Nkumai auch sein mochte, die ganze Ebene am Rebel River von Schmidt im Westen bis zu den Star High Mountains im Osten lebte in Frieden. In Frieden, weil sie erobert worden war, aber Frieden bringt Sicherheit mit sich und Sicherheit Vertrauen und Vertrauen Wohlstand. Das Volk beschwerte sich zwar, war im Prinzip aber zufrieden.

Und der König von Nkumai?

Man sprach viel über ihn, aber ich wußte Bescheid, genauso wie einige andere, die Gründe für ihr Wissen hatten. Wie der Gastwirt im Dorf. Er war einmal Duke of Forest-edge gewesen. Aber er hatte den Fehler begangen, die riesige Kontributionszahlung zu verweigern, die Soldaten aus Nkumai bei ihm einziehen wollten. Er hatte genug Geld beiseite gebracht, um das Gasthaus zu kaufen und einzurichten.

Vielleicht hatte er also doch keinen Fehler begangen – nun, nachdem er nicht mehr dem Adel angehörte, ließ man ihn im Prinzip in Ruhe.

»Hier arbeite ich jetzt tagein und tagaus. Dabei verdiene ich gut, mein Junge. Aber eins kann ich dir nur sagen, weil du es ja nie kennenlernen wirst, nichts ist schöner, als mit den Hunden einen Hirsch zu hetzen, der versucht, durch den Wald zu fliehen.«

»Das bezweifle ich nicht«, entgegnete ich, zumal ich selbst so manches Stück Wildbret auf die Decke gestreckt hatte. Wir nun überflüssigen Hoheiten schwelgten in Erinnerungen zum Ausgleich für das, was wir an Stand verloren hatten.

»Aber der König hat die Jagd verboten. Also essen wir

Rind- und Schaffleisch. Wir würzen es mit Pferdemist und nennen es Stew.«

»Dem König muß man gehorchen«, erwiderte ich. In solchen Zeiten kann es nicht schaden, sich recht loyal zu stellen (wo wir doch alle so getreue Untertanen der Nkumai sind).

»Der König sollte verjagt werden«, ereiferte sich der Wirt, der mir daraufhin sofort besser gefiel. Vielleicht hätte er sich in Gegenwart anderer Gäste weniger deutlich ausgedrückt.

Doch er konnte wohl an meiner Ausdrucksweise erkennen, daß ich gebildet war, was bedeutete, daß auch ich früher einen höheren Rang bekleidet haben mußte.

»Der König von Nkumai ist in diesen Tagen genau so wichtig wie Raumschiffe.«

Ich lachte. Also wußte auch er Bescheid.

»Jedermann weiß, daß die wirkliche Macht hinter dem Thron bei Mwabao Mawa liegt.«

Dieser Name erweckte viele Erinnerungen, die in einer dunklen Nacht endeten, als Mawa versuchte, mit einem hübschen, jungen Mädchen Liebe zu machen. Seltsam, die Erinnerung erregte mich, und ich überlegte, was wohl geschehen wäre, hätte ich es dazu kommen lassen. Das wäre vielleicht für sie eine Überraschung gewesen.

»Ich weiß, was vielen unbekannt ist, daß nämlich die Wissenschaftler die Macht hinter Mwabao Mawa darstellen«, fuhr der Mann fort.

Ich lächelte. Waren die Nkumai so achtlos gewesen, ihr Geheimnis nicht zu hüten? Aber erneut gab ich vor, keine Ahnung zu haben. »Wissenschaftler? Das sind doch nur Träumer.«

»Meinst du? Glaubst du vielleicht, ich hätte nicht Gönner und Freunde in einflußreichen Stellungen, nur weil ich gegenwärtig harte Zeiten durchmache? Das gleiche gilt doch für Mueller. Hier regieren in Wahrheit die Genetiker. Dinte dient nur dazu, diejenigen nicht rebellieren zu lassen, die nun mal am königlichen Blut hängen. Traurige Zeiten, wenn zum Herrschen geborene Männer den Gastwirt spielen müssen, während selbsternannte weise Leute Dinge leiten, die ihnen nicht zukommen.«

Er ging ins Hinterzimmer. Bis ich mein Bier ausgetrunken hatte, ließ er sich nicht mehr sehen. Ich brauchte nicht zu trinken. Hin und wieder tat ich es nur, weil es mir behagte. Vor allem hinterher, wenn ich pinkeln mußte. Wer das alle Tage tut, weiß gar nicht, welchen Spaß man daran haben kann.

»Bleib noch!« rief er, als er in die Gaststube zurückkam. »Setz dich wieder hin. Ich muß dir noch etwas sagen. Gib mir dein Wort, daß du nichts weitererzählen wirst.«

Ich lächelte, was er dummerweise als Zustimmung deutete. Er lächelte zurück. »Ich hab's doch gleich gesehen, daß du kein gewöhnlicher junger Mann bist. Das liegt nicht nur an deinem hellblonden Haar. Demnach mußt du aus Mueller oder Schmidt stammen. Du hast etwas an dir. Obwohl du allein gekommen bist, sieht man dir an, daß du gelernt hast, Männer zu kommandieren.«

Ohne ein Wort sah ich ihn an. Er grinste und senkte die Stimme. »Ich heiße Bill Underjones. Verstehst du? Daraus müßtest du entnehmen, daß ich nicht nur ein Träumer bin.« Under-jones bedeutete, daß er nur um einen Schritt von königlicher Abkunft entfernt war. »Es gibt immer noch eine Opposition gegen diese Nigger. Wir sind nicht viele, aber gerissene Leute. Wir stapeln Eisen in Huss, südlich von hier. Das ist ein Sumpfland und daher das beste Versteck. Ich werde dir sagen, wen du aufsuchen mußt. Er wird dich gern aufnehmen. Es spielt keine Rolle, wer du bist. Er wird dich auf den ersten Blick aufnehmen. Er heißt ...«

»Behalte den Namen für dich«, rief ich dazwischen. »Ich will ihn nicht wissen.«

»Du willst doch wohl nicht behaupten, daß du diese Nigger nicht genauso haßt wie ich?«

»Vielleicht hasse ich sie noch mehr«, sagte ich. »Aber auf der Folter breche ich leicht zusammen. Dann würde ich alle Geheimnisse verraten.«

Er sah mich von der Seite her an. »Das glaube ich nicht.«

»Versuchen wir es lieber nicht«, warnte ich.

»Wer bist du?«

»Lanik Mueller«, antwortete ich. Er sah für einen Augenblick überrascht drein. Dann lachte er brüllend. So oft ich meinen richtigen Namen nannte, trat diese Reaktion ein. »Du könntest genausogut behaupten, der Teufel persönlich zu sein. Nein, Lanik Mueller ist verschwunden. Was für ein Witzbold! Sein Vater hat ihn getötet. Du könntest genausogut behaupten, der Teufel zu sein!«

Genausogut. Er lachte immer noch, als ich auf die Straße hinaustrat.

Das Gasthaus stand an der Hauptstraße. Als ich den hölzernen Gehsteig vor dem Haus betrat, rannte ein Bettlerkind an mir vorbei. Dabei bekam ich einen Schubs ab. Ärgerlich sah ich dem Jungen nach, der im Weiterrennen mit einem gewichtig aussehenden Mann kollidierte. Seine Kleidung verriet, daß er daheim einen wohlgedeckten Tisch erwarten durfte. Der Mann war im Gespräch mit einigen jüngeren Herren gewesen. Als das Kind gegen ihn rannte, gab er dem Jungen einen heftigen Tritt gegen das Bein. Das Kind fiel hin, von dem wütenden Mann lauthals beschimpft.

Es war dumm von mir, aber das erschien mir im Augenblick als die Krönung aller Ungerechtigkeiten, die ich in meinem Leben gesehen und selbst begangen hatte. Diesmal, so beschloß ich, mußte etwas geschehen.

Also schob ich mich selbst in Schnellzeit. Die Leute auf der Straße bewegten sich immer langsamer, bis sie fast ganz standen. Ich suchte mir sorgsam den Weg durch die Menschenmenge, bis ich vor dem Mann stand, der das Kind getreten hatte. Sein rechter Fuß senkte sich im Gehen auf die Straße, während er immer noch mit seinen jungen Freunden angeregt plauderte. Es war eine leichte Sache, direkt unter seinem Fuß die Straßendecke um ein paar Dutzend Zentimeter absinken zu lassen, während sich genau vor ihm darin eine etwa zwei Meter lange Pfütze bildete. Mit den Händen ergriff ich einen der zahlreich auf der

Straße herumliegenden Steine und plazierte ihn so vor den linken Fuß des Mannes, daß er darüber stolpern mußte.

Dann ging ich zu dem Stall, wo mein Pferd gefüttert und gestriegelt wurde, und lehnte mich an die Tür. Ich kam mir ein wenig dumm vor, weil ich so viel unternommen hatte, um wenig zu erreichen. Ich meine, es war mehr Angeberei dabei, als daß ein moralisches Prinzip mein Handeln beeinflußt hätte.

Da ich mich inmitten der Menge in Schnellzeit befand, nahm ich mir einen Augenblick zum Ausruhen. Unnötig war es, nach außen hin den Anschein des Gewöhnlichen zu wahren, den sowieso nur wenige Leute mit etwas Beobachtungsgabe wahrnahmen. Da ich bei mir dem Kind im Manne für ein paar Augenblicke die Zügel hatte schießen lassen, spielte ich mit der Idee, ein paar Taschendiebstähle zu begehen. Nicht weil ich Geld brauchte, sondern nur weil es möglich war, ohne dabei erwischt werden zu können.

In der Vorstellung, daß man nicht gefaßt werden kann, liegt eine Versuchung, selbst für den ehrlichsten Menschen. Dabei habe ich niemals behauptet, ungewöhnlich ehrlich zu sein. Ich suchte in der Menge nach einem geeigneten Opfer. Weiter unten tauchte auf der Straße ein Wagen auf – eine Kutsche aus Nkumai. Die große Anzahl von Nkumaisoldaten, die die berittene Eskorte bildeten, ließ darauf schließen, daß eine wichtige Persönlichkeit angereist kam. Es war ein warmer Tag. Die Kutsche war offen. Der einzige Insasse war ein ziemlich untersetzter Kahlkopf in mittleren Jahren. Er war zu meiner Überraschung ein Weißer. Sofort nahm ich an, daß es sich um einen Mueller handelte, der von einer Reise nach Nkumai zurückkehrte.

Aber die Nkumai stellen abreisenden Gästen keine berittene Eskorte. Entweder verdiente dieser Mann ungewöhnliche Ehren (warum kannte ich ihn dann nicht?), oder die Nkumai ließen Fremde in hohe Regierungsämter aufrükken.

Während ich darüber nachdachte, verflog meine Absicht, ein Taschendieb zu werden. Ich glitt wieder in Normalzeit und drehte mich um, weil ich das Resultat meines Scherzes beobachten wollte. Genau wie geplant patschte der selbstgefällige Herr in die von mir bereitete Pfütze und fiel der Länge nach hinein. Das gab ein mächtiges Gespritze. Spukkend und fluchend stand er auf. Die Umstehenden lachten ihn aus. Selbst die Gruppe seiner Bewunderer konnte nicht ernst bleiben. Die jungen Männer halfen ihm auf die Füße. Die ganze Geschichte, mochte sie auch bedeutungslos sein, bescherte mir eine gewisse Befriedigung. Vor allem als ich sah, wie das von dem feinen Herrn getretene Kind lachte.

Gleich darauf war alles vorüber. Die Leute traten an den Straßenrand, um die Kutsche mit der Eskorte vorbeizulassen. Ich warf einen Blick hinüber und sah zu meinem Erschrecken nicht mehr den Mann mittleren Alters in dem Wagen, sondern Mwabao Mawa.

Sie war nur wenig gealtert – schließlich waren nur zweieinhalb Jahre vergangen – und saß recht hoheitsvoll in dem Fahrzeug. Ganz kurz nur wunderte ich mich darüber, warum ich sie vorher nicht im Wagen bemerkt hatte und was aus dem Kahlkopf geworden sein mochte. Doch ließ ich den Gedanken daran als unwichtig fallen. Mir fiel als Erklärung nur ein, daß ich vorher wohl nicht richtig hingeschaut hatte. Statt dessen beschwor ich die Erinnerung an die Tage in Mwabao Mawas Haus herauf. Jetzt erschien es mir undenkbar, daß ich einmal Brüste gehabt und als Frau gegolten hatte, ja, sogar eine Frau gewesen war. Unwillkürlich griff ich nach meinem Brustkasten, wo ich befürchtete, etwas Weiches zu finden. Ich war erneut von dessen Verschwinden überrascht. Ich sah nach unten und verfluchte meine Dummheit. Wieder hochblickend bemerkte ich, daß Mawa mich anstarrte. Ihr Blick verriet zunächst zerstreutes Interesse, aus dem, je weiter sich die Kutsche entfernte, Erkennen und Überraschung, ja, Furcht wurde. Ihr Entsetzen war mir eine Freude. Doch konnte das Erkanntwerden zum Desaster führen.

Sie gab offenbar dem Fahrer einen Befehl. Ich benutzte den Augenblick, um in den Stall und aus ihrer Sicht zu verschwinden. Zugleich versetzte ich mich wieder in Schnellzeit. Ich mußte überlegen, und zwar rasch. Mein Pferd konnte ich nicht besteigen. Denn Mann-der-alles-weiß war nicht dazu in der Lage gewesen, mir beizubringen, meine Umwelt mit meinem Zeitfluß zu identifizieren. Im Fluß der Schnellzeit konnte ich mich in Relation zur Umwelt schneller bewegen, als ein Pferd mich in vollen Galopp tragen konnte.

Ich trat neben mein Pferd – ein riesiges, dummes Biest mit den Instinkten einer Sau, aber für einen Preis zu haben, den ich mir leisten konnte – und öffnete die Satteltaschen. Ich suchte zusammen, was sich tragen ließ. Vor allem nahm ich alles mit, was meine Identität verraten konnte. Davon gab es wenig genug – ich hatte mich nie um Spitzentaschentücher gerissen. Mit den Packsäcken behangen, schlüpfte ich durch eine Hintertür auf den Hof hinaus.

Wenn Mwabao Mawa mich nicht sehr bald fand, würde sie die Suche abblasen und annehmen, nur jemanden gesehen zu haben, der sie an mich erinnerte. Ich nahm nicht an, hier solch einen Eindruck gemacht zu haben, daß man sich an mich erinnern würde. Das mochte nur bei dem Wirt der Fall sein, und der hatte eigene Gründe, nicht mit den Nkumai zusammenzuarbeiten.

Ich warf die Packsäcke über den Zaun, kletterte hinterher und machte mich durch eine Seitenstraße davon. Nun mußte ich mehrere Tage lang im Fluß der Schnellzeit bleiben. Das paßte mir nicht, denn in diesem Zustand alterte ich natürlich schneller, als meine Umwelt. Zwar würde ich nicht wie Mann-der-auf-den-Arsch-fiel enden. Doch gefiel es mir wenig, Tage oder Wochen meines Lebens einzubüßen. Wie alt mochte ich übrigens jetzt sein? Im Zusammensein mit Saranna hatte ich im langsamen Zeitfluß Tage und Wochen gewonnen. Doch hatte ich viele weitere Tage und Wochen bei den Ku Kuei in Schnellzeit verloren. War ich meinem Kalenderjahr von achtzehn Jahren nahe? Kaum, obwohl mein Körper so jung und stark wirkte. Ich hatte genug geleistet, um mich wie in mittleren Jahren zu fühlen. Über Seitenwege machte ich mich auf den Weg nach Süden, wo Robles lag. Unterwegs kam ich zu dem Schluß, daß

Schnellzeit jetzt keine Rolle spielte. Mir lag nicht viel daran, sehr alt zu werden.

Andererseits lag mir auch nichts daran, von den Nkumai ergriffen und erkannt zu werden.

Das Schlimmste am Zustand in der Schnellzeit ist die Einsamkeit. Niemand ist sicherer als ein Mann, der sich so schnell bewegt, daß er nicht gesehen werden kann. Aber man kann sich nicht gut mit jemandem unterhalten, der einen nicht einmal wahrnimmt, es sei denn, man bliebe eine halbe Stunde auf einem Fleck stehen.

Ich überquerte den Rio de Janeiro und gelangte nach Cumings hinein, bevor ich mich in den Normalzustand versetzte. Ganz gleich, wie besorgt Mwabao Mawa auch sein mochte – sie würde ihre Truppen nicht tausend Kilometer weit schicken, um nach jemandem suchen zu lassen, den sie noch am gleichen Tage nur wenige Meter von sich entfernt gesehen hatte.

Warum wendete ich mich südwärts? Dort hatte ich kein bestimmtes Ziel. Es sei denn, ich wollte eine Gegend erreichen, wo nicht die Regierung der erleuchteten Wissenschaftler herrschte. Die letzten sechs Monate in den von den Nkumai besetzten Ländern Jones und Bird hatten mir gereicht. Mit den Rebellen in Huss wollte ich auch nichts zu tun haben. Also ging ich südostwärts über den Silvapaß und mußte dort feststellen, daß es vor den herrschenden Komitees kein Entrinnen gab. Ein paar Dutzend Wissenschaftler mit Sitz in Gill regierten von Tellermann bis Britton. Niemand war frei.

Ich hätte sogleich nach Schwartz zurückkehren können, oder vielleicht nach Mueller. Aber ich war noch nicht reif dafür, mich von der Welt zurückzuziehen. Mir fehlte auch die Passion für einen dramatischen Tod. Also hob ich mir Schwartz und Mueller für die Zukunft auf. Statt dessen wendete ich mich von Silva nach Wood, von Wood zog ich nach Hanks und von dort über die See nach Holt, um schließlich nach Britton zu gelangen. Dort fand ich meine wahre Heimat, mein wahres Volk, und erfuhr, was ich tun mußte, um sie zu behalten.

10

britton

Das wilde Land von Humping zog sich am Ufer der ruhigen See entlang. Steile Kliffs und felsige Abhänge reichten bis an die Küste. Hier dröhnte keine Brandung. Nur kleine Wellen plätscherten sanft gegen die Steine. Die Felsstücke schienen auf diesen steilen Anhöhen und in den engen Tälern von Humping wie Sprößlinge. Ein Fluß suchte den Weg zur See und fand ihn über einen vierzig Fuß hohen Steilhang. Verwirrt umherblickend suchten Schafe einen sicheren Weg zu ungemähten Weiden. In dieser Gegend hüteten einige tausend Humper ihre Tiere. Die Leute kratzten Gemüse aus dem steinigen Grund und lebten so unabhängig, wie man als Mensch nur leben kann, der immer noch menschliche Gesellschaft und etwas zu essen braucht.

Ich brauchte nicht zu essen. Aber die menschliche Gesellschaft tat gut. Die Humper stellten keine Fragen und gaben keine Antworten. Die Suche nach einem Dorf erwies sich in dieser, von Britton am weitesten abgelegenen Gegend als schwierig. Die Bevölkerung lebte in Großfamilien. Das bedeutete zwei oder drei schlichte Häuser aus Erdsoden mit Reetdächern. Nirgends fand ich mehr als zwanzig Familien im Umkreis von einem Kilometer beisammen.

Die Isolation wurde von der Natur erzwungen. Eine dichtere Bevölkerung konnte das magere Land nicht ernähren. Nur die Gleichartigkeit ihrer Bedürfnisse ließ die Menschen glauben, sie seien nicht arm. Trotz dieser Entfernungen hielten die Humper wie Pech und Schwefel zusammen. Wortlos kamen sie einer Familie zu Hilfe, deren Hütte vom Sturm umgeweht worden war. Anonym brachten sie einen jungen Geißbock zu einer Herde, deren Leittier tags zuvor verendet war. Gelegentlich kamen sie zueinander auf Besuch, um eine Nacht lang schreckliche Geschichten und Gesänge von Einsamkeit und stiller Sehnsucht zu hören.

Undeutlich, doch tief war der Eindruck, den ich gewann: Ich fühlte mich gleich bei meinem Eintreffen in Humping wie daheim, im Gegensatz zu so vielen anderen Orten, die ich während des vergangenen Jahres aufgesucht hatte. Oder wenn auch nicht gleich daheim, so doch gewillt, alle Unbequemlichkeiten auf mich zu nehmen, weil sie zu den weichen Stellen meines Charakters paßten. Die Leute betrachteten mich argwöhnisch. Das war nur natürlich, war ich doch von Westen über die Berge gekommen, wo es Bauern mit Zivilisation auf leichter zu bewirtschaftenden Höfen gab, die für die Humper allenfalls Verachtung übrig hatten. Dort wurden etwas dümmliche Kinder als ›Humper‹ verspottet.

Eine Woche lebte ich in den Bergen, ohne mit jemandem zu reden. Schließlich stieß ich in meiner Einsamkeit auf eine mitfühlende Seele. Ich stand auf der Kuppe eines steilen Berges und sah einem Schäfer zu, der weiter unten seine Herde über einen Bergsattel in ein grasreicheres Tal treiben wollte. Der Mann hatte keine Hunde bei sich, was hier ganz ungewöhnlich war. Immer wieder brachen die Schafe rechts und links aus, anstatt nach oben zu klettern. Endlich gab der Mann seine Bemühungen auf und setzte sich auf einen Stein, um seinen ungehorsamen Schafen zuzusehen. Sie suchten Nahrung in einem völlig abgegrasten Tal. Ich stieg den Berg hinunter und blieb ein paar Meter von ihm und den Schafen entfernt stehen. Ich sagte nichts, weil Worte unnötig waren. Meine Gegenwart erklärte mein Angebot deutlich genug.

Der Schafhirte nahm es an. Er stand auf und trieb die Schafe mit leisen, kehligen Zurufen an, die zwar für die Schafe deutlich, in einiger Entfernung aber nicht mehr zu hören waren. Die Herde setzte sich in Bewegung. Als sie links ausbrechen wollten, war ich zur Stelle und jagte sie mit Schreien vorwärts. Rechts konnten sie nicht weg, weil dort der knurrende Hirte stand. Endlich gaben die Schafe nach, kletterten den Hang empor und über den Bergsattel. Auf der anderen Seite strebten sie eilig bergab, um alsbald im dichten Gras zu weiden.

Den Rest des Nachmittags brachte ich in diesem Tale zu, hielt mich aber auf der anderen Seite und nicht in der Nähe des Hirten auf. Zusammen mit ihm bewachte ich die Herde und jagte die Tiere zurück, die in meine Richtung streunten. Er betrachtete mich und sagte kein Wort (weshalb ich mich schon fragte, ob ich unglücklicherweise an einen taubstummen Humper geraten war). Als die Sonne begann unterzugehen, trieb der Mann seine Herde auf einem leicht gangbaren Pfad nach Hause. Ich folgte ihm nicht. Die Herde erreichte einen Hügelkamm, womit mir der Hirte bewies, daß er meine Hilfe auf diesem Teil des Weges nicht benötigte. Dort erst blieb er stehen, sah mich eine Weile an und winkte mir dann. Ich sollte mit ihm nach Hause gehen.

Ich folgte ihm mehrere Kilometer, bis wir auf drei niedrige Reetdachhäuser stießen. Von weitem sahen sie wie Erdhügel aus. Die Dächer hatten die Farben sommergelben Grases. Drinnen war es warm im Vergleich zu der kalten Nacht. Heftiger, frischer Seewind wehte aus Norden, auch in Sommernächten. Der tiefe Strom, der die Humpingsee durchzog, war eiskalt. Obwohl Britton so weit südlich liegt wie Wong, wo man sich im Sommer totschwitzt, gibt es in Humping keine warmen Nächte. Im eiskalten, wenngleich schneelosen Winter ist schon mancher Dummkopf umgekommen, der sich nach Sonnenuntergang noch draußen aufhielt.

Das mag mit ein Grund gewesen sein, weshalb mich der Schafhirte mit in seine Behausung nahm. Die Humping wußten genau (denn Neuigkeiten aller Art verbreiteten sich in so einsamen Gegenden besonders schnell), daß ich von niemandem aufgenommen worden war. Ich verbrachte Nacht für Nacht in den Bergen und blieb dennoch am Leben. Deshalb sagten sie mir überirdische Kräfte nach und fürchteten sich vor mir. Dadurch, daß ich dem Hirten geholfen hatte, waren meine freundlichen Absichten bewiesen. Ich wurde aufgenommen, nicht gerade als einer der ihren, aber doch als jemand, mit dem sie gern ihre kleinen Heime und ihre winzigen Lagerstätten teilten.

Zum Abendessen gab es ein Stew. Da die Frau nicht wissen konnte, daß der Mann einen Gast mitbringen würde, war zu wenig im Topf. Ich aß sehr wenig, gerade genug, um ihre Gastfreundschaft anzunehmen, mehr nicht. Der Topf wurde herumgereicht. Die Frau des Schäfers kratzte sich den Rest auf den eigenen Teller. Ihr Mann sah mich an.

Was nun? Beteten diese Leute vor Tisch? Oder gab es eine bestimmte Sitte, der man nachkommen mußte, wenn einem zu essen angeboten wurde? Da ich keine Ahnung hatte, lächelte ich freundlich und sagte: »Mein Name ist Seetrinker, und wenn ich für euch etwas Gutes tun kann, soll es gern geschehen.«

Der Hirte nickte ernst und wendete sich an seine Frau. Sie legte ihre Hände auf den Tisch, schloß die Augen und intonierte:

Sonne auf Korn wendet Not
Backen wir Brot
Fleisch von Tieren
Soll den Tisch zieren
Gott wird geben
Auf daß wir leben.

Andächtig sahen die drei Kinder, davon keins älter als fünf, dabei zu, wie ihre Mutter einen Löffel voll Stew von ihrem Teller nahm und ihn dem Mann in den Mund schob. Dieser kaute ernsten Gesichtes den Bissen Fleisch und schluckte ihn hinunter. Dann nahm der Hausherr Stew von seinem Teller, gab ihn mir, und ich aß. Ich war nicht sicher, was jetzt geschehen sollte, aber das Ritual erschien mir einleuchtend. Also reichte ich jedem der drei Kinder einen Bissen von meinem Teller. Sie sahen mich überrascht aus großen Augen an, aßen aber brav.

Der Schäfer sah mich mit Tränen in den Augen an und rief: »Du bist bei uns willkommen für immer.« Dann aßen wir alle. Die Teller waren binnen weniger Minuten leer.

Man bereitete mir ein Lager im größten Bett. Es bestand aus einem Holzrahmen mit Strohsack und Decken darauf. Mir war klar, daß dies das Bett der Eltern war. Die guten

Leute schickten sich in der Tat an, auf dem Fußboden aus gestampftem Lehm zu schlafen. Ich hatte in Schwartz, in Ku Kuei und in manchem Manöver in Mueller auf der nackten Erde geschlafen. Ich brauchte zum Schlafen keinen Komfort. Also ignorierte ich das mir angebotene Bett und rollte mich auf dem Boden neben der Tür zusammen. Ein kalter Windzug strich unter der Tür herein. Aber mein durch die Schwartz gestählter Körper stellte sich rasch darauf ein. Verwundert kroch das Elternpaar ins Stroh.

Vom nächsten Morgen ab gehörte ich zur Familie. Die Kinder plapperten fröhlich in meiner Gegenwart.

»Glain«, sagte der Schäfer. Dann sah er seine Frau an: »Vran.« Von da an konnte gesagt werden, was zu sagen war. Ausgiebige Gespräche gab es indessen nicht.

Seine Hunde waren im vergangenen Monat binnen einer Woche eingegangen, seither hatte er fast ein Dutzend Schafe verloren, die er auf ihren wahllosen Streifzügen nicht hatte verfolgen können. Anfangs bewachte ich mit ihm zusammen die Herde. Später blieb ich daheim und bearbeitete seinen Gemüsegarten, weil seine Frau der vierten Geburt entgegensah. Anfangs störte mich die Vorstellung, daß ich hier unzählige Steine aus der Erde grub, um Pflanzen das Leben zu geben, die doch nur wieder getötet wurden. Nachts befragte ich die Erde, erhielt aber nur unklare Antworten. Die Billionen Pflanzentode verursachten ein starkes Geräusch. Aber ihr Sterben war notwendig für das Leben.

Zum ersten Mal begriff ich, daß die Besessenheit der Schwartz, jedes Töten zu vermeiden – wie genial dieses Volk sonst auch sein mochte –, auf lange Sicht nicht einträglich war. Das galt auch für das eigensüchtige Verhalten, wie die Ku Kuei mit ihrer Macht über die Zeit umgingen. Die Schwartz hielten sich noch reiner, als die Erde es verlangte, und verhinderten damit, daß alle anderen Menschen rein wurden.

Was der Fels verabscheute, waren die Todesschreie der Ermordeten. Ich vernahm alle Geräusche und Schmerzen, doch gelangte ich zu der Überzeugung, daß außer in

Schwartz überall in der Welt der Tod das Ende aller Dinge und Wesen bedeutete. Ich hatte mein ganzes Leben lang gegessen, bis der Sand mich annahm. Also war Bauernarbeit kein Mord. Also schuftete ich für Glain und Vran mit gutem Erfolg.

Nach und nach kamen andere Schafhalter zu Besuch. Bald hatten sie ihre Scheu in meiner Gegenwart überwunden. Ich wußte, daß ihnen allen bekannt war, daß ich Nächte auf dem Berg zugebracht hatte und im kältesten Teil des Hauses zu schlafen pflegte. Sie nannten mich zwar Seetrinker. Insgeheim aber bezeichneten sie mich als Windmann, in ihren Legenden eine Kreatur, die kommt, um zu töten oder zu helfen. Sie wird herangetrieben vom kalten Wind und letztlich von der See fortgerissen.

In ihrer Mitte kannten sie keine Personen von Prestige oder Macht. Deshalb ließen sie mir keine Sonderbehandlung zuteil werden. Wo die Not allgemein ist, besteht der einzige Lohn in Vertrauen. Dieses brachte man mir entgegen. Ich lernte den Umgang mit Schafen und konnte sie bald mit gläsernen Klingen scheren, ohne ihre Haut zu verletzen. Ich half beim Werfen der Jungen und wußte, wann Schafe nervös und wann sie krank waren. Ich lernte auch die Erde kennen, nicht in der ganz persönlichen Art wie in Schwartz und in Ku Kuei. Hier war sie ein zögernd gebender Verbündeter im Kampf gegen die Hungersnot. Ich selbst kannte keinen Hunger. Aber ich sah den Kindergesichtern an, daß die Kleinen hungerten, und arbeitete dann um so mehr.

Bei Vran setzten die Wehen eine Woche zu früh ein. Ich war allein mit den Kindern bei ihr, als sich herausstellte, daß sie keine leichte Geburt haben werde. Man hörte sie im Haus schreien, während sich die Kinder draußen bei mir aufhielten. In Humping gebären die Frauen ihre Kinder allein und ohne Hilfe – Männer dürfen während des Geburtsvorgangs das Haus nicht betreten. Ängstlich saßen die Kinder im Garten. Ich streckte mich auf der Erde aus und lauschte, wie Vrans Schreie von der Erde aufgenommen wurden. Mir war klar, daß der Tod in der Nähe war.

Es muß Tabus geben, aber es gibt auch Fälle, in denen man sie durchbrechen muß. Nach einem besonders schrecklichen Schrei, der bisher nicht gekannten Schmerz erkennen ließ, stand ich auf und betrat die Hütte.

Vran hockte nackt über dem Stroh ihrer Bettstatt. Die Decken waren entfernt worden. Ihre Hände waren in die harten Sodenziegel gekrallt. Vor Schmerz halbtot klammerte sie sich in Lehm und Wurzeln fest. Ihr entsetzter Blick traf mich. Ich sah ihr Blut in ununterbrochenem Strom ins Stroh fließen.

Ich trat ans Bett und ließ sie sich hinlegen, wie ich es bei Mutterschaften beim Lammen gemacht hatte. Ich griff hinein, um festzustellen, wie das Baby lag. Eine Hand und ein Fuß befanden sich im Gebärkanal.

Bei einem Mutterschaf hätte einfaches Stoßen und Ziehen geholfen. Bei einer Frau konnte so eine Behandlung tödlich auslaufen. Andererseits mußte irgendwie geholfen werden, denn ohne jedes Eingreifen war die Frau auch nicht mehr zu retten. Ich zwang das Baby in eine andere Lage, wobei ich ihm den Rücken brach, und zog es heraus. Vran wurde ohnmächtig.

Arbeit auf der genetischen Ebene ging über meine Kräfte. Aber Wunden und Brüche zu heilen, war in Schwartz alltägliche Arbeit. Es war für mich keine große Sache, Vran und ihren kleinen Jungen wieder in Ordnung zu bringen. Als Glain bei Sonnenuntergang heimkehrte, fand er Frau und jüngsten Sohn in guter Gesundheit vor. Sie war sogar besser zu Wege als bei ihren früheren Geburten.

Ich weiß nicht, was sie ihm gesagt haben mag. Während des größten Teils der Vorgänge hatte sie in halber Ohnmacht gelegen. Aber irgend etwas muß sich herumgesprochen haben. Denn man brachte mir in zunehmendem Maße kranke Tiere und verletzte Kinder. Frauen fragten um meinen Rat. Ich konnte sie nicht beraten. Wenn irgendwo Hilfe nötig war, mußte ich hingehen. Die Legende vom Windmann hatte sich für diese Leute erfüllt.

Vermutlich blieb es selbst angesichts der Wortkargheit

der Humper gegenüber Fremden unvermeidlich, daß nach und nach etwas über meine Taten nach draußen drang. Eines Tages pflanzte ich in meinem zweiten Frühling in Humper Setzlinge im Garten, als sich ein Reiter näherte. Allein schon der Besitz eines solchen Tieres kennzeichnete ihn als bedeutende Persönlichkeit. Er stellte sich als Lord Bartons Diener vor. Vran rannte sogleich aus dem Haus und rief mich von der Gartenarbeit weg. »Es ist ein Mann vom Kliffhaus«, sagte sie voller Angst. Ich eilte zu ihm.

»Mein Herr wünscht dich zu sehen«, sagte der Berittene.

»Sobald ich mit dem Pflanzen fertig bin«, gab ich zurück.

»Lord Barton ist nicht gewöhnt, daß man ihn warten läßt.«

»Dann sollte er sich schleunigst daran gewöhnen.« Damit ging ich wieder an meine Gartenarbeit. Bald ritt der Berittene davon.

An diesem Nachmittag fiel es mir schwer, mich auf die Gartenarbeit zu konzentrieren. Nun lebte ich seit beinahe zwei Jahren in Humping. Es gab hier zwar nicht viele Freuden, aber auch wenig Trauer. Ich hatte einen Ort gefunden, wo ich meine Talente nützlich einsetzen konnte. Hier wurde ich geschätzt. Niemand betrachtete mich als Feind. Ich hatte Hunderte von guten Leuten um mich, die ich als Freunde betrachten durfte.

Aber durfte ich es mir leisten, diesen Barton zu besuchen? Ich spürte, daß es bald aus sein werde mit dem guten Leben in Humping. Ich konnte es mir nicht leisten, ihn nicht aufzusuchen. Wenn ich mich widersetzte, gab es nur Schwierigkeiten für die Humper. Vor allem für Glain und Vran. Ging ich hin, gab es vielleicht Ärger für mich. Ganz bestimmt gab es Schwierigkeiten. Ein Ausweg hätte sich allerdings dadurch ergeben, daß ich mich in Schnellzeit versetzte und nach einem anderen Ort floh.

Doch ich wollte nicht gern anderswo leben.

Ich stieß das Pflanzholz in die Erde und ließ Samenkörner in das Loch fallen. Die Aussicht auf eine bevorstehende Veränderung regte mich zugleich an und auf. Zwei Jahre – und was hatte ich getan? Leben gerettet, einigen Leuten zu etwas Glück verholfen, andere hatte ich liebgewonnen, viel mehr Lebenskraft hatte ich in ein rauhes Land gesteckt. Insgesamt also hatte ich meine Zeit gut genutzt. Aber ich war als Kronprinz der Mueller aufgewachsen. Diese Tatsache, oder ein mir angeborener Drang als meines Vaters Sohn, trieb mich zu der Überzeugung, daß ich entweder die Welt erschüttern oder mir die Wertlosigkeit meiner Existenz eingestehen mußte.

Zwei Tage später waren meine Pflanzarbeiten erledigt. Als habe er mich aus der Ferne beobachtet, ritt unmittelbar danach der Diener herbei. Er brachte ein zweites Pferd mit. »Wirst du mit mir reiten?« fragte er, diesmal bedeutend höflicher. Ohne ein Wort bestieg ich das Pferd.

Stumm versammelten sich die Kinder vor der Hütte. Vran sah mich ausdruckslos an. Ich winkte zum Abschied. Vran verstieß gegen jede gute Sitte, indem sie vor mir in Tränen ausbrach und ins Haus floh. Ich erschrak bei der Erkenntnis, wie sehr solche an sich unabhängigen Menschen sich an jemanden hängen können, der ihnen die leiseste Hoffnung auf etwas Macht gibt und ihnen freundlich begegnet.

Der Diener folgte keiner Straße. In den Bergen von Humping gab es nur eine, und diese führte mehr als hundert Kilometer südlich von hier vom Haus des Lords an der Küste zu der Stadt Hesswatch. Der Mann schien seinen Weg dadurch zu finden, daß er sich ostwärts bis zur See hielt und dann in respektvollem Abstand der Küste folgte, bis das Haus auf dem Kliff sichtbar wurde, das sich beträchtlich über die Anhöhen von Humping erhob.

Der Himmel bezog sich mit dunklen Wolken. Als wir uns dem Haus näherten, begann es zu regnen. Der Wind nahm rasch zu, und die sonst so ruhige See wurde plötzlich zu hohen Wogen aufgewühlt. Sie rollten von Norden heran und brachen sich an der felsigen Küste. Windstöße peitschten uns. Die Pferde wurden unruhig. Also stiegen wir ab und führten sie zu Fuß. Der Diener schien seiner Sache nicht mehr sicher. Er war kein Humper. Er hielt sich nun mehr landeinwärts, weg von der See. Diese Richtung einzuschlagen war verlockend für jemanden, der nur die Brecher der sturmgepeitschten See sah. Leider gelangten wir nicht auf die Straße, sondern vor eine felsige Schlucht. In der Finsternis waren Norden und Süden nicht zu unterscheiden.

Er sah mich zwar noch selbstbewußt an, aber die stille Frage war klar: Was machen wir jetzt, nachdem wir uns verirrt haben? Ich führte mein Pferd von der Schlucht weg und suchte Schutz unter einem steilen Kliff, wo uns der Nordwind allenfalls mit etwas Gischt besprühen konnte. Ich band die Pferde aneinander. Der Diener half mir, ihnen die Fußfesseln anzulegen.

»Ich übernehme die erste Wache«, sagte ich zu ihm. Er nickte dankbar und rollte sich zum Schlafen ein. Er wirkte groß und hager in dem dunkelroten Mantel, in den er sich wickelte.

Der anstrengende Tag hatte mich mehr ermüdet, als ich wahrhaben wollte. Deshalb wollte ich in Schnellzeit etwas Schlaf nachholen. Dadurch sollte es mir möglich werden, den größten Teil der Nacht in der wirklichen Zeit zu durchwachen.

Ich schlief leicht ein und erwachte erfrischt nach einer langen Zeit. Einen Augenblick befand ich mich noch im Fluß der Schnellzeit und sah zu, wie die Regentropfen förmlich vom Himmel herunterkrochen, über den Pferderücken schwebten, schließlich aufprallten und sofort spritzend zerplatzten. Als ich in die Realzeit zurückglitt, warf ich einen Blick auf den Diener und war für einen Augenblick bestürzt, ihn als viel kleineren Mann vor mir zu sehen, der ein blaues Cape trug, das kaum seine Knie bedeckte.

Die Illusion verflog sofort. Ich war in der Realzeit, und der Mann sah so aus wie immer. Ich lachte über mich selbst, weil ich mir durch Dunkelheit und Schläfrigkeit einen solchen Streich hatte spielen lassen. Ich hielt für den Rest der Nacht Wache. Kurz vor dem Einsetzen der Dämmerung erlaubte ich mir noch ein Nickerchen, als der Himmel aufklarte. Hin und wieder rührten sich die Pferde, die sich ansonsten lammfromm zeigten. Sobald die Sonne aufging, machten wir uns auf den Weg.

Das Kliffhaus erhob sich aus einem Meer von Felstrümmern auf dem Vorsprung. Aus der Nähe betrachtet wirkte es noch wuchtiger, als es aus der Entfernung zu sein versprochen hatte. Es mußte im Laufe der Jahrhunderte Stück für Stück errichtet worden sein. Dabei hatte man auf keinen klaren Baustil geachtet. Ein paar der ältesten Teile schienen Wehrbauten gewesen zu sein. Jetzt wirkte die ganze Anlage drohend und verloren. Die immer noch wogende See schickte Spritzer bis zur Höhe der unteren Stockwerke. Es sah aus, als wollte das Meer drohend verkünden, daß es nur eine Frage von Zeit sei, bis sie das Haus vernichten werde.

Der Diener führte mich zu einem Stall, wo ein einzelner Knecht die Pferde in ihre Ständer brachte, ohne uns zu beachten. Im Haus war es kalt. Niemand begegnete uns. Dabei waren die Räume für größere Gesellschaften vorgesehen. Die Leere machte die Kälte noch durchdringender.

Kälte aber war nicht Lord Bartons Lebensart. Ohne Vorankündigung erschien er in der Tür eines großen Herrenzimmers. Der Kontrast überraschte. In diesem Zimmer brannte im Kamin ein riesiges Feuer. Dieser Raum besaß keine Steinwand. Ringsherum erhoben sich Bücherregale. Vom Boden bis zur Decke waren es mindestens zehn Meter. An mehreren Stellen waren Leitern angebracht, woraus zu schließen war, daß oft in diesen Büchern gelesen wurde. Allerdings erweckten die Leitern den Eindruck, daß an diesem Haus immer noch gebaut wurde.

Barton war ein ältlicher Mann, der gern und oft lächelte. Er begrüßte mich mit Handschlag und zog mich ins Zimmer. »Danke, Dul«, sagte er zu dem Diener, und wir waren allein.

»Ich habe von Ihnen gehört«, sagte Barton höflich. »Von Ihnen gehört und mir gewünscht, Sie für einige Zeit bei mir zu sehen, für einige Zeit! Nehmen Sie bitte Platz. Ich habe das weichste Mobiliar hier heraufschaffen lassen, wo ich wohne. Es ist schäbig und alt. Aber das bin ich auch. Alles paßt zusammen, wenn Sie bedenken, daß ich der letzte dekadente Sproß einer dekadenten Familie bin. Ich habe nur einen Sohn.« Er fand das offenbar amüsant und lachte.

Ich lachte nicht, sondern sah mir die Buchtitel in den Regalen an. Die Gewohnheiten der Humper ließen sich nicht über Nacht ablegen. Wenn ich nichts von Bedeutung zu sagen hatte, fiel es mir schwer, überhaupt etwas zu äußern.

Barton starrte mich durchdringend an. »Sie sind nicht, was Sie zu sein scheinen.«

Das führte mich auf die alte Gedankenbahn zurück. »Das haben schon so viele Leute gesagt, daß ich allmählich glaube, genau so zu sein. Was ist es denn, das ich zu sein scheine, aber in Wirklichkeit nicht bin?«

»Eine scharfe Zunge, sogar im Gespräch mit einem Lord. Ein Mann, der eine Aufforderung zu kommen bis nach der Beendigung der Pflanzarbeit ablehnt. Sie wirken wie ein Rebell, verbissen und schweigsam. Die Leute aber sagen, Sie seien der Windmann, Sie retten Frauen im Kindbett, heilen lahme Schafe und helfen schwachsinnigen Kindern, ihren Geist zu finden. Wunder, wie?«

Ich antwortete nicht und bedauerte meinen Ausbruch in Muellerischer Art. Genug davon. Damit war ich fertig.

»Aber der Grund, weshalb ich Sie hierher bat, hat wenig damit zu tun. Bei diesem abergläubischen Volk kommen und gehen die Legenden. Ich lade nicht jeden umherziehenden Heiler zu mir ein. Was mich aufmerksam machte, war die Beschreibung von lockigen, weißen Haar wie Wolle – wie die Humper sagen – und die Rede von einem Manne, der ein hartes Leben sucht. Ein Mann, der jung aussieht, aber so alt wie ich in seinen Erfahrungen. Was ist eigentlich aus Lanik Mueller geworden?«

Die letzte Frage war so lächerlich, so unpassend, so *gefährlich*, daß ich meine Überraschung nicht verbergen konnte. Barton lachte. »Tricks und Fallstricke. Selbst Weise fallen darauf herein. Es lohnt sich, müssen Sie wissen, nach außen hin den dummen, alternden Narren zu spielen. Lanik Mueller hat mich immer fasziniert. Jetzt sind vier

Jahre vergangen, seit er mit dem lieben, alten Ensel Mueller im Wald von Ku Kuei verschwunden und nie wieder aufgetaucht ist. Nun gut, ich halte nicht viel von Legenden. Die meisten haben eine absolut natürliche Erklärung. Außerdem glaube ich nicht, daß Leute, die nach Ku Kuei gehen, unbedingt ihr Leben einbüßen. Sie etwa nicht?«

Ich zuckte mit den Schultern.

»Ich glaube, sie kommen wieder heraus. Und ich glaube auch, daß Lanik Mueller, die Plage aus der Ebene am Rebel River, daß er lebt.«

Er sah mich scharf an. »Mein Junge, ich kenne dich seit deinem elften Lebensjahr.«

Dadurch fühlte ich mich gezwungen, ihn noch einmal aufmerksamer zu betrachten. Hatte ich den schmächtigen alten Herrn früher einmal gesehen?

»Ich bin in früheren Jahren viel herumgereist. Außerdem bin ich nebenbei auch Historiker. Wo ich mich aufhielt, habe ich mich um geschichtliche Vorgänge und Genealogie gekümmert. Ich wollte damit erkunden, was aus der Welt geworden ist in der Zeit, seit unsere Vorfahren und ihre Familien von der Republik auf diesem paradiesischen Planeten zur Strafe für ihre Sünden ausgesetzt wurden. Als ich dich sah, dachte ich sofort: Dieser Junge ist zu Höherem berufen. Man behauptet, du hast auf deinem Wege gemordet, gebrannt, geschändet und alles verwüstet.«

Ich schüttelte den Kopf und versuchte, mir darüber klar zu werden, ob ich eingestehen sollte, daß seine Worte der Wahrheit entsprachen, oder lieber vorgeben sollte, nicht mehr über Lanik Mueller zu wissen als jeder andere auch. Die reinste Ironie, daß mich auf der Ebene vom Rebel River, wo mein Doppelgänger mein Gesicht bekannt gemacht hatte, niemand erkannt hatte, während ich hier, im entlegenen Winkel der Welt, erkannt wurde.

»Am meisten Kopfzerbrechen hat mir etwas bereitet, das deine Heimat betrifft, Lanik Mueller. Ich habe mir berichten lassen, daß dein Bruder Dinte jetzt dort regiert, wo eigentlich du sitzen solltest.«

»Ein Strohmann, Gott sei Dank, denn dieser Bastard

könnte nicht einmal einen Ameisenhaufen richtig regieren«, erwiderte ich und gab damit zu, was er offenbar sowieso wußte.

»Ein Kind deiner Mutter?«

»Ja, so unglaublich es scheinen mag. Ich habe Sie früher niemals gesehen, Barton.«

»Ich war damals jünger.« Er erhob sich aus seinem Sessel, ging zu einer der Leitern, kletterte langsam hinauf und langte ein Buch herunter, das mindestens fünf Kilogramm wiegen mußte. Als er wieder unten war, reichte er es mir. »Das habe ich deinem Vater abgekauft«, erklärte Barton. »Er wollte sich nur ungern von diesem Buch trennen. Aber er besitzt noch eine Abschrift davon. Ich erklärte ihm, wie wichtig das Studium der Genealogie für mich sei. Da hielt er mich wohl für einen alten Trottel und verkaufte mir das Buch. Er nahm dafür das Fünffache des Preises, den er selbst für angemessen hielt.«

Typisch mein Vater.

Ich schlug das Buch auf. Es enthielt die Genealogie und die Geschichte der Mueller. Anscheinend war es eine von einem Herold handschriftlich geführte Chronik. Ich kannte die letzte Handschrift am Ende des Buches nicht. Jedoch endeten die Eintragungen tatsächlich um die Zeit, als ich elf Jahre zählte. Es war amüsant zu sehen, was der Schreiber des Aufzeichnens für würdig befunden hatte.

Ich mußte ein nettes Kerlchen gewesen sein – in dem Buch stand jede geistvolle Bemerkung, die ich als Kind von mir gegeben hatte.

Bartons erwartungsvolles Schweigen ließ mich den Band schnell bis zum Ende durchblättern.

»Echt?« fragte er.

»Natürlich. Wie könnte es Zweifel geben, wenn Sie das Buch wirklich so erworben haben, wie Sie es schilderten.«

»Keineswegs. Ich wollte nur deine Meinung hören, ehe ich auf eine Auslassung hinweise. Eine wesentliche Kleinigkeit ist in dem Buch nicht verzeichnet. Die Sache ist so offenkundig, daß sie gar nicht zu übersehen ist.«

Ich wartete.

»Dein Bruder Dinte«, sagte Barton.

Natürlich war Dinte erwähnt worden. Viele meiner Kindheitserinnerungen verbanden mich mit ihm. Ich blätterte zu dem Zeitpunkt von Dintes Geburt zurück. Keine Eintragung. Er wurde in der ganzen Chronik überhaupt nicht erwähnt.

»Nun, vielleicht hat ihn der Chronist genauso wenig leiden mögen, wie ich«, meinte ich.

»Der Chronist hat Dinte nie zu sehen bekommen.«

»Mag sein, daß er im Palast ein sehr behütetes Leben führte.«

»Lanik Mueller, ich möchte gern, daß du dein Erinnerungsvermögen anstrengst. Versuche, dich an ein bestimmtes Ereignis zu erinnern. Vielleicht an etwas Unangenehmes. Du mußt es dir geistig vor Augen stellen.«

Ich lächelte. »Psychologie wird heutzutage von niemandem mehr ernst genommen.«

»Hier geht es nicht um Psychologie, Mueller, sondern ums Überleben.«

Bald hatte ich den Tag aus meinem Gedächtnis gegraben, an dem ich wegen Rurik, meinem Pferd, gelogen hatte. Ich hatte das Tier bekommen, weil ich reiten konnte wie ein Erwachsener. Ich hatte einen Absprung verfehlt, und Rurik hatte sich am Hindernis verletzt. Ich führte ihn zu Fuß heim, sagte aber meinem Vater, der Stalljunge habe das Pferd lahm gestoßen. Ich hätte es schon bald nach dem Verlassen des Stalles festgestellt. Der Knecht hatte damals seinen Posten verloren und eine Tracht Prügel obendrein erhalten, vor allem, weil er ›gelogen‹ und behauptet hatte, das Pferd sei gesund gewesen, als ich es aus dem Stall geholt hatte. Ich erinnerte mich noch genau an den Ausdruck des Jungen, als mein Vater mich zwang, ihm meine Lüge ins Gesicht zu sagen. Und ich erinnerte mich auch, wie mir dabei zumute gewesen war.

»Ich sehe dir an, daß dir etwas Wichtiges eingefallen ist. Wie klar ist die Erinnerung?« fragte Barton gespannt.

»Vollkommen klar.«

»Nun überlege mal, an was du dich in bezug auf Dinte

erinnern kannst, als du sieben oder acht Jahre alt warst. Ihr hattet Hauslehrer. Beide den gleichen?«

»Yenwi.«

»Hatte Dinte den gleichen Lehrer?«

Ich hob die Schultern.

»Erinnere dich an irgend etwas aus Dintes Kinderjahren.«

Ganz einfach. Bis ich es versuchte. Aber alles, was ich von Dinte in Erfahrung hatte, lag später, als ich zwölf, vierzehn, fünfzehn Jahre alt geworden war.

Merkwürdig, aus der Zeit davor hatte ich keinerlei Erinnerung an Dinte. Doch bestand die unerschütterliche Überzeugung, daß er da gewesen war.

»Nur, weil ich mich nicht an Einzelheiten erinnern kann …«, begann ich und sah, daß Barton lachte.

»Meine eigenen Worte«, rief er. »Nur, weil ich mich nicht an Einzelheiten erinnern kann. Aber du warst ja so sicher, hattest nicht den geringsten Zweifel.«

»Natürlich nicht. Wenn ich den kleinen Bastard hätte verschwinden lassen können, wäre das schon Jahre vorher geschehen. Das dürfen Sie mir glauben.«

»Dann will ich dir mal eine Geschichte erzählen«, begann er. »Mach es dir im Sessel bequem, Lanik Mueller, denn sie ist lang. Und ich alter Mann werde sie bestimmt mit Einzelheiten ausschmücken, die besser unerwähnt blieben. Versuche, wach zu bleiben. Schnarchen bringt mich aus dem Konzept.« Dann schilderte er mir die Geschichte seines Sohnes Percy. Ich erkannte diesen Namen sofort.

»Percy Barton? Lord Percy von Gill?«

»Genau dieser. Du hast mich unterbrochen.«

»Aber er ist doch Herrscher – oder sollten wir sagen der Strohmann – in der sogenannten östlichen Allianz. Er ist Ihr Sohn?«

»Geboren und aufgewachsen in diesem Schloß. Aber ich komme nie zu einem Ende, wenn du mich nicht anfangen läßt, Mueller.«

Also ließ ich ihn anfangen.

»Es lag an meiner Reiselust. Ich unternahm eine Reise

vor nicht allzu vielen Jahren. Eine meiner letzten, bevor ich es aus Altersgründen aufgeben mußte. Ich fuhr nach Lardner. Vielleicht kennst du Lardner – ein kaltes Land, wogegen Humping ein Paradies ist. Doch gibt es dort die besten Ärzte. Wenn ich jemals krank werde, will ich einen Doktor aus Lardner haben. Während ich dort war, traf ich zufällig einen Arzt wieder, den ich noch von früher her kannte. Ich war damals ein junger Mann gewesen, neu vermählt und im Begriff als Lord mehr zu übernehmen, als ich jetzt besitze – nicht nur Humping, sondern die ganze östliche Halbinsel. Dieser Arzt, Twis Stanly hieß er, war Spezialist für Frauenkrankheiten. Aber er war auch ein verdammt guter Bogenschütze. Wir schossen um die Wette und verbrachten einen wunderbaren Urlaub in den Spine Mountains. Wir waren gute Freunde. Er hatte einen Monat nach unserer Hochzeit meine Frau wegen einer ziemlich merkwürdigen Infektion behandelt. Das war, natürlich, einige Zeit vor Percys Geburt.«

Er pausierte einen Augenblick, als wisse er nicht recht weiter. »Er erkundigte sich natürlich sofort nach meiner Frau. Traurig mußte ich ihm berichten, daß sie leider vor zwei oder drei Jahren gestorben sei. Sie war über fünfzig gewesen. Mir fiel ein, daß fünfunddreißig Jahre vergangen waren, seit Twis und ich praktisch gleichzeitig mit nur einem Pferd je ein Tier aus einer Herde herausgeschossen hatten. Ich erinnerte ihn an das Ereignis und erwähnte nebenher, daß mein Sohn Percy kaum eine Ahnung davon habe, wie gut sein Vater einst mit dem Bogen gewesen war.

Wir lachten gemeinsam über diese und andere Jugenderinnerungen. Dann sagte Twis: ›Tja, Barton, und dann hast du wieder geheiratet?‹

Diese Frage erschien merkwürdig. ›Natürlich nicht‹, entgegnete ich. ›Wie kommst du denn darauf?‹

›Demnach wurde der Junge adoptiert? Dein Sohn, meine ich?‹ fragte er. Das mußte ich natürlich abstreiten. ›Ein Sohn aus meinem eigenen Fleisch und Blut. Keine zwei Jahre nach der Heirat.‹

Da erbleichte er ein wenig, wie das bei uns alten Leuten

öfter vorkommt. Dann nahm er ein Notizbuch von einem der vielen, endlosen Regale. Darin suchte er eine bestimmte Eintragung und ließ sie mich lesen. Es handelte sich um die Niederschrift der Hysterektomie, die er einen Monat nach unserer Hochzeit an meiner Frau vorgenommen hatte.

Kannst du dir vorstellen, was für einen Schock ich bekam? Anfangs beharrte ich darauf, er müsse sich irren. Aber er war ein methodisch arbeitender Mann und ließ sich in seiner Sicherheit nicht erschüttern. Er hatte gründlich operiert – Gebärmutter, Eierstöcke, überhaupt alles. Meine Frau hätte beinahe die Operation nicht überstanden. Ohne die gefährliche Operation wäre sie binnen eines Jahres an Krebs gestorben. Mit der Rettung ihres Lebens wurde sie zur Kinderlosigkeit verdammt.

Das war ein harter Schlag. Zuerst behauptete ich, daß ich mich genau an die Geburt erinnern könnte. Als ich dann aber die näheren Umstände schildern wollte, fiel mir nichts mehr ein. Nicht der Ort und Tag, nicht, ob ich dabei gewesen war oder draußen gewartet hatte. Ich wußte auch nicht, wie ich die Geburt eines Erben gefeiert hatte. Nichts – absolut nichts. Genauso wie es dir jetzt mit deinem Bruder Dinte ergeht.«

Gewiß bin ich mißtrauisch. Aber ich konnte wirklich keinen Grund erkennen, warum Barton mir Lügen auftischen sollte. Auf einmal war das Buch mit unserer Familiengeschichte, das auf meinem Schoß lag, um vieles schwerer. Abermals strengte ich mich gewaltig an, um mich an irgend etwas aus der gemeinsamen Kindheit mit Dinte zu erinnern. Nichts.

»Damit ist die Geschichte noch nicht zu Ende, Lanik Mueller. Ich kehrte heim. Unterwegs vergaß ich irgendwie dieses ganze Gespräch. Ich habe es einfach vergessen! So eine Eröffnung – und sie entglitt einfach aus meinem Gedächtnis. Meine allerletzte Reise führte mich aus Britton hinaus. Eine Winterfahrt in das warme Goldstein. Während ich dort war, erreichte mich ein Brief von Twis. Er fragte an, warum ich auf seine Briefe nicht geantwortet hatte. Mir war nicht bewußt, Post von ihm erhalten zu haben. In dem jetzigen Schreiben stand genug, um mein Gedächtnis aufzufrischen. Ich war entsetzt darüber, daß mir so etwas passieren und ich solche Mitteilungen einfach vergessen konnte. Da fiel mir etwas auf, Lanik Mueller. Es lag nicht an meinem hohen Alter. Meine Vergeßlichkeit war irgendwie von außen manipuliert worden.

Ich fuhr nach Hause. Dieses Mal aber rief ich mir ständig ins Gedächtnis, daß mein Sohn ein untergeschobener Bastard war, ein Wechselbalg. Ich barg den Brief meines Freundes an der Brust und las ihn auf dem Heimweg immer und immer wieder. In meinem ganzen Leben habe ich nicht so gekämpft wie diesmal, um mir meine gesunden Sinne zu bewahren. Es geschah, daß ich den Brief las und sofort nicht mehr wußte, was darin stand. Es wurde immer schlimmer, je näher ich an Britton heranrückte. Aber ich sagte mir immer wieder vor: ›Ich habe keinen Sohn. Percy ist mir untergeschoben worden. Er ist ein Betrüger.‹ Dabei fragte ich mich keineswegs, wie jemand zu einem kinderlosen Manne kommen und sich als dessen Sohn ausgeben konnte. Es muß genügen zu sagen, daß ich durchhielt. Ich traf mit intaktem Geist und Gedächtnis hier ein. Hier, auf diesem Schreibtisch lagen vier Briefe von Twis, alle geöffnet und sicherlich gelesen, an die ich mich einfach nicht erinnern konnte. Nun konnte ich sie mit Verstand lesen. In jedem bezog sich der Schreiber auf die Tatsache, daß Percy unmöglich mein Sohn sein konnte.

Twis gab die Meinungen einiger Freunde kund, die von Lardner gekommen waren, um ihn während seines Aufenthaltes in Britton zu treffen. Ich kannte die Leute gut. Alle konnten sich genau erinnern, daß ich kinderlos gewesen war, und daß es für mich und meine Frau keine Hoffnung auf eigene Kinder gab. Twis erinnerte mich auch daran, daß ich darüber gewitzelt hatte, für meine Frau gäbe es nun keine Tage im Monat mehr, an denen sie sich ihrer ehelichen Pflichten entziehen konnte. Als ich Twis' Zeilen darüber las, erinnerte ich mich meiner Worte. Es war, als sei in mir etwas eingerastet. Ich konnte mich an alles erinnern, und ich hatte keinen Sohn. Als ich auf die Vierzig zuging, war da plötzlich ein neunzehnjähriger Jüngling, der leidenschaftlich darauf brannte, regieren zu dürfen. Ich machte ihn zum Gouverneur meiner nördlichsten Besitzungen. Mehr wollte er nicht. Innerhalb von fünf Jahren war er unbegreiflicherweise Oberlord von ganz Britton. Erst vor acht Jahren schwang er sich zum Führer der Allianz auf und machte daraus eine Diktatur.«

Ich schüttelte den Kopf. »Keine Diktatur, Barton. Er ist der Strohmann eines aus Wissenschaftlern bestehenden Komitees. Diese weisen Männer regieren aus eigener Machtvollkommenheit auch in Nkumai und in Mueller.«

»Es ist immer gut in Erfahrung zu bringen, wer wen manipuliert, wenn man Strohmänner enttarnen will«, meinte Barton so bissig, daß mir klar wurde, wie wenig er von meiner Ansicht hielt. »Begreifst du nicht, worauf ich hinaus will? Dinte und Percy sind identisch. Als Kinder tauchten sie irgendwie auf. Doch niemand stellt die Rechtmäßigkeit in Frage. In der eigenen Familie kommt kein Zweifel auf, ebenso wenig wie im Land. Nun sind beide zu höchsten Positionen aufgerückt und beherrschen mächtige Länder. Und jedermann ist davon überzeugt, sie seien nur Strohmänner.«

Das klang ziemlich merkwürdig.

»Ich werde dich überzeugen«, fuhr Barton fort. »Ich habe dich einmal gefragt, wie man sich denn so als künftiger Thronerbe fühle. Du hast geradeheraus geantwortet – dein Vater war stolz auf deine Direktheit, wie ich mich erinnere –, ›Lord Barton, es macht nur Spaß Thronerbe zu sein, wenn es keinen anderen legitimen Anwärter gibt. Es sei denn, man wolle Ruvas zurückgebliebenen Gnom in Betracht ziehen. Ich müßte mich ganz anders verhalten, wenn ich einen Bruder hätte. Denn man hätte dann leicht auf die Idee kommen können, mich wegen schlechter Führung zu verbannen. Es wäre ja immer noch ein Ersatzthronfolger vorhanden.‹ Ich habe jedes Wort im Gedächtnis, denn dein Vater hat mich veranlaßt, diese deine Antworten vor fünf oder sechs verschiedenen Leuten wiederholen zu lassen, gleichsam als Beweis für deine Aufgewecktheit. Erinnerst du dich dieser Worte?«

In der Tat erinnerte ich mich der Worte und der Gelegenheit. Ich erinnerte mich an Barton, der damals jünger gewesen war. Er hatte laut gelacht, sich auf die Schenkel geschlagen und Teile meiner Bemerkung wiederholt. Ich war mir damals mächtig groß vorgekommen, weil ich einen so bedeutenden Mann zum Lachen gebracht hatte.

Ich erinnerte mich – und wußte im gleichen Augenblick, daß Barton recht hatte. Ich hate keinen Bruder. Ich war ein Einzelkind.

Und noch etwas fiel mir auf. Ich erinnerte mich an Mwabao Mawa.

Der Diener, der mich zum Haus auf dem Kliff geleitet hatte, kam mit Glühwein herein.

In der Kutsche auf der Straße einer Stadt in Jones hatte ich einen kahlköpfigen mittelalten Mann gesehen, einen Weißen. Einen Augenblick später hatte ich Mwabao Mawa an genau der gleichen Stelle in der Kutsche erkannt. Sie sah mich. Ich floh. Doch hatte ich mich in der ganzen Zeit seither nicht darüber gewundert, warum der Mann mitten in der Fahrt den Wagen verlassen hatte, um Mwabao Platz zu machen. Was hatte die Mawa damals vorgehabt? Und wohin war der weiße Mann verschwunden?

Alles paßte ins Bild. Ein scheinbar machtloser Strohmann unter der Fuchtel des Komitees der Wissenschaftler – aber von der anderen Seite her betrachtet, vielleicht die regierende Person selbst.

Der Diener reichte mir auf Bartons Geheiß einen Glühwein und brachte dem Lord das zweite Glas.

Als ich den kahlköpfigen Weißen sah, hatte ich mich in Schnellzeit befunden. Zurück in wirklicher Zeit hatte ich Mwabao erblickt. Lag hier der Unterschied? Sah ich in Schnellzeit die Wirklichkeit und ließ mich in Realzeit täuschen wie alle anderen?

Der Diener beugte sich über Barton. Ich erinnerte mich an den Morgen des Tages, als ich aus der Schnellzeit zurückkehrte. Da hatte ich für einen Augenblick einen untersetzten Mann im blauen Umhang gesehen, wie er sich gerade in den hageren Burschen im roten Cape verwandelte, der sich jetzt über Barton beugte und genau hinsah, wie sein Herr das Glas an die Lippen hob.

»Nein, nicht trinken«, rief ich Barton zu.

Barton sah für einen Augenblick überrascht auf, während der Diener mich ausdruckslos anstarrte. Plötzlich brach der Mann zusammen. Barton hingegen sprang auf und rannte leichtfüßig zur Tür hinaus. Ich war verblüfft und begriff zunächst nichts. Dann sah ich mir den Diener auf dem Fußboden an, und stellte fest, daß dort Barton lag.

Wie konnte ich den Diener niederstürzen und Barton davonlaufen sehen, obwohl das ein Irrtum war? Die beiden hatten keinesfalls ihre Plätze getauscht. Und dennoch lag da Barton, dem man den Kopf fast ganz vom Rumpf getrennt hatte. Nur die Halswirbel hielten noch. Die Wunde stammte von einem Hieb mit einer sehr scharfen Klinge. Aber wann hatte man sie ihm zugefügt? Warum hatte ich es nicht gesehen?

Eine eiserne Klinge.

Jetzt war natürlich keine Zeit zum Nachgrübeln. Ich kniete neben Barton nieder, preßte seinen Kopf auf den Hals und tat, was ich bei so vielen Humpers gemacht hatte – ich verband Blutgefäße miteinander, heilte zerstörte Muskeln, fügte die Haut ohne sichtbare Narbe zusammen. Den ganzen Körper machte ich heil und gesund. Weil ich den Mann gern mochte, leistete ich ganze Arbeit an ihm. Es war leichter, für mich, in dieser Situation etwas zu machen, worauf ich mich verstand, als darüber nachzudenken, was als nächstes zu tun war. Also beseitigte ich gleich auch seinen Rheumatismus, seine Altersschwäche, sein Lungenleiden und das Altersherz. Alles wurde wie neu. Barton war so gesund, wie er es viele Jahre nicht mehr gewesen war.

Sein Bewußtsein kehrte zurück. Er sah mich an. »Der Windmann«, meinte er lächelnd. »Die Berichte stimmten also.«

»Der Diener war einer von ihnen«, sagte ich. Wir hatten

beide keine Ahnung, wer ›sie‹ waren, und wußten nur, daß es ihnen irgendwie gelungen war, die Welt zu beherrschen.

»Das habe ich mir auch schon gedacht, als die Klinge durch meine Kehle fuhr. Der liebe Dul. Wie gelingt es ihnen nur, sich so perfekt zu tarnen, Lanik? Ich erinnere mich ganz genau, daß Dul in diesem Haus geboren wurde. Er ist der Sohn meines Hausmeisters. Es kam mir nie in den Sinn, an dieser Erinnerung zu zweifeln. Er hat natürlich unser Gespräch belauscht. Ich vermute, er wollte uns vergiften. Du hast mich gewarnt, nicht zu trinken – sag mal, wie bist du darauf gekommen?«

Ich hatte weder Zeit noch Neigung, ihm von Ku Kuei und der Zeitmanipulation zu berichten. »Ich habe es erraten, nachdem Sie meinen Argwohn erweckt haben.«

Er sah mich zweifelnd an. Dann kam er wohl zu dem Schluß, daß ich die Wahrheit gesagt hätte, wenn ich es für richtig hielte. Er stand auf. Das ging so rasch vor sich, daß er beinahe wieder umgekippt wäre. Überrascht meinte Barton: »Wenn du heilst, machst du ganze Sache, wie? Ich fühle mich wie ein Dreißigjähriger.«

»Verdammt. Sie sollten sich wie zwanzig fühlen.«

»Ich wollte nicht übertreiben, Lanik, wer oder was bist du? Schon gut, schon gut. Dul muß uns belauscht haben. Sie wissen, daß dir einiges bekannt ist. Sonst hätte er nicht versucht, uns beide zu vergiften. Ich nehme an, in dem Toddy war Gift. Wie? Dann hat er mich umgebracht, um mich zum Schweigen zu bringen, bevor er floh. Ich fürchte, wir werden ihn nicht zu fassen bekommen. Vielleicht hat er sich inzwischen in einen alten Mann verwandelt, der uns mit dem Messer von hinten ersticht, wenn wir an ihm vorbeigehen.«

»Wir?« fragte ich.

»Es bedurfte nur noch der Bestätigung für dich«, sagte Barton. »Ich war immer noch unterbewußt von der Befürchtung befallen, ich sei verrückt geworden und bildete mir das alles nur ein. Nun weiß ich natürlich, daß ich recht habe, genau wie du. Es wird Zeit, daß wir uns Percy vorknöpfen und den kleinen Bastard umbringen.«

Töten? Barton? »Danach sehen Sie mir aber nicht aus«, entgegnete ich.

»Vielleicht nicht«, antwortete er. »Aber in bestimmten Situationen, zum Beispiel wenn man ihn zum Narren gehalten hat, wird ein Mann unheimlich zornig. Er hat mich zum Narren gehalten – nicht wegen einer Kleinigkeit, sondern er hat mich in meinem Selbst verletzt, meine Frau beleidigt und meine Hoffnung auf eine Familie zunichte gemacht. Er wurde mein Erbe und hat mich als Sprungbrett an die Macht mißbraucht. Das alles, indem er sich als mein Sohn ausgab, mich in diese Vorstellung hineinzwang. Ich bin sehr wütend, Lanik Mueller.«

»Er dürfte jetzt glauben, daß Sie sehr tot sind. Wäre es klug, ihn schon so rasch aufzuklären?«

Barton dachte nach.

»Außerdem, was erreichen wir, wenn wir einen von ihnen umbringen? Wir wissen bereits von vieren. Ganz bestimmt gibt es noch mehr. Viel wichtiger erscheint mir herauszufinden, woher sie kommen.«

»Spielt das eine Rolle?« fragte er.

»Etwa nicht?«

Er lächelte. »Doch, doch. Mir scheint es, als hätten sie einen langen Weg hinter sich, um Macht über den ganzen Planeten zu erringen. Die Länder Nkumai und Mueller sind im Besitz von Eisen, nicht wahr?«

»Und diese Leute – wer sie auch sein mögen und wie auch immer sie vollbringen, was wir beobachtet haben – kontrollieren offenbar den Herkunftsort dieses Eisens.«

Barton schüttelte den Kopf und lachte verbittert.

»Seit Jahrtausenden haben wir uns mörderische Kämpfe um etwas geliefert, das wir durch die Abgesandten an die Außenwelt verkaufen konnten. Jeder wollte als erster ein Raumschiff bauen und von hier verschwinden. Und nun werden sie die ersten sein, ganz gleich wer von den übrigen gewinnt. Bald werden sie Macht über alles haben. Und außer uns weiß niemand etwas davon.«

»Ein gewöhnlicher Schwindel ist es jedenfalls nicht«, stellte ich fest.

»Du nimmst das alles so ruhig hin, Lanik.«

»Ich habe in dieser Welt schon allerlei Seltsames erlebt. Ich reise nach Gill und bitte Sie, Barton, dringend darum, hier zu bleiben. In der Burg sind Sie wenigstens sicher. Ich glaube zu wissen, wie ich sie erkennen kann. Leicht und sicher. Sie werden mich nicht in Illusionen einlullen können.«

Er stellte keine Fragen. Mein Auftreten hatte wohl verraten, daß ich nicht zum Antworten bereit war. Niemand brauchte zu wissen, nicht einmal Barton, wessen ich fähig war. Noch nicht. Jedenfalls nicht bevor ich wußte, wie ich die Sache angehen konnte. Er versprach, im Schloß auf dem Kliff zu bleiben. Ich ging hinunter in den Stall, sattelte Bartons bestes Pferd und machte mich auf den Weg nach Gill. Daß ich mich dazu nicht in Schnellzeit versetzte, mag als Maßstab für meine Dummheit dienen.

Dort bei Barton war ich wieder in meine älteste Rolle als wappenführender Erbe Muellers gefallen. Ich hatte wie ein Lord gesprochen, und nun bestieg ich ohne einen weiteren Gedanken ein Pferd, um auch wie einer zu reisen. So stark kann auch die Macht einer uralten, schon lange abgelehnten Gewohnheit sein. Ich war schon seit Jahren nicht mehr der Erbe Muellers, doch diese Rolle steckte noch in mir und war bereit, jederzeit hervorzutreten und mein Handeln zu bestimmen. Sie hätte mich beinahe getötet.

Ich ritt schnell, doch ohne Hast die Straße entlang, der Zivilisation und schließlich Gill entgegen. Ein Humper trieb seine Herde nordwärts in den weniger zivilisierten und darum für ihn einladenden Teil von Humping. Mir erschien unglaublich, daß ich erst am Vortage die Gartenarbeit für Glain und Vran vollendet hatte. Ich konnte mir kaum mehr vorstellen, daß ich mir vorgenommen hatte, den Rest meines Lebens bei den Humper zu verbringen. Diese Erinnerung, kaum einen Tag alt, traf mich wie ein Schlag, weil sie mit der Erkenntnis einherging, daß ich letztlich doch noch nicht reif genug war für ein Leben in Güte, Glück und Frieden, sondern daß ich einen inneren Auftrag spürte, eine Mission. Wenn es eine Aufgabe zu erfüllen gibt, dann werde ich sie erfüllen, sagte ich mir voll Bitterkeit (und doch auch mit einigem Stolz, denn bisher hatte ich im Leben noch nichts vollbracht). Aber diesmal – diesmal war ich nicht irgendwer, sondern der einzige Mensch, der diesen Hexenmeistern Einhalt gebieten konnte. Denn im Zustand der Schnellzeit ließen sie sich von mir entlarven. Ich als einziger konnte sie inmitten der normalen Menschen erkennen, die sie nachahmten, um sie dann zu vernichten.

Vernichten. Plante ich schon ganz beiläufig Mord? Nein, das war Krieg! Das machte ich mir vor und fragte mich dabei, wer den Krieg erklärt hatte und ob ich mich wirklich auf der ›guten Seite‹ befand. Mir war klar, daß ich darüber die Erde nicht zu befragen brauchte. Diesmal ging es nicht um den Verzehr von Pflanzen. Ich wollte Menschen töten, sie kaltblütig umbringen, zwar für eine gute Sache, aber dennoch ermorden.

War die Sache gut und edel? Wollte ich mich um die Unabhängigkeit der Mueller schlagen? Unabhängig von wem? Vielleicht unternahmen diese Illusionisten etwas Wertvolles für unseren ärmlichen Planeten. Sie waren dabei, das Blutvergießen und den Konkurrenzkampf zu beenden, um die Einheit aller zum Wohle aller herzustellen.

Nein. Falsch. Sie wollten nicht den Konkurrenzkampf beenden. Sie waren dabei, ihn durch Betrug zu gewinnen. Das war etwas ganz anderes. Das erschien mir unfair.

Wie es einem erscheint – das ist letztlich der einzige Weg, auf dem Menschen zwischen richtig und falsch unterscheiden. Was hier vorging, war falsch. Anderer Leute Köpfe lösten die Probleme des Universums. Anderer Menschen Blut und Gene hatten das Eisen verschafft, das Mueller über den Abgesandten erhalten hatte. Diese Köpfe und dieses Blut wurden gestohlen, ohne daß irgendwer von dem Verbrechen etwas ahnte.

Ich erinnerte mich daran, ein Radikalregenerierter gewesen zu sein. Ich sah mich wieder am Fenster mit dem Ausblick auf die Gehege stehen, wo ich mich zu meinem Entsetzen mit den Monstren mit den vielen Armen und Beinen identifizierte. Mit jenen Wesen, die man aus Trögen fütterte und denen man den letzten Rest Menschlichkeit absprach. Das war grausam. Gott allein mochte wissen, wie man die Rads sonst hätte behandeln sollen. Aber selbst jene Grausamkeit mochte noch erträglich erscheinen, zumal die Rads wußten, daß sie es für Mueller ertrugen. Sie nahmen ihr Schicksal hin in der Gewißheit, daß einst ihre Familien und deren Nachkommen durch den Handel mit der Außenwelt in die Lage versetzt werden würden, Raumschiffe zu bauen, um in die Freiheit zu gelangen.

Wenn die Unglücklichen durch diese Hoffnung bei gesundem Verstand gehalten wurden, so war es einfach scheußlich, aus dieser Hoffnung eine Lüge zu machen. Dann waren nämlich ihre Leiden, ihre Einsamkeit und der Verlust ihrer Menschlichkeit nicht mehr Opfer für die Familie, sondern kamen Fremdlingen zugute, die sich in die Familien hineingeschwindelt hatten.

Ich haßte Dinte. Mir war er schon immer zuwider gewesen. Jetzt aber haßte ich ihn. Ich stellte mir vor, wie ich in den Palast in Mueller-on-the-River eindringen, vor ihn hintreten und dann in Schnellzeit die Person entlarven würde, die wirklich in Dinte steckte. Der Mann, der sich als mein Bruder ausgegeben hatte, war schuld am Tode meines Vaters. Er hatte mich um mein Erbe gebracht. Ich konnte mir ausmalen, wie ich ihn umbringen würde. Diese Vorstellung bereitete mir Freude.

(Ich hörte die Erde weinen unter den Schreien sterbender Menschen. Aber ich verdrängte die Erinnerung daran. Heute wollte ich nichts davon wissen. Ich mußte Blut vergießen, bevor ich wieder bereit war für diese Erinnerung.)

Aber zuerst kam Percy Barton an die Reihe. Von ihm wollte ich erfahren, woher er kam und von welchem Volk er abstammte. Nur dann konnte ich sie vernichten. Wirklich? Konnte man Leute erledigen, die als Gestalten erschienen, die sie gar nicht waren, die vor den Augen des Betrachters die Plätze wechseln konnten, ohne daß man es merkte, die sich Jahre hindurch als Bruder ausgeben konnten, ohne sich jemals zu verraten?

Wie machten sie das? Wie konnte ich dagegen ankämpfen?

Ich war sehr traurig, als ich von den Bergen Humpings herunterstieg. Denn ich wußte, ich verließ meine wahre Heimat, um auszuziehen in einen Kampf, der meinen Seelenfrieden zerstören und der Erde weiteren Schmerz zufügen mußte. Der Sprecher der Schwartzes hatte zu mir gesagt: »Jeder Mann, der von deiner Hand stirbt, wird dir für ewig in die Seele weinen.«

Beinahe wäre ich umgekehrt. Am liebsten wäre ich zu Glain und Vran zurückgekehrt. Beinahe.

Doch ich ritt zwölf Tagesreisen weit nach Gill, der Hauptstadt der Familie Gill, wo sich auch der Sitz des Imperiums befand, das die Östliche Allianz genannt wurde. Während der Reise hatte ich keine Pläne gemacht. Ich wußte nicht mehr, als vorher. Nicht die geringsten Vorsichtsmaßnahmen hatte ich getroffen. Darum wurde ich in Gill ergriffen und getötet.

11
gill

Wie vorauszusehen, hatte Lord Bartons Lakai, Dul, die Stadt Gill vor mir erreicht. Nicht bedacht hatte ich, daß Dul genug von unserem Gespräch belauscht hatte, um einen Grund zu haben, uns vergiften zu wollen. So hatte er wohl auch mitbekommen, daß ich Lanik Mueller war.

Würde man ihm glauben? Konnte jemand argwöhnen, daß Lanik Mueller noch lebte und aus Ku Kuei wieder aufgetaucht war? Vielleicht zweifelte man noch daran. Aber wenn die Information bis zu Mwabao Mawa gelangte, würde es keinen Zweifel mehr geben. Sie mußte sich erinnern, daß sie mich gesehen hatte, womit dann Gewißheit bestand.

Das war jedoch vorerst eine akademische Frage. Lanik Mueller oder Seetrinker oder Windmann – ich hatte die Existenz der Illusionisten entdeckt und mußte deshalb beseitigt werden. Ohne Gerichtsverhandlung? Die Soldaten am Stadttor von Gill hatten meine Beschreibung. Sie erkannten mich sofort, umzingelten mich, zerrten mich vom Pferd und hielten mich fest, während der Captain mein Gesicht mit der Beschreibung auf einem Steckbrief verglich, den er kaum lesen konnte. »Er ist es«, sagte er schließlich, und in seiner Stimme lag nicht der geringste Zweifel.

»Sie irren sich«, sagte ich. »Ich sehe nur so aus wie er, wer immer er auch ist.«

Aber der Captain zuckte nur die Achseln. »Wenn ein anderer kommt, auf den die Beschreibung paßt, töten wir ihn ebenfalls.« Die Soldaten warfen mich auf einen Wagen, verbanden mir die Augen und karrten mich davon.

Ich war besorgt. Wenn sie annahmen, ich sei Lanik Mueller, und darüber hinaus wußten, daß die Mueller die Regenerationskraft besaßen – was die Illusionisten mittlerweile bestimmt in Erfahrung gebracht hatten –, würden sie mich zu gründlich töten. Wenn man mir den Kopf abschlug oder mich verbrannte, mußte ich wirklich sterben. Dann konnte auch ich mich nicht mehr retten. Also mußte ich fliehen, bevor sie die Exekution vornahmen. Das aber konnte nur auf eine so spektakuläre Weise geschehen, daß ich meine Fähigkeiten verriet. Womit die Illusionisten erst recht aufgeschreckt worden wären.

Ich hatte Glück. Wer immer Dul auch sein mochte, er war nicht klug genug oder nicht gut genug unterrichtet, um zu begreifen, daß man mich nicht auf die übliche Weise töten konnte, falls ich wirklich Lanik Mueller war. In Gill wurden Exekutionen durch Bogenschützen ausgeführt. Jeder Mueller wird leicht mit Pfeilwunden fertig, sofern man nicht zu viele gleichzeitig davon abbekommt. Und bei einem Rad wie mir *gab* es einfach nicht genug Pfeile, um meinen Körper über seine Selbstheilkräfte hinaus zu zerstören.

Die Soldaten gingen ganz geschäftsmäßig vor. In Mueller hatte jeder – ob Fremder, Sklave oder Bürger – das Recht auf eine Anhörung. Offenbar wurden in Gill Fremdlinge von diesem besonderen Ritual ausgeschlossen. Ich wurde festgenommen und in einem Kastenwagen durch die Straßen von Gill gekarrt. Die Leute hier entledigten sich verdorbener Früchte und faulen Gemüses offenbar dadurch, daß sie daraus ein Abschiedsgeschenk für die Todeskandidaten auf dem Henkerskarren machten. Man stellte mich vor einen großen Heuhaufen. Bei Fehlschüssen blieben die Pfeile heil und gingen nicht verloren.

Die Bogenschützen machten einen gelangweilten, sogar verdrossenen Eindruck. Hatten sie heute ihren freien Tag? Mißmutig stellten sie sich in Reihe auf und wählten Pfeile aus. Zwölf Mann, die sich offenbar auf ihr Handwerk verstanden. Der Captain von der Wache, der mich vor das Exekutionskommando gebracht hatte, hob einen Arm. Da gab es keine Zeremonie, kein letztes Wort, keine Henkersmahlzeit (was natürlich eine Verschwendung von Nahrungsmitteln gewesen wäre), keine Verkündigung, wessen man mich – zum Teufel – für schuldig befunden hatte. Als er den Arm senkte, flogen die Pfeile als bemerkenswert gleichmäßige Salve. Alle drangen mir in die Brust. Zwei wurden zwar an den Rippen abgelenkt. Alle anderen aber drangen ein, vier davon ins Herz, der Rest spielte den Lungen übel mit.

Das tat weh. Ich wußte, daß ich nicht zu atmen brauchte und mein Gehirn mit nur wenig Sauerstoff viel länger überleben konnte, als es bei den meisten anderen Menschen der Fall war. Ich wußte ebenfalls, daß die Pfeile zwar meinem Herzschlag Einhalt geboten hatten; doch solange sie noch in meinem Körper steckten, unterbanden sie auch zum größten Teil einen Blutverlust. Doch die Verletzung war so ernst, der Schmerz kam so plötzlich und war so drastisch, daß mein Körper glaubte, im Sterben zu liegen, und zusammenbrach.

Sie kamen leider nicht herbeigestürmt, um die Pfeile herauszuziehen, und so konnte mein Herz noch nicht abheilen. Und ich hielt es auch für unhöflich, mir jetzt schon an die Brust zu fassen und die Pfeile selbst zu entfernen. Also versetzte ich mich in Langsamzeit – nur ein wenig, gerade so viel, daß ich ihnen steif erschien. Sie gingen ziemlich grob mit meinem Körper um. Es tat weh, war aber erträglich. Ich nahm an, daß sie binnen fünfzehn Minuten mit meiner sterblichen Hülle fertig sein würden. Die Männer zeigten sich kaum geneigt, lange zu trödeln. Das wären drei Minuten subjektiver Zeit gewesen. Dann blieben mir noch ein paar Sekunden, um die Pfeile zu entfernen und die Wunden zu verheilen, bevor mein Körper aus Mangel an Blut zu schmelzen begann. Ich konnte eine Weile ohne Atem leben, aber das Blut mußte fließen.

Die Soldaten machten kurzen Prozeß. Sie schleppten mich zu einem Feuerplatz. Einen schrecklichen Augenblick lang dachte ich, daß man hier der Feuerbestattung huldigte. Aber dahinter befand sich eine Grube, in die mein Körper hineingeworfen wurde. Sobald die Leute mit dem Zuschaufeln fertig waren, versetzte ich mich in die wirkliche Zeit und drückte mit Muskelkraft die Erde so weit weg, daß ich die Pfeile entfernen konnte. Einige Minuten blieb ich liegen, um abzuheilen. Sobald ich mich wieder einigermaßen gesund fühlte, ging ich wieder in die Langsamzeit über. Warum sollte ich stundenlang in einem zugeschaufelten Grab liegen, wenn es nicht nötig war? Ich tauchte erst wieder auf, als ich meinte, daß der Abend gekommen sei.

Die Dämmerung war nahe. Ich weckte die Erde um mich. Sie hob mich zögernd an die Oberfläche. Ich breitete die Arme aus, und die Erde nahm unter mir feste Form an. Ich sah mich um, ob mich jemand beobachtet hatte. Das war nicht der Fall.

Die Hinrichtungsstätte und der Friedhof befanden sich am südlichen Rand der Stadt außerhalb der Mauern. Die See war nicht fern. An der Küste verfaulten Abfälle. Ihr Gestank vermischte sich mit dem der üblichen Anzahl dummer Krebse, die sich nie merken können, auf welcher Seite das Wasser ist. Dieser Geruch machte den Ort unvergeßlich für meine Nase, wenn nicht auch für andere Sinne. Diesmal wollte ich die Stadt etwas vorsichtiger betreten. Ich versetzte mich in Schnellzeit und suchte mir einen Weg zwischen den Hütten, die sich unter die Stadtmauer duckten, bis ich ein Tor fand, das wohl für den Abtransport von Abfällen gedacht war. Ich benannte es für mich das ›Abfalltor‹.

Ich hatte bisher nur die einigermaßen ansehnliche Seite von Gill gesehen. In den Jahren danach war ich in vielen Städten. Was Dreck und Schmutz anbetraf war Gill entschieden die Königin von allen. Gills Lage am Isthmus zwischen Landlock Sea und Slashea machte die hier ansässige Familie zum größten Kaufmannsgeschlecht im Osten. Doch sah man in Gill selbst wenig von ihrem Reichtum. Die besitzenden Klassen zogen ostwärts in die Berge. Dort errichteten sie Landhäuser aus Holz oder Stein, die den Neid der Prinzen aus anderen Familien erweckten.

Armut und Geschäft sorgten in der Stadt selbst für eine etwas unglückliche Zweiteilung. Lagerhäuser, Fabriken und Großhandelsfirmen auf der einen, Slums, Hurenhäuser und Spielhöllen auf der anderen Seite. Nachts mußte hier sehenswerter Betrieb herrschen. Am frühen Morgen wirkte die Stadt mißmutig und immer noch ein wenig verschlafen.

Auf der Straße, die zum ›Abfalltor‹ führte, lagen Leichen. Ich kam an einem Karren vorüber. Er war mit Leichen beladen und stand wie erstarrt mitten auf der Straße. Mehrere Männer, die nur wenig gesünder als ihre Ladung wirkten, hoben einen weiteren Toten für die Fahrt zum Friedhof auf den Wagen. Es gibt nur wenige Orte, wo das Leben nicht billig ist. Hier aber war ich zum ersten Mal in einer Stadt, in der sogar die Armen (und gerade diese sind oft netter zu ihren verstorbenen Angehörigen, als die Reichen) sich so wenig um ihre Toten kümmerten, daß Leichen wie Abfall auf die Straßen geworfen wurden.

Der Gouverneurspalast von Gill, wo sich jetzt der Sitz der Östlichen Allianz befand, erhob sich über den Lagerhausdistrikt wie eine Warze über einen Haufen von Leberflecken. Der große, graue Steinblock war völlig schmucklos und stand drohend inmitten der kleineren, doch irgendwie einladenderen Gebäude voller Stoffe, Salzfleisch und Leder.

Es war schwierig, in den Palast hineinzugelangen. Alle Türen waren geschlossen. Wachposten standen davor. Ungesehen gelangte ich da nicht hinein, nicht einmal im Zustand der Schnellzeit. Es ist zu auffällig, wenn man einen Posten über den Haufen rennt. Wenn ich ihn in Schnellzeit niederrannte, wurde er womöglich mit tödlicher Wucht getroffen.

Ich mußte bis zum Vormittag warten, wenn Leute aus- und eingingen. Also verzog ich mich aus Gründen der Nostalgie (und vielleicht auch, um eine hübsche, kleine Rache zu planen) an das Stadttor, wo ich tags zuvor festgenommen worden war. Je länger ich durch die Straßen wanderte, desto niedergeschlagener fühlte ich mich. Ich fragte mich, ob Gill besonders heruntergekommen sei, oder ob es vielleicht in Mueller-on-the-River genauso schlecht stand. Das karge Bergland von Humping war freundlicher zu seinen Bewohnern, als diese künstliche Wüste aus Stein und Dreck.

Von weitem konnte ich sehen, daß am Stadttor bereits

wieder der Henkerskarren zu tun hatte. Und die Aufgaben sollten sich im Laufe des Tages noch steigern! Ich spielte mit dem Gedanken, die Achse des Wagens zu brechen. Aber das war wohl der Zeit und Mühe nicht wert. Statt dessen ging ich näher an das Tor heran, wobei ich für den Wagen und den Gefangenen mit der Kapuze über dem Kopf kaum einen Blick übrig hatte. Endlich fand ich, was ich suchte. Der Captain, der mich gestern so ohne weiteres in den Tod geführt hatte, saß bei verriegelter Tür in der Wachstube. Ich entriegelte und trat ein. Nachdem ich mich direkt vor dem Captain, der allein war, aufgebaut hatte, schlüpfte ich in die Realzeit zurück. Ich hatte den Effekt oft genug in Ku Kuei beobachtet. Von ihm aus gesehen materialisierte ich mich unmittelbar aus der Luft.

»Guten Morgen«, grüßte ich.

»Mein Himmel«, entfuhr es ihm.

»Ah, damit wäre die erste Frage bereits beantwortet. Sie können also reden. Ich war ziemlich ärgerlich darüber, daß ich gestern ohne jedes Wort ergriffen und getötet wurde.«

Sein Entsetzen ergötzte mich sehr. »Ich bin sonst nicht rachsüchtig, aber hin und wieder tut süße Rache der Seele wohl. Ich werde Sie nicht lange aufhalten und möchte nur ein paar Auskünfte über diese Mordorganisation haben, die Sie hier unterhalten. Wer entscheidet, zum Beispiel, wer zu sterben hat?«

»P-Percy – der König. Es ist nicht meine Schuld. Ich entscheide gar nichts …«

»Schon gut – ich werde hier nicht den Richter spielen. Wie viele Leute werden täglich direkt von den Stadttoren zum Friedhof gebracht?«

»Nicht sehr viele. Ehrlich. Gestern Sie, Lord Barton heute – und über Monate davor erinnere ich mich an keinen einzigen Fall. Meistens werden die Leute bei der Abreise ergriffen, nicht bei der Ankunft.«

Ich gab mir Mühe, mein Erschrecken zu verbergen. Barton! Er hatte nicht auf meinen Rat gehört und war mir gefolgt.

»Sie verstehen sich auf Ihr Handwerk«, lobt ich ihn.

»Vielen Dank«, bekam ich zur Antwort.

»Was geschieht mit Ihnen, wenn mal etwas schief geht?«

»Das gibt es nicht.«

»Wenn aber – was dann?«

»Dann bekomme ich Ärger«, sagte er. Offenbar gewann er sein Selbstvertrauen wieder. Vermutlich würde er bald die Hand ausstrecken und mich abtasten, ob ich ein Geist oder Wirklichkeit war.

»So, dann haben Sie Ärger«, nickte ich. »Denn Barton wird nicht sterben. Sollten Sie sich trotzdem an ihm vergreifen, bin ich sofort wieder hier. Mir ist es egal, was für Ärger Sie bekommen, wenn Barton am Leben bleibt. Vergessen Sie nur nicht, daß es Ihnen noch viel schlechter ergeht, wenn ihm etwas zustößt. Und nun wünsche ich Ihnen einen wunderschönen Tag.« Dann versetzte ich mich wieder in Schnellzeit. Bevor ich verschwand, goß ich ein Tintenfaß über seinem Kopf aus.

Dann hastete ich die Straße hinunter, bis ich den Henkerskarren fand. Hätte ich nur vorher genauer hingeschaut, dann wäre mir Bartons Bekleidung bekannt vorgekommen. Er trug die gleichen Sachen, wie an jenem Tag im Kliffhaus. Ich kletterte in den Wagen und kehrte gerade so lange in die wirkliche Zeit zurück, daß ich ihm sagen konnte: »Keine Sorge, Barton, ich bin bei Ihnen.« Sofort war ich wieder in Schnellzeit und sprang vom Wagen. Der Kutscher hatte nichts bemerkt. Falls ein Vorüberkommender mich in diesen wenigen Sekunden erblickt hatte, würde er wohl blinzeln und sich fragen, ob der Alkohol vom Abend vorher noch in seinem Blute war.

Ich eilte zur Hinrichtungsstätte und versteckte mich in dem Strohhaufen. Erst nach einer halben Stunde traf der Henkerskarren ein. Dann lief alles so ab, wie am Tage zuvor. Die Bogenschützen stellten sich in Reihe auf und der Anführer, nicht der Captain vom Stadttor, hob den Arm. Ich schlüpfte in Schnellzeit und warf mich zwischen Barton und die Soldaten. Ich schritt hin und her (denn ich werde sichtbar, wenn ich allzu lange am gleichen Fleck verweile), bis der Offizier den Arm senkte und die Bogensehnen schwirrten. Mitten im Flug fing ich die Pfeile ab. Danach streifte ich Barton die Kapuze vom Kopf, steckte die Pfeile durch den Stoff und schob alles zusammen unmittelbar hinter Bartons Rücken ins Stroh. Sofort verscchwand ich wieder in meinem Beobachtungsposten und wartete.

Es dauerte eine Sekunde wirklicher Zeit, bis die Bogenschützen begriffen, daß Bartons Kapuze weg war und keine Pfeile in seiner Brust steckten. Wütend befahl der Offizier seinen Leuten, die fehlgegangenen Geschosse wieder einzusammeln. Als sie im Stroh die im Stoff der Kapuze steckenden Pfeile fanden, wurde der Offizier wesentlich stiller. Es gab keine natürliche Erklärung dafür, wie die Pfeile hinter den Rücken des Opfers gelangen konnten.

Barton lächelte.

»Ich weiß nicht, mit welchen Tricks Sie arbeiten«, tobte der Offizier (doch merkte man seiner Stimme die Furcht an), »doch wäre es besser für Sie, damit aufzuhören.«

Barton hob die Schultern. Die Soldaten mußten sich zu einem zweiten Versuch aufstellen. Um der Sache ein rasches Ende zu bereiten, versetzte ich mich abermals in Schnellzeit. Wieder fing ich die Pfeile in der Luft auf. Diesmal bohrte ich den Soldaten die Spitzen durch das Handgelenk der Schießhand. Obendrein riß ich ein paar Pfeile aus dem nächstbesten Köcher. Mit einem davon nagelte ich dem Offizier die rechte Hand am Oberschenkel fest. Genauso verfuhr ich mit den drei Männern, die bisher müßig das Schauspiel betrachtet hatten. Sofort war ich wieder in meinem Versteck und in Realzeit.

Schmerzensschreie aus einem Dutzend Kehlen verrieten, daß ich erfolgreiche Arbeit geleistet hatte. Die Männer ließen ihre Bogen fallen und umklammerten mit der freien Hand die verletzten Gelenke. Dabei war der Schrecken viel größer, als der Schmerz. Es kommt nicht jeden Tag vor, daß man einen Bogen abschießt, woraufhin der Pfeil in der Luft kehrt macht und einem ins Handgelenk fährt.

Barton zeigte erstaunliche Geistesgegenwart. Herablassend erklärte er: »Das war die zweite Warnung. Eine dritte wird es nicht geben.«

»Was geht hier vor?« schrie der Offizier.

»Kennt ihr mich nicht? Ich bin Lord Barton von Britton, der Vater des Herrschers. Gemeine begehen ein Verbrechen, wenn sie königliches Blut vergießen.«

»Tut mir leid!« schrie der Anführer. Mehrere Soldaten folgten seinem Beispiel – die meisten waren damit beschäftigt, ihre Blutungen zu stillen.

»Wenn es euch leid tut, dann kehrt in eure Quartiere zurück und laßt mich für heute in Ruhe.«

Es tat ihnen wohl leid, denn sie kehrten ins Quartier zurück und ließen ihn in Ruhe. Sobald die Männer verschwunden waren, hielt Barton nach mir Ausschau. Ich stand an einen Strohballen gelehnt und lachte. Er kam ein wenig aufgeregt herüber. »Mußtest du bis zur allerletzten Sekunde warten?«

»Ich hatte doch gesagt, daß kein Grund zur Sorge bestand.«

»Wenn man ein Dutzend Pfeilspitzen aufs eigene Herz gerichtet sieht, kann man sich wohl Sorgen machen.«

Ich entschuldigte mich ausgiebig. Er vergab mir. Wir verließen die Hinrichtungsstätte und zogen in die Stadt. »Niemand wird erwarten, daß wir ausgerechnet hier auftauchen, nachdem man versucht hat, uns beide zu töten«, meinte Barton. Er lachte laut. »Das war zu spaßig. Ich möchte nicht in der Haut des Soldaten stecken, der diese Sache meinem lieben Sohn Percy melden muß. Wer und was bist du eigentlich?« fragte er plötzlich.

»Der Windmann«, erwiderte ich.

»Ich weiß nicht mehr, was in dieser Welt vor sich geht«, sagte Barton. »Alles schien so vernünftig und nach wissenschaftlichen Grundsätzen geregelt, bis ich herausfand, daß mein Sohn ein Betrüger ist, ausgestattet mit der Fähigkeit, mir jede Erinnerung zu rauben. Und nun kommst du an. Der Captain am Stadttor sagte mir, du seiest gestern exekutiert und begraben worden.«

»Er hat mit Ihnen geredet? Zu mir hat er kein Wort gesagt.«

»Ich werfe dir vor, daß du dich an den Naturgesetzen vergehst«, regte sich Barton auf. Daß ich nicht auf seine ursprüngliche Frage eingegangen war, ärgerte ihn.

»Die Tugenden der Natur bleiben unangetastet«, versicherte ich. »Mir sind nur einige Gesetze über das Normalmaß hinaus bekannt.« Damit hatten wir bereits das ›Abfalltor‹ erreicht. Die Wachtposten waren nicht sonderlich helle. Bis jetzt war kein Alarm geschlagen worden, was uns nicht überraschte. Immerhin boten wir einen zum Argwohn reizenden Anblick. Barton war kostbar gekleidet, während ich die Tracht der Humper trug, mit anderen Worten, ich erschien selbst in den ärmeren Stadtvierteln von Gill wie ein armer Junge vom Lande. Ich mußte Barton von der Straße verschwinden lassen, bevor ich meine ursprüngliche Absicht ausführen konnte, nämlich Percy einen Besuch abzustatten. Also führte ich meinen Begleiter zu einem Hurenhaus, das ich in dieser Straße gesehen hatte.

Der Manager war ein dürres, altes Männlein, den es nicht wenig ärgerte, so früh am Morgen gestört zu werden. »Wir öffnen erst am Nachmittag«, knurrte er, »am späten Nachmittag.«

Barton besaß Geld, und zwar nicht wenig. Mich überraschte es, daß ihn die Soldaten nicht ausgeraubt hatten. Vielleicht hatten sie damit bis nach seinem Tode warten wollen. Als Leichnam hätte er nichts davon gemerkt. Soviel zarte Rücksichtnahme hätte ich dem Exekutionskommando gar nicht zugetraut. Das auf den Tisch hingezählte Geld genügte, um den Geschäftsbetrieb des Hauses früher als sonst zu eröffnen.

»Service mit allem drum und dran?« erkundigte sich der Manager.

»Nur ein Bett und Ruhe«, erklärte ich. Barton warf mir einen wütenden Blick zu. »Ich fühle mich wie ein Dreißigjähriger, und du erwartest, daß ich in dieser Umgebung den ganzen Tag verschlafe? Ich will das jüngste verfügbare Mädchen haben, aber ohne unangenehme Krankheiten.« Er riß sich zusammen und fügte hinzu: »Natürlich muß sie volljährig sein.« Der Manager schaute drein, als versuchte er zu erraten, welches Alter damit gemeint sein könnte.

»Über vierzehn«, warf ich hilfsbereit ein.

»Sechzehn«, rief Barton entsetzt. »Werden sie wirklich noch jünger angeboten?«

Der Manager warf einen Blick gen Himmel und führte Barton davon. Sobald sie verschwunden waren, versetzte ich mich in Schnellzeit und kehrte zum Palast zurück.

Dort hatte ich Glück. Als ich eintraf, ging gerade eine Frau durch das Tor. Es war eng, aber ich quetschte mich neben ihr hindurch und betrat den Palast. Ich folgte den Gängen, die am schärfsten bewacht waren, und befand mich bald in einem eindrucksvollen Thronsaal. Dort verbarg ich mich unauffällig in einer Ecke und beobachtete, was vor sich ging. Dabei sah ich mir alle Gesichter im Thronsaal genau an, damit ich später feststellen konnte, welche sich veränderten. Dann schlüpfte ich in die wirkliche Zeit zurück.

Aus der alten Frau, die auf dem Thron saß, wurde ein relativ junger Mann, der Barton bemerkenswert ähnlich sah. Die meisten Beamten um ihn herum blieben unverändert. Doch erkannte ich Dul in der Menge. Er war ein junger Mann in einer einfachen braunen Toga gewesen. Einige andere Gesichter veränderten sich. Mehrere Male wechselte ich von Schnellzeit in wirkliche Zeit hin und her, bis ich sicher war, sie alle herausgefunden zu haben. Ich zählte insgesamt acht von ihnen.

Ich war in der Absicht gekommen, sie alle umzubringen, sobald ich herausgefunden hatte, woher sie kamen. Jetzt fragte ich mich, wie ich das bewerkstelligen konnte. Im Zustand der Schnellzeit konnte ich nicht mit ihnen reden. Das bedeutete, daß ich mich den Gefahren einer Konfrontation in wirklicher Zeit aussetzen mußte. Wie konnte ich sie erledigen, ohne die Aufmerksamkeit aller anderen Ilusionisten zu erregen? Wurden sie mich erst einmal gewahr, konnten sie sich gegen mich zur Wehr setzen.

Mindestens wußte ich jetzt, daß ich sie erkennen konnte, wenn ich rasch zwischen Schnellzeit und wirklicher Zeit hin- und herwechselte. Aber sie im Zustand der Schnellzeit zu töten, würde nicht leicht sein. Oh, die Tat an sich wäre einfach zu vollbringen. Aber es war gewiß eine andere Sache, einen nichtsahnenden Mann zu erstechen, als die hübschen Tricks zu vollbringen, die ich bisher in Schnellzeit gemacht hatte. Ich war in der Kriegskunst geübt. Ich hatte schon früher gekämpft und getötet. Dabei hatte der Feind immer die gleiche Möglichkeit gehabt, mich genauso zu treffen, wie ich ihn. Mir lag es nicht, jemanden zu töten, der völlig hilflos war.

Die Ku Kuei hatten Tiere getötet, indem sie ihnen in Schnellzeit einen Schlag über den Schädel versetzten. Deshalb hatte ich sie verachtet. Aber die Ku Kuei hatten recht – man sollte sich nicht die Füße am Start eines Rennens abschneiden. Ich mußte die Illusionisten umbringen, wenn sie nicht Macht über die ganze Welt gewinnen sollten. Es gab keine Hoffnung auf Verhandlungen mit ihnen. Sie hatten bereits ihre Entschlossenheit bewiesen, unter allen Umständen, auch durch Blutvergießen, die Macht an sich zu reißen. Ihr Tod bedeutete keinen Rechtsbruch. Selbst wenn die einzige Möglichkeit dazu darin bestand, sich wie ein Feigling an sie heranzumachen.

Diese Gedanken brachten mich nicht weiter. Dul entfernte sich von der Menge im Thronsaal. Ich wartete, bis ich sah, welcher Tür er zustrebte. Dann warf ich mich in Schnellzeit und gelangte vor ihm durch die Tür. Jetzt ging es mir nicht um Mord, sondern nur um Informationen. Als er durch die Tür kam, befand ich mich wieder in der realen Zeit, trat auf ihn zu und packte ihn am Arm. »Dul, welche Freude, dich zu treffen«, sagte ich.

Er blieb stehen und sah mich an. Sein Gesicht verriet nur wenig Überraschung. »Ich meinte, Sie wären noch in Britton«, erwiderte er. Ganz deutlich sah ich seine beiden Arme an den Seiten des Körpers herabhängen. Dennoch spürte ich den Dolchstich tief in meiner Brust. Nun mußte sich mein armes Herz schon wieder regenerieren. Zugleich wurde mir klar, daß man diesen Illusionisten nicht von Angesicht zu Angesicht gegenüberstehen konnte. Wenn jemand töten kann, ohne daß man eine Bewegung an ihm wahrnimmt, dann ist er ein gefährlicher Gegner.

Natürlich ging ich sofort in Schnellzeit und sah gerade noch, wie seine Hand von der in meiner Brust steckenden Waffe zurückzuckte. Ich zog den Dolch heraus und trat zurück, um die Heilung meines Herzens abzuwarten. Ich durfte mir nicht allzu viel zumuten. Es gab Grenzen für das, was mein Herz leisten konnte, ehe es rebellierte und mich für einige Tage ins Bett zwang. Schließlich war ich bereit und drang wieder auf Dul ein, der seine Hand zurückgezogen hatte und deutlich Überraschung wegen meines plötzlichen Verschwindens erkennen ließ. Ich nahm den Dolch und wollte ihm beibringen, daß ich seine Kooperation auf alle Fälle erzwingen wollte. Deshalb stieß ich ihm die Klinge (Eisen von Muellerscher Machart) tief in den Arm. Dann schlüpfte ich in Echtzeit zurück und sah zu, wie er sich im letzten Augenblick aus dem jungen Mann, den ich gestoßen hatte, in den unterwürfen Diener zurückverwandelte. Die Unterwürfigkeit dauerte indessen nicht lange. Er sah sich bestürzt um, packte seinen Arm – und in diesem Augenblick schwand die Illusion, flackerte, so daß er sich vor meinen Augen hin- und herverwandelte, bis er schließlich blieb, was er war – ein junger Mann.

Er sprang mich an und warf mich auf den Boden. Er hatte das Messer bereits aus seiner Schulter gerissen und zielte damit nach meiner Kehle. Ich fing die Waffe ab und rang mit ihm darum. Er war jung und stark. Ich war noch jünger und erheblich stärker. Außerdem verstand er sich nicht auf den Gebrauch der Stichwaffe. Wahrscheinlich hatte er noch nie mit einem Gegner zu tun gehabt, der den Stich kommen sah.

Ich preßte ihn auf den Fußboden nieder und verlangte von ihm zu wissen, woher er stammte, bevor ich ihn tötete. Da vernahm ich von der Tür her ein Geräusch. Ich blickte auf und sah niemanden – aber die Tür war noch geöffnet. Wenn die Illusionisten zu all dem fähig waren, was ich schon gesehen hatte, schafften sie es gewiß, mir zu suggerieren, daß ich niemanden sähe. Dabei war ich sicher, daß jemand eingetreten war. Die weitere Befragung war unmöglich in Anwesenheit zuhörender Illusionisten. Jetzt waren sie gewarnt. Ich hatte eine, wenn auch nur schwache Möglichkeit gehabt, etwas über ihre Herkunft zu erfahren. Diese war nun vertan.

Ich versetzte mich in Schnellzeit und erhob mich, während mein erster Gegner liegen blieb. Nicht einer, sondern drei Illusionisten waren auf dem Weg zu der Stelle, an der ich mich soeben noch befunden hatte. Sie hielten Messer in den Händen. Es hatte zwar wenig Sinn, aber ich entriß ihnen die Waffen, nahm sie mit in den Saal, wo die alte Dame, die sich als Percy Barton ausgab, mit gelangweiltem Blick auf dem Thron saß. Ich warf ihr die Messer mit den Spitzen voran in den Schoß. Dann verließ ich den Palast. Die Drohung war deutlich – ich hätte sie genausogut umbringen können. Es sollte aber nur eine Warnung sein, die Andeutung einer Möglichkeit. Ich wußte einfach nicht, was ich jetzt anfangen sollte.

Sie alle umbringen? Sinnlos, verlorene Mühe, sofern ich nicht herausfand, woher sie kamen. Die Toten würden nur durch andere Illusionisten ersetzt werden. Ihr Vorhaben konnte ich damit nicht vereiteln, allenfalls verzögern. Doch hatte ich reichlich Zeit, meinen nächsten Schritt zu planen. Jedenfalls, so lange ich in Schnellzeit lebte. In Normalzeit dauerte es sicherlich eine Woche, bevor reitende Boten aus Gill die nächste größere Stadt erreichten. Binnen einer Woche konnte ich in Schnellzeit allerlei ausrichten.

Also verließ ich den Palast. Bestimmt lagen hier keine Annalen herum, in denen zu lesen stand: ›Eindringlinge in diesem Palast entstammten der nachstehend verzeichneten Familie.‹ Nur durch vernünftiges Vorgehen konnte ich ihr Herkunftsland ermitteln. Wenn es aber um Vernunft ging, hatte ich vor Lord Barton großen Respekt.

»Du warst nicht lange genug fort«, sagte er, nachdem ich das Mädchen hinausgeschickt hatte. »Du gefährdest unsere Freundschaft.«

»Ich brauche Ihren Rat.«

»Und ich brauche Einsamkeit, oder Zweisamkeit. Kannst

du dir vorstellen, daß ich im Begriff war, etwas zu vollbringen, das ich seit dreißig Jahren nicht mehr geschafft habe? Zweimal hintereinander. Zweimal in zehn Minuten.«

»Es gibt noch andere Gelegenheiten. Hören Sie, Barton, ich war im Palast. Dort sah ich Ihren Sohn. Er ist in Wirklichkeit eine Frau, einige Jahre älter als Sie. Die Dame ist von anderen Illusionisten umgeben, einschließlich Ihrem Diener Dul. Aber ich kann nichts herausbekommen. Unterdessen sind sie ein wenig aufgeschreckt. Sie wissen, daß ich Bescheid weiß. Inzwischen ahnen sie mindestens, was ich vollbringen kann. Innerhalb einer Woche könnten sie Hilfe herbeiholen, was mich um jeden Vorsprung bringt. Verstehen Sie die Situation?«

»Du hast alles verdorben.«

»Ich ergriff eine Chance und erlitt einen Fehlschlag. Nachdem Sie dumm genug waren, mir hierher zu folgen, anstatt in Humping zu bleiben ...«

»Humping«, schniefte er verächtlich.

»Dann machen Sie sich wenigstens nützlich. Ich muß erkunden, wo diese Illusionisten herkommen. Ich muß ihr Heimatland herausfinden. Wenn wir nicht dort als erste zuschlagen, schnell und hart, werden wir sie niemals aufhalten.«

Er machte sich sogleich an die Arbeit.

»Nun, Lanik, es ist wohl klar, daß ich die Herkunft dieser Leute nicht erraten kann, indem ich etwas aus dem Hut zaubere. Jede der ursprünglichen achtzig Familien kann dahinter stecken.«

»Diese Zahl läßt sich einengen. Ich habe da eine Theorie, die ich für brauchbar halte. Es geht darum, was die einzelnen Familien machen. In Nkumai fand ich eine Art geschichtliche Aufzeichnung. Darin war aufgeführt, welche Spezialgebiete die Familiengründer bearbeiteten. Nkumai wurde zum Beispiel von einem Physiker gegründet. Sie exportierten physikalische und astronomische Theorie. In Mueller haben wir die Ergebnisse genetischer Forschungen exportiert. Der erste Mueller war ein Genetiker. Verstehen Sie?«

»Wie weit kommen wir damit?«

»Ich habe nicht viele Länder aufgesucht und herausgefunden, was sie exportieren. Aber meine Theorie trifft auf Schwartz und Ku Kuei zu.«

»Ein Philosoph und ein Geologe.«

Ich muß ziemlich überrascht dreingeschaut haben.

»Ich begreife nicht, warum dich diese Information überrascht. Britton wurde von einem Geschichtswissenschaftler gegründet. Sicher kein Gebiet, um wertvolle Exportprodukte hervorzubringen. Aber wir sind fanatische Geschichtsschreiber. Die Liste der ursprünglichen Verräter von Anderson bis Wynn muß von jedem Schulkind auswendig gelernt werden, einschließlich kurzer Biographien und der Berufe. Darin sind wir sehr genau. Ich kann die Geschichte von Britton bis auf den heutigen Tag auswendig hersagen. Das habe ich bisher nicht getan, weil du mich nicht danach gefragt hast.«

»Das werde ich auch nicht tun. Sie sind ein Mann von Eisen, Barton.«

»Die Frage bleibt, aus welchem Berufsstand womöglich Illusionisten hervorgegangen sein könnten. Wissenschaftler der Psychologie kämen als erste in Betracht. Wer war Psychologe? Natürlich Drew. Aber die Nachkommen leben weit im Norden in ihren Hütten und träumen davon, ihre Väter zu töten und mit ihren Müttern zu schlafen.«

»Das könnte eine Illusion sein«, warf ich ein.

»Erst im vergangenen Jahr griffen sie über die Berge hinweg Arven an und wurden in erniedrigender Weise zurückgeschlagen. Hört sich das nach unseren Feinden an?«

Ich zuckte mit den Schultern. Woher sollten wir etwas über die Illusionisten wissen?

»Außerdem machen sie kaum ein Geheimnis aus dem, woran sie während der letzten Jahrhunderte gearbeitet haben. Irgendwann einmal müssen die Leute, nach denen wir suchen, sich mit Geheimnissen umgeben haben. Meinst du nicht? Ein anderer Psychologe, der einzige andere, war Hanks. Ich weiß nichts über sie, außer daß sie vor zwei Jahren gegen die Östliche Allianz rebellierten.

Mein geliebter Sohn rückte mit einer Armee ein und brannte das ganze Land nieder. Berichte besagen, daß nur jeder dritte mit dem Leben davonkam. Sie kamen davon, weil sie über die Grenzen nach Leishman, Parker und Underwood auswichen, wo sie von Almosen vegetieren. In Gill gibt es keine Wohlfahrtsorganisation. Auch hier dürften wir vergebens nach der Heimat der Illusionisten suchen.«

Da hatte er wiederum recht. »Keine anderen Psychologen?«

»Nein.«

»Was für Berufe kämen noch in Betracht?«

»Vielleicht bilden sie die Ausnahme zu unserer Theorie, Lanik, vielleicht haben sie etwas ganz Neues entdeckt.«

»Gehen wir die ganze Liste durch. Jedenfalls müssen wir herausfinden, wo am ehesten ein Ansatzpunkt zu finden wäre.«

Also gingen wir die Liste durch. Das war ermüdend. Barton hielt alles in wunderschöner Schönschrift fest, was mich mit noch mehr Respekt vor seiner Bildung erfüllte, obwohl ich die Zeilen kaum lesen konnte. Wir versuchten immer wieder, ins Blaue hinein zu raten. Tellermann war ein Schauspieler, doch wußte man von der Familie, daß sie literarische Ambitionen pflegte. Der Abgesandte hatte seit Tausenden von Jahren alle ihre Bücher, Bühnenwerke und Gedichte abgelehnt, die sie ihm angeboten hatten. Ihre Ausdauer war bemerkenswert. Ihre Rebellion hatte in einem Aufstand der Elite gegen ihre Ausbeutung durch die demokratische Tyrannei der Massen bestanden. Mit wenigen Ausnahmen bildeten die Leute im Exil auf Treason die Creme de là Creme unter den Intellektuellen der Republik. Das bedeutete, daß bis auf wenige Ausnahmen die Rebellen wissenschaftliche Experten waren, von einigen Randfiguren und den Psychologen einmal abgesehen.

Nachdem wir mehr als eine Stunde anstrengender Arbeit hinter uns hatten, um alle Möglichkeiten durchzugehen, erschien uns die Lösung des Rätsels plötzlich so sonnenklar, daß ich kaum begreifen konnte, wie wir sie bisher übersehen konnten.

»Anderson«, rief ich.

»Wir wissen nicht einmal, was er gemacht hat«, wendete Barton ein.

»Seinen Beruf kennen wir nicht. Dennoch war er der Anführer der Rebellion. Oder nicht?«

»Der verräterischste unter den Verrätern«, wendete Barton ein.

»Anführer der Intellektuellen, ohne selbst zu ihnen zu gehören.«

»Ja, das ist eine der Unbegreiflichkeiten der Geschichte.«

»Ein Politiker«, redete ich weiter. »Ein Demagoge, der sich in den Rat der Republik wählen ließ. Dennoch gewann dieser Mann das Vertrauen der besten Köpfe im ganzen Staat. Liegt darin nicht ein Widerspruch?«

Barton lächelte. »Vielleicht ist etwas Wahres daran. Natürlich hatte er keine Fähigkeiten unserer gegenwärtigen Feinde. Aber er war dazu in der Lage, die Menschen zu täuschen. Sie sahen ihn so, wie er wollte, daß sie ihn sehen sollten. Machen es die Illusionisten jetzt nicht genauso, nur um vieles perfekter?«

Ich lehnte mich im Sessel zurück. »Sie geben also endlich zu, daß meine Theorie plausibel klingt?«

»Plausibel. Nicht wahrscheinlich. Soweit ich es übersehe, kommt aber von den anderen Möglichkeiten keine in Frage. Damit wird Anderson zur besten Möglichkeit für einen ersten Versuch.«

Ich stand auf und ging zur Tür.

»Ist das nicht ein wenig unhöflich? Willst du mich nicht mitnehmen?«

»Ich werde nur einige Tage unterwegs sein«, sagte ich.

»Bis nach Anderson ist es ein Ritt von zwei Wochen durch das rauhe Land von Israel. Dann braucht man ein Boot, um eines der gefährlichsten Gewässer, die Quaking Sea, zu überqueren. Es sei denn, du wärest dumm genug, den Weg durch den Trichter zu versuchen. Dazu braucht man wenigstens vierzehn Tage. Und bei dem Versuch würdest du wahrscheinlich mehrere Pferde zu Tode schinden.«

»So lange brauche ich nicht. Vertrauen Sie mir. Habe ich Sie bisher jemals enttäuscht?«

»Nur, als du die junge Dame hinausgeschickt hast. Keine Sorge, ich werde nicht versuchen, dir zu folgen. Wenn du von zwei Tagen sprichst, werde ich zwei Tage oder auch länger warten. Ein Mann, der Pfeile mitten im Flug anhält, kann auch zum Mond fliegen, wenn er will.«

Mir fiel noch etwas ein. »Vielleicht sollten Sie an einem anderen Ort auf mich warten.«

»Unsinn, es ist viel zu riskant, mich auf der Straße sehen zu lassen. Außerdem habe ich hier noch etwas zu Ende zu bringen. Ich will einen persönlichen Rekord aufstellen. Dreimal in einer Stunde. Schick sie wieder herein.«

Im Weggehen sagte ich ihr Bescheid.

Ich war wütend darüber, daß ich eher dort eintreffen würde, wenn ich die Strecke in Schnellzeit ging, als wenn ich in Echtzeit ritt. Und alles nur, weil ich in Ku Kuei nicht gelernt hatte, meine Zeitblase auszudehnen. Ich brauchte neun lange Tage, um in der schnellsten Schnellzeit, die ich je erlangt hatte, seit ich Ku Kuei verlassen hatte, zu Fuß zur Küste Israels zu gelangen. Es hatte eine Zeit in meinem Leben gegeben, als die Einsamkeit und Körperertüchtigung belebend auf mich gewirkt hatten. Nun war ich des Alleinseins überdrüssig, und noch mehr verabscheute ich es, endlos von einem Ort zum anderen zu wandern und dabei die Menschen wie Statuen auf den Feldern stehen zu sehen, ahnungslos, daß sie von den Illusionisten getäuscht wurden. Ich war unterwegs, um sie zu retten, und sie wußten nicht einmal, daß sie gerettet werden mußten.

Ich war hundemüde, als ich den Felsenvorsprung in Israel erreichte, von wo aus man den Trichter übersehen konnte. So heißt die Meerenge zwischen Anderson und dem Kontinent. Die Wogen der See wirkten natürlich mitten in ihrem wilden Strom nordwärts in die etwas tiefer gelegene Quaking Sea wie zu Eis erstarrt. Die Wogenkämme reichten fast bis zu dem Felsvorsprung herauf, auf dem ich stand. Sie sahen aus wie Berge, die sich bei einer Erdverschiebung erheben.

Es gab nur wenige Dinge, die ich in Schnellzeit noch

nicht vollbracht hatte. Schwimmen in einer von Realzeit beherrschten See gehörte dazu.

In Ku Kuei war ich, wenn ich in Schnellzeit schwamm, immer von jemandem begleitet worden, dessen Zeitfluß stark genug war, einen Teil des Sees zu tragen. Ganz abgesehen von mir, der ich mitgeschleppt wurde.

Vorsichtig stieg ich ins Wasser. Während mir die Luft keinen Widerstand bot, erwies sich das Wasser als zäh. Es trug mein Gewicht viel besser als in Realzeit. Um den Trichter zu überqueren, schwamm ich nicht richtig. Im Crawlstil schob ich mich am Abhang einer Woge hinauf, die sich anfühlte wie ein sumpfiger Hügel nach einem Regenguß. Auf der anderen Seite glitt ich leicht hinunter. Das wurde nach einer Weile anstrengend und zehrte an den Kräften. Es war immer noch Nachmittag, als ich das andere Ufer erreichte und aus der See an die felsige Küste der Insel Anderson stieg.

Kaum der Reichweite der gigantischen Wellen entronnen, hielt ich Ausschau. Das Land war mit Gras bewachsen, aus dem Felsblöcke ragten. Hier und dort grasten Schafe. Es war besiedeltes Land. Aber es war heiß, trocken und öde. Das Gras wuchs nicht dicht. Dort wo sich ein Schaf bewegte, erhob sich sofort eine kleine Staubwolke.

Ich ging auf dem Grat des Steilhanges entlang, der zu der felsigen Küste abfiel und fragte mich, wie ich hier wohl herausfinden sollte, ob dies wirklich das Heimatland der Illusionisten war. Ich konnte nicht gut auf irgend jemanden losgehen und ihn anreden: »Schönen guten Tag. Bin ich hier im Land, wo die Lumpenkerle herkommen, die alle Macht unserer Welt erobern wollen?« Ich mußte einen plausiblen Grund für meine Anwesenheit erfinden. Bei dem Gedanken an die See, die ich soeben hinter mir gelassen hatte, erschien mir Schiffbruch als gute Ausrede. Dazu mußte ich noch einmal ins Wasser, um mich scheinbar erschöpft in der Nähe einer Schäferhütte an Land zu schleppen. Von da aus mußte ich je nach der Situation handeln.

Als ich wenige Meter vor dem felsigen Absturz ein Haus

entdeckte, kletterte ich über die Felsen zum Wasser hinunter. Ich sah erst jetzt, wie hoch die Wogen wirklich waren und wie wild sie in Realzeit toben mußten. Stolz schwamm ich auf dem Rücken der ersten Woge, die sich von der Küste fortbewegte. Dann schlüpfte ich in die wirkliche Zeit zurück.

Ich wäre besser auf dem Felsen stehen geblieben, wo mich die Brandung naßspritzte.

12

anderson

Die Woge ließ mir keinerlei Möglichkeit. Ich wurde sofort in erschreckender Weise auf die felsige Küste geschleudert. Da war schon die nächste Woge da, die über mir zusammenschlug. Meine Knochen krachten auf das Gestein. Dann wurde ich hochgehoben und abermals niedergeschmettert.

Im zerschmetterten rechten Bein verspürte ich scheußliche Schmerzen. Seit langer Zeit hatte ich es zum ersten Mal wieder mit Naturgewalten zu tun, denen ich nicht gewachsen war. Ich mußte um mein Leben fürchten. Mein Vater war gestorben, indem er sich im Wasser das Rückgrat brach. Als ich zum zweiten Male abwärts, den Steinen entgegen schoß, wuchs mein Drang zum Überleben. Ich kroch durch das Wasser auf die Küste zu, bekam einen Felsen zu fassen, doch die nächste Woge riß mich von ihm los und schwemmte mich wieder hinaus.

Beim dritten Versuch konnte ich festeren Halt gewinnen und mich weiter aus der Brandung ziehen. Immer noch überspülte mich die Gischt, sobald eine Welle den Strand erreichte – was alle ein oder zwei Sekunden zu geschehen schien –, aber ich war so ziemlich in Sicherheit. Ich wartete einige Minuten, bis mein Bein so weit abgeheilt war, daß ich notfalls damit gehen konnte. Als ich mich davon überzeugt hatte, daß es mein Gewicht tragen würde, begann ich zu rufen.

»Hilfe!« überschrie ich den Wogenprall. Es war hoffnungslos. Hier hörte mich niemand. Ich mußte weiter von der See weg und näher an die Hütte heran. Nicht eben gewandt kletterte ich zwischen den Felsen umher. Da sah ich sie. Die junge Frau konnte nicht viel älter als zwanzig Jahre sein. Sie trug ein schlichtes Gewand, das kaum bis an ihre Knie reichte. Die leichte Brise spielte in ihrem schwarzen Haar. Die Frau war von berauschender Schönheit. Jetzt war aber wirklich nicht der Augenblick, um sich zu verlieben. Trotzdem fühlte ich mich sofort zu ihr hingezogen. Das geschah mir zum ersten Male, seit ich Saranna in Ku Kuei zurückgelassen hatte.

Abermals rief ich um Hilfe. Sie kam leichtfüßig über die Felsen zu mir herunter. Sie lächelte. Ich lächelte zurück, ließ aber dabei erkennen, daß ich immer noch Schmerzen hatte. Ich stolperte – was mir nicht schwer fiel – als sie mich zur Anhöhe emporführte. Unterwegs ließ ich eine Story vom Stapel, wonach ich mit meinem Vater beim Fischen in die Strömung des Trichters geraten war. Ich sei sicher, daß mein Vater ertrunken war, nachdem ihn der brechende Mast am Kopf getroffen hatte. Sie berichtete ihrerseits, wie die See vor drei Jahren ihren alten Vater von einem Fels gespült hatte. Sie mühte sich jetzt mit einer Schafherde ab, um ihre Unabhängigkeit zu bewahren.

»Dabei fehlt es Ihnen bestimmt nicht an Heiratsanträgen«, meinte ich.

»Nein«, gab sie zurück. »Aber ich kann warten.«

»Worauf?«

»Auf den Richtigen natürlich«, erwiderte sie kokett. Wir hatten ihre Hütte erreicht.

Als ich das Haus zum ersten Male aus der Ferne erblickt hatte, waren mir die ringsumher angepflanzten Blumen nicht aufgefallen. Sie bildeten in diesem öden Land einen erfreulichen Gegensatz, der mir gefiel. Sie bot mir etwas zu essen an, ein kaltes Stew, das sie rasch wärmen wollte.

Bevor ich etwas sagen konnte, begann die Erde zu beben, so daß ich zu Boden fiel. Ich hatte oft gehört, daß man sich bei Erdbeben besser nicht in einem Haus aufhält. Also kroch ich auf allen vieren zur Tür und sah zu, wie sich die Erde sichtbar hob und senkte. Keine zehn Meter entfernt klaffte eine Erdspalte. Die Erde stöhnte, als sie sich öffnete und schloß.

Auf einmal war das Beben vorüber. Mit etwas dummen Gefühlen stand ich auf und klopfte mir den Staub vom Anzug. Er war immer noch naß vom Seewasser und mit Schlamm bespritzt.

»Tut mir leid«, sagte sie, und ich hatte den Eindruck, sie war wegen des Erdbebens mehr verärgert als erschrocken. »Wir haben hier zwischen Erde, Himmel und der See unerträgliche Wetterverhältnisse.«

Wie um ihre Worte zu beweisen, bezog sich der eben noch klare Himmel. Wolken rollten von Horizont zu Horizont. Es goß in Strömen.

Bald zeigten die Blumen neue Lebenskraft.

»Ihre Bekleidungsstücke«, fuhr sie fort, »ich kann den Schlick herauswaschen und auch das Salz von der See.«

Bestimmt verriet mich mein Erröten – sie wirkte so unschuldig und schüchtern, daß man in ihrer Gegenwart ebenfalls schüchtern sein mußte.

»Ich habe aber nichts darunter an«, wendete ich ein.

»Dann gehen Sie ins Schlafzimmer – ich habe zwei Zimmer, müssen Sie wissen – von dort reichen Sie mir die Sachen durch die Tür.«

Dazu ließ ich mich nicht lange bitten. Ich zog Hemd und Hose aus, Erinnerungsstücke an Glain und Vran und Humping, und reichte sie ihr. Dann lag ich auf dem Bett (das erstaunlich weich war – ein Luxus wie bei Muellers daheim, hier in einem Schafland). Nackt, alle viere von mir gestreckt und endlich entspannt, ließ ich meine Haut trocknen. Das tat gut nach einem Monat anstrengenden Reisens und ein paar grauenvollen Stunden im Seewasser.

Dabei schlief ich ein.

Mir ist nicht recht bewußt, wovon ich aufwachte. Lange konnte ich nicht geschlafen haben. Der Himmel hatte sich nicht verändert. Er war immer noch mit dunklen Wolken verhangen. Es war noch nicht Abend geworden. Im Haus roch es nach einem kräftigen Stew. Da ging die Tür auf.

Die Frau erschien im Türrahmen, nackt. Ihr Körper wirkte sehr jugendlich. Er erinnerte mich schmerzhaft an Sarannas Körper, wie ich ihn in unseren Jahren zwischen vierzehn und achtzehn erlebt hatte, bevor ich vor allzu langer Zeit die Heimat in Mueller hatte verlassen müssen. Ihrem Lächeln war anzusehen, daß sie sich von mir begehrt wissen wollte.

Wollte sich begehrt wissen. War das die schüchterne junge Frau, vor der ich errötet war?

Hier stimmte etwas nicht. Vieles stimmte nicht. Sie kam ins Zimmer und kniete sich auf das Bett. Mir erschien es völlig unwahrscheinlich, daß ein so wunderbares Wesen in dieser Einsamkeit nahe der Küste völlig unbelästigt dahinleben sollte. Mir fiel auch ein, daß die Regenwolken – wie seltsam – plötzlich aus dem Nichts erschienen, und daß sich meine Gastgeberin nicht vor einem Erdbeben entsetzte, das beinahe ihr Haus zum Einsturz gebracht hätte. Es paßte auch nicht ins Bild, daß sie zunächst so süß und schüchtern gewesen war, jetzt aber mit gespreizten Schenkeln über meinem Körper kniete und die Arme über ihren Brüsten kreuzte.

Ich versetzte mich in Schnellzeit. Das Messer befand sich nur eine Handbreit von meiner Kehle entfernt. Das nackte, junge Weib war jetzt ein häßlicher, alter Mann. Einen so wilden, haßerfüllten Ausdruck wie bei ihm hatte ich kaum je zuvor auf einem menschlichen Antlitz erblickt. Seine wässerigen Augen lagen tief in den Höhlen. Das Gesicht wirkte ausgehungert. Für mich gab es keinen Zweifel darüber, was er wollte. Sein skelettartiger Körper schrie förmlich nach Fleisch. Im Vergleich zu ihm war ich fett.

Das Bett war keineswegs weich, sondern bestand aus einem harten, unnachgiebigem Brett. Mühsam schlüpfte ich dem Kerl zwischen den Beinen hindurch, wobei das Holz kaum federte. Ich stand für einen Moment da und wußte nicht, was ich tun sollte. Die Tür zur Küche stand immer noch offen. Ich ging hinaus und stellte fest, daß sich in dem Topf keineswegs kaltes Stew befand. Er war staubig und offenbar seit langem nicht benutzt. Nichts an der Einrichtung, die so gemütlich und einladend gewirkt hatte, war wirklich vorhanden. Sie war groben Sodenwänden, einem schmutzigen Fußboden und Unrat überall gewichen.

Dieser Dreck war wirklich unbeschreiblich. Mir kam es so vor, als ob sich der Mann keine Mühe gab, seine Umgebung erträglich zu gestalten, weil er je nach Wunsch in Illusionen leben konnte. Aber narrten ihn diese Illusionen wirklich? Vielleicht. Doch fiel mir auf, daß er bereits meine Sachen angezogen hatte, während ich von den seinen keine Spur finden konnte. War er denn schon vorher nackt gewesen? Diese Armut war unglaublich. Noch nie hatte ich ein menschliches Wesen – außer in Schwartz – in einer solchen Wüstenei lebend vorgefunden. In Schwartz hatte die Armut Würde, denn den Schwartzes gehörte ja die Erde.

Draußen erwiesen sich sogar die Blumen als Gestrüpp und staubiges, graues Gras. Die Hütte war windschief und kurz vor dem Einsturz. Von einer Erdspalte war nichts zu sehen. Das Beben und der Regen waren schiere Illusion gewesen.

Jetzt gab es keinen Zweifel mehr, daß Anderson das gesuchte Land war. Meine Entscheidung war richtig gewesen. Wenn es einen Gegensatz zu dem gab, was die Welt eigentlich sein sollte, dann fand man ihn in Anderson: Alles scheinbar wunderschön und in Wirklichkeit wild, armselig und mörderisch.

Ich kehrte ins Haus und in die windschiefe Illusion von einem Schlafzimmer zurück. Dort riß ich dem Alten das Messer aus der Hand. Dann schlüpfte ich in die wirkliche Zeit zurück. Er verwandelte sich wieder in die junge Frau. Plötzlich hob sie eine Hand und rieb sie mit der anderen. Ich hatte das Messer so heftig weggerissen, daß die Hand wohl schmerzte. Sie sah mich erschrocken an. Da trat ich ihr heftig zwischen die Beine, und plötzlich wand sich der alte Mann stöhnend auf dem Fußboden.

»Wer sind Sie?« herrschte ich ihn an. »Wessen Traum sind Sie?«

»Ihrer«, erwiderte er.

Seine Schmerzen ließen nach. Bissig bemerkte er: »In meinem Schlaf habe ich schönere Träume. Zuerst dachte ich, Sie wären Wirklichkeit, weil Sie vor dem Erdbeben erschrocken waren.«

Ich bückte mich und fuhr ihm mit der Spitze des hölzernen Messers über die Kehle. Plötzlich wurde mein Hals von hinten umklammert. Meine Sorglosigkeit verfluchend, floh ich in Schnellzeit. Der Mann vor mir auf dem Fußboden verschwand. Er hing halb über meinem Rücken und versuchte, mich zu erwürgen. Ich schüttelte ihn ab und gelangte hinter ihn. Sobald ich wieder in Realzeit war, hob ich ihn hoch und schob ihn vom Schlafzimmer in die Küche. Dabei schrie er die ganze Zeit. Als ich ihn in Schnellzeit von mir losgerissen hatte, brachen ihm alle Finger.

Aber seine Illusionen erstreckten sich sogar auf das Tastgefühl. Plötzlich war er wieder hinter mir. Er war im Besitz des Messers, das er mir in die Nieren jagte. Inzwischen hatte ich genug Schmerzen erlitten. Anstatt weiter mit ihm zu ringen, rannte ich aus dem Haus. Sofort setzte ein Erdbeben ein. Es kostete alle Willenskraft, um die Spalte zu überqueren, die sich vor mir auftat. Ich hatte in Wirklichkeit festen Grund unter den Füßen. Einig Meter vom Haus entfernt legte ich mich auf die Erde und zwang, so schnell ich konnte, ein Beben herbei, von dem die ganze Hütte in einem gewaltigen Schütteln der Erdoberfläche verschlungen wurde.

Ich lag immer noch auf der sich schüttelnden Erde. Aber es war nicht das Beben, das mich durchfuhr, wie eine Egge durch den Boden zieht. Es war der Todesschrei. Nicht der Schrei eines Mannes, der im Kampf durch eine Waffe getötet wird, nicht das Geschrei der zahllosen Männer, Frauen und Kinder, die Seuchen, Hunger, Feuer und Wassernot zum Opfer fallen. Es war der Schrei eines Mannes, der von der Erde ermordet wird, ohne daß diese es will. Der Schrei wurde tausendfach verstärkt, bis er mich ganz erfüllte und ich gleichfalls schrie.

Ich schrie, bis meine Stimme versagte. Der Schmerz war nicht physischer Natur. Als er endete, blieb kein Muskelschmerz zurück, keine Spannung, die sich nicht lösen ließ. Der Schmerz saß in jenem Teil meines Selbst, das mit der Erde kommuniziert hatte. Als er mich erschütterte, fragte ich mich kurz, ob ich daran wohl sterben würde.

Ich starb nicht daran. Als meinem eigenen Schrei das Schweigen folgte, sah ich mich um und stellte fest, daß sich die Erde wieder geschlossen hatte. Von der Hütte und den traurigen, nicht existierenden Blumen gab es keine Spur mehr. Am liebsten hätte ich alles widerrufen. Ich wollte den schrecklichen Alten zurückholen und sein Leben fortsetzen, obwohl er in seinem Selbst nicht leben konnte. Er verdiente zu sterben, obwohl nichts den Tod verdient. Vielleicht wäre ich in jenem Augenblick verrückt geworden, so sehr brauchte ich die Hütte und den Mann und die Wiederkehr seines Lebens, wohl wissend, daß es vernichtet werden mußte, hätte ich nicht aus einem unerfindlichen Grund an meinen Vater denken müssen, wie er da ertrunken im Wasser des Sees gelegen hatte. Ich dachte an die vielen tausend Soldaten und Zivilisten, die auf der Ebene am Rebel River getötet oder heimatlos gemacht worden waren, als die Nkumai unter der Führung der Illusionisten aus Anderson ihre Spur aus Brandschatzung, Blut und Feuer hinterließen. Ich dachte an die Millionen Tode, die von ihnen verursacht worden waren und noch verschuldet werden würden. Dieses gegenseitige Abwägen gab mir ein Gefühl dafür, wie vollkommen richtig und gerecht die Zerstörung von Anderson war. Diese Erkenntnis rettete mein gesundes Denken. Ich erhob mich und kehrte schwach und vorsichtig zu den Felsen zurück, die hinunter zur See führten.

Aber die Probleme waren nicht so einfach zu lösen. Ich hatte den Schrei der Erde vernommen, als sie sich zur Mordkomplizin gemacht fühlte, obwohl dieser Mord gerecht war. Damit war die Struktur meiner Seele für immer bloßgelegt. Bis jetzt hatte ich nicht geglaubt, überhaupt eine Seele zu haben. Nun war sie durch einen Schmerz bloßgelegt worden, der schlimmer war, als ihn irgendein anderer Teil meines Körpers hätte ertragen können.

Während des ganzen Weges in Schnellzeit über das Wasser und nach Gill zurück machte ich mir Sorgen. Ich hielt nur einmal an, um die Kleidung zu ersetzen, die ich in Anderson verloren hatte. Ich war sorgsam darauf bedacht, meine neuen Kleider aus einem Haus zu stehlen, das den Eindruck erweckte, seine Besitzer könnten den Verlust verkraften. Bei diesen langen Märschen in Schnellzeit konnte ich meine Langeweile nur mit Nachdenken vertreiben, und auf dieser Reise hegte ich nicht gerade freundliche Gedanken. Diesmal konnte ich mich endlich einmal auf die Erleichterung freuen, mich mit jemandem zu unterhalten, den ich nicht anlügen mußte, der vielleicht verstand, was ich getan hatte, und mich dafür nicht verdammte. Endlich erreichte ich das Hurenhaus, stürmte die Treppe hinauf – und fand Lord Bartons Leiche vor. Sie war in Dutzende kleiner Stücke zerhackt worden, die unter der durch das Südfenster hereinströmenden Hitze bereits verfaulten.

13

treason

Ich wußte nicht, wie sie ihn gefunden hatten. Schwierig konnte es nicht gewesen sein. Schon die Integrität des Managers war mindestens zweifelhaft. Wahrscheinlich hatte sich unser Eintreffen zu ungewöhnlicher Mittagsstunde in der auf Zusammenarbeit angewiesenen Kette von Verbrechern und Polizei herumgesprochen. Dann war wohl die Geschichte jemandem zu Ohren gekommen, der von Bartons seltsamer Rettung vor der Exekution wußte. Seinen Körper hatte man wahrscheinlich verstümmelt, um seines Todes ganz sicher zu sein, nachdem ich wohl anscheinend tot, wieder gesehen worden war. Und sie hatten ihn in dem Hurenhaus zurückgelassen, damit ich ihn auch bestimmt fand.

Während ich die Überreste meines Freundes untersuchte, befand ich mich immer noch in Schnellzeit. Für mich waren neunzehn ›Tage‹ vergangen, seit ich Barton verließ, ›zehn‹ Tage seit meinem Aufbruch von Anderson. In der Echtzeit war jedoch gerade der Abend des Tages nach meiner Abreise angebrochen. Mich quälte die Frage, ob ich Barton nicht hätte retten können, wäre ich nur ein wenig früher aufgebrochen oder etwas später abgereist. Doch als ich die Trauerzeremonie durchführte, begriff ich, daß die Schuld, die ich empfand, weil ich ihn vielleicht hätte retten können, im Vergleich mit der Qual im Schrei der Erde in Anderson unbedeutend war. Die Erde machte mich nicht für Bartons Tod verantwortlich, und nachdem die Illusionisten den Mord an Lord Barton ihren zahlreichen Verbrechen hinzugefügt hatten, konnte ich keine Schuld mehr empfinden, jenen schrecklichen Menschen in Anderson getötet zu haben.

Und so war es mir möglich, die Verantwortung dafür abzuschütteln und mich nur daran zu erinnern, daß ich Barton gern gemocht hatte, daß er ein guter Mensch gewesen war und ich verhindern mußte, daß andere wie er durch die Schuld der Illusionisten starben.

Nach Bartons Tod hatte ich keinen Grund, die Fortsetzung meiner Reise zu verzögern. Ich hatte sogar allen Grund zur Eile. Kein Illusionist durfte entkommen. Mochte es kosten, was es wolle – Treason sollte frei von ihnen sein, noch bevor ich alle Pläne ausgeführt hatte. Jeder Zweifel an der Rechtmäßigkeit des unvermeidbaren Mordens war geschwunden. Zu überdenken gab es nichts mehr. Jetzt ging es nur noch um die Ausführung des so zögernd gefaßten Entschlusses. Diese Aussicht erfüllte mich mit grimmiger Freude.

Nun galt es, Prioritäten zu setzen. Ehe ich gegen die Andersons antreten konnte, die sich unter andere Familien gemischt hatten, mußte ich für eine Entvölkerung ihrer Heimatinsel sorgen. Kein Ersatz von daheim, keine wütende, unkenntliche und unwiderstehliche Armee aus Anderson sollte in der Lage sein, die falschen Herrscher zu retten. Die Bevölkerung von Anderson konnte eine Million betragen. Sicherlich lag sie nicht unter einhunderttausend. Das bdeutete selbst in Schnellzeit lange und langweilige Arbeit für mich. Denn ich mußte mich, nur mit dem Eisendolch bewaffnet, von einer Person zur anderen bewegen. Mein Leben konnte darüber vergehen, ehe ich die Hälfte erledigt hatte.

Zu ihrer Vernichtung war eine Katastrophe erforderlich, der niemand entgehen konnte, die sie alle auf einmal töten würde. Ich wußte noch nicht, wie ich sie herbeiführen wollte.

Ich brauchte Hilfe. Es gab nur einen Ort, wo ich sie erhalten konnte. War es möglich, die Leute von Schwartz zum Töten zu überreden, wenn es nötig war, um andere Leben zu retten – und, was noch wichtiger erschien, Millionen anderer Leben lebenswerter zu machen? Leben war Leben. Das wußte ich nur zu genau. Mord war Mord. Und ich, der ich sie immer noch in Unwissenheit gelassen hatte, kehrte mit Blut an den Händen zurück mit der Bitte, mir beim Töten zu helfen.

Wochenlang hatte ich mutterseelenallein in Schnellzeit gelebt. Ich hatte nicht gegessen oder getrunken, nicht gesprochen und keine andere menschliche Stimme gehört mit Ausnahme der des hübschen Mädchens in Anderson. Innerhalb von weiteren dreißig Tagen überquerte ich das ganze Südland von Wood nach Huss.

Die Bäume wichen offenem Grasland. Dann kamen Büsche, die mit wenig Wasser am Leben blieben. Danach folgte die endlose Weite aus Sand und von der Sonnenhitze zertrümmerten Felsen.

Beim letzten Busch, den ich sehen konnte, ging ich in die wirkliche Zeit über. Ich konnte die Schwartzes nicht finden. Sie mußten zu mir kommen. Ich wußte, daß das nicht lange dauern würde.

Für einen Augenblick spielte ich mit dem Gedanken umzukehren. Mein Zusammentreffen mit ihnen würde nicht glücklich verlaufen. Die Schwartzes konnten mich zwar nicht umbringen. Aber als ich bei ihnen gelebt hatte, war mir bewußt geworden, welche Art von Liebe sie gaben. Damals war ich von ihnen abhängig gewesen. Von dieser Liebe war jetzt bestimmt nichts mehr da.

Nach einem Halbtagesmarsch sah ich den ersten Schwartz parallel zu meiner Route durch die Dünen streichen oder auf dem Kamm eines Felshaufens auftauchen. Am nächsten Morgen waren drei weitere gekommen. Als ich am Abend im Schatten einer Felsenwand haltmachte, waren ihrer fast hundert um mich herum versammelt, mehr als ich je auf einem Haufen gesehen hatte, als ich noch bei ihnen lebte.

Schweigend sahen sie mich an. Natürlich aß ich nicht. Ich saß vor ihnen, und mein Geist reichte tief in den Sand. Tief unten fand er Wasser und zog es an die Oberfläche empor. Es glitzerte in den Lichtreflexen der Felsen, die immer noch Sonnenlicht einfingen. Ich beugte mich vor, um zu trinken. Da zog sich das Wasser vor mir zurück und versank. Sie hatten über mich gerichtet, wie ich es befürchtet hatte.

Ich stand auf und redete die Schwartzes an.

»Ich brauche eure Hilfe.«

»Von Schwartz wirst du nichts mehr erhalten«, entgegnete ein alter Mann.

»Die Welt braucht eure Hilfe.«

»Die Erde braucht nichts außer Leben.« Irgendwer sagte halblaut: »Mörder.«

»Ich habe nicht gesagt, die Erde!« antwortete ich scharfen Tones. »Ich sagte, die Welt. Ihr wißt, wie die Menschen sind – es gibt immer noch jene, die essen müssen, um zu leben, die sich vor dem Tode fürchten.«

»Die sich immer noch vor Mördern fürchten«, sagte der alte Mann, »wir haben die schwachen Echos jenes Schreies vernommen, Lanik Mueller. Du hast die Tat begangen, also hast nur du ihn klar gehört. Aber wir wissen, was du getan hast. Wir haben dich belehrt, und nun benutzt du unser Wissen, um zu töten. Du hast die Erde gezwungen, als dein Schwert zu wirken. Wenn wir jemals töten wollten, wärest du es, dessen Tod wir wünschen. Muß ich noch deutlicher werden? Verschwinde von hier. Du wirst von Schwartz nichts erhalten.«

»Helmut?« fragte ich. Mir war unklar, wieso ich ihn erkannte.

»Ja«, gab der Alte kurz zurück.

»Ich glaubte, du wolltest für immer jung bleiben.«

»Ein Freund hat mich verraten. Deshalb altere ich.«

Damit drehte er mir den Rücken zu. Die anderen folgten seinem Beispiel. Aber keiner ging fort.

Die Dunkelheit brach schnell herein, wie es in der Wüste immer ist. Bald zog Dissent über den Himmel. Er spendete wenig Licht, bot mir aber einen Fixpunkt, so daß mich die Orientierungslosigkeit der absoluten Finsternis nicht überwältigen konnte. Nichts unterbrach die Stille, bis ich sie nicht länger ertragen konnte. Allzu deutlich standen mir die Monate vor Augen, die ich bei den Schwartzes zugebracht hatte. Ich streifte die Kleider ab, warf mich in den Sand und weinte.

Ich beweinte mich selbst, der ich das Vertrauen des Felsens mißbraucht und der ich getötet hatte. Ich weinte um Barton, dessen Bildung und Mut, einem Fremden zu vertrauen, mir die Möglichkeit eröffnet hatte, die Welt zu retten. Ich weinte um die Tausende von Menschen, denen ich auf meiner Reise hierher begegnet war. Keiner von ihnen ahnte, daß ihr Schicksal vorüberging, daß ihre Zukunft bald in die Waagschale geworfen werden würde.

Und ich weinte, weil ich wußte, daß am Ende doch alles weitgehend vergessen sein würde. Selbst wenn es mir gelang, die Andersons zu vernichten, wie frei würden dann die Bewohner von Treason sein? Die Muellers würden wieder eiserne Schwerter schmieden und ihre Nachbarn angreifen; die Nkumai würden abermals von den Bäumen steigen und jene überrennen, die nur Waffen aus Holz oder Glas besaßen. Die Vernichtung der Andersons würde eine Flut von Tod und Verderben auf der Erde einleiten. Obwohl die Welt jetzt unfrei war – niemand wußte es. Man lebte in Frieden.

Wer war ich denn, daß ich behaupten durfte, dieser Frieden sei schlimmer als ein Krieg?

Die wirklichen Feinde waren nicht die Andersons. Der wahre Feind war das Eisen. Nicht das Eisen, das zum Bau von Raumschiffen dienen sollte, um die Flucht von Treason und die Rückkehr der menschlichen Rasse zu ermöglichen. Das Eisen, unter dem Krieger verbluteten und starben – es allein vernichtete uns. Welche Wahl blieb schon dem einzelnen? Wer irgend etwas hatte, das sich beim Abgesandten gegen Eisen eintauschen ließ, dessen Familie war allen anderen gegenüber im Vorteil. Deshalb war es für jede Familie lebensnotwendig, andere Familien niederzuwerfen, die womöglich etwas entwickeln könnten oder bereits entwickelt hatten, das der Abgesandte kaufen würde. Nur so ließ sich Unabhängigkeit bewahren.

Ich lag im Sand und ließ den Kopf auf meinen Armen ruhen. Mir wurde klar, daß mit der Vernichtung der Andersons nichts zu erreichen war. Es sei denn, ich könnte auch die Abgesandten beseitigen. Das Sterben würde so lange weitergehen, als von anderen Welten totes Eisen herbeigeschafft werden konnte, um hier Blut zu vergießen.

»Ihr habt mir beigebracht«, begann ich, »daß es in der Erde Eisen gibt.«

Niemand antwortete. Sie hatten sich mir nicht einmal zugewendet während ich weinte. Vielleicht glaubten sie, es seien Tränen eines Schuldigen und Verdammten gewesen.

»Warum liegt kein Eisen an der Oberfläche?«

Keine Antwort.

»Einst gab es Eisen an der Oberfläche, nicht wahr? Deshalb hat sich der erste Schwartz hier niedergelassen. Stimmt es? Die geologische Überprüfung zeigte, daß es keine leicht zugänglichen Eisenerzlager gab. Aber einst wurde hier Eisen gefunden. Nicht wahr?«

Helmut ließ sich vernehmen: »Niemand wird jemals Eisen in Schwartz finden.«

»Aber es hat welches gegeben. Nicht wahr? Es war hier. Du oder deine Vorfahren haben gewußt, was Eisen anrichten kann. Nicht wahr? Sie wußten, das Eisen tötet. Sie wußten auch, daß bei dem Ringen um die Übermacht so viel Blut vergossen werden mußte, daß jeder Sieg bedeutungslos wurde. War es nicht so?«

Helmut drehte sich um. Sein Gesicht war verzerrt. »Niemand, der das glaubte, hat jemals Schwartz verlassen.«

»Ihr hattet Eisen! Aber ihr habt beschlossen, es nicht zu benutzen. War es nicht so?«

Helmut stand wütend auf. »Begreifst du überhaupt nichts? Hast du nicht die Berge gesehen? Warum, glaubst du, lassen wir es hier niemals regnen? Wenn wir es über Schwartz regnen ließen, würde das Eisenrost an den Felsen meilenweit sichtbar. Dann gäbe es hier keinen Frieden, hier nicht und nirgendwo in der Welt! Wir haben das Eisen verborgen gehalten. Du wirst nicht die Leute aus aller Welt hierher bringen, um das Eisen zu holen und damit zu töten!«

Auch andere sahen mich jetzt an. Auch sie waren böse auf mich.

»Du verstehst mich nicht. Ich will niemandem die Eisenerzvorkommen verraten. Ich will das Werk vollenden, das eure Vorväter begonnen haben. Ihr lebt hier in Schwartz und beschützt die Menschheit vor dem Eisen. Draußen aber wird durch Eisen Blut vergossen. Wißt ihr das nicht?«

»Natürlich wissen wir davon«, entgegnete Helmut. »Dafür sind wir nicht verantwortlich. Das ist nicht unser Verschulden.«

»Jawohl, eure Hände sind rein. Hier draußen, wo die Sonne alles rein hält. Aber ihr seid nicht rein! Denn wenn ihr Tod und Leiden verhindern könntet, das aber nicht tut, dann seid ihr schuldig. Darin liegt euer Verschulden.«

»Wir können die Menschen nicht daran hindern, sich gegenseitig umzubringen. Wir helfen ihnen nur nicht dabei.«

Hier hatte ich die Spur für ein gutes Argument und verfolgte sie. »Wenn ihr mir helft, kann ich verhindern, daß tötendes Eisen hierher gelangt. Ich kann die Zufuhr von Eisen aus der Republik vollständig stoppen, ich kann der gegenseitigen Furcht und dem Wettstreit ein Ende setzen, die zu diesen Kriegen führen. Aber ich schaffe es nicht ohne eure Hilfe.«

»Du bist ein Mörder.«

»Das seid ihr auch!« Helmut riß die Augen weit auf. Ich gab nicht nach. »In Hanks sind Tausende den Schwerttod gestorben oder verhungert, als die Armeen von Gill das Land brandschatzten. Hunderttausende kamen in der Ebene am Rebel River um, als die Nkumai alles Leben auf ihrem Siegeszug vernichteten. Hat schon einmal eine Armee solches getan? Hat es das jemals gegeben?«

»Die Schreie waren fürchterlich«, gab Helmut schwach zu.

»Immer ging es in diesen Kriegen um Eisen. Die Nkumai und Mueller erhielten Eisen. Es schien unabwendbar, daß eins von beiden Ländern die Herrschaft über die anderen Familien erringen würde. Es gab aber eine andere Familie mit einem Produkt, das sich nicht exportieren ließ. Dafür hat ihnen der Abgesandte kein Eisen gegeben. Sie konnten aber hingehen – und das haben sie getan – und das Eisen anderer Familien an sich bringen.«

»Was geht es uns an, was mit den Nkumai und Mueller geschieht«, meinte Helmut verächtlich.

»Überhaupt nichts. Aber ihr solltet euch um das Schicksal der Menschheit sorgen, wenn aus keinem anderen Grunde, dann um des Felsens willen. Ich meine die Familie Anderson. Ihre Macht ist Lüge. Nicht indem sie anderen die Unwahrheit sagen. Sie vermögen andere, gegen deren eigenen Willen, dahin zu bringen, daß sie Lüge für Wahrheit halten und nichts mehr in Frage stellen.« Dann erzählte ich von Dinte, Mwabao Mawa und Percy Barton.

Endlich ließ Helmut einiges Interesse erkennen. »Das sind die Leute, die so viele andere getötet haben?«

»So ist es.«

»Und was willst du unternehmen? Sie alle umbringen?«

Mein Schweigen war Antwort genug. Helmuts Blick wurde verächtlich. »Und du willst, daß wir dir dabei helfen. Du bist nie mein Freund gewesen, nicht wenn du meinst, wir würden da mitmachen.«

»Hör mich doch an!« schrie ich, als ob ihm schiere Lautstärke die Sinne öffnen könnte. »Die Andersons sind unwiderstehlich. Niemand kann gegen sie kämpfen. Diesmal sind sie behutsam vorgegangen. Sie haben sich in die Regierungen hineingeschwindelt und herrschen über Menschen, die nicht ahnen, von wem sie regiert werden. Wenn man sie aufscheucht, können sie mit starken Kräften von ihrer Insel her anrücken. Keine Armee könnte ihnen widerstehen, denn sie würden als furchtbare Monstren erscheinen. Oder sie würden unsichtbar bei Nacht kommen. Oder sie würden offen kämpfen, doch wenn jemand gegen einen von ihnen die Waffe erhebt, dann ist er nicht mehr dort, wo er zu sein schien. Alle Soldaten würden getötet werden, noch ehe sie mit ihren Schwertern etwas ausrichten.«

»Ich weiß, was Kriegsführung ist«, sagte Helmut, »und ich verabscheue sie.«

»Natürlich verabscheust du sie. Wer könnte dich denn töten? Du bist unsterblich. Draußen aber gibt es Millionen von Menschen, die getötet werden können. Wenn jemand vor sie hintritt, mit einem Schwert in der Hand, und sagt:

›Gehorche oder ich töte dich, deine Frau und deine Kinder!‹, dann gehorcht er. Was bleibt ihm übrig? Selbst wenn er ein Held ist, wird er gehorchen, denn er weiß, daß jeder, der die Macht zum Töten hat, seine Gegner auch unterwerfen will. Es sei denn, seine Feinde sind genauso zum Töten bereit. In dieser Welt ist die Macht über das Leben anderer die allerhöchste Macht. Angesichts dieser Macht ist jeder andere schwach.«

»Wir sind nicht schwach.«

»Ihr seid keine Menschen, denn Menschen sind sterblich. Ihr könnt die Soldaten auslachen. Ihr türmt einen Felsenwall auf und haltet sie euch für immer fern. Ihr könnt auf diesem Wall stehen und zusehen, wie der Krieger und seine Kinder und seine Enkel alt werden und sterben. Ihr werdet nie begreifen, was ständige Furcht bedeutet. Die Leute fürchten sich, weil vielleicht der Regen ausbleibt und sie verhungern müssen. Sie haben Angst, weil ihnen Hochwasser oder Erdbeben jederzeit das Leben rauben können, und zwar ohne Vorankündigung. Am meisten aber fürchten sie, daß während der Nacht ein anderer Mann mit einem Schwert kommen kann, um ihnen das Leben völlig zu nehmen. Sie fürchten den Tod! Kannst du dir wenigstens vorstellen, was das bedeutet?«

»Auch wir fürchten den Tod«, gab Helmut zurück.

»Nein, Helmut, ihr verachtet den Tod. Ihr bedauert ihn. Was euer eigenes Leben angeht, so wißt ihr ganz genau, daß es durch nichts und niemand bedroht werden kann. Tod ist etwas, das immer nur anderen zustößt.«

»Und deshalb verlangst du von uns, daß wir Menschen ermorden? Du willst, daß wir das gleiche tun, wie alle anderen?«

»Nein, keineswegs. Ich will, daß ihr mir dabei helft zu verhindern, daß irgendwer auf diesem Planeten unwiderstehlich und unbesiegbar wird. Ich will die Abgesandten vernichten, damit keine Familie jemals in die Lage versetzt wird, eiserne Waffen gegen hölzerne zu erheben. Und ich will die Andersons vernichten, weil sie, genau wie das

Eisen, willkürlich töten, ohne daß man Widerstand leisten kann.«

»Wären wir dann nicht genau wie die anderen? Ich meine, wenn wir jene umbringen, deren Verhalten uns nicht paßt?«

»Das weiß ich nicht! Vielleicht gibt es irgendwo im Universum eine Meßlatte, nach der die Taten der Menschen beurteilt werden. Wer andere Menschen aus Machtgier tötet, wird danach womöglich schärfer verurteilt als jemand, der diese machthungrigen Bestien im Namen der Freiheit für alle erledigt. Wenn es im Universum keinen Platz gibt für jemanden, der sich den Freiheitsdieben widersetzt und dennoch als braver Mann gilt, dann gibt es für mich im ganzen Universum weder Gut noch Böse. Und wenn das zutrifft, ist alles sinnlos, dann spielt es auch keine Rolle mehr, ob man tötet oder nicht. Aber das darf nicht sein, das kann nicht sein, es *spielt* eine Rolle, und es gibt Zeiten, da man töten muß, um – hört mir zu – um ...«

Doch es gab keinen Weg, sie zu überzeugen. Das sah ich jetzt ein. Sie betrachteten mich leidenschaftslos. Ich verzweifelte. »Nun gut, ich kann euch zu nichts bewegen. Niemand kann euch zwingen, etwas zu unternehmen.« Voller Bitterkeit schleuderte ich ihnen Beleidigungen entgegen. »Ihr haltet die Freiheit hoch. In eurer Macht hätte es gelegen, anderen zur Freiheit zu verhelfen. Aber ihr seid ja zu verdammt eigensüchtig, um nur einen Finger für die Freiheit anderer zu rühren. Behaltet eure Freiheit und Unsterblichkeit. Ich hoffe nur, euch wird irgendwann einmal klar, wofür ihr in alle Ewigkeiten lebt. Welch edles Lebensziel ihr euch gesteckt habt. Hier nutzt ihr niemandem, nicht einmal euch selbst.«

Damit machte ich kehrt und ging den Weg zurück, den ich gekommen war, zurück nach Huss, in die Zivilisation und Hoffnungslosigkeit. Stundenlang war ich unterwegs, bis ich merkte, daß mir jemand dichtauf folgte. Ich erkannte Helmut, der jetzt ganz anders aussah. Ich brauchte eine Minute um herauszufinden, warum. Sein Haar war nicht mehr schlohweiß.

»Lanik«, sagte er mit einer auf einmal ganz jungen Stimme, »Lanik, ich muß mit dir reden.«

»Wozu noch?« fragte ich, weil ich immer noch nicht glauben konnte, daß meine Worte etwas bei ihm bewirkt hatten.

»Weil du mich liebhast. Als ich dich reden hörte, wurde mir klar, daß auch ich dich liebhabe. Trotz alledem.«

Also blieb ich stehen und setzte mich zu ihm in den Sand.

»Lanik, du mußt das richtig verstehen. Wir sind nicht gleichgültig dem Geschick anderer Menschen gegenüber. Wir haben dir genau zugehört. Wir haben alles verstanden. Und wir wollen das Ziel erreichen, das du uns gezeigt hast. Wir wollen die Abgesandten vernichten. Wir hassen die Andersons und die von ihnen ausgesandten Mörder mit ihren Trugbildern genauso wie du – niemand gilt uns weniger als ein Mörder aus Gewinnsucht. Mord und Zorn, Rache oder Pflichtgefühl mag noch hingehen. Aber nicht aus Profitgier. Verstehst du das? Wir teilen deinen Haß. Und wir wollen, daß dein Ziel erreicht wird.

Aber, Lanik, wir können es nicht tun. Glaube nicht, daß wir Mord nur aus vorgefaßter Meinung ablehnen, nur aus Gefühlsduselei, nur aus dem Wunsch heraus, daß es keine Leichen mehr geben möge. Wir können nicht töten. So einfach ist das. Wir leiden sogar jetzt unter dem Totenlied zwischen den Felsen. Du aber hast den Aufschrei der Erde vernommen, als du sie dazu brachtest, jenen Mann in Anderson zu töten. Wie hörte sich das an?«

Ich antwortete ehrlich: »Ich habe in der Welt nichts Schlimmeres vernommen.«

»Nun, Lanik, du kannst mit der Erde besser umgehen als irgendwer von uns. Das haben wir dir schon vor Jahren gesagt, bevor du fortgingst. Deshalb hast du den Schrei deutlicher gehört, als es uns möglich wäre.

Wenn wir aber Anderson vernichten sollen, müßten wir die ganze Insel von der See und der Erde verschlingen lassen, damit sie völlig von der Oberfläche verschwindet. Du weißt so gut wie ich, daß das ein einzelner nicht vollbringen kann.«

Ich nickte. »Meine Hoffnung war, daß der Rat ...«

»Darin liegt das Problem, Lanik. Der Rat ist eine Versammlung von Individualisten. Darunter schwache, wie ich. Gemeinsam können wir die Erde wenden und drehen, wie du es dir kaum vorstellen kannst. Wir können Anderson binnen Sekunden im Meer verschwinden lassen. Wir können binnen einer Stunde ein Gebirge von einem Ende der Welt bis zum anderen aufrichten. Notfalls können wir den ganzen Planeten aus seiner Bahn drängen, bis er kühler oder wärmer wird, näher an die Sonne rückt oder weiter weg von ihr.

Wenn wir aber alle Einwohner von Anderson töten, indem wir die Insel versenken, würde der Aufschrei, den du von einem Manne gehört hast, hunderttausendfach verstärkt werden. Kannst du das begreifen? Und diese Hunderttausende von Schreien müßten von kaum drei- oder vierhundert von uns ertragen werden. Jeder von uns hätte ein Geschrei auszuhalten, das Hunderte Male stärker wäre als das, was du gehört hast. Schlimmer noch, als Ratsmitglieder würden wir noch tiefer ins Herz der Erde eindringen, als du jemals vordringen könntest. Doch wären wir immer noch Einzelwesen. Dort, wo die Stimme der Felsen am lautesten ist, wären wir einzeln weniger widerstandsfähig. Der Schrei würde uns tiefer durchdringen. Wir würden darin genauso sicher ertrinken, wie die Leute von Anderson in der See.

Verstehst du das, Lanik? Wir würden dabei zugrunde gehen. Wer sollte dann den Zorn der Erde besänftigen? Wer würde den Haß der Felsen absorbieren? Wer soll ihn kontrollieren? Niemand. Wir würden womöglich die Erde zerstören, weil wir nicht länger ihren Zorn aufnehmen könnten. Deshalb können wir nicht auf deine Vorschläge eingehen.«

Das hatte ich nicht gewußt. Mir war der Preis unbekannt gewesen, den sie hätten zahlen müssen. »Gut«, sagte ich, »dann werde ich ohne eure Hilfe mein Bestes tun.«

Ich erhob mich, um weiterzugehen. Helmut stand neben mir. Nachdem ich ihm tief in die Augen geschaut hatte, wendete ich mich zum Gehen.

»Lanik«, rief er.

»Ja?«

»Man hat mich beauftragt, dir den Weg zu weisen.«

»Den Weg wohin?«

»Den Weg, um zu tun, was du tun willst.«

Ich kehrte um und starrte ihn an. »Du hast vorhin gesagt, es sei unmöglich.«

Er schüttelte den Kopf. Tränen traten in seine Augen. »Ich habe gesagt, für uns wäre es unmöglich. Es gibt aber einen anderen Weg, den ich dir nicht verraten wollte, Lanik, aus Furcht, du würdest darauf eingehen. Er könnte zu deinem Verderben führen. Ich liebe dich und will nicht, daß dir etwas zustößt.«

»Wenn es einen Weg gibt, Helmut, dann werde ich ihn gehen, selbst wenn er in mein eigenes Verderben führt. Der Himmel weiß, daß ich daran so oder so zugrunde gehe. Aber ich wollte sowieso nie ewig leben.« Doch kaum waren diese Worte über meine Lippen gekommen, als ich mich schon fragte, ob ich sie auch ernst meinte. War ich wirklich bereit zu sterben, oder zog ich es nicht doch lieber vor, einen Ort zu finden, wo ich leben konnte? Einen ruhigen Ort wie Humping oder eine verborgene Welt wie Ku Kuei oder sogar diese Wüste hier mit dem wunderbaren, seltsamen Volk Schwartz. Ich konnte mich verstecken, und ich konnte leben. Warum sollte ich also den Tod vorziehen?

Helmut drückte meine Zweifel in Worte aus. »Du hast so wenig für dein eigenes Leben übrig?«

Und indem ich ihm antwortete, antwortete ich auch mir. »Helmut, davon weißt du nichts. Du warst niemals so allein wie ich. In meiner Einsamkeit habe ich etwas entdeckt. Nämlich, daß ich unsichtbar durch die Welt gehen kann. Selbst wenn Leute mich sehen und anreden, ist es, als existiere ich nicht, als hätte ich kein Recht zu existieren. Ich ziehe über das Land, und niemand sieht mich. Ich haste und arbeite und schufte – aber nichts verändert sich in der

Welt. Aber die Menschheit rührt mich. Im ärmsten Teil von Britton lebt eine Familie in den Bergen, die mich brauchte. Ihre Not wurde zum Wichtigsten in meinem Leben. Da gibt es an einem See in Ku Kuei eine in der Zeit erstarrte Frau, die mich ebenfalls brauchte. Aber wir wurden auseinandergerissen. Wenn ich irgend etwas tun könnte, um sie dem ewigen Tod zu entreißen, dem sie sich ausgeliefert hat, dann würde ich es machen. Und ein Mann, der dazu keineswegs alt genug war, beging in Ku Kuei Selbstmord. Als er starb, erkannte ich, daß eine Hälfte von mir mit ihm ging. Die andere Hälfte wird niemals aufhören zu trauern. Ich werde alles auf mich nehmen, Helmut, damit sich niemand mehr entscheidet, lieber zu sterben als auf dieser Welt zu leben. Ich werde alles auf mich nehmen.«

Zu anderen Zeiten und unter anderen Umständen wären mir solche Worte niemals über die Lippen gekommen. Helden und Märtyrer sind die Produkte ihrer gegenwärtigen Stimmung, wenn sich die Gelegenheit bietet oder wenn die Umstände den schlimmsten Punkt erreicht haben. Ich war nicht dreitausend Kilometer weit gewandert, nur um auf Ablehnung und Verzweiflung zu stoßen. Ich weiß nicht, ob ich sonst so leichthin gesagt hätte: »Ich werde alles auf mich nehmen.«

Aber ich sagte es und meinte es auch. Helmut umarmte mich und erklärt: »Wenn wir gemeinsam arbeiten, brauchen wir nicht alle in der Erde zu versinken. Wir können einen entsenden. Er liegt inmitten der Felsen und singt mit seiner Stimme alle unsere Klänge. Und er hört der Erde Sang mit seinem Herzen. Das kann Freude bringen. Wir ehren unsere Größten, indem wir sie bei solchen Gelegenheiten entsenden. Es kann auch schmerzhaft werden. Wir ehren wiederum unsere Größten, indem wir ihnen zutrauen, den Schmerz für uns alle zu ertragen. Aber es gibt keinen unter uns, der ertragen könnte, was dein Vorhaben bedeutet. Wir können also keinen von uns in die Erde absondern. Du bist jedoch stärker als irgendeiner von uns. Wir wissen nicht, um wieviel stärker du bist. Wenn du für uns in die Erde hinabtauchst, können wir nur hoffen, daß du überlebst. Wenn du stirbst, wären wir noch am Leben, um den Zorn der Erde aufzunehmen, falls er erneut ausbricht. Wir wären da, um die Sicherheit der Welt zu erhalten.«

Wir lagen nebeneinander im Sand, die Arme weit ausgebreitet. Ich lag in der Mitte. Während ich im Sand versank, fühlte ich, wie sich mir einer nach dem anderen anschloß, bis alle ihre Lieder in meinem Kopf klangen. Der Sand verschluckte mich und trug mich abwärts.

Früher mußte ich immer am Grundfels anhalten. Jetzt wurde der Fels weich und umfloß mich wie kalter Schlick, um sich über mir wieder zu schließen. Je tiefer ich kam, desto wärmer wurde der Fels. Immer schneller schien ich zu sinken, bis die Hitze die Grenze des für mich Erträglichen erreichte. Selbst als ich anhielt, bewegte sich das Urgestein saugend und ziehend um mich her.

Mit dem Wissen der vielen hundert Schwartzes über mir ausgestattet, fand ich Andersons Insel ganz leicht. Hier bildete sie nicht eine Unterbrechung der Oberfläche, sondern die tragende Kante einer Felsenplatte, die auf einem See von geschmolzenem Granit schwamm. Es war ein unglaublich langsames Dahinfließen. Sobald ich die Insel gefunden hatte, begann ich, das Magma unter ihr hinwegzuziehen.

Dort wo ich arbeitete, ging die Abwärtsbewegung natürlich langsam voran. An der Oberfläche aber setzte sofort die Verwüstung ein. Der Fels versank plötzlich. Gebäude auf der Insel stürzten ein. Menschen und Tiere taumelten zu Boden. Als der Fels tief genug gesunken war, stürzte die See von beiden Seiten über das Land. Die Wassermassen trafen sich mitten auf der Insel in einem Wogenprall, der von Norden bis Süden reichte.

Der einsinkende Felssockel der Insel preßte heißes Magma an die Oberfläche, durch sie hindurch und himmelhoch. Heiße Asche, Dampf, Schlick und Lava wurden aus dem Ozean emporgeschleudert. Das Wasser kochte. Alle Lebewesen wurden in diesem Teil des Meeres vernichtet, wo Tausende von Hektar Wasserfläche kochten und sich in Dampf verwandelten.

Das alles geschah, weil ich mit Hilfe aller Schwartzes die Erde zum Handeln gebracht hatte. Die Erde kennt keine Zeit und daher keine Konsequenzen. Deshalb gehorchte sie. Erst als die Todesschreie einsetzten, wehrte sich die Erde. In diesem Augenblick verließen mich die Schwartzes. Von jetzt an mußten sie verhindern, daß die Erde auseinanderflog. Sie mußten die Erdkruste daran hindern, das lästige Leben abzuschütteln, das ihr bisher so viel Kummer und so wenig Freude bereitet hatte. Sie mußten sich der Flutwelle aus geschmolzenem Urgestein entgegenstemmen, die ausbrechen und an jeder Stellle an die Oberfläche dringen wollte, wo das Zittern der versinkenden Insel gespürt wurde.

Ich wußte jedoch nichts von dieser Arbeit. Für mich gab es anderes zu tun. Denn jetzt schrie die Erde wegen des Mordes an einer halben Million Menschen. Und ich war der einzige Lauscher.

Ohne Zweifel waren viele Unschuldige mitgestorben. Ihre Seelen würden mich von nun an verfolgen – die auf der Bai von Britton arbeitenden Fischer, die umkamen, als die Riesenwelle an die Küste brandete; die Leute in den Hochhäusern von Hess, Gill und Israel, die unter der Schockwelle zusammenbrachen, die von Anderson ausging; die Leute auf Anderson selbst, die zwar Illusionisten waren, aber keine Mörder, und die es mit den anderen Völkern nur gut gemeint hatten.

Die Erde machte keinen Unterschied zwischen Schuldigen und Unschuldigen, zwischen sinnlosen Toden und jenen, die sein mußten, wenn die Menschheit auf Treason ihre Werte behalten sollte. Die Erde wußte, daß es sich hierbei nicht um das Abernten von Feldern handelte; sie konnte die menschliche Logik nicht verstehen, die uns bis zu diesem Punkt geführt hatte. Die Erde wußte nur, daß wir, die wir uns hier in Schwartz versammelt hatten, ihr befohlen hatten, Menschen zu töten, die so weit von uns entfernt lebten, daß wir unsere Tat auf keinen Fall als Selbstverteidigung bezeichnen konnten.

Die Felsen stöhnten schrecklich, als wollten sie sagen: ›Wir haben dir vertraut, dich mit Macht ausgestattet, dir gehorcht, und du hast uns zum Töten mißbraucht!‹ Die Felsen schienen zu schreien: ›Verräter!‹, während die Hitze über meinem Körper hin- und herwallte. Ich verlor sofort jede Orientierung, jede Verbindung zur Wirklichkeit, jeden Zeitsinn. Während der Schrei des Mannes, den ich auf Anderson getötet hatte, binnen einer Sekunde verhallte, hielt der Schrei der Erde Ewigkeiten an. Er fand kein Ende, weil es keine Zeit gab. Für die Dauer einer Ewigkeit fühlte ich mich unendlich erhaben und sehnte mich nur nach einem: Nicht zu sterben, denn mein Tod würde das Schreien des Gesteins nur verstärken. Ich wünschte mir, aufgelöst zu werden, als habe ich niemals existiert, als habe ich nie gelebt, um in diesem Leben bis zu diesem Punkt zu gelangen. Dieser Punkt war unerreichbar, unerträglich, unmöglich.

»Treason«, schrie die Erde Ewigkeiten lang.

»Vergib mir«, bat ich.

Als die Ewigkeit vorüber war, spuckte mich der Felsen aus, der Sand würgte mich empor. Ich wurde in die Luft gespien und flog kopfüber auf die Sterne zu.

Immer höher stieg ich empor, bis der Schwung versagte. Ich stürzte wieder der Erde zu. Ich empfand das gleiche Gefühl wie in jener Nacht, als ich in der Finsternis vor dem Aufgang von Dissent über den Steilhang hinausgeschritten war. Ich fragte mich, ob mich der Sand nach alledem aufnehmen werde, oder ob ich diesmal einfach auf die feste Oberfläche prallen und liegen bleiben würde, damit mein Blut im Sand versickern und die Sonne mein Fleisch austrocknen konnte, bis es zu Staub zerfiel.

Noch durch die Luft fliegend, jubelte ich innerlich. Selbst wenn ich jetzt sterben sollte, so hatte ich doch die beste und größte Tat vollbracht. Ich hatte sie überlebt, wenn auch nur für eine Weile. Ich hatte den schrecklichen Schrei der Erde vernommen und ihn überstanden.

Im Stürzen lauschte ich und mußte feststellen, daß der Schrei noch nicht zu Ende war. Ich hörte ihn immer noch, würde ihn immer hören. Auch jetzt höre ich ihn. Er wird niemals enden.

Der Sand nahm mich auf, gab langsam nach, trug mich wieder empor, bis ich auf der Oberfläche lag. Ich hatte Ruhe, aber Frieden würde ich niemals finden. Die Erde würde niemals (das Urgestein konnte niemals) vergeben, daß ich ihr Vertrauen mißbraucht hatte. Wenn ich auch keine Vergebung finden konnte, so ertrug mich die Erde immerhin. Sie wollte mein Leben ertragen. So lange ich zu leben wünschte, würde mir die Erde das Leben gestatten.

Die Schwartzes lagen um mich herum. Nach langer Zeit wurde mir klar, daß sie weinten. Seltsam, daß mir gerade jetzt Mwabao Mawa einfiel, wie sie von einer Plattform hoch oben in Nkumai das Morgenlied gesungen hatte. Die Melodie plätscherte endlos durch meinen Kopf. Zum ersten Male begriff ich die quälende Schönheit dieses Liedes. Es war der Gesang eines Mörders, der sterben wollte. Es war ein Lied von der Gerechtigkeit, nach der man sich sehnt, die man aber nicht übt.

Stunden später – oder einen Tag später, Tage später? – zog die riesige Dampfwolke, die von der See über der versinkenden Insel Anderson aufgestiegen war, über Schwartz dahin. Zum ersten Male in Millionen Jahren regnete es. Das Wasser floß über die erzreichen Berge, versickerte im Sand, kühlte ihn. Es vermischte sich mit den Tränen auf den Gesichtern der Schwartzes und löschte alles Weinen aus. Helmut stand auf und kam im strömenden Regen auf mich zu. »Lanik, du lebst!«

»Ja«, entgegnete ich schlicht. Denn in Wirklichkeit hatte er sagen wollen: ›Lanik, ich liebe dich und du lebst noch.‹ Und ich sagte in Wirklichkeit: »Helmut, ich liebe dich und bin noch am Leben.«

»Wir haben getan, was wir tun mußten«, erklärte er. »Wir werden es nicht bedauern. Es war notwendig, wenn auch nicht gut. Dennoch müssen wir dich auffordern, uns zu verlassen. Wir werden dich nicht ausweisen, denn ohne dich wäre größeres Unheil über uns gekommen. Aber, bitte, Lanik, geh freiwillig und kehre nie zurück.«

»Ihr werdet noch von mir hören. Ich habe noch viel zu tun. Ich werde euch noch mehr Schmerzen bereiten.«

»Tu, was du tun mußt«, sagte er. »Ich hoffe, daß eines Tages das Blut von deinen Händen gewaschen sein wird.«

»Paßt auf euer Eisen auf. Verwahrt es sicher. Laßt es nicht rosten.«

Er lächelte (was mir in diesem Augenblick grauenvoll erschien, doch noch überraschender und erfrischender als der Regen wirkte). Helmut umarmte mich und sagte: »Als du das erste Mal fortgingst, fühlte ich mich von dir betrogen. Ich konnte es nicht verstehen, Lanik. Ich dachte, wenn ich dir vertraute, dann würdest du immer so handeln, wie ich es von dir erwartete. Vielleicht werde ich endlich wieder jung sein. Dann soll ein anderer Sprecher werden. Die bisher getragene Verantwortung reicht für ein ganzes Leben.«

»Meine reicht für zehn Leben«, erwiderte ich. Er umarmte und küßte mich, ehe er mich fortschickte. Ich wendete mich ostwärts nach Huss. Irgendwo am Wege fand ich meine Bekleidungsstücke. Sie waren sauber gefaltet auf meinen Pfad gelegt worden. Obenauf lag mein Messer. Das war der Segen der Schwartzes und ihre Vergebung für die Morde, die ich noch begehen mußte.

Ich zog Hemd und Hose an. Das eiserne Messer in der Hand haltend, versetzte ich mich in Schnellzeit. Für die nächsten drei Jahre meiner eigenen Zeit sprach ich mit niemandem und hörte keines Menschen Stimme. Die Monate vergingen auf meinen Wanderungen von Mord zu Mord. Ich hörte die Schreie der Sterbenden und Toten. Zugleich vernahm ich auch den Schrei der Erde in dem Bewußtsein, daß ich eines Tages alle gefunden und getötet haben würde. Dann brauchte ich nie wieder zu morden.

Mit voller Absicht tötete ich Percy Barton, denn diese alte Frau hatte meinen Freund in die Irre geleitet und getötet. Doch dröhnte ihre Stimme genauso laut in meiner Seele wie die von Mwabao Mawa. Obwohl sie, nein, er – ein kahlköpfiger weißer Mann, der ein Volk von stolzen, unwissenden Schwarzen beherrscht hatte –, eine Illusion gewesen war, hatte sie dennoch das wunderschöne Morgenlied gesungen. Es gab keinen Unterschied. Die Gehaßten und die Geliebten starben auf gleiche Weise. Letzten Endes fuhr mein Messer nicht leichter in Percy Bartons Hals als in den der Mwabao Mawa.

Die Abgesandten zu vernichten war leichter, denn wegen ihres Todes erhob die Erde keinen Protest. Sie waren Maschinen und deshalb sowieso tot. Ich brauchte nur das Siegel zu zerbrechen, auf dem zu lesen stand: ›Warnung! Berührung führt zur Zerstörung dieser Maschine und zum Tode aller Lebewesen in 500 Metern Umkreis.‹ Ich berührte das Siegel und entfernte mich in Schnellzeit rascher, als die Explosion mir folgen konnte.

Meine Mordserie erstreckte sich spiralförmig über das Land, ausgehend von den verwüsteten Strichen an der ehemaligen Seegrenze nach Anderson. Ich suchte jede große Stadt und jede Familie auf, um auf Nummer Sicher zu gehen, daß ich alle Andersons entdeckte und beseitigte. Keine der als Abgesandte bezeichneten Maschinen blieben intakt. Da ich mich in meinem schnellsten Zeitfluß befand, war das alles innerhalb einer Woche wirklicher Zeit erledigt. Ich war jedem Boten voraus. Die Bevölkerung erfuhr lediglich, daß eine plötzliche Seuche die Regierenden dieser Welt hinraffte und die Abgesandten vernichtete. Ich fragte mich allerdings, was die Leute wohl denken mochten, die den Leichnam eines alten Weibes auf Percy Bartons Thron hockend vorfanden. Würden sie daraus Schlüsse ziehen? Oder würden sie sich über ihren Fund nur wundern und niemals dahinterkommen, wohin ihr König verschwunden war?

Es hatte wenig Sinn, während meiner langen Mordserie ein Tagebuch zu führen. Am Ende, eine Woche, nachdem ich damit begonnen hatte, war ich meiner Schätzung nach ungefähr vierundzwanzig Jahre alt. Ich war schon auf der Welt gewesen, als mein Vater vierundzwanzig Jahre gezählt hatte. Er hatte vormittags mit mir gespielt und war am Nachmittag an der Spitze seiner Männer in die Schlacht gezogen. Ich hatte kein Kind. Die von mir vollbrachten

Morde lagen nicht so leicht auf meiner Seele wie die, die mein Vater begangen hatte. Er hatte es nicht besser gewußt und geglaubt, daß Töten ihn zu einem besseren König machte. Ich hatte nicht einmal die weithergeholten Rechte eines Königs und wußte nur zu gut, was auf Mord stand. Ich zählte vierundzwanzig Jahre, aber im Herzen war ich unsagbar alt. Die Lasten der Verantwortung wollten mich schier erdrücken.

Einen Ort hatte ich bisher nicht aufgesucht. Nachdem alle Andersons tot und alle Abgesandten vernichtet waren, gab es immer noch einen, den ich erschlagen mußte: Jenes Wesen, das mein Bruder Dinte gewesen war, jener, der meinen Vater auf dem Gewissen, der mir mein Erbteil genommen hatte. Ihn hatte ich während unserer gemeinsamen Jahre gehaßt, abgelehnt und zurückgestoßen. Doch war er, unerklärlicherweise, immer noch mein Bruder, obwohl ich doch wußte, daß er das in Wirklichkeit nicht war.

Hätte Lord Barton wirklich das Wesen töten können, das er einst als seinen Sohn geliebt hatte? Könnte ich Dinte wirklich umbringen?

Das würde ich zur gegebenen Zeit herausfinden. Und so gelangte ich schließlich nach Mueller-on-the-River. Zum ersten Male seit Jahren betrat ich eine Stadt frei und offen, nicht in Schnellzeit verborgen. Ich war Lanik Mueller, und dieser Ort war meine Heimatstadt. Ob ich hier willkommen war oder nicht, ich kam ohne jede Heimlichkeit. Stolz wollte ich auftreten und erklären – jedenfalls, wenn alle anderen tot waren – welche Arbeit ich geleistet hatte und welche Aufgabe ich vor mir sah. Die Welt hatte damals in Lanik Mueller ein Monstrum erblickt, das ich nicht war. Jetzt, da ich eins war, sollten es alle wissen. Selbst diejenigen, die man für die Bösen hält, wollen, daß man ihre Taten kennt.

Ich betrat den Königspalast, wo Dinte auf dem Thron saß. Festen Schrittes ging ich in den Saal. Viele der Höflinge erkannten mich nicht. Denn wer damals schon bei Hofe gewesen war, hatte mich zuletzt als fünfzehnjährigen Jungen gesehen. Aber es gab genug Leute, die mich erkannten und »Lanik Mueller« flüsterten. Der Name ging durch den Saal. Aller Blicke richteten sich auf mich. Einen Moment lang wagte keiner, sich zu rühren.

Mein Bruder Dinte erhob sich vom Thron, breitete steif die Arme aus und rief in unnatürlich lauter Stimme: »Nun, Bruder, bist du endlich gekommen, um deinen Thron zu übernehmen?« Er trat zur Seite, um mich dort sitzen zu lassen, wo ich von Rechts wegen sitzen sollte. Während ich die Thronstufen erklomm, befahl er seinen Leuten niederzuknien. Sie fielen auf die Knie. Dinte wartete und hieß mich mit einem Lächeln willkommen.

14

lanik in mueller

Alle möglichen Szenen hatte ich mir für dieses Wiedersehen ausgemalt. Nur diese nicht. Für einen langen Augenblick erschien sie mir so ganz richtig. Der eroberungssüchtige Bruder steht plötzlich dem Wanderer gegenüber, der endlich heimgekehrt ist, und tritt willig zur Seite, um dem rechtmäßigen Erben den angestammten Platz zu überlassen.

Ursprünglich hatte ich geplant, einfach einzutreten, Dinte als Verräter und Mörder zu brandmarken, um ihn dann vor aller Augen zu erstechen. Nichts sollte heimlich vor sich gehen. Hier war ich nicht der Seetrinker, nicht der Windmann oder der Nackte, der an einem Illusionisten aus Anderson Gerechtigkeit übte.

Hier mußte Lanik Mueller auftreten und seinem Bruder Dinte der Gerechtigkeit überantworten, den Usurpator, der seinen Vater in den Forst von Ku Kuei und damit in den Tod getrieben hatte.

Diesen Auftritt hatte Dinte mir verdorben. Nachdem er ganz freiwillig (obwohl ich wußte, daß das eine Täuschung war), zur Seite getreten war, konnte ich ihn nicht mehr öffentlich umbringen. Damit hätte ich nur die Legende bestärkt, wonach Lanik Mueller als Andrew Apwiters Reinkarnation neues Chaos schaffen und das Ende der Welt herbeiführen wollte. Zögernd versetzte ich mich in Schnellzeit, bevor der Anderson, der sich hinter Dintes Gesicht verbarg, mich anfallen konnte. Dabei trat ich vorwärts, was für alle Zuschauer so wirken mußte, als sei ich plötzlich verschwunden.

Aber Dinte verwandelte sich nicht wie erwartet in einen Anderson, in jenen zerknitterten Mann von mittlerem Alter, es konnte auch eine ebenso alte Frau sein, der meiner in Schnellzeit harrte. Statt dessen hatte ich eine Kreatur mit vier Armen und fünf Beinen vor mir. Zweifache männliche

Genitalien kontrastierten in absurder Weise mit den drei Brüsten, die altersschwach herunterhingen. Hätte ich ein solches Wesen in der Bewahranstalt gesehen, wäre ich nicht überrascht gewesen. Ich hatte hier einen Anderson erwartet. Vor mir stand entweder ein unglaubliches Monstrum oder ein Radikalregenerierter aus Mueller. Und wer in Mueller hätte jemals zum Illusionisten werden können?

Dann sah ich der Kreatur ins Gesicht. Die Augen starrten wie gefroren auf den Fleck, wo ich den Augenblick vorher noch gestanden hatte. Jetzt erkannte ich das Monstrum, und alles war wie verwandelt.

Das war mein Gesicht. Lanik Muellers Kopf saß auf dieser bizarren Ansammlung von Gliedern und Auswüchsen. Ich war es, der da neben dem Thron stand, aber infolge einer unglaublichen Grausamkeit des Geschicks war dort nicht der in Schwartz kurierte Mueller. Es war Lanik Mueller, der Radikalregenerierte, das Monstrum, das Kind.

Es war mein Doppelgänger, der sich im Wald von Ku Kuei geformt hatte.

Unmöglich! schrie es in meinem Inneren. Diese Kreatur begann doch erst zu existieren, nachdem Dinte schon jahrelang bei uns gewesen war. Diese Kreatur konnte unmöglich Dinte gewesen sein. Zuerst versuchte ich mir einzureden, daß ich so etwas wie eine Zweitillusion vor mir hatte, daß dieser Anderson einen Weg gefunden hatte, mich selbst in Schnellzeit zu täuschen. Aber das war Unsinn. Wenn ein Anderson mich täuschen konnte, wäre es schon viel früher versucht worden.

Also schritt ich in Schnellzeit zum Thron und kehrte in die Realzeit zurück.

Der Effekt stellte sich unmittelbar ein. Ich war plötzlich an einer Stelle verschwunden und an einer anderen wieder aufgetaucht. Das hatte ich bisher nur selten getan. Die Leute murmelten wild durcheinander. Aber Dinte (jetzt mit der normalen Anzahl von Armen und Beinen, wie ich den kleinen Bastard immer gekannt hatte), schien keineswegs überrascht.

»Dinte«, begann ich, »alle diese Leute sind überrascht,

mich hier sitzen zu sehen. Du und ich aber, wir wissen, daß Lanik Mueller seit Jahren auf diesem Thron gesessen hat.«

Er sah mich einen Augenblick an und nickte dann leicht.

»Deshalb, Dinte, möchte ich mit dir unter vier Augen reden, und zwar in dem Raum, in dem ich meine Schlangensammlung hielt, als ich fünf Jahre alt war.« Ich fiel wieder in die Schnellzeit und verließ den Thronsaal.

Ich hatte meine Schlangen in einem seit langem nicht mehr benutzten Teil des Dachbodens in einem der älteren Gebäude des Palastes untergebracht. Der Raum wurde niemals abgeschlossen. Man kam nur über eine Leiter und durch gewundene Korridore hin. Dorthin verirrte sich nie jemand. Ich machte mich in Schnellzeit auf den Weg. Dann ging ich fast bis auf normalen Zeitfluß zurück und wartete. Ich hielt nur so viel Energie im Fluß, daß ich schneller reagieren konnte, als er anzugreifen vermochte. Das nur für den Fall, daß Lanik/Dinte auf Verrat sann.

Wenn er ein untergeschobener Betrüger war, konnte er nicht wissen, welchen Raum ich gemeint hatte.

Nach fünfzehn Minuten kam er den staubigen Dachbodengang entlang und setzte sich vor mich auf den Fußboden. Er konnte mit seinen Armen und Beinen kaum gehen. Im Sitzen gab er eine lächerliche Figur ab. Aber ich lachte nicht. Ich erinnerte mich, mit welcher Mühe ich einen gar nicht schwierigen Hang erklommen hatte, nachdem ich von dem Sklavenschiff aus Singer in Schwartz abgesetzt worden war. Er hatte drei Jahre Normalzeit gebraucht, um den Zustand zu erreichen, in dem ich nach meinen Monaten der Haft mich auf dem Schiff befunden hatte. Aber ich erinnerte mich daran; ich hatte in diesem Körper gesteckt. Ich wußte genau, wer er war und wie er sich fühlte.

Jetzt in Normalzeit befindlich, sagte ich sanft: »Hallo, Lanik.«

»Hallo, Lanik«, erwiderte er mit schmerzlichem Lächeln.

»Als wir letztes Mal zusammen waren, habe ich versucht, dich umzubringen.«

»Wenn es dir nur gelungen wäre. Das habe ich mir seither oft gewünscht.«

Wir saßen eine Weile schweigend voreinander. Was kann man schon reden, wenn man nach Jahren sein eigenes Ich trifft?

»Wie bist du hierher gelangt?« fragte ich schließlich. »Wie hast du gelernt, Illusionen zu erzeugen?« Einen großen Teil der Geschichte hatte ich mir allerdings schon zusammengereimt.

Er berichtete. Wie er halbtot dagelegen hatte, während sein bereits geschwächter Körper versuchte, Schädel und Haut zu regenerieren, um die Hirnmasse zusammenzuhalten. Die riesige Verfolgerschar, die von Nkumai aus hinter mir hergewesen war, hatte ihn gefunden. »Wenn sie mich nicht entdeckt hätten«, erklärte er, »hätten sie bestimmt weiter gesucht und dich geschnappt. Als sie erkannten, was geschehen war, nahmen sie deine Spur wieder auf bis an die Küste. Du warst nicht schwer zu finden. Hätten sie dich sofort verfolgt, wärest du nicht entkommen.« Er lächelte. »Ich habe dir das Leben gerettet.«

Dann erzählte er von den Tagen und Wochen bei Mwabao Mawa in dem Bauernhaus. Während er ihn bildete, hatte ihm mein Körper alle Erinnerungen übertragen. Mwabao brauchte einige Zeit für die Erkenntnis, daß er nur mein Duplikat war. »Inzwischen hatte sie genug erfahren, um sicher zu gehen, daß ich aus Mueller stammte. Im Delirium hatte ich von Dinte gesprochen und Vaters Namen erwähnt. Ihre Landsleute aus Anderson waren schon hier, wie du zu wissen scheinst.«

Sie ergriff sofort die Gelegenheit, die sich in meinem Double bot, und schürte seinen Haß gegen mich. Sie stachelte sein Gefühl der Nutzlosigkeit an, weil er ja doch immer nur ein schreckliches Monstrum sein werde, eine nicht lebenswerte Kreatur. Deshalb erklärte er sich bereit, die Armeen der Nkumai und ihrer Verbündeten gegen Mueller in den Krieg zu führen.

Er handelte einen Preis aus, den Mwabao nur zu gern bewilligte. Er verlangte eine Ausbildung in der Kunst der

Täuschung. Mwabao Mawa brachte ihm alles bei. Während ich in Schwartz lernte, die Erde zu kontrollieren, wurde ihm die Kontrolle über den Geist der anderen beigebracht.

»Der Glaube der Leute kann isoliert nicht bestehen«, klärte er mich auf. »Die festen Glaubensgrundsätze entstehen immer durch den Druck, der von anderen ausgeübt wird. Natürlich keine Meinung – Glauben. Wir – sie – könnten alle Leute glauben machen, die Sonne sei blau und von jeher blau gewesen. Allerdings, je weiter man sich von dem Ort entfernt, an dem alle Menschen an Täuschungen glauben, desto weniger ist man zu beeinflussen. Wenn jemand ehrlich an eine bestimmte Tatsache glaubt, dann ist er nur durch überzeugende Beweise davon abzubringen.« Deshalb war Lord Barton einige Tausend Kilometer von Britton entfernt die Wahrheit aufgegangen. Doch mußte er sich gewaltsam seine Erinnerung bewahren, als er heimkehrte.

Mein Doppelgänger sagte, er habe der Verwüstung des Landes durch die Nkumai auf dem Feldzug durch die Ebene am Rebel River nicht zugestimmt. Ich hätte so etwas nie tun können – also konnte er es auch nicht.

»Dann warst du plötzlich wieder da«, fuhr er fort. »Wir wußten nicht, was tun. Bis du zusammen mit Vater nach Ku Kuei flohest. Da war klar, daß ich zu verschwinden hatte. Das Monstrum, das sie aus mir gemacht hatten, sollte deinen Ruf und Charakter schädigen, dein Bild im Herzen der Menschen schwärzen. Damals, Lanik, war ich froh darüber. Du kannst dir nicht vorstellen, wie sehr ich dich gehaßt habe. Weil du mich nämlich gehaßt hast, nicht für das, was ich bin, sondern weil ich überhaupt da war.«

Anfangs wußte man nicht, was mit ihm anfangen, da doch Lanik Mueller offiziell im Exil lebte. »Bis wir erfuhren, daß Dinte verschwunden sei. Mwabao Mawa geriet in Panik. Wie konnte jemand etwas von Dinte wissen und ihn töten, ohne die Öffentlichkeit darüber zu informieren, wer er wirklich war? Wer immer ihn umgebracht hatte, war sicherlich Zeuge seiner Verwandlung vom jungen in einen weitaus älteren Mann gewesen.«

Da erkannte ich, was eigentlich schon längst nicht mehr zu übersehen gewesen war.

»Ich muß Dinte getötet haben«, erklärte ich meinem Double. »Ich habe ihm beim Verlassen des Palastes die Kehle aufgeschlitzt in der Meinung, er werde sich regenerieren.«

Er lächelte mich an. »Damit ist dein Wunsch erfüllt. Nicht wahr? Du hast Dinte getötet und dadurch mein Leben gerettet. Denn ich war der einzige, der Dinte gut genug kannte, um seine Rolle zu übernehmen, ohne daß etwas auffiel. Die Andersons sind nicht allmächtig. Sie können nicht die ganze Welt gleichzeitig täuschen. Also schickte Mwabao Mawa mich nach Mueller zurück. Ich tauchte hier als Dinte auf. Ich behauptete, du hättest mich gefangengenommen und dann – im Glauben, ich sei tot – nach der Folter zurückgelassen, doch ich hätte mich regeneriert und sei nach Hause zurückgekehrt. Wer hätte dies bezweifeln sollen? Seither habe ich diese Rolle gespielt.«

Seine Stimme wurde weich (wie auch meine immer weich wurde, wenn ich Furcht, Badauern oder Trauer nicht zeigen wollte), als er sagte: »Diese Rolle habe ich seither gespielt. Du weißt – du weißt nur zu gut, wie sehr ich Dinte gehaßt habe. Dennoch mußte ich er sein und mit der Verräterbande sprechen, die deinen und Vaters Tod planten und – Himmel, Lanik, wie ich diese Zeit überstanden habe, werde ich niemals begreifen. Immer wieder hab' ich mir gesagt: ›Ich bin Lanik Mueller und nicht sein Bastard.‹ Ich erduldete die schmeichlerischen Parasiten und die kleinen Verbrecher und Ruva und alle anderen. Denn es war allgemein bekannt, daß du mit Vater tief in den Wald von Ku Kuei eingedrungen warst und nimmer zurückkehren würdest. Vater war tot, doch ich hatte ihn geliebt. Je mehr die Leute hier in Mueller sein und dein Andenken beschmutzten, desto mehr fühlte ich mich dazu berechtigt, mich mit dir zu identifizieren, in meinem Herzen ganz du zu werden. Ich habe längst aufgehört, dich zu hassen. Ich sehnte mich nur noch nach deiner Rückkehr, damit du mich befreien kannst.

Lanik«, fuhr er fort, »alle zwei bis drei Monate gehe ich

zu einem Arzt, der mir die überzähligen Glieder wegoperiert. Ich bin bald wieder an der Reihe. Der Doktor weiß nicht, daß ich es bin, und kann sich nach der Operation an nichts mehr erinnern, bis die nächste fällig ist. Niemand sieht mich in meiner monströsen Gestalt. Aber *ich* sehe sie.«

Er sah mich an, musterte meinen Körper. »Aber du«, sagte er. »Du bist gesund. Du bist in Ordnung und ganz normal. Du hast nicht in dieser krankmachenden Täuschung gelebt, Monate und Jahre hindurch. Laß uns in den Thronsaal zurückkehren. Ich werde in meiner wahren Gestalt erscheinen und den Leuten erklären, daß du nicht das Scheusal bist, für das sie dich halten. Du kannst meinen Platz einnehmen, und ich werde frei sein.«

»Was willst du dann tun?«

»Ich werde dich anflehen, mich zu töten. Ich habe jahrelang als Radikalregenerierter gelebt. Das ist kein Leben. Wenn du mich nicht tötest, werde ich ins Wasser gehen.«

Ich schüttelte den Kopf. »Ich kam hierher, um dich zu töten.«

»Mich? Du hast gewußt, wer ich bin?«

»Nein, damals noch nicht. Ich kam, um den Anderson umzubringen, der Mueller beherrscht, den, der sich als Dinte ausgab.«

Er war entsetzt. »Du wußtest es, bevor du herkamst? Demnach ist das Geheimnis der Andersons bekannt?«

»Die Andersons sind tot«, sagte ich. »Vor ein paar Tagen (ich überdachte die wirkliche Zeit) habt ihr hier einen schweren Sturm mit Regen gehabt. Der Himmel ist noch von Wolken bedeckt.« Er nickte. »Dieser Regen entstand vor einer Woche, als Anderson im Meer versank.«

Er war überrascht. »So einfach in der See versunken?«

Ich hörte immer noch den Schrei in mir. »Nicht so ganz einfach. Aber sie sind von der Erde verschwunden. Nicht nur die Insel. Alle anderen auch, in jeder Familie. Du bist der letzte, der die Technik der Täuschung beherrscht. Du und die Leute, die hier mit dir gearbeitet haben.«

»Woher wußtest du Bescheid?«

»Das spielt jetzt keine Rolle. Wichtig ist die Frage, warum.« Ich erklärte ihm alles.

»Also sind auch die Abgesandten verschwunden? Es gibt kein Eisen mehr. Ist dir klar, was du angerichtet hast?«

Ich lachte. »Das weiß ich nur zu gut.«

»Wir – die Andersons – kannten alle Geheimnisse der Welt! Begreifst du, was im Werden gewesen ist, was geschaffen wurde? Unglaubliche Dinge. Sie hätten dich stolz darauf gemacht, Einwohner dieses gottverlassenen Gefängnisplaneten zu sein. Du hast dem ein Ende bereitet. Glaubst du, daß ohne die Abgesandten Forschungen und Erfindungen weitergehen werden?«

Ich zuckte mit den Schultern. »Wohl möglich. Die Andersons kannten nicht alle Geheimnisse der Welt.«

»Dummheit! Kurzsichtig und dumm und ...«

»Hör zu, Lanik!« schrie ich zurück. Daß ich meinen eigenen Namen gegenüber einem anderen gebrauchte, überraschte mich. »Ja, Lanik, du bist ich. Nicht wahr? So wie ich gewesen sein sollte, von den Nkumai gefangen und auf Mwabao Mawas Tricks gedrillt – ich hätte sie genauso wie du erlernt. Ich hätte mich zu ihrem Werkzeug machen lassen – bis zu einem gewissen Punkt. Da sitzt du, wie ich gesessen hätte, als Monstrum gefangen in einem Körper, der auf eine noch monströsere Illusion zurückgeht. Nein, Lanik, dir steht es nicht zu, mich kurzsichtig und dumm zu nennen. Ich bin nicht dein Richter. Du hast von einem gottverlassenen Planeten gesprochen. Darin irrst du. Vor Tausenden von Jahren hat die Republik Gott gespielt. Man beschloß, die besten Geister auf einen hoffnungslosen Planeten ohne Eisen zu verbannen. Aber man winkte mit einer Belohnung. Die erste Familie, die ein Raumschiff erbaute und damit ins All vorstieß, sollte mit Macht und unerhörtem Reichtum ausgestattet werden. Seit dreitausend Jahren haben wir daran geglaubt und mit aller Kraft unserer Seelen darauf hingearbeitet. Dabei haben wir den Lumpen, die uns hier festhalten, das Beste gegeben, das wir entwickeln konnten. Unser eigenes Fleisch! Die hervorragenden Produkte unserer besten Köpfe! Und was haben wir dafür bekommen? Ein paar Tonnen des Metalls, das überall billig ist, nur hier nicht. Damit wir daraus ein Raumschiff bauen?

Mit dem Eisen aus der Republik werden wir niemals ein Raumschiff konstruieren, niemals. Selbst wenn es gelänge, glaubst du wirklich, sie würden uns von hier entkommen lassen, um wieder am menschlichen Leben teilzuhaben? Begreifst du nicht, welches Wunder dieser Planet ist? Wenn sie wüßten, was hier wirklich vorgeht – wenn sie ein paar Tage in Ku Kuei oder eine Woche in Schwartz zubringen könnten –, wenn sie wüßten, welches Potential wirklich vorhanden ist, sie würden sofort hier einfallen, Lanik. Dieser Planet würde zerbombt werden. Man würde uns aus dem Universum auslöschen. Das ist die einzige Hoffnung, die einzige Zusicherung, die wir von ihnen erhalten.

Was sollten wir anfangen, wenn wir wirklich zu ihnen gelangten? Sie dazu überreden, uns nett zu behandeln? Wenn sie wirklich freundlich wären, würden sie nicht die Hunderte von Urenkeln großer Männer auf diesem hoffnungslosen Planeten gefangen halten.«

»Nein«, erwiderte er. »Nein. Ich weiß das. Ich habe oft über diese Hoffnungslosigkeit nachgedacht, Lanik. Abweichlerei führt zu nichts. Darüber habe ich mit einem jungen Mann gesprochen, der gegen ein Gesetz protestierte. Ich führte ihn ohne seine Bewacher nachts hinaus an den Fluß und machte ihm einige Tatsachen klar. Wenn er den Mund hielte, würde ihn die Polizei in Ruhe lassen, und er käme frei. ›Ich will nicht frei sein‹, sagte er, ›so lange dieses Gesetz beteht. Ich werde dagegen angehen, bis es geändert wird.‹ ›Nein‹, sagte ich zu ihm, ›du wirst dagegen angehen, bis du im Gefängnis umkommst. Was hast du damit erreicht?

Es ist wie mit den Monden. Siehst du, wie sich Dissent (Abweichler) so schnell und strahlend bewegt? Das eindrucksvollste Schauspiel am Himmel. Aber nur eindrucksvoll, weil er so nahe bei Treason ist. Und so klein. Freedom ist als Mond viel größer, aber auch viel weiter entfernt. Er macht keine so große Schau, aber er bewirkt Ebbe und Flut. Freedom läßt das Wasser der See steigen und fallen.‹«

Ich war von einem seltsamen Gefühl beseelt. Erkenntnis. Dieser Mann dachte genau wie ich. Das war zwar logisch und dennoch eine Überraschung für mich. Niemand trifft jemals auf einen Menschen, der genauso denkt wie er selbst. Normalerweise nicht. Jetzt war es so, als könnte ich seine (meine) Worte gleichzeitig mit ihm aussprechen.

»Nachdem die Abgesandten vernichtet und die Andersons verschwunden sind«, began er (ich), »sind wir von der Republik abgeschnitten. Wir sind frei. Wenn das Universum wieder von uns hört, werden wir die Gezeiten bestimmen.«

Stille. Ich begriff, daß ich selbst die letzten Worte gesprochen hatte, nicht er, der mich anlächelte. Wir verstanden einander. Nicht in allem. Aber die Art, in der wir dachten, war uns beiden klar. Ich mochte ihn gern, ich konnte nicht anders. Wenn die Fähigkeit, gut miteinander zu kommunizieren etwas mit Liebe zu tun hat, dann gab es keinen Mann, der sich so sehr lieben konnte, wie ich mich selbst.

»Lanik«, begannen wir, gemeinsam das Schweigen zu brechen – und lachten. »Du zuerst«, sagte ich zu ihm.

»Lanik, bitte übernimm den Thron. Wenn du mich kennst, dann weißt du, wie ich mich in diesem Körper fühle. Du weißt aus meinem Bericht, daß ich unerträgliche Dinge tun mußte. Befreie mich.«

Unerträgliche Dinge. Ich erzählte ihm nicht, versuchte nicht, ihm zu erklären, welche unerträglichen Dinge ich hatte tun müssen, wollte nicht den Schrei auf ihn übertragen, der jeden meiner Gedanken überlagerte. Ich schloß die Augen und begann, für ihn zu tun, was die Schwartzes für mich getan hatten.

Es waren nur ein paar Schwartzes nötig gewesen, um mich zu verwandeln. Also hoffte ich, es bei ihm allein zu schaffen. Ich verfügte nicht über ihr Wissen um die Kohlenstoffe, aber ich konnte sie erspüren und vergleichen. Ich änderte in ihm jeden Unterschied zwischen seinen und meinen DNA, bis er mir glich. Das bedeutete, daß nicht nur seine Regeneration geheilt würde. Er erhielt damit auch die Gabe, niemals mehr Hunger oder Durst zu verspüren. Er brauchte nicht mehr zu atmen, sondern würde seine Energeie direkt von der Sonne empfangen.

Aber ich konnte die von mir erlernten Fähigkeiten nicht auf ihn übertragen. Und ich hätte es nicht getan, selbst wenn ich es gekonnt hätte. Er war der wahre Lanik Mueller, nicht ich. Er war der Lanik Mueller, der ich hätte sein sollen: der Herrscher in Mueller, und ein guter Herrscher dazu. Einsam, aber dort lebend, wo er hingehörte. Und nun, ohne den Fluch der Regeneration, sollte er frei sein, um ein Maß an Glück zu erlangen, das mir für immer verwehrt sein mußte.

Es dauerte Stunden. Als ich fertig war, lag er schlafend auf den Dielen des Dachbodens. Sein Körper war in Ordnung und gesund. Er war nackt – es gab keine Schneider, um die deformierten Körper der Radikalregenerierten zu bekleiden. Ich betrachtete seinen Körper so, wie ich niemals meinen eigenen hatte sehen können. Die Haut war glatt und jung – er war jünger als ich – und die Muskeln waren stark, der Körper wohlproportioniert. Für einen Moment sah ich mich so, wie Saranna mich gesehen haben mußte. Zwar habe ich keine Liebe und Verlangen für andere Männer, doch verstand ich nun, warum sie so oft gesagt hatte, mein Körper sei süß. Das hatte mich geärgert. Ein heranwachsender junger Mann mag nicht süß sein. Aber sie hatte recht.

Sein Gesicht verursachte mir innerlichen Schmerz. Er glaubte, Schmerz erfahren zu haben. Das hatte er auch, mehr als andere Menschen. Sein Gesicht wirkte über seine Jahre hinaus gereift. Es zeigte Freundlichkeit und Mitleid. Ich hatte mein eigenes Gesicht im Spiegel betrachtet und studiert, was die Zeit und meine eigenen Taten darin bewirkt hatten. Mein Gesicht war weder freundlich, noch zum Mitleid bereit. Ich hatte zu vieles gesehen. Ich hatte zu oft getötet. In mir war nichts an Süße mehr, nicht sichtbar jedenfalls, und ich sehnte mich danach, so relativ unschuldig zu sein.

Unmöglich, hielt ich mir selbst vor. Die Entscheidung war vor Jahren im Sand an der Grenze nach Schwartz gefallen. Ich ahnte, daß das allerhöchste Opfer nicht der Tod ist. Das höchste Opfer liegt darin, daß man freiwillig die Strafen für seine Taten auf sich nimmt. Ich hatte es ertragen und konnte nur hoffen, daß man die Narben davon nicht in meinem Gesicht und an meinem Körper sah.

Er wachte auf, blickte mich an und lächelte. Dann sah er, was mit seinem Körper geschehen war, berührte sich ungläubig und bedrängte mich mit Fragen. »Das ist doch keine Illusion, nicht wahr? Das ist wirklich. Ja?«

Ja, das sei wirklich, versicherte ich ihm. »Nachdem ich den Abgesandten vernichtet habe, brauchen wir unsere Rads nicht mehr wie Rindvieh zu halten. Tu bitte folgendes für mich. Erlasse ein Gesetz, daß alle Rads zu den Schwartzes geschickt werden. Alle, sobald sie als solche erkannt werden. Laß sie nach Schwartz wandern. Sobald sie auf die Wüstenleute stoßen, sollen sie sagen, daß sie auf Lanik Muellers Befehl kommen. Die Schwartzes werden wissen, was sie dann zu tun haben. Die Leute werden geheilt nach Hause geschickt. Wenn sie nicht heimkehren, dann nur, weil sie sich aus freiem Willen zum Bleiben entschlossen haben.«

»Und was wird aus dir?« wollte Lanik wissen.

»Ich existiere nicht«, antwortete ich. »Im Wald von Nkumai wurdest du nicht der zweite Lanik Mueller, sondern ich. Du bist der wirkliche. Während der nächsten Jahre, Lanik, sollst du die Illusion abschütteln. Laß nach und nach Dintes Gesicht deine Züge annehmen, bis du die Täuschung aufgeben kannst. Ich weiß, daß du es ohnehin willst. Beende die Lüge, bis auf den Namen. Lebe und regiere mit deinem eigenen Gesicht.«

»Und du?«

»Ich werde einen Ort finden, an dem ich leben kann.«

Sogleich versetzte ich mich in Schnellzeit und ließ ihn auf dem Dachboden zurück. Ich ging in den Palast, wo immer noch viele Leute über die jüngsten Erlebnisse durcheinander redeten. Ich brauchte nur wenige Augenblicke, um die

Andersons unter ihnen herauszufinden. Die letzten Überlebenden der Familie. Ich hatte Lanik voll trauriger Gefühle zurückgelassen und fühlte mich dennoch besser als seit langer Zeit. Aber das hinderte mich nicht daran, auch die letzten Andersons zu töten.

In Schnellzeit trug ich ihre Leichen zum Austauscher und legte sie dort ab, wo die Explosion sie völlig unkenntlich machen würde. Als ich damals aufgebrochen war, um die Austauscher zu vernichten, hatte ich mich entschlossen, mit dem letzten zu sterben, den ich in die Luft jagte. Doch nun begriff ich, daß diese Entscheidung vorschnell gewesen war. Wahrscheinlich, weil ich nun begriffen hatte, daß mein wirkliches Ich immer noch ein junger Mann mit einem schönen Körper war, der einen guten König abgeben würde. Obwohl er nicht das Ich-wie-ich-es-bin war, war er doch das Ich-wie-es-sein-sollte. Ich gewann einigen Respekt vor mir und wollte nicht mehr sterben.

Also blieb ich in Schnellzeit, brach das Siegel des Austauschers und entfernte mich dann, bis ich in Echtzeit ungefährdet zusehen konnte. Es dauerte einen Augenblick; der Austauscher wartete mechanisch und ahnungslos, während sein Tod schon beschlossene Sache war. Ich empfand eine gewisse Wehmut. Unser gesamtes Dasein, unser ganzes Streben über viel zu viele Jahre hinweg hatte dem Ziel gegolten, von der Republik wieder aufgenommen zu werden, in die Zivilisation zurückzukehren, die solche Maschinen herstellen konnte. Auf den anderen Welten wußten sie so viel, das wir nun nie mehr in Erfahrung bringen konnten, nachdem ich diesen letzten Austauscher zerstört hatte. Ich ertappte mich, wie ich in die Schnellzeit glitt, um den Kernverschmelzungsprozeß aufzuhalten, bevor der Austauscher starb.

Aber ich rührte mich nicht. Falls die Jahre der Sklaverei uns etwas gelehrt hatten, dann, daß der Austauscher nicht der Schlüssel zu unserer Freiheit war, sondern die Kette, die uns fesselte. Wir würden die Freiheit nur gewinnen, wenn wir unsere toten Vorfahren und unsere fernen Feinde vergaßen und herausfanden, was und wer wer in diesen Jahrhunderten auf Treason wirklich geworden waren.

Ich rührte mich nicht, der Austauscher beendete sein Selbstvernichtungsprogramm, die Explosion zerstörte ihn von innen heraus, die Lichter der Maschine erloschen, und ich fragte mich einen entsetzlichen Augenblick lang, wie ich es hatte wagen können, eine solche Entscheidung für die ganze Welt zu treffen, ohne vorher jemanden um Rat gefragt zu haben.

Dann lachte ich über mich. Die Frage, ob ich Gott spielen sollte, kam etwas zu spät. Das Spiel war bereits gelaufen.

Der Staub der Explosion legte sich. Meine Arbeit war getan. Ich hatte mich entschlossen, das Ende meiner Arbeit doch zu überleben, und das bedeutete, daß ich Entscheidungen treffen mußte, von denen ich angenommen hatte, sie nie wieder treffen zu müssen. Wohin sollte ich mich wenden? Was wollte ich mit dem Rest meines Lebens anfangen?

Als ich durch die Felder östlich von Mueller-on-the-River wanderte, wußte ich plötzlich, wohin ich gehörte. Auf der Insel mitten im See von Ku Kuei hatte Saranna zu mir gesagt: »Komm bald zurück. Komme zurück, so lange du jung genug bist, um mich zu begehren. Denn ich werde für immer jung bleiben.«

Ich war nicht mehr jung, jedenfalls nicht im Sinne des Wortes. Aber ich begehrte sie. Vielleicht sehnte ich mich nur nach der Unschuld der Kinder, die am Flußufer Liebe gemacht hatten, nicht gewahr der Schmerzen, die sicherlich über sie kommen konnten. Ich sehnte mich mehr nach ihr, als nach irgend etwas in der Welt. Nicht weil mich Leidenschaft überwältigte, sondern weil alles andere, was ich mir wünschte, unter Schmerzen vollendet oder so hoffnungslos war, daß ich es aufgegeben hatte. Nur sie war noch übriggeblieben. Sie und ein seltsames und stilles Land, bewohnt von armen, aber freundlichen Menschen, die ihre Schafe zwischen den Felsen an der Humping Sea hüteten.

15

der windmann

Ich gelangte in Realzeit nach Ku Kuei und mußte ein wenig lachen, als einige junge Leute, die mich nicht kannten, den Versuch machten, ihre Schnellzeitspielchen mit mir zu treiben. Ich paßte mich leicht ihrem Zeitfluß an und blieb trotz ihrer Versuche in Realzeit. Da mußten sie wohl etwas gemerkt haben. Sie riefen einen älteren Ku Kuei herbei, der schon mehr Können und Erfahrung besaß. Dadurch wurde man auf mich aufmerksam, was darin endete, daß der Mann-der-alles-weiß kam, um mich zu begrüßen.

»Seetrinker«, schrie er lachend und streckte die Arme aus. »Für immer verschwunden! Mein schlechtester Student, den ich allen Kindern als böses Beispiel hinstelle, wenn sie bei mir in die Schule gehen. Du bist lange fortgewesen, wie lange es auch gewesen sein mag. Wer kann schon über die Zeit Buch führen? Aber es ist jedenfalls lange gewesen, du alter Bastard, und nun komm, komm, komm, beeile dich!«

Wir eilten dahin. Der dicke Ku Kuei marschierte forsch voran. Ich sog die Waldluft ein. Ein Wald ist nicht gerade meine Heimat. Aber hier war mein Vater begraben. Hier war der letzte Aufenthalt gewesen, wo ich als Sohn und Liebhaber geliebt worden war.

»Saranna«, sagte ich, und der Mann-der-alles-weiß sah verwundert drein. »Stumpf«, erinnerte ich ihn. Er lachte. »Oh, die – was für eine unglaubliche Sache. Eine gute Studentin, als Außenseiterin. Doch wir nennen sie nicht mehr Stumpf, sondern Stein. Lady Stein. Denn sie steht in der langsamsten Langsamzeit, die jemals einer erreicht hat. Willst du sie nicht sehen?«

Und ob ich sie sehen wollte! Wie sehr, begriff ich erst, als ich bei ihr war und feststellte, daß sie noch genauso dastand wie damals, als ich sie vor sechs subjektiven und drei wirklichen Jahren verlassen hatte. Ihre Arme waren immer noch nach mir ausgestreckt. Ihre Lippen waren immer noch zum letzten Abschiedsgruß geöffnet. Die Tränen waren aus ihren Augen geflossen, hatten aber das Kinn noch nicht erreicht.

Ich starrte sie an. Die letzten sechs Jahre waren wie ausgelöscht, so als hätte ich erst vor einem Augenblick Abschied von ihr genommen. Ich verlangsamte meine Zeit weit unter alles, was ich bisher in dieser Beziehung erlebt hatte. Ich ging damit so weit herunter, daß sogar die Bäume undeutlich zu sehen waren. Dann endlich begannen ihre Tränen sich zu bewegen. Ihre Augen nahmen mich wahr, und ihr Gesichtsausdruck verriet neue Hoffnung. Sie sagte: »Lanik, ich habe es mir überlegt. Ich will nicht länger ewig jung sein. Nimm mich mit.«

Wir umarmten einander. Ich küßte ihre tränennasse Wange. »Ich bin sechs Jahre lang fortgewesen«, begann ich.

»Schscht«, machte sie.

»Ich habe schreckliche Dinge getan.«

»Davon will ich nichts wissen.«

»Ich bin kein guter Mensch«, erklärte ich eindringlich.

Sie küßte mich nur und flüsterte: »Für mich gut genug.« Wir lächelten einander an und glitten allmählich aus der Langsamzeit. Die Umwelt ließ sich deutlicher erkennen, und wir waren wieder in Ku Kuei. Hunderte von Menschen waren um uns her versammelt. Ich erkannte keinen von ihnen.

»Warum starrte ihr uns so an?« fragte ich.

»Weil man uns gesagt hat, die Liebenden aus Stein kehrten in die wirkliche Zeit zurück«, entgegnete ein dicker Mann. »Das wollten wir sehen.«

»Die Liebenden aus Stein?«

»Leute wurden geboren und sind alt geworden. Sie sind darüber gestorben, während sie euch beiden nur um einen Zoll oder zwei vom Fleck rühren oder lächeln oder ein einziges Wort äußern sahen. Ihr habt so gespannt ausgesehen. Was immer ihr sagtet, ihr scheint es auch zu meinen. Das war gar nicht vergnüglich. Ihr habt eine neue Mode eingeführt und damit Probleme aufgeworfen. Die Leute hier fragen neuerdings nach dem Sinn der Dinge. Damit wird alles kompliziert.«

»Seit wann?« fragte ich.

»Zweihundert Jahre oder dreihundert, schätze ich«, sagte er. »Aber ich nehme an, von nun an werdet ihr ganz gewöhnliche Leute sein.«

»Das hoffe ich«, sagte ich, und Saranna lächelte.

Wir verließen den Wald und wanderten ostwärts, bis wir schließlich Britton erreichten. Im östlichen Teil der östlichen Halbinsel von Britton lag endlich Humping. Hier hatte sich während der letzten beiden Jahrhunderte nichts verändert. Im Kliffhaus regierte ein neuer Lord, aber er nannte sich mit dem ererbten Namen Barton. Wo Glains und Vrans Haus gewesen war, befand sich nun ein Garten. Aber ein neues Haus erhob sich nur wenige Meter entfernt. Es war voller Kinder. Nichts hatte sich verändert. Die Menschen waren immer noch arm, schweigsam und gutherzig.

Saranna und ich errichteten aus Soden ein Haus an der See. Nach einigen Wochen tauchte ein Schafhirte auf, um zu sehen, was wir hier machten. Ich heilte seinen Kopf und kurierte ein krankes Lamm. Da wußten sie, wer ich war. ›Windmann‹, nannten sie mich, und Saranna wurde die Windsbraut, dann Windlady. Obwohl uns die Leute von Humping liebten, so liebten wir sie doch noch viel mehr. Die Legende des Windmannes war weithin bekannt – wie er aus dem Nichts aufgetaucht war, um bei Glain und Vran zu leben. Wie er geheilt und gute Taten vollbracht hatte, bis jemand dem Lord im Kliffhaus davon berichtete. Da ging der Windmann fort und kehrte niemals wieder. Diesmal, das schworen sie, sollte alles anders werden. In all den Jahren, die wir dort verbrachten, hat uns der Lord im Kliffhaus nicht heimgesucht.

Die Humper überrascht es nicht, daß sie alt werden und sterben, während wir beiden unverändert bleiben. Wir haben die Krankheiten von Kindern geheilt, deren Großeltern von uns gebrochene Beine gerichtet bekommen hatten. Wir führten ein stilles, aber gutes Leben. Irgendwann in naher Zukunft wollen Saranna und ich Kinder haben.

Sobald die Kinder da sind, werden wir damit aufhören, uns zu verjüngen. Wir wollen alt werden und sterben, sobald unsere Enkel heranwachsen, genau wie alle anderen. Kinder brauchen keine Eltern, die ewig leben.

Vorerst sind wir dazu nicht bereit. Für uns ist bisher das Leben auch ohne Kinder schön. Obwohl ich bei Sarannas Anblick weiß, daß es nicht mehr lange dauern wird. Wenn ich mich selbst betrachte, komme ich zu dem Ergebnis, daß ich bald bereit sein werde. Das wird gut sein. Sogar der Tod wird gut sein, glaube ich, nicht, weil dadurch alte Bitterkeit beendet wird, sondern weil ich annehme, er wird als die letzte der vielen spürbaren Erfahrungen kommen, die mir gezeigt haben, daß ich noch lebe.

Alles ist immer noch überlagert vom Schrei der Erde. Aber er beeinflußt nicht mehr die Dinge, die ich sehe und mache. Statt dessen werden meine freudvollen Empfindungen dadurch gesteigert. Die Sonne geht heller auf als Gegensatz zu dem dunklen Flecken in mir, Sarannas Lächeln ist freundlicher vor dem Hintergrund der von mir begangenen Grausamkeiten. Tiere, Kinder und Erwachsene zu heilen ist zutiefst befriedigend in der Erinnerung daran, daß ich einst, aus meinem eigenen Gefühl für Recht und Unrecht heraus, habe töten müssen.

Es steht mir nicht zu, darüber zu urteilen, ob es sich auf Treason jetzt besser leben läßt als vorher.

Auch habe ich keine Ahnung, ob wir jetzt genau so gute Fortschritte machen wie damals, bevor die Abgesandten zerstört wurden. Ich habe nicht abzuwägen, wie gut wir die uns gebotenen Möglichkeiten genutzt haben. Meine Aufgabe war es lediglich, sie zu schaffen.

Manchmal bin ich stolz darauf, das alles getan zu haben. »Du existierst nicht«, sagte Saranna manchmal, wenn wir Liebe gemacht haben. »So etwas kann nicht wahr sein.« Sie meinte es in einer bestimmten Beziehung. Ich halte es in einer anderen für richtig. Trotz allen Denkens und Planens, bevor ich zu Taten schritt, glaube ich doch, daß ich mehr von den Umständen, als durch meinen eigenen Willen geformt worden bin. Manchmal frage ich mich auch, ob ich nicht nur eine Figur im Spiel eines ganz anderen bin, dessen großem Entwurf ich blindlings folge, ohne zu wissen, wohin der Pfad mich führt. Ohne zu wissen, ob mein Weg über das Spielbrett nicht nur eine Finte ist, während die wirklich wichtigen Dinge anderswo von anderen Männern gemacht werden.

Im Grunde ist es mir aber ziemlich gleichgültig, ob es wirklich irgendwo den großen Plan gibt. Meine einzige Hoffnung besteht darin: zu sehen, was sein könnte und daran zu glauben, daß es sein sollte, um dann alles in meinen Kräften Stehende zu seiner Verwirklichung zu tun, koste es, was es wolle. Wenn ein Leben so voller Freude zu Ende geht wie meines, dann erinnert man sich auch zufrieden an den Preis, den man unter solchen Schmerzen entrichtet hat. Es hatte die Kosten aufgewogen. Hier unter den Schäfern ist mein Becher mit dem Wasser des Lebens gefüllt; mehr noch, es fließt sogar über.

ENDE

Band 24 103

Orson Scott Card

Sprecher für die Toten

Deutsche Erstveröffentlichung

Als Kind hat Andrew ›Ender‹ Wiggin durch einen furchtbaren Fehler eine vernunftbegabte Rasse in der Galaxis vernichtet. Seitdem reist er von Stern zu Stern, um für die Toten einzutreten, während auf der Erde sein Name zu einem Fluch geworden ist.
Dann wird auf dem Planeten Lusitania erneut eine intelligente Rasse entdeckt, und die Menschen sehen eine Chance, die alte Schuld zu begleichen. Ender soll zwischen ihnen und den geheimnisvollen ›Piggies‹ vermitteln. Dabei gerät er in einen Strudel aus Angst und Haß, bis er begreift, worin seine wirklich Aufgabe liegt. Als Sprecher für die Toten wird er zum Fürsprecher einer lebenden Rasse!

BASTEI LÜBBE

Sie erhalten diesen Band im Buchhandel, bei Ihrem Zeitschriftenhändler sowie im Bahnhofsbuchhandel.